BRILHANTES

MARCUS SAKEY

BRILHANTES

VOLUME 1

Tradução de
ANDRÉ GORDIRRO

1ª edição

— **Galera** —

RIO DE JANEIRO

2015

CIP-BRASIL. CATALOGAÇÃO NA PUBLICAÇÃO
SINDICATO NACIONAL DOS EDITORES DE LIVROS, RJ

S152b
Sakey, Marcus
Brilhantes / Marcus Sakey; tradução André Gordirro.
– 1ª ed. – Rio de Janeiro: Galera Record, 2015.

Tradução de: Brilliance
ISBN 978-85-01-05274-2

1. Ficção americana. I. Gordirro, André. II. Título.

14-13477

CDD: 813
CDU: 821.111(73)-3

Título original em inglês.
Brilliance

Copyright © 2013 Marcus Sakey

Publicado originalmente por Thomas & Mercer

Todos os direitos reservados. Proibida a reprodução, no todo ou em parte, através de quaisquer meios.

Design de capa: Igor Campos

Texto revisado segundo o novo Acordo Ortográfico da Língua Portuguesa.

Direitos exclusivos de publicação em língua portuguesa somente para o Brasil adquiridos pela
EDITORA RECORD LTDA.
Rua Argentina, 171 – Rio de Janeiro, RJ – 20921-380 – Tel.: 2585-2000,
que se reserva a propriedade literária desta tradução.

Impresso no Brasil

ISBN 978-85-01-05274-2

EDITORA AFILIADA

Seja um leitor preferencial Record.
Cadastre-se e receba informações sobre nossos lançamentos e nossas promoções.

Atendimento e venda direta ao leitor
mdireto@record.com.br ou (21) 2585-2002.

Para as três mulheres sensacionais da minha vida:
Minha mãe, Sally
Minha esposa, g.g.
Minha filha, Jocelyn
Nunca um homem teve tanta sorte.

**Trecho do editorial do *New York Times*,
12 de dezembro de 1986**

ULTIMAMENTE, MUITO TEM SE FALADO sobre o dr. Eugene
Bryce e seu estudo dos supostos "brilhantes", aquela
porcentagem de crianças nascidas desde 1980 com
habilidades excepcionais. Embora não se conheça a
completa extensão dos dons, é óbvio que algo notável
aconteceu: não está nascendo apenas um prodígio por
geração, mas um a cada hora do dia, todos os dias.

Historicamente, costumava-se unir o termo "prodígio"
a outra palavra para formar uma expressão indelica-
da, mas não imprecisa: "idiota prodígio". Estes raros
indivíduos com dons super-humanos geralmente tinham
alguma forma de deficiência. Eram gênios imperfeitos,
capazes de recriar o horizonte de Londres após uma
mera olhadela, sem, no entanto, conseguirem pedir
uma xícara de chá; eram capazes de deduzir a teoria
das cordas ou a geometria não comutativa, porém,
ficavam desnorteados pelo sorriso de suas mães. Era
como se a evolução mantivesse um equilíbrio, dando
aqui, tirando ali.

Todavia, este não é o caso com os "brilhantes." O dr.
Bryce calcula que uma em cada cem crianças nascidas
desde 1980 tenha essas vantagens, e que, fora isso, as

crianças são estatisticamente normais. Elas são inteligentes, ou não. Sociais, ou não. Talentosas, ou não. Em outras palavras, tirando os dons maravilhosos, elas são exatamente como as crianças têm sido desde o despontar do homem.

Talvez não seja surpresa que a discussão pública tenha se concentrado na causa. De onde vieram essas crianças? Por que agora? Será que isso continuará para sempre ou acabará tão abruptamente quanto começou?

Porém há uma questão mais importante, com implicações arrasadoras. Uma questão que está na ponta da língua de todos nós, e que, no entanto, nós não discutimos — talvez por temermos a resposta.

O que acontecerá quando essas crianças crescerem?

PARTE UM: CAÇADOR

CAPÍTULO 1

O apresentador de rádio disse que vinha uma guerra por aí, falou como se estivesse ansioso por ela, e Cooper, sentindo frio sem casaco na noite do deserto, achou que o cara do rádio era um babaca.

Ele estava atrás de Vasquez há nove dias. Alguém avisara à programadora logo antes de Cooper chegar ao prédio sem elevador de Boston, um retângulo de tijolos cujas únicas luzes vinham da janela de um duto de ventilação e dos olhos vermelhos e brilhantes dos indicadores de energia em computadores, roteadores e filtros de linha. A cadeira da mesa estava encostada na parede dos fundos, como se alguém tivesse pulado fora dela, e ainda saía vapor de uma tigela abandonada de macarrão instantâneo.

Vasquez havia fugido, e Cooper tinha ido atrás.

Ele recebeu a pista de um cartão de crédito falso em Cleveland. Dois dias depois, uma câmera de segurança identificou Vasquez alugando um carro em Knoxville. Não aconteceu nada por um algum tempo, mas aí Cooper encontrou o rastro brevemente no Missouri, depois nada outra vez, e então ele quase encontrou Vasquez na manhã de hoje, em uma pequenina cidade do Arkansas chamada Hope.

As últimas 12 horas foram tensas, todo mundo via a fronteira mexicana se agigantando no horizonte, e, depois dela, o mundo inteiro onde alguém como Vasquez poderia desaparecer. Mas a cada movimento que a anormal fazia, Cooper previa melhor o seguinte. Como o embrulho de um presente, quando é preciso arrancar várias camadas de papel para revelar o que está embaixo, uma vaga silhueta começou a se firmar no padrão que definia o alvo de Cooper.

Alex Vasquez, 23 anos, 1,78 metro de altura, tinha um rosto que ninguém notaria e uma mente que conseguia enxergar a lógica de programas de computador se desdobrar em três dimensões, que não apenas programava como transcrevia o código. Que passou facilmente pela pós-graduação do Instituto de Tecnologia de Massachusetts com 15 anos. Vasquez tinha um talento poderosíssimo, do tipo que dizem que ocorre apenas uma vez em cada geração.

Não dizem mais isso.

O bar ficava no térreo de um pequeno hotel nas cercanias de San Antonio. Cooper fez uma aposta consigo mesmo ao entrar. *Letreiro em neon da Shiner Bock, teto rebaixado com manchas de fumaça, jukebox em um canto, mesa de sinuca com feltro gasto, quadro-negro com os pratos especiais do cardápio. Garçonete loura com raízes escuras no cabelo.*

Os especiais estavam escritos em um quadro-branco, e a garçonete era ruiva. Cooper sorriu. Cerca de metade das mesas estava ocupada, a maioria por homens, mas viam-se algumas mulheres também. Sobre as mesas havia jarras de plástico, maços de cigarro e celulares. A música estava bem alta, a *jukebox* tocava alguma banda de country-rock que ele não conhecia:

Ser normal, para o vovô, já estava bom,
Ser normal era tudo que eu queria ser,
Os normais fizeram os EUA,
Os normais me ensinaram a tocar.

Cooper puxou o banco de espaldar alto, se sentou e acompanhou o ritmo da música no bar, com a ponta dos dedos. Uma vez, ele ouviu dizer que a essência da música country eram três acordes e a verdade. *Bem, a parte dos três acordes ainda permanecia.*

— O que você quer, meu bem?

As raízes do cabelo dela eram escuras.

— Só café. — Ele olhou de lado. — E dê uma Bud para a moça, pode ser? Ela está quase acabando com aquela ali.

A mulher no banco ao lado de Cooper arrancava o rótulo da *longneck*. Os nós dos dedos da mão direita ficaram brancos por um momento, e a camiseta repuxou nos ombros.

— Não, obrigada.

— Não se preocupe. — Cooper abriu um sorrisão. — Não estou dando em cima de você. É apenas um bom dia, e pensei em compartilhar o clima.

Ela hesitou, depois concordou com a cabeça; o movimento fez a luz refletir no colar dourado fino.

— Obrigada.

— Na boa.

Os dois voltaram a olhar reto em frente. Havia uma fileira de garrafas no fundo do bar, e, atrás delas, uma colagem de fotos esmaecidas. Um monte de estranhos que se abraçavam e sorriam, enquanto erguiam garrafas de cerveja; todos pareciam se divertir muito. Ele imaginou a idade das fotos, quantas daquelas pessoas ainda bebiam ali, como as vidas mudaram, quem morreu. Fotografias eram uma coisa engraçada. Elas ficavam velhas no momento em que eram tiradas, e uma única foto raramente revelava muita coisa. Mas bastava juntar uma série de fotos e surgiam padrões. Alguns eram óbvios: cortes de cabelos, peso ganho ou perdido, tendências da moda. Outros padrões exigiam um tipo especial de olhos para serem notados.

— Você está hospedada aqui?

— Perdão?

— Seu sotaque. Você não parece daqui.

— Nem você.

— Não — respondeu Cooper. — Só estou de passagem. Vou embora hoje à noite, se tudo correr bem.

A ruiva voltou com o café, depois tirou uma cerveja da geladeira. A garrafa pingava água gelada. Ela tirou um abridor do bolso traseiro girando com graça.

— Quatro dólares.

Cooper colocou uma nota de dez no bar e observou a mulher dar o troco. Ela era uma profissional, devolveu seis notas de um dólar, em vez de uma de cinco e uma de um, facilitando Cooper a dar uma gorjeta a mais. Alguém na outra ponta do balcão berrou:

— Sheila, minha querida, estou morrendo aqui!

E a garçonete foi embora com um sorriso ensaiado.

Cooper tomou um gole do café. Estava queimado e aguado.

— Você ouviu que houve outro atentado? Na Filadélfia, desta vez. Eu ouvi no rádio ao entrar. Programa de entrevistas, um caipira qualquer. Ele disse que vinha uma guerra por aí. Disse para a gente abrir os olhos.

— Quem é a gente? — A mulher falou para as mãos.

— Por essas bandas, tenho certeza de que "a gente" quer dizer texanos, e "eles" significa os outros sete bilhões de pessoas no planeta.

— Com certeza. Porque não há brilhantes no Texas.

Cooper deu de ombros e tomou outro gole do café.

— Menos do que em outros lugares. Nasce a mesma porcentagem aqui, mas os brilhantes costumam se mudar para áreas mais liberais, com uma densidade populacional maior. Mais tolerância e mais chances de estar com a própria espécie. Há superdotados no Texas, mas a quantidade *per capita* é maior em Los Angeles ou Nova York. — Ele fez uma pausa. — Ou Boston.

Os dedos de Alex Vasquez ficaram brancos em volta da garrafa de Bud. Ela estava curvada antes, sentada naquela posição horrível de uma programadora que passava dias inteiros conectada, mas agora tinha se empertigado. Por um longo momento, Vasquez olhou reto em frente.

— Você não é um policial.

— Trabalho para o DAR. Serviços Equitativos.

— Um gasista?

As pupilas se dilataram, e os pelinhos da nuca ficaram em pé.

— Nós apagamos as luzes.

— Como você me encontrou?

— Nós quase te encontramos no Arkansas, hoje de manhã. Equivale a dez horas e um pouquinho a mais da fronteira, uma distância grande demais para ser coberta à luz do dia. Você é inteligente o suficiente para ter planejado cruzá-la durante o dia, quando está lotada de gente e os guardas são mais negligentes. E uma vez que você se sente mais à vontade em cidades, e San Antonio é a última grande cidade antes da fronteira... — Cooper deu de ombros.

— Eu poderia simplesmente ter me escondido em qualquer lugar e ficado na minha.

— Você deveria ter feito isso, mas eu sabia que não faria. — Ele sorriu. — Seus padrões te entregaram. Você está fugindo de nós, mas também está indo na direção de alguma coisa.

Vasquez tentou manter uma expressão séria, mas a verdade foi revelada em cinquenta indícios sutis que brilhavam como letreiros em neon aos olhos de Cooper. *Você podia largar essa vida e jogar pôquer*, Natalie disse uma vez para ele, *se alguém ainda jogasse pôquer.*

— Foi o que eu pensei. Você não está agindo sozinha, não é?

Vasquez fez que não com a cabeça, em um gesto curto e comedido.

— Você está muito convencido.

Cooper deu de ombros.

— Eu estaria assim se tivesse capturado você em Boston. Mas impedi-la de lançar o vírus conta como uma vitória. Você estava perto de fazer isso?

— Faltavam uns dias. — Ela suspirou, ergueu a garrafa de cerveja e inclinou na direção dos lábios. — Talvez uma semana.

— Você sabe quantos inocentes teriam morrido?

— O alvo eram os sistemas de direção em aeronaves *militares*. Sem baixas civis. Apenas soldados. — Vasquez se virou para encará-lo. — Há uma guerra, lembra?

— Ainda não há.

— Vá se foder — disparou Vasquez.

A garçonete, Sheila, deu uma olhada, assim como algumas pessoas em mesas próximas.

— Diga isto para as pessoas que você assassinou.

— Nunca assassinei ninguém — corrigiu Cooper. — Eu matei pessoas.

— Não é assassinato porque elas são diferentes?

— Não é assassinato porque elas eram terrcristas. Feriram pessoas inocentes.

— *Elas eram* pessoas inocentes. Só conseguiam fazer coisas que você não é capaz de imaginar. Eu consigo enxergar códigos de programação, você não entende? Algoritmos que confundem a cabeça dos banais são apenas padrões para mim. Eles surgem nos meus sonhos. Sonho com os programas mais lindos jamais escritos.

— Venha comigo. Sonhe para nós. Não é tarde.

Ela girou no banco, segurando a garrafa de cerveja pelo gargalo.

— Eu aposto que sim. Pagar minha dívida com a sociedade, certo? Continue viva, mas como uma escrava que traiu a própria gente.

— Não é tão simples assim.

— Você não sabe do que está falando.

Cooper sorriu.

— Tem certeza?

Os olhos de Vasquez brilharam e depois se apertaram. A respiração se acelerou. Os lábios se moveram como se ela estivesse sussurrando, mas não saíram palavras. Finalmente, Vasquez perguntou:

— Você é um superdotado?

— Sim.

— Mas você...

— Sim.

— Ei, você está bem, moça?

Cooper desviou o olhar pela fração de segundo que precisou para avaliar o homem. Tinha 1,85 metro de altura, 100 quilos, gordura sobre músculos rígidos que ganhou no trabalho, não na academia. Mãos diante do corpo, meio erguidas, joelhos ligeiramente dobrados, bom equilíbrio. Pronto para brigar se a situação chegasse a esse ponto, mas ele não previa que chegasse. Botas de caubói.

Então Cooper se voltou para Alex Vasquez e viu o que esperava quando notou a maneira como ela segurava a garrafa de cerveja. Vasquez se aproveitou da distração para golpeá-lo com a mão virada. O cotovelo estava erguido, e ela fez força mesmo, a garrafa veio girando para se estilhaçar no crânio de Cooper.

No entanto ele não estava mais lá.

Muito bem, então. Não havia como saber ao certo como o caubói reagiria. Melhor prevenir. Cooper foi para o lado e meteu um gancho de esquerda no maxilar do sujeito. O homem assimilou bem o golpe, rolou com o impacto, e depois ele mesmo soltou o braço. Não foi um soco ruim, e provavelmente teria apagado um homem normal. Mas Cooper notou o breve movimento no olho do caubói, o retesamento do deltoide, o giro dos oblíquos; ele captou tudo aquilo em um instante, da maneira que um banal teria reconhecido uma placa de PARE, e o significado foi igualmente evidente para Cooper. O soco era uma britadeira, mas para ele, que era capaz de enxergar aonde o golpe iria, evitá-lo foi a coisa mais fácil do mundo. De rabo de olho, Cooper viu Vasquez sair do banco e disparar para a porta, na parede do outro lado do bar.

Chega disso. Ele deu um passo à frente, dobrou o cotovelo e acertou a garganta do caubói. O homem perdeu todo o ímpeto de luta em um instante. Ambas as mãos voaram para o pescoço, os dedos arranharam a pele e deixaram rastros de sangue. Os joelhos tremeram e cederam.

Cooper pensou em dizer para o homem que ele ficaria bem, que não havia esmagado a traqueia, mas Vasquez já estava desaparecendo pela porta. O caubói teria que descobrir por conta própria. Cooper passou aos empurrões e desviou entre as pessoas, cuja maioria encarava paralisada, e algumas começavam a se mexer, mas muito devagar. Um banco começou a tombar quando o homem pulou fora, e Cooper captou o padrão dos músculos do sujeito, o arco do banco em queda e calculou a diferença para pular sobre as pernas de metal sem se envolver com o cara. A *jukebox* passou a tocar Skynyrd, Ronnie Van Zant pedia por três passos, senhor, me dê três passos na direção da porta, o que teria feito Cooper rir se pudesse perder esse tempo.

A porta tinha uma placa que dizia SOMENTE HÓSPEDES DO HOTEL. Cooper chegou a ela antes que se fechasse, e a escancarou para garantir que Vasquez não estava esperando do outro lado — ele teria notado se ela estivesse armada, mas Vasquez podia ter escondido uma arma antes de entrar no bar — e então, ao ver que a barra estava limpa, deu a volta pela ombreira. O corredor levava para outra porta, provavelmente o saguão. Uma escada acarpetada em um padrão sem graça de cinza e laranja levava para cima. Ele subiu enquanto a música e o barulho do bar sumiam, o que fez o som de sua respiração ecoar pelas paredes de concreto. Outra porta levava a um corredor, repleto de quartos de hotel em ambos os lados.

Cooper ergueu o pé direito para dar um passo no...

Quatro possibilidades.

Primeira: Uma corrida em pânico, não planejada. Mas ela é uma programadora; programadores trabalham com lógica e possibilidades antecipadas.

Segunda: Vasquez está pensando em fazer um refém. Improvável; ela não teria tempo de tentar entrar em mais de um quarto, e não há garantias de que poderia cuidar do ocupante.

Terceira: Vasquez foi atrás de uma arma escondida. Mas isso não altera a equação; se você puder vê-la, ela não vai acertá-lo.

Quarta: Fuga. Obviamente, o prédio estava cercado, mas ela saberia disso. O que significa uma rota alternativa.

Saquei.

... corredor. Onze portas, dez idênticas, a não ser pelos números. A porta no final do corredor era simples, sem numeração. O armário do faxineiro. Cooper correu até lá, testou a maçaneta e viu que estava destrancada. O aposento sombrio tinha 1,5 metro por 1,5 metro. Dentro havia um carrinho com produtos de limpeza e artigos de higiene pessoal em miniatura, um aspirador, uma estante de aço com toalhas dobradas, um tanque, e pregada à parede do lado, uma escada de ferro que levava a um alçapão no telhado. Ele estava aberto, e, através do buraco, Cooper viu o céu noturno.

Vasquez devia ter preparado esse esquema depois de se hospedar. O alçapão provavelmente esteve trancado; ela deve tê-lo cortado ou quebrado, para deixar uma bela fuga para si mesma. Inteligente. O hotel era um prédio baixinho de dois andares em uma fileira de edifícios similares, e não seria difícil ir de um para o outro, depois descer pela escada de emergência e ir embora tranquilamente.

Cooper esticou a mão para um dos degraus e ergueu o corpo. Parou um momento para verificar se Alex Vasquez não esperava no topo para agredi-lo na cabeça com uma pedra, e depois agarrou a beirada e subiu rastejando no telhado. Alcatrão grudento colou nos pés. Mesmo com a aquarela das luzes da cidade, as estrelas se espalhavam no horizonte. Ele ouviu o trânsito lá embaixo na rua e berros, conforme sua equipe entrava no bar. Cooper permaneceu abaixado, deu uma olhadela para a esquerda, depois para a direita, viu uma figura esguia de costas para ele, com as mãos plantadas na mureta de um metro que marcava o limite do telhado. Vasquez ergueu o corpo, dobrou um joelho sobre a beirada e depois ficou de pé.

— Alex! — Cooper sacou a pistola ao se levantar, mas manteve a arma abaixada. — Pare.

A programadora ficou paralisada. Cooper se aproximou com cuidado enquanto ela se virava devagar, com uma postura que revelava uma mistura de frustração e resignação.

— Maldito DAR.

— Saia da beirada e coloque as mãos atrás da cabeça.

A luz da rua revelou o rosto de Vasquez, o olhar sério, os lábios com uma expressão de desdém.

— Então você é superdotado, hein? — Outro brilho dourado do colar, um pássaro delicadamente trabalhado. — Qual é o seu poder?

— Reconhecimento de padrões, especialmente linguagem corporal.

Ele se aproximou até que apenas meia dúzia de passos separasse os dois. Manteve a Beretta abaixada.

— Foi por isso que se moveu tão rápido.

— Eu não me movo mais rápido que você. Simplesmente sei onde você vai acertar.

— Que gracinha. E usa isso para caçar a própria espécie. Você gosta? — Ela colocou as mãos nos quadris. — Isso te faz sentir poderoso? Aposto que sim. Seus donos fazem um cafuné na sua cabeça para cada um de nós que você pega?

— Desça daí, Alex.

— Ou você vai atirar em mim?

Ela deu uma olhadela para o prédio do outro lado de um beco estreito. Dava para pular aquela distância de 1,80 metro, talvez.

— Não precisa ser assim. Você não feriu ninguém ainda. — Ele captou a hesitação no corpo, o tremor na panturrilha e a tensão nos ombros. — Desça e vamos conversar.

— Conversar. — Ela deu um muxoxo de desdém. — Eu sei como vocês do DAR conversam. Qual é o termo que os políticos gostam? "Interrogatório aprimorado." Bem bonito. Soa tão mais gentil que tortura. Assim como Departamento de Análise e Reação soa tão mais gentil que Agência de Controle de Anormais.

O corpo de Vasquez informou Cooper de que ela estava tomando uma decisão.

— Não precisa ser assim — repetiu ele.

— Qual é o seu nome? — A voz era suave.

— Nick.

— O homem no rádio estava certo, Nick. Sobre a guerra. Esse é o nosso futuro. — Ela foi tomada por uma estranha determinação e enfiou as mãos nos bolsos. — Você não pode deter o futuro. Tudo que pode fazer é escolher um lado.

Vasquez se virou e olhou novamente para o beco.

Cooper viu o que ela pretendia e começou a ir em frente, mas antes que tivesse dado dois passos, Alex Vasquez, com as mãos enfiadas nos bolsos, pulou do telhado.

De cabeça.

CAPÍTULO 2

Cooper passou a noite inteira e a maior parte do dia seguinte limpando

O corpo quebrado de Alex Vasquez foi o que deu menos trabalho. Os médicos-legistas cuidaram disso e brincaram a respeito da causa da morte ao colocá-la sobre a maca. Ele e Quinn observaram enquanto o outro agente segurava um cigarro sem acender, girava, enfiava nos lábios e atrás das orelhas. A questão não era que Quinn estivesse tentando parar de fumar. Ele apenas curtia a tensão entre segurar o cigarro e finalmente acendê-lo. Cooper observou os músculos faciais de Quinn quando ele finalmente deu uma boa tragada e teve certeza de que a fumaça em si era uma decepção.

— Eu sempre me perguntei se alguém seria capaz de fazer isso. — Quinn olhou para o telhado do hotel a 9 metros de altura. — Deve ter sido difícil lutar contra os reflexos de sobrevivência e manter o crânio à frente.

— Ela colocou as mãos nos bolsos antes de pular.

Bobby Quinn assobiou.

— Porra, Cooper, o que você fez com ela lá em cima?

Eles encontraram o datapad perdido no quarto de hotel e um microdrive no bolso. Os dois entregaram os objetos para Luisa e Valerie, mandaram que elas fossem para a seção local de San Antonio e os examinassem. Vasquez dissera que o vírus ainda precisava de uma semana de programação. Se tivesse dito a verdade, a coisa era complexa demais para outro programador terminar facilmente.

Eu sonho com os programas mais lindos jamais escritos.

Por volta das duas da manhã, ele ligou para Drew Peters, o diretor dos Serviços Equitativos. Apesar da hora, o chefe parecia bem desperto.

— Nick, ótimo. Como vai?

— Alex Vasquez está morta.

Houve uma pausa.

— Foi necessário?

— Ela se matou.

Cooper odiava falar ao telefone. Ele se sentia prejudicado quando não podia ver a outra pessoa, o movimento dos músculos, a mudança nos poros e a dilatação das pupilas. Quando não podia ver alguém, Cooper tinha que aceitar as palavras pura e simplesmente em vez de captar o significado por trás delas. Ouviu falar que alguns captadores, na verdade, preferem o telefone porque remove a dissonância confusa entre o que as pessoas dizem e o que pensam, mas, para Cooper, aquilo era o mesmo que cortar a língua fora porque ele não gostou do sabor de alguma coisa.

— Eu não consegui detê-la.

— Que pena. Eu gostaria de ter conversado com ela.

— Acho que foi por isso que Alex Vasquez se matou. Nós conversamos antes de ela pular, e Vasquez mencionou interrogatório. Aquilo a assustava. Não o processo, mas o que ela pudesse nos dizer.

Outra longa pausa.

— Difícil ver um lado positivo nisso.

— Sim, senhor.

— Tudo certo. Bem, ainda temos um sucesso, mesmo que não seja total. Bom trabalho, filho. Resolva tudo e volte para casa.

Depois da ligação, ele teve que cuidar de policiais e questões de jurisdição. O departamento dava poderes amplos que nenhuma autoridade local ousaria questionar, mas o serviço governamental sempre envolvia gente querendo tirar o seu da reta, e havia formulários a serem preenchidos, códigos de autorização a serem passados, relatórios após o incidente a serem escritos. A equipe de Cooper tinha interrogado os outros clientes do bar para garantir que Vasquez não tivesse um parceiro entre eles. Cooper providenciou para que o corpo fosse enviado de volta a Washington — trinta anos depois dos primeiros brilhantes, e a galera do bisturi ainda gostava de dissecar seus cérebros — e ligou para a polícia regional, a fim de que dessem as más notícias aos parentes próximos. A mãe de Vasquez morava em Boston, o pai, em Flint, e ambos eram normais. O irmão, Bryan, também normal, era um engenheiro promissor que largou a faculdade e tinha sido visto pela última vez vendendo maconha em Berkeley.

Os últimos dias foram uma correria, e Cooper se sentia moído e exausto com os formulários e o procedimento, toda a parafernália da manutenção civilizada da segurança pública. Paciência com a burocracia não era seu ponto forte, mesmo quando ele não estava esgotado. Quando Cooper finalmente entrou no voo fretado de volta a Washington, o assento reclinável pareceu um colchão de penas. Ele deu uma olhadela para o relógio e calculou que, com um voo de três horas com uma hora de diferença do fuso, mais o deslocamento do aeroporto de Dulles a Del Ray, chegaria às 22 horas. Tarde, mas não muito tarde. Cooper se reclinou no assento e fechou os olhos. E se deparou com uma visão de Alex Vasquez esperando por ele, aquela viradinha que ela fez quando Cooper percebeu suas intenções, a maneira como enfiou fundo as mãos nos bolsos da calça jeans. A forma como ela se apoiou no pé direito ao dobrar as pernas para pular.

Eu sonho com os programas mais lindos jamais escritos.

Cooper estava dormindo antes que o trem de pouso fosse recolhido. Se sonhou com alguma coisa, ele não se lembrou.

Um toque no ombro o acordou. Cooper pestanejou, ergueu os olhos e viu a aeromoça sorrindo para ele.

— Desculpe, estamos pousando.

— Obrigado.

— Não há de quê.

A mulher permaneceu sorrindo. Era charmoso, mas Cooper percebeu que era uma expressão ensaiada.

— O senhor quer alguma coisa?

— Estou bem.

Ele esfregou os olhos para afastar o sono e olhou pela janela. Washington estava borrada pela chuva.

Do assento do outro lado do corredor, Quinn falou:

— Acho que ela gostou de você.

— Isso porque ela não sabe que eu trabalho para o governo.

Cooper se espreguiçou, e as juntas dos ombros e cotovelos estalaram. O jatinho era um voo comercial fretado, bem melhor que as aeronaves militares que os dois usavam geralmente. Ele e Quinn eram os únicos passageiros. Luisa Abrahams e Valerie West, as duas outras integrantes da equipe, pegariam voos no dia seguinte, depois que encerrassem as atividades em San Antonio. *Falando nisso...*

— Alguma notícia sobre o vírus?

— Boas notícias, más notícias. Nas palavras de Luisa, o vírus é "um código cruel pra caralho". A boa notícia é que não está finalizado, e Valerie não acha que outro programador seja capaz de pegar do ponto onde o vírus parou. Disse que *ela* definitivamente não conseguiria.

— Qual é a má notícia?

— Vasquez não teria sido capaz de usá-lo. Precisaria passar por protocolos militares de segurança. Desses que são projetados pelos nossos melhores esquisitos.

Cooper deu um olhar feio para Quinn.

— Sem querer ofender. De qualquer maneira, Luisa disse que, para funcionar, o vírus teria que ser introduzido *dentro* do firewall.

— Então, Alex Vasquez tinha um contato. Alguém dentro das Forças Armadas.

— Tinha que ser alguém importante. Acha que foi por isso que ela deu o golpe final? Para que não revelasse o nome?

— Talvez.

O medo de trair um amigo ou amor poderia ter lhe dado forças. Cooper não era do tipo suicida, mas imaginou que, se a pessoa escolhesse morrer se atirando de um prédio, ela iria para um lugar alto e garantido, onde o chão fosse uma abstração. Vasquez teria sido capaz de enxergar todas as marcas no concreto, todo o chiclete pisado, cada caco reluzente de garrafa quebrada. Deve ter sido necessária uma tremenda força de vontade para enfiar as mãos nos bolsos e mergulhar de cabeça no concreto.

O jatinho tocou na pista, quicou uma vez, depois se estabilizou, e o rugido do ar e do motor aumentou quando eles frearam para taxiar.

— Recebi notícias do escritório também. Algo vai rolar.

— O quê?

— Nada de específico ainda. Apenas muito falatório, a essa altura. Mas todo mundo está ligado.

Que surpresa. Todo mundo está ligado desde 1986.

Aquele foi o ano em que o Dr. Eugene Bryce publicou o estudo na revista científica *Nature* em que identificou formalmente os brilhantes — o mais velho tinha 6 anos. Àquela altura, eles eram apenas uma curiosidade, um fenômeno estranho que as pessoas imaginavam que estivesse ligado a pesticidas, a vacinações ou à deterioração da camada de ozônio. Um abalo evolucionário.

Passaram-se 27 anos desde aquele estudo, e embora milhares de outros tenham se seguido, o mundo continuava longe de compreender as causas.

O que se sabia é que pouco menos de um por cento das crianças nascia brilhante. A maioria tinha dons do quarto ou quinto escalão: identificação de calendário, leitura dinâmica, memória fotográfica, cálculos avançados. Habilidades incríveis, mas não problemáticas.

E aí havia brilhantes do primeiro escalão como Erik Epstein.

Para Epstein, os movimentos do mercado de ações eram tão óbvios quanto a programação tinha sido para Vasquez. Ele amealhou um patrimônio líquido de 300 bilhões de dólares até que o governo fechou a bolsa de valores de Nova York em 2011. A maioria das nações fez o mesmo. Os mercados globais permaneceram fechados até hoje. Credores enlouqueceram. Processos sobre os direitos de propriedade se espalharam por todos os países. O empreendedorismo desapareceu da noite para o dia; as empresas de baixa capitalização fecharam; o Terceiro Mundo se ferrou mais que o normal.

Tudo por causa de um homem.

A humanidade normal percebeu que algo de ruim ia acontecer. O que antes fora uma curiosidade agora era uma ameaça. Não importava como fossem chamados — brilhantes, superdotados, anormais, esquisitos —, eles mudaram tudo.

Daí o Departamento de Análise e Reação, uma tentativa de lidar com um mundo que mudava radicalmente. Embora tivesse apenas 15 anos, o DAR já tinha um orçamento indefinido maior que o da Agência de Segurança Nacional. O departamento era responsável por testes, monitoramento, pesquisa; aconselhava legisladores e ocupava uma vaga no ministério. E toda vez que um engenheiro superdotado avançava a tecnologia uma década, o DAR recebia mais meio bilhão. Ainda assim, desde que os anormais fossem integrantes produtivos da sociedade, bons cidadãos que obedecessem às leis, eles tinham os mesmos direitos e proteções que todo mundo.

Era com aqueles que não sabiam brincar que os Serviços Equitativos se preocupavam.

— De qualquer maneira, parece que estão todos a postos para encontrar a resposta certa no caos. Não há descanso para os virtuosos — falou Bobby Quinn, bocejando. — Você tem carro aqui ou devo chamar um transporte?

— Chame um transporte.

Ele tirou a mochila do bagageiro e depois pegou as chaves.

— Hã, Cooper?

— Sim?

— Isso não é a chave de um carro?

— Parece que é.

Quinn revirou os olhos.

— Deve ser bom ser a menina dos olhos de Drew Peter.

— Me avise se você descobrir alguma coisa.

Cooper andou pelo corredor até a porta aberta. A aeromoça sorriu quando ele passou. Cooper devolveu o sorriso, depois desceu os degraus para a pista.

■

O mau tempo deixou as pessoas em casa em Washington, e ele chegou rápido. Del Ray ficava ao extremo norte de Alexandria, uma vizinhança aconchegante de casas aninhadas umas próximas às outras. Elas eram bem conservadas, a maioria de classe média, com uma bandeira ensopada a cada quatro varandas.

Em estilo vitoriano e de um tom forte de azul, a casa de Natalie tinha dois andares e era repleta de janelas. Uma cerca delimitava o jardim minúsculo, onde havia uma mountain bike preta caída embaixo de um bordo. Cooper estacionou na entrada da garagem e desligou o motor. Tirou a Beretta e o coldre do cinto e trancou os dois no estojo embaixo do banco do carona. As luzes do térreo estavam acesas; talvez ele não estivesse tão atrasado assim, afinal.

A chuva havia aumentado, e Cooper correu pela entrada da casa, ainda desejando um casaco. Ao se aproximar da porta, ouviu passos atrás dela. Após o clique do ferrolho, a porta se abriu para dentro. A ex-esposa estava de calça de pijama listrada e uma camiseta puída com o símbolo do Greenpeace. Natalie estava com os pés descalços e o cabelo preso em um rabo de cavalo. Ela sorriu para Cooper.

— Nick.

— Oi — disse ele ao entrar.

Cooper abraçou a ex-mulher e foi brevemente envolvido pelo cheiro familiar.

— Desculpe chegar tarde. Eu queria vê-los.

— Eles estão dormindo.

— Posso dar uma espiada mesmo assim?

— Claro — respondeu ela. — Acabei de abrir um tinto. Quer uma taça?

— Deus te abençoe, sim. — Cooper se abaixou para desamarrar os sapatos e os deixou no capacho, ao lado de um monte de tênis. — Não vou demorar.

A luz do corredor estava apagada, mas Cooper tinha subido aqueles degraus dez mil vezes. Foi na ponta dos pés e evitou o degrau que rangia no topo. Delicadamente, abriu a porta do quarto das crianças e entrou. Luz fraca penetrava pelas janelas, e Cooper parou para deixar os olhos se ajustarem.

O quarto tinha cheiro de crianças, aquele cheiro de luz do sol sobre meias e suor. A lateral esquerda tinha pôsteres de dinossauros e nebulosas, uma grande imagem emoldurada da Terra nascendo atrás da Lua. Havia pilhas de brinquedos, robôs, cavaleiros e caubóis.

O filho estava encolhido de lado, com o cabelo desgrenhado e a boca aberta. Um fino rastro de baba ia dos lábios ao travesseiro. O edredom era um bolo aos pés. Cooper ajeitou a manta para cobrir o pijama do Homem-Aranha de Todd. O menino se remexeu, fez um som baixinho, e depois rolou de lado. Cooper se abaixou para beijá-lo. *Nove anos já. Não vai demorar muito até que ele não me deixe mais beijá-lo.* O pensamento provocou uma pontada nostálgica no peito.

O lado do quarto de Kate era mais organizado. Mesmo ao dormir, ela parecia arrumada, deitada de costas, com a expressão serena. Cooper se sentou na beira da cama e acariciou o cabelo, sentiu o calor da filha, a inacreditável maciez da testa de 4 anos. Pele tão fresca e nova como uma manhã de maio. Ela dormia o sono profundo de um zumbi, típico de uma criança, e Cooper observava o ritmo tranquilo da respiração. Algo dentro dele foi revigorado por aquela imagem, como se Kate dormisse pelos dois. Cooper pegou o ursinho de pelúcia do chão e o aninhou ao lado dela.

Ao voltar ao térreo, ele ouviu música tocando baixinho, uma das bandas femininas obscuras de *folk* que Natalie gostava. Cooper acompanhou o som até a sala de estar, viu a ex-mulher no sofá, com os pés enfiados embaixo de si como uma garotinha e uma revista no colo. Natalie ergueu os olhos quando ele entrou e gesticulou para um vinho syrah na mesa de centro.

— As crianças estão bem?

Cooper concordou com a cabeça e se sentou na outra ponta do sofá.

— Às vezes, eu não acredito que nós as fizemos.

— Nossa melhor obra.

Natalie ergueu a taça, e ele brindou. O vinho era encorpado e saboroso. Cooper suspirou, jogou a cabeça para trás e fechou os olhos.

— Dia duro?

— Comecei em San Antonio.

— Alguém que você estava perseguindo?

Ele concordou com a cabeça.

— Uma mulher. Programadora.

— Você teve que matá-la?

Natalie olhou para Cooper com firmeza. Ela sempre foi direta, a ponto de as pessoas, às vezes, confundirem com frieza. Na verdade, Natalie era uma das pessoas mais amorosas que ele conhecera. Ela apenas tinha a honestidade de alguém sem nada para provar. Isso era parte do que o atraiu, há muitos anos. Cooper raramente encontrava pessoas cujos pensamentos, palavras e atos tinham tanta sincronia.

— Ela se matou.

— E você se sente mal.

— Não. Eu me sinto bem. Ela era uma terrorista. O vírus de computador em que ela trabalhava poderia ter matado centenas, talvez milhares de pessoas. Prejudicado as Forças Armadas. A única coisa que me incomoda... — Ele ficou em silêncio. — Desculpe, o que você realmente queria saber?

Natalie deu de ombros, um movimento gracioso dos trapézios por baixo da camiseta fina.

— Eu te escuto, se você precisar.

Cooper queria contar para ela, não porque estivesse atormentado pela morte de Vasquez ou porque precisasse da bênção de Natalie, mas simplesmente porque fazia bem falar, compartilhar os dias com alguém. No entanto não era mais justo. Eles sempre se amariam, mas fazia três anos desde o divórcio.

— Não, eu estou bem. — Ele tomou um gole do vinho. — Este é bom. Obrigado.

— De nada.

A sala estava quente e confortável, com cheiro de canela de uma vela na mesa de centro. Lá fora, a chuva era fina e constante. Uma rajada de vento sacudiu as árvores. Cooper não ficaria muito tempo — os dois obedeciam os limites —, mas era bom se sentar naquele santuário, com os filhos dormindo em cima dele.

Até Natalie tomar um golinho do vinho e depois mover as pernas para o chão e se inclinar à frente para pousar a taça na mesa. Ela respirou fundo e dobrou as mãos no colo.

Ai, merda.

— O que foi?

Nat olhou para ele de lado.

— Sabe, isto costumava me deixar louca. Só porque você sabe que algo me preocupa não significa que não deva calar a boca e esperar que eu fale.

— Pelo que eu me lembro, havia um lado bom na minha capacidade de captar sua linguagem corporal.

— Sim, Nick. Você era muito bom na cama. Melhor agora?

Cooper sorriu.

— O que está te preocupando?

— É Kate.

Ele se empertigou, a proteção paternal surgiu imediatamente, aquela parte que sempre preencheria com o pior fim possível qualquer declaração que começasse com *é Kate.*

— O que foi?

— Ela arrumou os brinquedos hoje.

Foi uma declaração tão inócua que Cooper quase riu, com a cabeça cheia de todas as frases que imaginou: *É Kate, ela caiu e bateu com a cabeça. É Kate, o vizinho andou tocando nela. É Kate, ela está com meningite.*

— E daí? Ela gosta das coisas arrumadas. Um monte de meninas é assim.

— Eu sei.

— *Você* gosta das coisas arrumadas. Olhe este lugar.

Ele gesticulou para as fotos emolduradas, alinhadas e sem poeira, para as pontas perfeitas do tapete e do sofá, para a cesta na mesa de centro que organizava os controles remotos.

— Ela apenas está tentando ser como a mãe.

Natalie encarou Cooper por um longo momento.

— Venha comigo.

Ela ficou de pé e foi até a arcada que levava à cozinha.

— Onde...

— Vamos.

Relutante, Cooper se levantou e levou a taça. Ele seguiu Natalie pela cozinha até o solário que também servia como sala de brinquedos. Três paredes eram de vidro; na quarta, Natalie pintara um mural, uma cena de *Mogli — O Menino Lobo* em que o grande urso Balu boiava de costas em um rio, com Mogli deitado em seu peito. Ela era uma artista talentosa; antigamente, preenchia cadernos com esboços, na época em que os dois eram adolescentes que pensavam que amor era um substantivo, uma coisa que se podia possuir. Natalie acendeu a lâmpada do teto. O lado da sala que pertencia a Todd estava caótico, com as tampas das caixas de brinquedos abertas, um trenzinho sob ataque de um panda de pelúcia, uma criação inacabada de Lego que um dia, talvez, fosse um castelo.

O lado de Kate estava um brinco. A caixa de brinquedos estava fechada, e as lombadas dos livros de figuras pareciam ter sido alinhadas com uma régua. Uma prateleira baixa continha bone-cas e bichos de pelúcia — a boneca Raggedy Ann de pano, um brontossauro, um crocodilo de plástico, um caminhão quadradão dos bombeiros, um Pateta de pelúcia sem um olho, um papagaio, Sininho, um unicórnio atarracado — todos enfileirados como fuzileiros navais em formação.

— Eu saquei — disse ele. — Está organizado.

Natalie fez um som curto e agudo.

— Às vezes, eu não te entendo, Cooper.

Nunca era um bom sinal quando ela o chamava pelo sobrenome.

— O quê?

— Você tem essas habilidades maravilhosas. É capaz de olhar para a fatura do cartão de crédito de alguém, os livros que a pessoa leu, o álbum de fotos de família, e, a partir disso, você sabe para onde a pessoa vai correr, o que fará. Consegue rastrear terroristas pelo país inteiro. Você realmente não consegue perceber?

— Isso não significa nada.

— Não *significa*... Você não é o primeiro a dizer que, se alguém quiser entender como os anormais pensam, tudo que a pessoa precisa saber é que o mundo inteiro é composto por padrões? Que não importa que um dom seja emocional, espacial, musical ou matemático, todo o resto é secundário diante do fato de que os brilhantes são mais sintonizados nos padrões do que todas as outras pessoas?

— Vamos apenas dar um tempo a ela. Há um motivo para o teste não ser obrigatório até 8 anos.

— Eu não quero que Kate seja testada. Quero lidar com isso. Quero descobrir do que ela precisa.

— Nat, ela tem *4 anos*. Está imitando. Não...

— Olhe para os bichos de pelúcia. — Natalie foi até eles e apontou, mas os olhos permaneceram em Cooper. — Eles não estão organizados. *Estão em ordem alfabética.*

Ele sabia disso, obviamente, tinha notado assim que a ex-mulher acendeu a luz. Mas sua garotinha, testada e classificada? Havia rumores sobre as academias, as coisas que aconteciam lá. Nem pensar que Cooper permitiria que Kate acabasse em uma delas.

— Olhe para as lombadas dos livros — continuou Natalie, implacável.
— Estão arrumadas por cores. E no espectro, do vermelho ao violeta.

— Eu não...

— Kate é uma anormal. — O tom foi casual, uma mera declaração.
— Você sabe disto. Provavelmente há mais tempo que eu. E temos que lidar com esse fato.

— Talvez você tenha razão. Talvez ela seja uma esquisita...

— Não tem graça...

— Mas talvez ela apenas seja uma garotinha cujo pai é um esquisito. Talvez não seja você que Kate esteja imitando. Talvez seja eu. Ou talvez ela realmente tenha um dom. O que você quer fazer? Testá-la? E se Kate for do primeiro escalão?

— Não seja cruel.

— Mas e se ela for? Você sabe que isso significa uma academia.

— Só passando por cima do meu cadá...

— Então...

— Estou dizendo que precisamos lidar com isso. Descobrir qual é o dom e ajudá-la a explorá-lo. Kate pode precisar de ajuda, de orientação. Pode aprender a controlá-lo.

— Ou talvez a gente possa deixá-la em paz, sendo apenas uma garotinha.

Natalie se aprumou e colocou as mãos na cintura. Era uma pose que Cooper conhecia: a ex-esposa sendo teimosa. Antes que ela pudesse falar, o celular tocou. Ele deu de ombros como quem diz *"o que eu posso fazer?"* e puxou o telefone. O mostrador dizia QUINN – CELULAR. Cooper apertou o botão de chamada e falou:

— Não é uma boa hora. Isto pode...

— Desculpe, mas não. — A voz de Bobby Quinn era totalmente séria. — Você está sozinho?

— Não.

— Então me ligue quando estiver.

O amigo desligou.

Cooper enfiou o telefone novamente no bolso e esfregou os olhos.

— Era trabalho. Algo está acontecendo. Podemos conversar depois?

— Salvo pelo gongo.

Os olhos de Natalie ainda tinham fogo.

— Eu sempre tive sorte.

— Cooper...

— Não estou dizendo que não vamos conversar a respeito. Mas tenho que ir. E não há necessidade de decidir hoje à noite. — Ele sorriu. — As academias não aceitam candidatos a esta hora.

— Não brinque — respondeu Natalie, mas ela torceu o nariz, e ele soube que o tópico não geraria problemas por enquanto.

Natalie acompanhou Cooper até a porta, e as tábuas de madeira de lei rangeram com cada passo. O vento uivava lá fora enquanto a tempestade aumentava.

— Eu digo para as crianças que você passou aqui — disse ela.

— Obrigado. — Cooper pegou as mãos de Natalie. — E não se preocupe com Kate. Vai dar tudo certo.

— Tem que dar. Ela é a nossa garotinha.

Naquele momento, Cooper se lembrou de Alex Vasquez imediatamente antes de pular do telhado. A maneira como a luz bateu na mulher por baixo e deixou a silhueta em contraste. A determinação na pose. A maneira como a voz se abrandou quando ela falou:

Você não pode deter o futuro. Tudo que pode fazer é escolher um lado.

— O que foi? — perguntou ela.

— Nada. É só o mau tempo. — Ele sorriu para Natalie. — Obrigado pelo vinho.

Cooper abriu a porta da frente. O barulho da chuva estava mais alto, e o vento, frio. Ele deu um último tchauzinho para a ex-esposa, depois correu pela entrada. Era uma daquelas tempestades que ensopavam, e a camisa estava colada nos ombros quando chegou ao carro. Cooper abriu a porta, entrou e deixou a tempestade do lado de fora. *Eu realmente preciso investir em um casaco.*

O celular fora dado pelo DAR, e ele ativou o misturador de frequências antes de digitar, depois enfiou entre a orelha e o ombro enquanto puxava o estojo embaixo do banco do carona.

— Ok.

O estojo era de alumínio escovado, trancado com uma combinação. Cooper abriu as linguetas. A Beretta estava aninhada no coldre de cinto sobre espuma negra. Engraçado que, apesar de todas as maneiras com que os superdotados avançaram o mundo, a tecnologia de armas de fogo permanecia, no fundo, a mesma. Por outro lado, ela não mudou tanto assim desde a Segunda Guerra Mundial. As armas podiam ser mais rápidas, leves, precisas, porém uma bala era essencialmente uma bala.

— O que está acontecendo?

— Você está em segurança?

— Sim.

— Coop...

— O misturador está ligado, e eu estou sentado, sozinho, em um carro no meio de um furacão, do lado de fora da casa da minha ex-mulher. O que você quer que eu diga?

— É, está bem. Desculpe interromper, mas venha para cá. Tem alguém com quem você vai querer conversar.

— Quem?

— Bryan Vasquez.

O irmão mais velho de Alex Vasquez. O maconheiro sem último endereço conhecido.

— Enfie o cara em uma sala de entrevistas para passar a noite. Falo com ele amanhã.

— Não rola. Dickinson já está com ele.

— *O quê?* O que ele está fazendo com o irmão do meu alvo?

— Não sei. Mas lembra que os registros mostraram que Bryan era um merda? Descobrimos que não é bem assim. Na verdade, ele é um mandachuva em uma empresa chamada Pole Star. A irmã deve ter hackeado os registros da empresa e os nossos. A Pole Star é uma fornecedora militar. Sabe qual é a especialidade?

Cooper trocou o celular de orelha.

— Sistemas de direção para aeronaves militares.

— Você já ouviu falar da empresa?

— Não.

— Então como...

— Alex precisava de alguém para plantar o vírus. Eles trabalhavam juntos?

— Sim — respondeu Quinn. — Não só isso; ele alega que os dois trabalhavam diretamente com John Smith.

— Mentira.

Cooper pegou a Beretta, verificou o carregador, depois se inclinou à frente e prendeu o coldre no cinto.

— Eu não sei. Você devia ter visto o brilho nos olhos desse cara. E tem mais. — Quinn respirou fundo, e quando falou novamente, a voz soou abafada, como se tivesse colocado a mão em volta do receptor. — Cooper, ele diz que haverá um ataque. Um grande ataque. Algo que faz o vírus da irmã parecer fichinha.

O ar no carro ficou gelado, e a pele de Cooper ficou arrepiada sob a camisa molhada.

— O vírus da irmã teria matado centenas de pessoas.

Bobby Quinn respondeu:

— É.

> "Alguns dos meus melhores amigos são normais.
> Quero dizer, não que haja algo de errado
> com isso."
>
> — JIMMY CANNEL, COMEDIANTE

CAPÍTULO 3

Como a maioria das instituições do gênero, o Departamento de Análise e Reação não parecia lá grandes coisas visto da rua. Havia um letreiro de granito com um canteiro de flores na frente, e meia dúzia de guaritas. Uma espessa fileira de árvores bloqueava tudo atrás delas.

Os guardas que saíram eram alinhados e tinham uma expressão séria, vestiam uniforme tático preto, com submetralhadoras penduradas em bandoleiras. Um deles deu a volta pelo carro, com uma lanterna pesada na mão; o outro foi para a janela do condutor.

— 'Noite, senhor.

— Ei, Matt. Eu te disse, pode me chamar de Cooper.

O homem sorriu, abaixou o olhar para o crachá que Cooper segurava, depois voltou ao rosto. O parceiro jogou a luz da lanterna no banco traseiro do carro, enquanto os dedos da mão direita repousavam levemente no cabo da arma.

— Que noite dos infernos, hein?

— É.

A luz da lanterna que cortava as janelas traseiras se apagou. O guarda deu uma olhadela sobre o teto do carro e depois falou:

— Boa noite, senhor.

Cooper concordou com a cabeça, fechou a janela e passou pelo portão.

Para os desavisados, a rua talvez parecesse ter sido projetada por motivos estéticos, sinuosa como era, dando voltas em nada em especial. Mas o traçado escondia as medidas de proteção. As curvas limitavam a velocidade, o que reduzia a chance de um carro-bomba chegar ao complexo. O terreno bem-cuidado garantia excelentes linhas de visão para as torres de atiradores de elite, não exatamente escondidas pelos grupamentos de árvores podadas com extrema precisão. Meia dúzia de vezes o barulho constante dos pneus foi interrompido quando Cooper passou por cima de fileiras de espetos retraídos. Do estacionamento, ele conseguia enxergar a ponta das peças de artilharia antiaérea montadas no telhado do prédio.

Havia se passado tempo a beça desde o início. Será que fazia mesmo sete anos desde que ele entrou atrás de Drew Peters naquela antiga fábrica de papel? Cooper ainda conseguia sentir o cheiro fraco de peido e ver os fachos inclinados de luz do sol, que entravam pelas janelas altas da fábrica. O prédio passou uma década fechado, era um espaço barato e limpo, escondido dentro de um parque industrial da Virgínia. O diretor foi na frente, seguido por Cooper e outras 18 pessoas, todas escolhidas a dedo, todas nervosas, e todas tentando não demonstrar. Vinte indivíduos altamente capacitados que formavam a mais nova divisão do DAR, a ponta afiada de uma lança sem igual. Serviços Equitativos. "Os homens de fé", foi como Peters chamou o grupo.

E por 18 meses, fé era praticamente tudo que eles tinham. O grupo trabalhou em mesas de carteado, em um armazém cheio de correntes de ar. O orçamento era tão pequeno que houve alguns meses em que eles não receberam pagamento. Após as primeiras demissões, o Ministério da Justiça abriu uma investigação para fechar a divisão. Metade dos homens de fé pediu demissão. Drew Peters permaneceu inabalável, mas começou a ganhar olheiras. Houve rumores de uma CPI iminente, de execração pública. O que eles estavam fazendo era um exagero, um privilégio jamais dado a uma agência — o direito de caçar e executar civis. Peters garantiu a seus homens que ele tinha apoio nos mais altos escalões, que o que eles faziam estava fora do sistema jurídico tradicional. Mas, se Peters estivesse enganado, eles enfrentariam a prisão e possivelmente a pena de morte.

Aí, um terrorista anormal chamado John Smith entrou no Monocle, um restaurante do Capitólio, e matou 73 pessoas, entre elas um senador e seis crianças. De repente, a visão de Drew Peters não pareceu tão exagerada. Em um ano, a fábrica de papel zumbia com atividade; em dois, os Serviços Equitativos ganharam a reputação de subdivisão mais influente do DAR.

A chuva diminuiu e virou uma garoa quando Cooper estacionou e correu até a porta de entrada. Os procedimentos internos de segurança eram igualmente rigorosos: uma entrada em dois estágios, e cada um exigia um registro em vídeo e o escaneamento do crachá, a passagem por um detector de metais, que o crachá de Cooper permitia que ele evitasse, e por um sistema de detecção de explosivos que o crachá não evitava; tudo supervisionado por homens de coletes à prova de balas e armas automáticas. Cooper passou por isso no piloto automático, enquanto a mente reproduzia a conversa com Quinn e calculava as possibilidades. Imaginou se era possível que Alex e Bryan Vasquez realmente trabalhassem para John Smith. Imaginou o que significaria se fosse verdade.

A maior parte do departamento era dedicada ao lado analítico da função, que empregava milhares de cientistas e burocratas. Eles bancavam a pesquisa, exploravam a teoria e aconselhavam políticos. Eles criavam, recriavam e eternamente aprimoravam a Escala Treffert-Down, o teste aplicado às crianças de 8 anos. Gerenciavam os arquivos dos superdotados de primeiro e segundo escalão, procuravam e armazenavam qualquer dado no sistema, de prontuários médicos ao histórico de crédito. E facilitavam orçamentos, logísticas e questões de jurisdição. Era trabalho feito em cubículos e salas de reuniões, ao telefone e na internet, e os escritórios pareciam muito com qualquer sede de grande empresa.

Já os Serviços Equitativos não eram tão parecidos assim.

O centro de comando era dominado por um mapa em 3D dos Estados Unidos, do tamanho da parede. Ações e intervenções eram destacadas no país inteiro. Analistas alimentavam sem parar o sistema com dados e rastreavam os movimentos dos alvos. Cooper parou, olhou o painel e observou as cores, que variavam de verde e amarelo até o laranja: o Índice de Agitação, uma representação visual do ambiente no país que agregava tudo, da frequência de pichações à informação em linhas telefônicas grampeadas, de marchas de protesto à eliminação de alvos, tudo misturado e sobreposto ao mapa como padrões meteorológicos. Um pontinho vermelho em San Antonio marcava a eliminação de Alex Vasquez ontem. Não foi uma ação pública terrível, mas ainda assim, as pessoas no bar e na rua foram afetadas. Não importa com que gentileza uma pedra fosse atirada na água, sempre havia ondas.

Juntamente com o mapa 3D, monitores e placares luminosos mostravam notícias de cada grande fonte. Havia um zumbido baixo de conversas abafadas ao telefone; linhas diretas para o Pentágono, o FBI, a Agência de Segurança Nacional e a Casa Branca. O ar tinha um gosto levemente ionizado, como morder um garfo.

O centro de comando era a roda do eixo, com corredores saindo como raios da roda. Ele passou o crachá em um leitor e puxou com força a porta pesada. O secretário ergueu o olhar atrás de uma mesa, e a expressão mudou de tédio para bajulação assim que reconheceu Cooper.

— Olá, senhor. O que posso...

— Dickinson. Em que sala de entrevistas?

— Ele está no quatro, com o suspeito.

— *Meu* suspeito. — Cooper tirou o coldre do cinto e deixou na mesa do homem.

— Sim, senhor, mas...

— Sim?

— Bem, o agente Dickinson pediu para não ser incomodado.

— Pode deixar que vou pedir desculpas.

Cooper desceu o corredor, e os sapatos fizeram barulho no piso de ladrilhos encerados. Ele passou por portas de madeira com...

Dickinson sabe que o caso de Alex Vasquez é meu. Está arriscando uma surra por se meter acima da faixa salarial dele. Possíveis razões:

Primeira: Bryan Vasquez surgiu em uma investigação separada. Improvável.

Segunda: Dickinson ouviu a respeito da conexão com John Smith e está arriscando me irritar pela chance de pegar o peixe grande.

Terceira: Dickinson está tentando encontrar provas de que meti os pés pelas mãos com Vasquez.

Quarta: Tanto a segunda quanto a terceira. Babaca.

... janelas de vidro reforçado no meio. Duas das três primeiras salas estavam ocupadas por homens e mulheres nervosos, sentados em mesas comuns sob luz intensa. Havia um boato — uma piada? Era difícil dizer no DAR — que as lâmpadas fluorescentes foram o resultado de um programa multimilionário desenvolvido especialmente para gerar a luz mais desesperadora possível. Cooper não sabia se era verdade, mas as lâmpadas realmente faziam todo mundo parecer um cadáver de duas semanas. Até mesmo Roger Dickinson, que possuía o tipo da beleza de *quarterback* queixudo de filmes de futebol americano.

A porta pesada da sala de entrevistas quatro abafava a gritaria no interior e deixava as palavras indistintas. Porém, através da janela, Cooper pôde ver Dickinson debruçado sobre a mesa, com uma das mãos apoiada nos nós dos dedos, e a outra erguida e apontando, a centímetros do rosto de um homem com a mesma testa e maçãs do rosto de Alex Vasquez. Dickinson espetava o ar com o dedo, movendo para a frente e para trás como se apertasse um botão.

Usando a gritaria como cobertura, Cooper abriu a porta delicadamente e entrou de mansinho, depois, segurou a porta com uma das mãos e fechou devagar.

— ... melhor contar a verdade para mim, ouviu? Porque isto aqui não é uma multa qualquer por excesso de velocidade. Não é um sacolé de pó. Você está encarando uma acusação de terrorismo, meu amigo.

Vou dar sumiço em você. Peraí — Dickinson se empertigou, espalmou as mãos diante de si e olhou para elas com falso espanto —, aonde ele foi? Não tinha um cara aqui, há um minuto? Um baba-ovo qualquer de esquisitos? *Puf*, ele sumiu, e ninguém sabe, ninguém mais viu.

Ele se inclinou para a frente novamente.

— Ouviu?

— Eu ouvi — respondeu Cooper.

O agente deu meia-volta, e uma das mãos voou para o coldre vazio. *Cara, ele é rápido.* Quando Dickinson viu Cooper, pareceu brevemente sem graça, mas aquilo desapareceu no mesmo instante, enterrado por um desprezo visível.

— Eu estou no meio de uma coisa.

— É? O quê? — Cooper deu uma olhadela para Bryan Vasquez, não viu sinal de que ele tentaria alguma besteira, então voltou a atenção para Dickinson. — No meio de que exatamente você está? De qual caso? Quem é o alvo?

Dickinson deu um sorriso de dentes arreganhados.

— Só seguindo uma pista. Nunca se sabe onde ela vai dar. — O outro agente se preparou para a briga. — Até eu chegar lá.

Cooper se lembrou de uma briga no pátio da escola, uma de centenas. Filhos de militares eram sempre os novos garotos da vizinhança, os estranhos. Sempre tinham que brigar pelo seu lugar. Mas ser um anormal em um mundo que tinha apenas acabado de reconhecer o fenômeno colocou a situação em outro patamar. Parecia que toda vez que Cooper parava em uma escola diferente, um moleque maior queria brincar de Porrada na Aberração.

Uma vez, ele tentou se submeter, para ver se facilitava as coisas. O pai acabara de ser postado no Forte Irwin, a algumas horas de Los Angeles. Cooper tinha 12 anos na época, e o valentão tinha 15, um moleque ruivo e dentuço. O ruivo não parecia ser mais perigoso que qualquer outro valentão, então Cooper decidiu deixar que alguns socos entrassem. Talvez, se o moleque conseguisse tirar onda diante da turma e exercesse sua supremacia de macho, o ruivo fosse adiante, sem provocar danos de verdade.

Talvez isso tivesse funcionado com um garoto normal, um em uma fila de vítimas. Mas ele era diferente. E diferença, como Cooper descobriu naquele dia, inspirava um tipo especial de selvageria.

O professor de álgebra encontrou Cooper em uma cabine do banheiro, encolhido na base da privada, com a porcelana do vaso ensopada de sangue. Ele estava com os dois olhos inchados, nariz quebrado, testículos machucados e dois dedos esmagados. Os chutes que recebeu no chão lhe custaram o baço.

O pai perguntou quem tinha feito aquilo, assim como os médicos e o professor que o encontrou, mas Cooper jamais disse uma palavra. Ele apenas cerrou os dentes e aguentou firme os três meses que levou para se recuperar.

Então Cooper foi atrás do valentão e sua turma. E daquela vez, ele não se submeteu.

— Está pensando em alguma coisa, Roger?

Ele encarou a pose e o olhar do homem. O ritual era estúpido e primitivo, e Cooper não gostava daquilo, mas era uma dança que precisava ser dançada.

— Você queria me dizer alguma coisa?

— Eu disse. — Dickinson não piscou nem hesitou. — Quer me deixar trabalhar?

Ele não é um covarde. É um intolerante desobediente e ambicioso sem limites, mas pelo menos não é um covarde. Então, e aí, Coop? Até onde você quer levar esta situação?

— Cavalheiros.

A voz atrás deles era uma espuma em volta de aço temperado. Ela quebrou aquele momento de pátio de escola como um graveto. Cooper e Dickinson se viraram ao mesmo tempo.

Com um terno de corte conservador, óculos sem aro e barba impecavelmente feita, Drew Peters parecia um escrevente ou pediatra, não um homem que usualmente mandava matar cidadãos americanos.

— Juntem-se a mim no corredor.

No momento em que a porta pesada de madeira se fechou, Peters se virou.

— O que foi aquilo? — A voz era baixa e firme.

Cooper falou:

— O agente Dickinson e eu estávamos apenas confabulando sobre a melhor maneira de lidar com Bryan Vasquez.

— Entendo. — Peters olhou de um lado para o outro. — Talvez aquele tipo de discussão devesse ocorrer em particular, não?

— Sim, senhor — respondeu Dickinson.

Cooper concordou com a cabeça.

— E por que, agente Dickinson, o senhor por acaso está entrevistando Vasquez, afinal de contas?

— Minha equipe descobriu que os arquivos sobre Bryan Vasquez foram alterados. O arquivo atual diz que ele é um merda sem último endereço conhecido. Mas o arquivo original mostra que ele morava e trabalhava em Washington.

— Alguém hackeou nosso sistema?

Pela primeira vez, Peters parecia genuinamente irritado.

— Sim, senhor. Ou isso ou... — Dickinson deu de ombros.

— Ou?

— Bem, pode ter sido feito por alguém dentro da agência.

Cooper riu.

— Você acha que eu estava acobertando Bryan Vasquez? Que todos nós, esquisitos, saímos juntos nas noites de sexta-feira?

Dickinson disparou um olhar feio.

— Só estou ressaltando que teria sido fácil alterar os arquivos de dentro do departamento. Na situação atual, achei que era melhor deter Vasquez imediatamente. Uma vez que o agente Cooper não estava presente, eu comecei a entrevista sozinho.

— Muito proativo — disse Peters secamente, e se voltou para Cooper. — Assuma a investigação.

— Mas, senhor... — falou Dickinson.

— Vasquez é alvo dele, não seu.

— Sim, mas...

O diretor ergueu uma sobrancelha, e Dickinson engoliu o que estava prestes a dizer. Após um instante, Peters falou:

— Pegue um café.

Dickinson hesitou, mas antes de ir embora respondeu:

— Sim, senhor.

Aos olhos de Cooper, a tensão e a fúria irradiadas por cada músculo quase pareciam deixar o homem envolvido por chamas.

— Ele é um problema — falou Cooper.

— Eu não acho. Ele é um bom agente, quase tão bom quanto você. E tem apetite.

— Apetite, eu gosto. O que não gosto é de uma caça às bruxas movida por um homem só.

— O homem que queima uma bruxa... Será que ele faz isso porque gosta de ver gente pegando fogo ou porque acredita que está combatendo o diabo?

— O motivo importa?

— Muitíssimo. Ambos estão fazendo uma coisa horrível. Mas o primeiro está se divertindo, enquanto o segundo está protegendo o mundo. — O diretor tirou os óculos e limpou com um lenço. — Você e Dickinson são muito parecidos. Ambos são homens de fé.

— A única fé que Dickinson tem é de que estou no caminho dele. Você não pode acreditar honestamente que alguém dentro do departamento alterou aqueles arquivos.

Peters fez um gesto de menosprezo ao recolocar os óculos.

— Eu não duvido que Alex Vasquez tivesse a habilidade para hackear nossos sistemas.

— E Dickinson sabe disso, mas está fazendo acusações a torto e a direito mesmo assim.

— É claro. E tenho certeza de que ele quer a sua vaga. Mais que isso, é provável que ele genuinamente duvide de você. Lembre-se, muitas pessoas não aceitaram realmente que os anormais não são o inimigo. Ah, em coquetéis elas defendem que a questão não são os normais versus os anormais, e sim que é a civilização versus a anarquia. Mas, no fundo...

— Já sou crescidinho, Drew. Não preciso do amor de Roger Dickinson. Há muita gente aqui que não gosta de mim. Eu sou um anormal que caça anormais, e isso deixa as pessoas nervosas.

— Não é apenas isso. É também o poder que você detém. Todo mundo aqui nos Serviços Equitativos opera dentro de limites mais rígidos que você. Sabe por quê?

— Eu estou aqui desde o início. E meu histórico é melhor.

— Não, filho — respondeu o diretor com gentileza. — É porque confio em você.

Cooper abriu a boca e fechou. Depois de um momento, ele acenou com a cabeça.

— Obrigado.

— Você fez por merecer. Agora, você e Dickinson podem cooperar na entrevista?

— Claro. É claro. — Ele teve um vislumbre de Dickinson debruçado sobre a mesa, com a cara vermelha e berrando. — Mas acho que eu bancarei o policial bonzinho.

— Neste caso — falou Peters com o rosto impassível —, Deus ajude Bryan Vasquez.

CAPÍTULO 4

— Como é o ataque?

— Eu já disse que não sei. — A voz de Vasquez era ao mesmo tempo exausta, assustada e ansiosa para agradar. — Tudo que sei é que haverá um ataque.

— Sim, é o que você não para de dizer. — Dickinson bateu na mesa de metal com os dedos. — O problema é que você não está me dando motivo algum para acreditar.

Eles estavam naquilo há meia hora, e Cooper passou a maior parte do tempo deixando que Dickinson cuidasse das preliminares. Interrogatório era uma dança, e, embora os primeiros passos fossem importantes, não eram delicados, portanto, Cooper usou o tempo para avaliar Bryan Vasquez, notar os indícios e os tiques nervosos, captar a energia irradiada por ele. Uma das peculiaridades do dom é que Cooper, às vezes, enxergava as pessoas praticamente como cores. Não de modo literal — ele não sofria de manifestações ópticas —, mas conotativamente. O efeito combinado de uma centena de movimentos sutis de músculos — o nível de dissonância entre o que alguém revelava e o que omitia — ganhava tons na mente de Cooper, da mesma forma que uma sopa quente tinha sabor de vermelho, e uma floresta tinha cheiro de verde. Natalie era o azul-violeta de uma límpida manhã de inverno, honesta e agradável. O diretor Peters era o cinza mesclado de um terno caro.

Na mente de Cooper, Bryan Vasquez era um laranja incomodado, que brilhava com tensão; furioso, mas sem foco; omisso, mas sem conseguir omitir muito bem.

— Você nunca leu um livro de história? Isto é uma revolução. Ela é organizada em células separadas para que não possamos trair uns aos outros. Eu não posso lhe contar como será o ataque porque eu não sei. Ele organizou dessa forma de propósito.

— Ele, você quer dizer John Smith? — falou Dickinson.

— É.

— Você falou com ele?

— Alex falou.

— Pessoalmente? — perguntou Cooper.

— Não. — A hesitação foi quase imperceptível. — Pelo telefone.

Seu merdinha mentiroso. Sua irmã encontrou John Smith pessoalmente. Não é de espantar que ela tenha pulado do telhado.

Mas o que Cooper disse foi.

— Como você sabe que ela estava dizendo a verdade?

— Ela é minha irmã.

— Você a ajudou a programar o vírus?

Vasquez pareceu atordoado.

— Nós sabemos a respeito dele, Bryan. Sabemos que ela trabalhava em um vírus para incapacitar a direção de aeronaves militares. — Cooper se debruçou sobre a mesa. — Era você que iria executá-lo?

— Não.

A voz saiu fraca, e Bryan Vasquez recomeçou:

— Não. Eu ajudei com as especificações técnicas. Alex sabe tudo que é possível sobre computadores, mas aeronaves... — Ele riu. — Eu não sei se ela saberia atar o cinto de segurança. Porém, o vírus precisava ser lançado dentro de firewalls militares, na raiz. Seria preciso alguém com acesso muito, *muito* mais alto que o meu.

— Quem?

— Eu não sei. — Os olhos de Bryan estavam fixos, a pulsação, acelerada, porém não mais alta que antes. Ele falava a verdade.

Cooper prosseguiu:

— Então, como você ia fazer?

— Eu deveria enviá-lo para alguém depois de amanhã.

— Quem?

— Eu não sei. Eu apenas apareço e ele se aproximará de mim.

— Como você sabe que é um homem?

— Foi o que Alex disse.

— Onde?

Bryan Vasquez cruzou os braços.

— Você acha que sou idiota? Eu não direi a troco de nada. Nem sei ao certo que vocês estão com Alex.

Dickinson se debruçou com a cara fechada.

— Você faz ideia da merda sem tamanho em que está? Eu não estava brincando sobre fazê-lo sumir. — Ele se voltou para Cooper. — Eu estava?

— Não — disse Cooper, de olho na reação.

Ele viu o pomo de Adão se mexer, a gota de suor na maçã do rosto. Mas Bryan se conteve e respondeu:

— Não sou o único que está ferrado. Vocês também estão.

— Por que você pensa assim? — falou Dickinson com aquele sorriso arreganhado novamente, o perigoso.

— Porque seja lá como for o ataque, ele vai ocorrer em breve e será grande. Tão grande que o que estávamos fazendo era apenas uma consequência daquilo. Entendeu? — Bryan se debruçou. — Alex e eu estávamos prejudicando a capacidade de as Forças Armadas responderem ao *verdadeiro* ataque. Então, me diga, quem está na merda sem tamanho?

Cooper relembrou a conversa que teve no avião com Bobby Quinn, quando o parceiro disse que havia muito falatório, que todo mundo estava ligado. Os Serviços Equitativos faziam monitoramento de rotina nas comunicações digitais e telefônicas, no país inteiro. Se um ataque de escala significativa fosse planejado, ele seria precedido por todo tipo de comunicação codificada. Cooper visualizou Alex Vasquez novamente, logo antes de ela pular do prédio. A virada da cabeça, o brilho dourado no pingente. A maneira como enfiou as mãos nos bolsos.

— Eu não entendo — falou Dickinson. — Você é normal. Por que iria ajudá-la?

Bryan fez uma cara de quem mordeu algo podre.

— Isso é o mesmo que perguntar por que um branco participaria de uma manifestação com Martin Luther King. Eu ajudo porque é a coisa certa a ser feita. Superdotados são pessoas. São nossos filhos, irmãos e irmãs, vizinhos. Vocês querem rotulá-los, persegui-los e explorá-los. E aqueles que vocês não controlam, vocês matam. *Este é o motivo.*

Cooper manteve uma expressão neutra, mas a mente disparava. Ele estava captando Vasquez. Ajudar a irmã era apenas parte dos objetivos. Ele também achava que era Davi enfrentando Golias. O herói desconhecido com o potencial da imortalidade. Era precisamente o tipo de personalidade que um líder revolucionário exploraria. *Será que Bryan Vasquez realmente estava a apenas um grau de contato de John Smith?*

A ideia era desconcertante.

Setenta e três pessoas mortas só no Monocle. Centenas por ordem de John Smith desde então, e sabe Deus quantas mais viriam. O terrorista mais perigoso do país, e este homem pode levá-lo a ele.

Dickinson deixou o silêncio durar apenas o bastante para a superioridade moral de Vasquez diminuir.

— Bonito. Chega até a ser meio tocante. — O tom aumentou. — O problema é que você não está se manifestando ao lado do Dr. King, seu babaca. Você está fazendo aviões caírem do céu.

Vasquez virou o rosto. Finalmente, murmurou:

— Ela é minha irmã.

As lâmpadas fluorescentes zumbiram. Cooper considerou uma manobra na mente. Decidiu tentá-la.

— Bryan, a questão é esta. Até agora, você não é realmente culpado de muita coisa. Mas sua irmã está muito enrascada. Ela irá para a prisão pelo resto da vida por causa daquele vírus. Isso se tiver sorte.

— O quê? — Vasquez se empertigou. — Não, ela não executou o vírus. Legalmente, vocês não podem acusá-la apenas por planejar...

— É um ataque terrorista contra as Forças Armadas — falou Cooper — por um anormal. Acredite quando eu digo que podemos e que vamos fazer.

Bryan Vasquez abriu e fechou a boca.

— O que eu teria que fazer?

— Leve a gente ao encontro.

— Só isso?

Cooper concordou com a cabeça.

— Desde que seu contato apareça, é claro. Se não aparecer ou se você o alertar, o acordo está encerrado.

— E em troca...

— Eu garanto pessoalmente que não acusaremos sua irmã.

Dickinson virou a cabeça de lado para encarar Cooper.

— Isto não basta — respondeu Vasquez. — Quero no papel.

— Beleza.

— Cooper, você...

— Calado, Roger.

Ele sustentou o olhar do outro agente, viu o homem lutando contra si mesmo, se lembrando de que Peters mandou que Cooper assumisse a investigação, contrapondo aquela ordem a um acordo para libertar um terrorista conhecido. Visualizou Dickinson imaginando se aquilo era uma coisa entre esquisitos, se Cooper demonstrava compaixão por alguém da própria espécie.

Vasquez olhou de um homem para o outro, e aí falou:

— E quero ver a minha irmã.

— Não.

— Como eu sequer vou saber que vocês estão com ela?

— Eu vou provar — disse Cooper. — Mas você só vai vê-la depois do encontro. E se me enganar, nunca mais vai vê-la.

O rosto de Vasquez irradiou ondas laranja. Cooper foi capaz de vê-lo tentando decidir se era o tipo de homem capaz de pular sobre uma mesa e atacar um agente do governo. Observou Vasquez se dar conta de que não era aquele homem, de que nunca foi, e de que a fúria não alterava os fatos. Finalmente, Vasquez colocou as mãos em frente ao rosto e soltou um longo suspiro nas palmas.

— Ok.

— Ótimo. Voltaremos em um minuto com seu documento.

As salas de entrevistas eram abafadas de propósito — ar quente e pesado deixava as pessoas sonolentas, o que levava a lapsos —, e foi ótimo sentir o ar-condicionado do corredor. Cooper esperou até que a porta da sala de entrevistas se fechasse para se virar.

— Você perdeu o juízo? — Os olhos de Dickinson estavam esbugalhados. — Deixar um terrorista...

— Prepare aquele documento — mandou Cooper. — Faça simples e direto. Se Bryan fizer o que queremos, nós não acusaremos a irmã. Ponto.

— Eu não trabalho para você.

— Agora trabalha. Você ficou proativo, lembra? — Cooper se espreguiçou e estalou o pescoço, cansado. — E quando terminar o documento, vá lá embaixo e pegue um colar nos pertences de Alex Vasquez. É dourado, tem um pássaro cantando. Suba e traga para Bryan, a fim de provar que estamos com a irmã dele.

Dickinson pareceu confuso.

— Lá embaixo?

— É, no necrotério. — Ele se virou e começou a ir embora, depois deu meia-volta. — E, Roger, certifique-se de que não haja sangue no colar, pode ser?

PIERS MORGAN: Meu convidado de hoje é David Dobroski, autor de *Olhando Para Trás: A Crise da Normalidade na Era dos Brilhantes*. David, obrigado pela presença.

DAVID DOBROSKI: O prazer é meu.

PIERS MORGAN: Não faltam livros sobre os superdotados e o que eles significam. Mas o seu enquadra as coisas de uma maneira diferente.

DAVID DOBROSKI: Para mim, é uma questão de geração. Uma geração nasce, amadurece, chega ao poder, e, no fim das contas, passa o poder para a seguinte. Essa é a ordem das coisas. E, no entanto, a ordem foi interrompida. As pessoas se prendem aos avanços tecnológicos, à Comunidade de Nova Canaã no Wyoming, mas, na realidade, a questão é bem mais simples — a ordem natural das coisas mudou. E é a minha geração que está encarando isso.

PIERS MORGAN: Mas toda geração não teme aquela que vem depois? Toda geração não acredita que o mundo, perdoe a expressão, está indo para o quinto dos infernos?

DAVID DOBROSKI: Sim, isso é perfeitamente natural.

PIERS MORGAN: Então, qual é a diferença?

DAVID DOBROSKI: A diferença é que nós nunca tivemos a nossa chance. Jamais conseguimos brilhar. Eu tenho 33 anos e já sou obsoleto.

CAPÍTULO 5

— Você deixou que ele pensasse que a irmã está viva? — Bobby Quinn sorriu sobre a borda do café. — Você, meu amigo, é uma pessoa má, muito má.

— Não me importo. Eu não discordo do que ele disse sobre os direitos dos anormais, mas explodir coisas não é a maneira de resolver a questão. Bryan Vasquez e a irmã teriam matado centenas de soldados, e eu devo choramingar por ter mentido para ele? — Cooper deu de ombros. — Não estou nem aí.

A chuva da noite de ontem abriu espaço para um daqueles dias frios e pálidos de Washington. Uma colcha de retalhos de nuvens encobria a cidade e dava um tom de prata encardida à luz do sol. O vento era frio, mas Cooper finalmente estava de casaco. Aquilo e a meia dúzia de horas de sono que ele conseguiu tirar fizeram maravilhas pelo humor.

Esquina noroeste da avenida Doze com a rua G. Prédios de escritórios sem graça se agigantavam nas quatro esquinas, com janelas que refletiam o céu frio. Entre eles, havia uma praça pública de concreto e pedra. Escadas rolantes subiam da boca aberta da estação Metro Center, vomitando homens e mulheres vestidos como executivos, todos vendo as horas nos relógios ou falando aos celulares. De acordo com

Bryan Vasquez, tudo que ele deveria fazer era aparecer e ficar parado em uma esquina. O contato misterioso faria o resto.

— É uma zona — disse Quinn. — Alta visibilidade, várias opções de fuga, civis demais.

— E quem quer que vá se encontrar com Vasquez pode observar de qualquer um desses prédios. — Cooper inclinou o corpo para trás e deu uma volta completa, devagar. — Posição perfeita para garantir que não está sendo seguido.

— Pode ser uma equipe também. Observadores nos prédios, talvez segurança no solo. Uma equipe de extração. Iscas. Além disso, não saberemos quem procuramos até eles fazerem contato. Taticamente, eles têm todas as vantagens.

— A gente consegue?

— Claro. — Quinn sorriu. — Somos gasistas.

— Jamais gostei deste apelido.

— Você sabe de onde vem, né? Na Era Vitoriana, os postes de iluminação tinham que ser apagados à mão. As pessoas que faziam isso eram chamadas de...

— Sim, eu sei, professor. A questão é: não parece um tiquinho sanguinário?

— Bem, nós apagamos brilhantes. Somos os guardiões do acervo genético.

— Então isto é um "não".

— Isto é um "não".

— Que o Senhor o perdoe pelos seus caminhos iníquos. — Cooper fez o sinal da cruz. — Muito bem, você é o meu planejador. Como quer montar a operação?

— Equipes lá — seu parceiro apontou com o copo de café —, e lá. Coloque o pessoal em uma van da FedEx e da companhia telefônica. Mais alguns agentes vestidos como civis na rua. Mulheres, de preferência. Se os bandidos forem amadores, é menos provável que suspeitem de mulheres.

— Luisa e Valerie já voltaram?

— Hoje à tarde, em voo comercial. Luisa queria saber, melhor usar as palavras dela agora. "Para quem eu tenho que pagar um boquete para descolar um lugar no jato, na próxima vez?"

— A mulher leva jeito para as palavras.

— Uma poetisa.

Um ônibus freou alto e parou na esquina. Quinn gesticulou para ele.

— Veja isso.

A lateral do ônibus estava pichada com letras de 1,80 metro de altura, laranja e púrpura. Eu Sou John Smith.

— Você está de brincadeira? — Cooper balançou a cabeça.

— Estou vendo isso por toda parte. Outra noite, eu estava no bar, e alguém tinha pichado essa frase na parede, em cima do mictório. E outra pessoa acrescentou "E Estou Mijando nos Meus Sapatos".

Cooper riu.

— Quando postamos as equipes?

— Podemos conseguir a van da companhia telefônica hoje e mandar a equipe dormir dentro dela. A van da FedEx a gente traz meia hora antes do encontro. Vamos enchê-la de pacotes e colocar um agente entrando e saindo do prédio. É melhor plantar um rastreador em Vasquez.

— Dois.

— Dois?

— Um nele, e outro no drive que ele tem que entregar. Só por garantia. Eu também quero atiradores de elite com linhas de fogo desimpedidas.

Quinn inclinou a cabeça de lado.

— Achei que você quisesse o contato vivo.

— Eu quero, mas se algo der errado, prefiro abatê-lo aqui do que deixá-lo escapar. E quero um helicóptero lá em cima. Infravermelho, sistema de reconhecimento de imagens, o serviço completo.

— Por quê? Alex era o alvo principal, e nós a pegamos. Aquele vírus precisa de alguém com uma habilitação de segurança de alto nível para ser ativado. Quais são as chances de alguém assim vir em pessoa? Será um lacaio, uma pessoa descartável. — Quinn jogou fora o copo de café e espalmou as mãos. — Quero dizer, você é o chefe. Se quiser que eu coloque isso em ação, farei isso. Mas não é muito esforço para um alvo?

— É, pode ser. Exceto que não é apenas um alvo. É um alvo que pode nos levar a John Smith.

Quinn fez um ruído de reprovação com a boca.

— Smith sabe que estamos cientes sobre Alex Vasquez. Levamos o quê, uns nove dias para pegá-la? Ela deve ter mandado uma mensagem para ele.

— Talvez. Mas ela estava fugindo pela própria vida. E não é como se John Smith tivesse um número de telefone. Ele tem que estar sempre em movimento, toda noite em um local diferente. John Smith deve suspeitar dos protocolos de busca a que está submetido desde o Monocle. A nova versão do Echelon foi criada por programadores da academia. São do primeiro escalão, tão bons com um terminal quanto Alex Vasquez. A qualquer momento em que John Smith falar em um telefone, a qualquer momento em que fizer login em um computador, ele vai jogar esconde-esconde com cerca de cinco mil profissionais que o querem morto. John Smith deve ter colocado esse plano em ação e depois se afastado exclusivamente para que Vasquez não pudesse queimá-lo.

O parceiro pareceu pensativo.

— Não sei, cara.

— Eu sei. Apronte a operação.

Cooper olhou o relógio. Dez da manhã. A viagem de carro duraria quase três horas. Ele poderia requisitar um helicóptero, mas não estava a fim de explicar a razão. Além disso, correr pelas montanhas de West Virginia parecia divertido. Havia um motivo para ele dirigir um Dodge Charger de 470 cavalos que custava meio ano de salário. E não era como se a polícia fosse mandá-lo parar por excesso de velocidade: o transponder no carro identificaria Cooper como parte dos Serviços Equitativos.

— Você consegue transporte para voltar?

— Claro. Eu vou ficar aqui um tempo, de qualquer forma. Aonde você vai?

— Ver a infância de John Smith.

CAPÍTULO 6

O menino tinha uns 9 anos, era branquelo e ossudo, com lábios carnudos e um tufo de cabelo preto. Havia algo de exuberante no garoto, apesar da compleição franzina; era o brilho da boca, os cachos do cabelo. Ele erguia as mãos como um boxeador de um século anterior, os antebraços finos davam pouca proteção.

O soco do outro menino foi desajeitado, mais um safanão que um golpe, porém forte o suficiente para jogar a cabeça do garoto para o lado. Atordoado, ele abaixou a guarda, e o oponente atacou novamente, e desta vez abriu o lábio e tirou sangue do nariz. O garoto caiu no chão, tentando cobrir o rosto com uma das mãos e a virilha com a outra. O oponente, um menino louro, dez centímetros mais alto, caiu em cima do garoto e começou a dar golpes a esmo, na barriga, nas costas, na coxa, no que não estivesse defendido.

O círculo de crianças em volta se fechou mais, com punhos agitados. O vidro da janela do gabinete era insulado, e Cooper só conseguia ouvir bem de leve a gritaria rouca lá embaixo, mas foi o suficiente para levá-lo a uma dezena de pátios de escola, a uma memória de um vaso sanitário de porcelana frio contra o rosto surrado.

— Por que aqueles professores não separam a briga?

— Nosso corpo docente é experiente. — O diretor Charles Norridge estalou os dedos. — Eles intervirão no momento certo.

Dois andares abaixo e a 35 metros de distância, sob o facho branco do sol de West Virginia, o garoto louro havia sentado no peito do mais novo, com os joelhos enfiados nos ombros. O menino moreno tentou dar um pinote, mas o oponente tinha o peso e a vantagem.

Agora vem a humilhação, pensou Cooper. *Nunca é suficiente vencer. Não para um valentão. Ele tem que dominar.*

Baba reluzente escorreu da boca do menino louro. O garoto mais novo tentou virar o rosto, mas o louro agarrou um punhado de cabelo, bateu com a cabeça dele no chão e segurou firme até que baba se soltasse e caísse bem no meio dos lábios ensanguentados.

Seu merdinha.

Um apito soou. Um homem e uma mulher cruzaram o pátio correndo. As crianças se espalharam, voltaram a se pendurar nas barras e brincar de pega-pega. O garoto louro ficou em pé imediatamente, enfiou as mãos nos bolsos, e passou a ter um interesse repentino no céu do poente. O garoto mais novo rolou de lado.

Os nós dos dedos de Cooper doíam de tanto cerrar as mãos.

— Eu não compreendo. Seu "corpo docente" acabou de assistir a um menino de 10 anos espancar e deixar outra criança desacordada.

— Isto é um pouco de exagero, agente Cooper. Nenhum dos dois garotos sofrerá danos permanentes — falou o diretor da Academia Davis suavemente. — Eu sei que é uma coisa impressionante de se ver, mas esse tipo de incidente é fundamental para o nosso trabalho.

Cooper pensou em Todd da maneira que o viu na noite de ontem, dormindo com o pijama do Homem-Aranha, pele quente, macia e sem marcas. O filho tinha 9 anos, mais ou menos a idade que achava que o menino moreno tivesse. Ele imaginou Todd em um pátio como esse, preso embaixo de um garoto mais velho, com a cabeça latejando, pedras cutucando a espinha, cercado por um círculo de rostos, rostos que pertencem a crianças com quem ele estava brincando há poucos momentos, e que agora vibravam com cada ferimento e vergonha que

Todd sofresse. Cooper pensou em Kate, de 4 anos, que guardava os brinquedos em ordem alfabética e organizava os livros de figuras de acordo com o espectro de cores. Que tinha um dom que, apesar do que ele dissera para Natalie, mostrava todos os primeiros sinais de ser bem poderoso.

Talvez até do primeiro escalão.

Cooper ficou curioso se, caso agarrasse Norridge pela lapela do seu casaco de tweed cinza e o arremessasse na janela, o diretor irromperia por uma chuva de cacos reluzentes ou simplesmente quicaria. E, caso quicasse, se um segundo arremesso resolveria o problema.

Calma, Coop. Você pode nunca ter visto pessoalmente, mas sabia que esses lugares não teriam unicórnios nem arco-íris. Talvez haja mais coisas aqui do que você compreende.

Tente não matar o diretor até que compreenda.

Ele forçou um tom neutro.

— Fundamental para o seu trabalho? Como? O menino mais velho foi infiltrado?

— Por Deus, não. Isso seria um tiro no pé. — O diretor deu a volta na mesa, puxou uma cadeira de couro e gesticulou para outra, do outro lado. — É crucial que todas as crianças aqui sejam superdotadas. A maioria é de primeiro escalão, embora haja um punhado de segundo escalão que demonstrou aptidão significativa em outras áreas. Inteligência alta fora do comum, por exemplo.

— Então, se todas são anormais e nenhuma sabe disso...

— Como nós provocamos incidentes como esse? — Norridge se recostou na cadeira e entrelaçou as mãos no colo. — Embora todas essas crianças possuam habilidades do nível de prodígios, elas ainda são crianças. Podem ser manipuladas e treinadas como qualquer outra. Desavenças podem ser encorajadas. Traições, maquinadas. Um segredo sussurrado para um amigo confiável, de repente, pode ser ouvido da boca de todo mundo. Um brinquedo favorito pode sumir para simplesmente reaparecer, quebrado, no quarto de outra criança. Um beijo roubado ou a chegada secreta da menstruação pode se tornar de conhecimento geral. Em suma, nós pegamos as experiências negativas de formação pelas quais todas as crianças passam e as fabricamos de acordo com perfis psicológicos e em uma escala dramaticamente maior.

Cooper imaginou fileiras de cubículos com homens em ternos pretos e óculos grossos ouvindo confissões no fim de noite, o som frenético de masturbação em uma cabine de banheiro, ou os soluços da saudade de casa. Analisando. Colocando em tabelas. Calculando como cada vergonha particular podia ser explorada ao máximo.

— Como? Como vocês sabem todas essas coisas?

Norridge sorriu.

— Vou lhe mostrar.

Ele ativou um terminal na mesa e começou a digitar. Os dedos, Cooper notou, eram compridos e graciosos. Dedos de tocador de piano.

— Cá estamos.

Ele apertou um botão, e saiu um som do alto-falante do computador, a voz de uma mulher.

— ... pronto. Não foi tão grave.

— Está doendo. — A criança esticou a palavra para quatro sílabas.

— Eu disse para você tomar cuidado com aquele lá. Aquele menino é um problema. Você não pode confiar nele.

Um gemido, e depois um soluço baixinho.

— Todos eles estavam rindo de mim. Por que estavam rindo? Eu pensei que a gente era amigo.

Alguma coisa gelada se remexeu na barriga de Cooper. A mulher, que ele assumiu que foi a que viu apartando a briga, continuou:

— Eu vi todos eles rindo de você. Rindo e apontando. Isso é coisa que amigos fariam?

— Não. — A voz era fraca e desesperada.

— Não. Você também não pode confiar neles. *Eu* sou sua amiga. — A voz era melosa. — Está tudo bem, meu amor. Eu estou com você. Não vou deixar que ninguém te pegue agora.

— Minha cabeça dói.

— Eu sei que dói, querido. Você quer remédio?

— Sim.

— Ok. Posso fazer tudo passar. Aqui. Engula isto...

Norridge apertou um botão, e o som sumiu.

— Entendeu?

— O senhor tem o *lugar* todo grampeado?

— Essa foi a nossa solução nos primeiros anos. Porém, em uma instalação deste tamanho, e com os espaços ao ar livre e as brincadeiras violentas, é impossível garantir a cobertura. Agora temos uma maneira melhor. — Norridge fez uma pausa, com um leve sorriso nos lábios.

O que seria? O que deixaria o homem tão cheio de si?

— Não é a escola que o senhor grampeia — falou Cooper lentamente. — São as crianças. De alguma forma, o senhor grampeia as crianças.

O diretor ficou radiante.

— Muito bem. Quando os candidatos entram em uma academia, Davis ou qualquer outra, eles passam por um exame físico completo. Isso inclui vacinação contra hepatite, doença pneumocócica, varíola. Uma dessas injeções implanta um aparelho biométrico. É uma obra-prima deslumbrante, que grava não apenas as estatísticas fisiológicas, como temperatura, contagem de glóbulos brancos, e por aí vai, mas também transmite para receptores de áudio espalhados pela escola inteira. É uma coisa e tanto. Nanotecnologia avançada, acionada pelos próprios processos biológicos da criança.

Cooper se sentiu tonto. Seu trabalho não exigia realmente nenhum envolvimento com as academias, portanto, embora houvesse rumores sobre elas, ele, de fato, não imaginava que pudessem ser verdadeiros. Sim, de poucos em poucos anos, um jornalista qualquer tentava escrever uma denúncia sobre os lugares, mas as academias jamais permitiam acesso, então, Cooper atribuía as acusações mais exageradas ao sensacionalismo. Afinal de contas, também havia rumores sobre os Serviços Equitativos.

O primeiro sabor da realidade aconteceu ao chegar, quando ele passou por um grupo de manifestantes na estrada. Manifestações viraram um fato do cotidiano, parte do cenário que as pessoas realmente não notavam mais. Havia sempre alguém protestando contra alguma coisa. Quem conseguiria acompanhar?

Mas esse grupo era diferente. Talvez fosse o tamanho da reação policial. Ou o fato de que os policiais estavam prendendo, em vez de apenas conterem as pessoas. Ou talvez fossem os próprios manifestantes, pessoas que pareciam normais em roupas decentes, em vez de radicais de cabeça raspada. Uma manifestante em especial chamou a atenção de Cooper, uma mulher de cabelos claros e desmazelados, que dava a impressão de que um dia foi bonita, mas que agora estava envolvida em tristeza; a tristeza cobria os ombros, a tristeza apertava o peito. Ela segurava um cartaz, feito com dois papelões grampeados em um cabo de madeira. O cartaz tinha a foto muito ampliada de uma criança sorridente com as maçãs de rosto da mãe e um texto que dizia SAUDADES DO MEU FILHO.

Quando dois policiais se aproximaram dela, a mulher encontrou o olhar de Cooper pelo para-brisa e fez um gesto minúsculo com o cartaz, só o ergueu uns dois centímetros. Para enfatizar visualmente. Um apelo, não um grito. Mas com os olhos, Cooper conseguiu enxergar a agitação interior.

— Quem é o menino?

— Perdão?

— O menino que apanhou. Qual é o nome dele?

— Eu os conheço principalmente pelo número do transponder. O nome é... — Norridge clicou no teclado. — William Smith.

— Outro Smith. John Smith é a razão de eu estar aqui.

— Há muitos John Smiths.

— O senhor sabe a quem me refiro.

— Sim. Bem. Ele não era da minha época. — Norridge tossiu, virou o rosto, voltou a olhar. — Nós pensamos em parar de usar o nome, mas isso pareceu uma vitória do terrorismo. De qualquer forma, infelizmente não há relação entre este aqui e aquele que o senhor procura. Nós mudamos o nome de todas as crianças quando elas chegam. Todo menino aqui é Thomas, John, Robert, Michael, ou William. Toda menina é Mary, Patricia, Linda, Barbara, ou Elizabeth. Faz parte da doutrinação. Assim que uma criança é aceita em uma academia, ela permanece aqui até se formar, aos 18 anos. Em nome do nosso trabalho, consideramos que é melhor que as crianças não sejam distraídas por pensamentos do passado.

— O passado delas. O senhor quer dizer *os pais* das crianças, certo? A família, o lar.

— Compreendo que testemunhar isso é espantoso. Mas tudo que fazemos aqui tem uma lógica cuidadosa por trás. Ao renomear as crianças, nós enfatizamos sua igualdade essencial. É uma forma de demonstrar que elas não valem nada até terminarem a academia, momento em que estarão livres para escolherem os próprios nomes, voltarem às famílias, se quiserem. No entanto, o senhor ficará surpreso ao saber que uma grande porcentagem não faz isso.

— Por quê?

— Com o passar do tempo aqui, as crianças criam uma nova identidade e preferem ficar com ela.

— Não — falou Cooper. — Por que fazer isso? Pensei que a proposta das academias fosse oferecer treinamento especializado para os dons. Para criar uma geração que dominou seu potencial.

O diretor se recostou, com os cotovelos apoiados nos braços da cadeira, as pontas dos dedos se tocando à frente dele. Qualquer um seria capaz de captar a fria atitude defensiva, a abordagem implacável do acadêmico sob ataque. Mas Cooper enxergou mais que isso. Algo na maneira fácil como Norridge sustentava o olhar, a firmeza na voz ao falar:

— Eu não imaginava que fosse preciso dizer isso a um agente do Departamento de Análise e Reação.

— Essa não é realmente a minha área.

— Ainda assim, com certeza o senhor poderia ter obtido estas respostas sem uma viagem...

— Gosto de ver por mim mesmo.

— Por que o senhor não foi treinado em uma academia, agente Cooper?

A mudança repentina de assunto não pegou Cooper de surpresa — ele tinha visto que ia acontecer na dobra dos lábios do homem e no aperto dos olhos —, mas o desprezo o abalou. *Eu nunca disse que era superdotado nem que era do primeiro escalão. Ele percebeu por contra própria.*

— Nasci em 1981.

— O senhor estava na primeira leva?

— Segunda, tecnicamente.

— Então o senhor tinha 13 anos quando a primeira academia foi aberta. Na época, nós mal dávamos conta de 15 por cento da população de primeiro escalão. Com a abertura da Academia Mumford no ano que vem, esperamos ser capazes de treinar cem por cento deles. Isso não é de conhecimento geral, é claro, mas imagine só. *Cada* primeiro escalão nascido nos Estados Unidos. Uma pena que o senhor tenha nascido tão cedo.

— Não do meu ponto de vista. — Cooper sorriu e se imaginou quebrando o nariz do administrador.

— Diga-me, como o senhor cresceu?

— Doutor, eu fiz um pergunta e quero uma resposta.

— Estou respondendo. Faça a minha vontade. Por favor, a sua infância.

Cooper suspirou.

— Meu pai era do exército. Minha mãe morreu quando eu era pequeno. Nós nos mudávamos frequentemente.

— Conheceu muitas crianças como o senhor?

— Filhos de militares? — O velho desdém apareceu, o lado que não lidava bem com figuras de autoridade.

Mas Norridge não mordeu a isca, apenas respondeu secamente:

— Anormais.

— Não.

— O senhor era chegado ao seu pai?

— Sim.

— Ele era um bom oficial?

— Eu nunca disse que ele era um oficial.

— Mas era.

— Sim, e dos bons.

— Patriota?

— É claro.

— Mas não era um fanático pela bandeira. Ele se importava com os princípios, não com o símbolo.

— Esse é o significado do patriotismo. O resto é apenas fetichismo.

— O senhor tinha muitos amigos?

— O suficiente.

— O senhor se envolveu em muitas brigas?

— Algumas. E o senhor meio que chegou ao limite da minha paciência.

Norridge sorriu.

— Bem, agente Cooper, o senhor *foi* treinado em uma academia. Sua infância foi essencialmente o que tentamos replicar. Nós aumentamos a intensidade, é claro, e também damos acesso a programas para desenvolver os dons, recursos que seu pai não teria como sonhar. Porém, o senhor era solitário. Isolado. Muitas vezes, punido por ser o que era. Nunca teve a chance de aprender a confiar em outros anormais, e como tinha que se defender com tanta frequência por ser um, era improvável que o senhor os procurasse. Não tinha muitos amigos e vivia em um ambiente em constante alteração, o que significa que dava valor especial à única rocha em seu mundo: seu pai. Ele era um militar, então, conceitos como dever e lealdade são fáceis para o senhor. O senhor cresceu aprendendo todas as lições que ensinamos aqui. Acabou até mesmo trabalhando para o governo, como a maioria dos nossos formandos.

Cooper lutou contra a vontade de se debruçar e bater umas três ou quatro vezes com a cara do diretor Norridge na mesa. Não eram as coisas que o administrador estava dizendo sobre a vida dele, todas verdadeiras, e que não o atormentaram por anos. Era o ar superior, e pior, a alegria de valentão do homem. Norridge não queria apenas provar seu ponto de vista. Como o louro no pátio, ele queria dominar.

— O senhor ainda não respondeu à minha pergunta. Por quê?

— Com certeza, o senhor sabe.

— Faça a minha vontade — disse Cooper.

Norridge inclinou a cabeça em reconhecimento ao voleio devolvido.

— Os dons da imensa maioria dos anormais não têm valor significativo. No entanto, um raro punhado possui habilidades que os tornam equivalentes aos maiores gênios da nossa história. Individualmente, isto é motivo suficiente para controlar o poder deles. Porém, a verdadeira preocupação não é o indivíduo. É o grupo. O senhor, por exemplo. O que aconteceria se eu lhe atacasse?

Cooper sorriu.

— Eu não recomendaria.

— E se fosse alguém mais treinado? Um boxeador ou lutador de artes marciais?

— O treinamento pode ensinar alguém a se defender, mas, a não ser que a pessoa seja muito, muito boa, o corpo ainda revelaria o que ela estava prestes a fazer. Isso facilita que eu desvie.

— Entendo. E se fossem, digamos, três lutadores de artes marciais?

— Eles venceriam. — Cooper deu de ombros. — Ataques demais para eu acompanhar.

Norridge concordou com a cabeça. Depois, falou baixinho:

— E se fossem vinte adultos totalmente medianos, fora de forma e ligeiramente acima do peso?

Cooper franziu os olhos...

Ele falou "nossa história" e "o poder deles". Norridge não considera os anormais humanos.

Apesar disso, ele nos conhece tão bem que consegue identificar nosso dom. Esse conhecimento tem sido aplicado a todos os aspectos da vida aqui.

O diretor dissecou seu passado e os pontos delicados contidos nele, baseado apenas nesta conversa.

Norridge poderia ter ilustrado o argumento atual de uma centena de maneiras diferentes. Mas escolheu o combate como metáfora.

... e disse.

— Eu perderia.

— Precisamente. E temos sempre que manter essa vantagem. É a única maneira. Não podemos permitir que os superdotados se unam. Portanto, desde a infância nós ensinamos que eles não podem confiar uns nos outros. Que os outros anormais são fracos, cruéis e mesquinhos. O único apoio deve vir de uma única figura *normal*, um mentor, como a mulher que o senhor ouviu antes. E eles aprendem valores fundamentais, como obediência e patriotismo. Desta maneira, nós protegemos a humanidade.

Norridge fez uma pausa, depois abriu um sorriso cheio de dentes. Era uma expressão estranha, intencional. Parecia que, dada a oportunidade, o homem poderia mordê-lo.

— Isso fez sentido?

— Sim — respondeu Cooper. — Compreendo o senhor agora.

Norridge inclinou a cabeça de lado. Mesmo que não ele não tivesse apreendido o verdadeiro significado, pelo menos, apreendeu o tom.

— Perdão, me dar corda pode ser perigoso.

Sério.

— Eu também tenho que mencionar os benefícios tangíveis. Formandos da academia realizam grandes descobertas em química, matemática, engenharia, medicina; tudo controlado pelo governo. Aquele aparelho de gravação que mencionei? A nanotecnologia é o trabalho de um antigo pupilo. Todos os equipamentos militares mais modernos são projetados por anormais. Os sistemas de computadores que nos conectam. Até mesmo o novo mercado de ações, que é, ironicamente, imune à manipulação anormal.

"Todas essas coisas vêm de formandos das academias. E, graças ao nosso trabalho, todas elas são administradas e controladas pelo governo americano. Com certeza, o senhor concorda que, enquanto nação, enquanto povo, nós não podemos permitir que haja outro Erik Epstein?"

Que povo, doutor? Cooper sentiu um grito crescendo por dentro, uma fúria que queria muito ceder. Tudo aqui era pior do que ele havia imaginado.

Não. Seja sincero. Você nunca se permitiu imaginar. Não de verdade.

Ainda assim, agora que ele sabia, o que poderia fazer a respeito? Matar o diretor, depois os funcionários? Derrubar as paredes e explodir os dormitórios? Conduzir as crianças para fora do Egito como Moisés?

Era isso ou sair correndo dali. Cooper se levantou.

Norridge pareceu surpreso.

— O senhor ficou satisfeito, então?

— Nem de longe.

Mas se permanecesse mais um minuto, ele iria explodir, por isso, saiu do gabinete, percorreu os corredores encerados, passou pelas janelas estreitas com vista para os morros de sempre-verdes, enquanto pensava *a coisa não pode ser assim.*

E *John Smith foi criado em uma academia. Não esta, mas todas serão iguais, e haverá um Norridge no comando de todas elas. Um administrador que detém todo o poder, um manipulador habilidoso que compreende e odeia seus pupilos.*

John Smith foi criado em uma academia.

John Smith estava em guerra desde os primeiros dias.

CAPÍTULO 7

— Equipe de solo um?

— Estamos prontos.

— Equipe de solo dois?

— Prontos.

— Três?

— Congelando os peitos aqui, mas prontas. — Luisa, sempre sendo charmosa.

— Ninho do corvo?

— Duas posições, linhas de visão superpostas. Prontos.

— Deus?

— A vista de cima é divina, meu filho.

Atrás da voz, veio o zumbido de rotores. Na altura em que voava o helicóptero, ele não era nada além de um ponto cinza-escuro contra um céu cinza-claro.

— Deus está bem.

Cooper sorriu e apertou o botão de transmissão.

— Que a paz esteja convosco.

— E com o senhor também. Mas desgraçado seja o merdinha infeliz que tentar correr, para que não lancemos um raio.

— Amém. — Ele desligou e olhou para baixo, através do vidro duplo, na direção do local de encontro.

O dia de hoje parecia muito com o de ontem, o que era possível dizer sobre vários dias de Washington entre novembro e março. A luz do sol era mirrada, e rajadas de vento puxavam os casacos dos homens influentes e os cachecóis das executivas.

A equipe de solo dois era a van da FedEx, que estava estacionada na rua G, na esquina noroeste. A porta traseira estava erguida, e um agente disfarçado carregava caixas em um carrinho e conferia cada uma em seus documentos. Atrás de uma prateleira improvisada, mais quatro agentes se encontravam enfurnados, fora de alcance da visão. Era um espaço apertado e desconfortável, mas, mesmo assim, eles estavam em melhor situação que a equipe um; a van de serviço passou a noite inteira estacionada na avenida Doze.

Cooper já tinha ficado de tocaia em um troço daqueles antes. As vans de serviço eram escuras e desconfortáveis, um forno no verão e um gelo no inverno. O movimento precisava ser restrito ao mínimo possível, e o ar sempre tinha cheiro de urina das jarras que eles usavam. Certa vez, um agente júnior tinha quebrado uma jarra, e após seis horas escaldantes, a equipe estava pronta para abandonar o alvo e dar uma surra nele.

Onze e meia. O encontro estava marcado para o meio-dia. Foi um bom planejamento da parte dos bandidos: hora do almoço, e a esquina estaria ainda mais movimentada, enquanto todo mundo nos prédios ao redor fugia de seus cubículos.

— A transmissão da câmera está boa?

— Melhor que boa.

Bobby Quinn estava sentado em uma lustrosa mesa de madeira com seis metros de comprimento. Ele se apropriara do sistema de apresentação da firma de advocacia para seu quartel-general móvel, e o ar diante do agente tremia com imagens fantasmagóricas, sinais de vídeo de vários ângulos.

— O cruzamento está cheio de câmeras como um estúdio 3D.

— Mostre o transmissor.

Quinn gesticulou, e um mapa da cidade brilhou.

— O pontinho verde é isso.

Quinn jogou o microdrive para Cooper. Ele parecia perfeitamente normal, até a logomarca meio apagada do lado. Cooper colocou no bolso. O parceiro continuou:

— O pontinho vermelho é o próprio Vasquez.

— Como você o grampeou?

— No cólon — respondeu Quinn, sério.

Cooper olhou feio para ele, mas o parceiro continuou:

— Tecnologia novinha em folha, que acabou de chegar do departamento de pesquisa e desenvolvimento. Algum gênio da academia bolou um rastreador em um supositório. Ligações enzimáticas ao revestimento do intestino grosso.

— Uau. Ele... o grampo...

— Não. As ligações se dissolvem em uma semana, e o grampo sai com o resto do spam.

— Uau — repetiu Cooper.

— Dá um novo significado a "colar na bunda do cara".

— Estava esperando para fazer esta piada?

— Desde o momento em que me deram o supositório. — Quinn ergueu os olhos e sorriu. — Descobriu algo útil ontem?

— Sim. Descobri que Smith tem direito a estar puto.

— Ei, ei, calma aí. — Quinn abaixou o tom de voz. — Dickinson surtaria se te ouvisse dizer isso.

— *Foda-se* Roger Dickinson.

— Sim, bem, você sabe que ele adoraria te foder. Então, tome cuidado. — Quinn se recostou. — O que realmente está acontecendo?

Cooper pensou na tarde de ontem, no alívio que sentiu ao cair na estrada. A floresta nacional Monongahela era como um borrão em volta dele, com árvores amontoadas e montanhas escarpadas, e casas pré-fabricadas que passavam aqui e ali.

SAUDADES DO MEU FILHO, dizia o cartaz da mulher pálida.

— Elas não são escolas, Bobby. São centros de lavagem cerebral.

— Ora, vamos...

— Não estou sendo poético. É literalmente o que as academias são. Quero dizer, eu já tinha ouvido coisas, todos nós já tínhamos ouvido, mas eu não acreditei. Quem seria capaz de tratar crianças daquela forma? — Cooper balançou a cabeça. — A verdade é que a resposta é sim, nós somos capazes.

— Nós?

— Elas são instalações do governo. Instalações do DAR.

— Mas não dos Serviços Equitativos.

— Bem parecido.

— Não é "bem parecido". — A voz de Quinn ficou ríspida. — Você não é pessoalmente responsável pelos atos de uma agência inteira.

— Veja bem, é aí que você se engana. Todos nós...

— Acredita que Alex Vasquez estava tentando fazer do mundo um lugar melhor?

— O quê?

— Você acredita que Alex Vasquez...?

— Não.

— Você acredita que John Smith estava tentando fazer do mundo um lugar melhor?

— Não.

— Você acredita que ele é responsável por matar um monte de gente?

— Sim.

— Gente inocente?

— Sim.

— Crianças?

— Sim.

— Então vamos pegá-lo. É isso que nós fazemos. Nós eliminamos pessoas ruins que machucam pessoas boas. De preferência, *antes* que elas machuquem as pessoas boas. Essa é a nossa responsabilidade. Depois disso — falou Quinn —, nós saímos para beber cerveja. Que você paga. Essa é a sua responsabilidade.

Cooper riu, a contragosto.

— É, está certo, Bobby. Entendi.

— Ótimo.

— Que coisa. — Cooper se levantou. — Todo cheio de *lição de moral* para cima de mim. Não sabia que você era capaz.

— Tenho várias camadas, como uma cebola.

— Nessa parte, eu acredito. — Cooper deu um tapinha no ombro do amigo. — Vou dar uma olhada em Vasquez.

— Acalme-o, pode ser? Ele está suando tanto que tenho medo de que ele ponha aquele rastreador para fora, de alguma maneira.

— E obrigado por esta imagem.

— Conte comigo, chefe. — Quinn bocejou e colocou os pés em cima da mesa de madeira lustrosa.

Cooper desceu o corredor e passou por uma logomarca de ouro, com os nomes de três brancos seguido por LTDA. O escritório de advocacia estava em um prédio com vista para a estação de metrô onde aconteceria o encontro. Quinn entrara em contato com eles ontem, e os sócios tiveram prazer em ajudar os Serviços Equitativos. Cooper encontrou um deles mais cedo, um sujeito elegante com uma coroa de cabelos brancos que lhe desejou boa caçada.

Boa caçada. Merda.

Havia dois guardas do lado de fora do escritório do canto, com o uniforme tático preto substituído por ternos comuns. As submetralhadoras já estavam penduradas, de prontidão.

— Senhor — disse um dos guardas e abriu a porta.

Lá dentro, Bryan Vasquez estava parado ao lado da janela, com as mãos contra o vidro. Ao ouvir o som, ele teve um sobressalto e fez uma expressão que era metade culpada e metade nervosa.

Laranja febril, Cooper decidiu batizar a cor. Ele agradeceu ao guarda e depois entrou.

— Você me assustou — disse Bryan.

Ele estava com uma das mãos encostada no vidro, a outra no peito. Suaves pontos de condensação marcavam onde os dedos estiveram apoiados na janela. Havia manchas de suor nas axilas, e o peito subia e descia rapidamente. Bryan umedeceu os lábios enquanto trocava de pé.

Cooper enfiou as mãos nos bolsos e...

Ele é dedicado a irmã, mas também acredita na causa. Está preocupado com a própria segurança, mas jamais admitiria. É atraído pela ideia de tramas e mundos secretos, de irmãos de armas.

Bryan precisa de mão firme, mas não tão firme assim, pois ele quebra. Bryan precisa ser incentivado e enviado para cumprir seu papel para um mundo melhor.

... entrou na sala.

— Desculpe. Eu também sempre fico nervoso antes dessas coisas. — Ele puxou uma cadeira, girou e se sentou com os braços no encosto. — Esta parte me deixa maluco.

— Que parte?

— A espera. Tempo demais para ficar pensando. Assim que as coisas começam, a situação melhora. A pessoa sabe o que tem que fazer e simplesmente faz. É mais fácil, não acha?

Bryan inclinou a cabeça de lado e se virou para encostar na janela com os braços cruzados.

— Eu não sei. Nunca tive que trair algo em que acredito para salvar minha irmã antes.

— Justo.

Cooper deixou o silêncio continuar. Bryan parecia com um homem que esperava levar um soco; aos poucos, percebeu que o golpe não estava no ar. Um vento fraco uivava pelas bordas do vidro, e em algum ponto distante, a buzina de um carro. Finalmente, ele foi à mesa e desmoronou de qualquer maneira na cadeira do outro lado, todo desconjuntado.

— Eu sei que é difícil — disse Cooper —, mas você está fazendo a coisa certa.

— Claro. — A palavra flutuou pela mesa.

— Posso lhe dizer uma coisa? — Ele esperou até que o outro homem erguesse os olhos. — Tudo que você disse no outro dia sobre a maneira como os superdotados são tratados? Eu concordo.

— Certo.

— Sou um anormal.

O rosto de Bryan se enrugou em direções conflitantes: surpresa, descrença e raiva. Finalmente, o cara falou:

77

— Qual é o seu dom?

— Reconhecimento de padrões, uma espécie de intuição bombada. Eu capto intenções. Isso pode ser bem específico, como saber onde alguém vai acertar um soco. Mas capto padrões pessoais também; quando conheço alguém, meu dom forma uma imagem da pessoa e me ajuda a adivinhar o que ela fará.

— Então, se você é superdotado, o que está fazendo...

— ...trabalhando pro DAR? — Cooper deu de ombros. — Na verdade, basicamente pelos mesmos motivos que você ajudou sua irmã.

— Mentira.

— Não é. Quero que meus filhos cresçam em um mundo onde anormais e banais coexistam. A diferença é que eu não acho que se chega a isso explodindo coisas. Especialmente quando um grupo é muitíssimo maior que o outro. Veja bem, pessoas normais, como *você* — ele gesticulou com as palmas coladas —, se decidissem fazer isso, poderiam exterminar todas as pessoas como *eu*. Todos nós, ou tão perto disso que não faria diferença. É um jogo de números. Vocês têm 99 contra cada um de nós.

— Mas é exatamente por isso... — Bryan Vasquez parou. — Quero dizer.

— Eu sei como você se sente a respeito da forma como Alex é tratada. Mas você é um engenheiro. Pense logicamente. A relação entre normais e brilhantes é como pólvora. Você realmente quer acender faíscas?

Ele tirou o microdrive do bolso e pousou na mesa, a meia distância entre os dois.

— Não se esqueça — disse Cooper — que você não está fazendo isto por mim. Está fazendo por Alex.

Foi uma manobra calculada, bancar a carta de saída grátis da prisão com um dever pessoal. E estava longe de ser a primeira vez que ele mentia para um suspeito.

Então por que estou me sentindo culpado?

A academia. Ter visto aquele lugar despertou questões com as quais Cooper imaginou que já tivesse feito as pazes. Ele afastou os pensamentos do pátio, da mulher com o cartaz, e fechou a cara.

Bryan Vasquez pegou o microdrive.

— Vamos — falou Cooper.

■

— Aqui é o Lançador. A bola está em jogo; repito, Entregador em movimento. Quartel-general, confirme.

— Confirmado. — A voz de Bobby Quinn estalou no ouvido. — Ambos os sinais estão fortes.

A praça do outro lado da rua parecia tão planejada e pouco convidativa como sempre, os galhos escuros das árvores podadas balançavam ao vento. Duas bravas almas se encolhiam na entrada do prédio mais próximo, balançando de pé em pé enquanto tragavam cigarros. A entrada da estação Metro Center tinha um volume de tráfego constante. Em uma parede baixa, havia uma fileira de máquinas de vender jornais, todas em tons intensos de vermelho, laranja e amarelo; na ponta, um homem em cadeira de rodas sacudia um copo de papel para os transeuntes.

Cooper manteve uma pose casual e falou em voz baixa:

— Deus, o que temos?

— O Entregador está indo ao norte, pela avenida Treze.

— Visão desimpedida?

— Deus enxerga tudo, meu filho.

Tudo está no lugar. Você está prestes a dar mais um passo para capturar o homem mais perigoso dos Estados Unidos.

Do outro lado da rua, o agente na van da FedEx terminou de encher o carrinho e começou a ir ao prédio próximo. Em um banco da praça, duas mulheres em trajes casuais de executiva conversavam enquanto comiam salada. Uma parecia vice-diretora de um colégio; a outra era pequena e graciosa como uma jogadora de futebol.

— Como vai, Luisa?

— Nunca pensei que diria isto — falou ela, limpando a boca com um guardanapo para encobrir o movimento labial —, mas eu realmente queria estar de volta naquele fim de mundo de onde acabamos de sair, lá no Texas, onde as pessoas fodem as vacas.

Luisa Abrahams tinha pouco mais de 1,50 metro de altura, era bonita, mas não linda, famosa por falar como um caminhoneiro, e talvez fosse a pessoa mais teimosa que Cooper já conheceu. Ele a escolheu para a equipe depois de uma operação confusa onde o agente responsável por Luisa perdeu o contato com ela. O homem não percebeu que Luisa tinha sido descoberta e precisava de apoio, portanto, ela perseguiu um alvo a pé por três quilômetros, finalmente o pegou, terminou o serviço e depois ligou para o agente responsável usando o celular do alvo. Os insultos que Luisa vociferou para ele circularam a agência durante semanas.

Agora ela estava sentada em um banco com Valerie West, e as duas fingiam almoçar. Ela era uma analista de dados genial, mas ficava nervosa em campo. Cooper observou Valerie deixar o guardanapo em frangalhos e considerou se valia a pena dizer alguma coisa no momento em que Luisa tocou no joelho da outra mulher e falou algo fora do alcance do microfone. Valerie concordou com a cabeça, ajeitou os ombros e enfiou o guardanapo no bolso. Ótimo. Geralmente, Cooper não teria incentivado um relacionamento romântico entre colegas de equipe, mas as duas pareciam ser agentes melhores por causa disso.

A meio quarteirão de distância, Bryan Vasquez surgiu na multidão, andando atrás de um par de turistas com câmeras penduradas.

— Todo mundo — chamou ele. — O Entregador chegou.

Cooper repassou a lista na cabeça para garantir que tudo estivesse no lugar. Somando o rastreador, as câmeras, o helicóptero e os agentes, eles tinham a esquina bem controlada. Quem quer que viesse se encontrar com Bryan Vasquez estaria sentado em uma sala de entrevistas dentro de uma hora, banhado pela luz desesperadora e se perguntando se os rumores sobre os privilégios de "interrogatório aprimorado" dos Serviços Equitativos eram verdade mesmo.

Pena que não podemos deixá-los ir embora e segui-los até os demais. O resultado seria ótimo, mas o risco era simplesmente grande demais; com um ataque iminente, se a única pista fugisse, só Deus saberia o custo em vidas.

Através do ponto eletrônico no ouvido, Cooper conseguia ouvir as chamadas e confirmações da equipe no rastro de Bryan Vasquez.

O homem estava andando no outro lado da rua, e Cooper tomou cuidado para não olhar para ele. Apenas relaxou a postura e ampliou os sentidos, para tentar assimilar a cena inteira, analisá-la, filtrá-la e captar o padrão por baixo. O borrão amarelo esmaecido de um táxi. A textura de um casaco de tweed. Os cheiros do escapamento dos carros e da gordura da cozinha de uma lanchonete de fast-food. O brilho platinado e opaco do céu e o meio-dia sem sombras que ele criava. A postura determinada dos ombros de Bryan Vasquez ao pisar na calçada e se virar para olhar ao redor. A batida da adriça de um mastro de bandeira levada a dançar pelo vento. Os tons intensos de vermelho, laranja e amarelo das máquinas de vender jornais atrás de Vasquez. O ronco abafado do metrô, o cheiro podre do bueiro, o guincho de freios a dois quarteirões, e a garota muito, muito bonita falando ao celular.

Um homem em uma jaqueta de couro vermelho escuro atravessou a rua na direção de Vasquez. Havia determinação no passo, um vetor que Cooper foi capaz de enxergar como se fosse desenhado com uma seta.

— Alvo provável com jaqueta de couro.

No ouvido, a equipe confirmou a identificação. No banco, Luisa pousou a salada e colocou a mão na bolsa.

Vasquez se virou para encarar o sujeito, com incerteza no olhar.

O homem da jaqueta de couro meteu a mão no bolso da frente.

Os olhos de Vasquez dispararam de um lado para o outro.

Cooper fez um esforço para se segurar. Ele tinha que ter certeza.

O homem chegou perto de Vasquez... e passou por ele. O sujeito tirou um punhado de moedas do bolso e começou a colocar na máquina de vender jornais.

Cooper soltou a respiração. Ele se voltou para Vasquez, com a intenção de passar força para ele através do olhar, para que soubesse que estava tudo bem, tudo sob controle.

E era o que Cooper estava fazendo quando Brian Vasquez explodiu.

Televisão 3D?
Datapads dobráveis?
Telefonia holográfica?

Isso é *tão*
2013

Na Magellan Designs, não estamos interessados no dia de hoje.

Estamos interessados no amanhã.

Por isso, nós somos a primeira grande empresa de eletrônicos a recrutar exclusivamente engenheiros superdotados. Nossas equipes trabalham em perfeita sinergia, em um nível que vai muito além dos modelos tradicionais de desenvolvimento.

O que isso significa?

Que tal transmissores para o nervo óptico que fazem um filme parecer tão real quanto o mundo ao seu redor? Ou chips subdérmicos de computador que colocam o poder de um datapad literalmente nas suas mãos? Teletransporte? Sim, estamos trabalhando nisso.

Magellan Designs:
Simplesmente Brilhante™

CAPÍTULO 8

As chamas explodiram como o borrifo do oceano ao pôr do sol, em tons de laranja, amarelo e azul, ondas de fogo que esguichavam e entornavam. Em câmera lenta, elas tinham uma beleza etérea. O fogo rolava e se contorcia. Em frente à explosão surgiram silhuetas negras, indistintas e girando. Era realmente muito bonito.

Até que lascas de metal arrancadas e levadas pela onda de choque acertaram Bryan Vasquez como mil navalhas giratórias.

— Isto foi um trabalho de precisão — disse Quinn. — Viu como a explosão é concentrada? *Bum*, direto para fora da máquina de vender jornais. Quem quer que tenha plantado os explosivos planejou com cuidado. Toda a força foi projetada para a frente, através de limalha de ferro prensada. O resultado é um cone largo o suficiente para garantir que pegassem o alvo, porém não mais que isso.

Do ponto de vista de Cooper, os milhares de limalhas de ferro pareciam um enxame de gafanhotos estraçalhando Vasquez. A explosão atordoara os ouvidos, e mesmo agora a voz de Quinn parecia sair de uma toalha de banho felpuda. Ele sentia uma dor de cabeça latejante e tinha queimaduras nas mãos, por causa de uma lata de lixo de metal que tocou para tirar uma mulher histérica do fogo.

Por um breve momento após a bomba ter explodido, o mundo pairou em um equilíbrio surreal. Fumaça negra saía dos destroços. Os galhos de uma árvore queimavam em um fogo laranja claro como folhas de outono. O som era desconjuntado, dissociado, o efeito não parecia seguir a causa. Uma mulher limpava o rosto para tirar o sangue e o cabelo que antigamente tinham sido de Bryan Vasquez.

Era como se a bomba tivesse estado dentro de Bryan, pensou Cooper, como se ele próprio tivesse sido o explosivo.

As pessoas se encaravam, sem saber o que fazer nem o que significava aquela perturbação do cotidiano. Porém, atentados se tornaram mais frequentes nos últimos anos, e mesmo que nunca tivesse acontecido com elas, pelo menos, viram na TV e reagiram baseado naquilo. Algumas saíram correndo; outras correram para ajudar. Algumas gritaram. Sirenes começaram a tomar o ar do meio-dia. Agentes saíram das vans da FedEx e da companhia telefônica. Então o verdadeiro caos começou, com os policiais, bombeiros, socorristas e repórteres vindo de todas as direções.

Um pesadelo. O que deveria ter sido uma pequena operação tranquila agora passava sem parar na CNN. Drew Peters imediatamente usou a desculpa da segurança nacional e cortou qualquer ligação com o DAR. Somente neste ano, houve meia dúzia de atentados, a maioria por grupos extremistas de direitos dos anormais, e, por enquanto, era bem fácil fingir que esse foi apenas mais um. Porém, uma bomba explodindo em Washington, a 1,5 quilômetro da Casa Branca? Isso chamaria mais atenção. Provavelmente alguém descobriria o envolvimento do DAR.

Aquilo não era problema de Cooper. Ele ficava fora da politicagem. O que o incomodava era que John Smith havia vencido o DAR. Ele removeu a única pista que eles tinham sobre um grande ataque.

— Quem acionou a bomba? O cara na jaqueta de couro?

Quinn fez que não com a cabeça. Eles finalmente haviam retornado para o quartel-general do DAR, e Quinn colocou as imagens da explosão em um dos grandes monitores. Apertou algumas teclas, e a massa disforme vermelha foi sugada e se transformou em Bryan

Vasquez. As chamas recuaram, tremulando como flâmulas. A porta da máquina de vender jornais conteve a explosão atrás dela. Um homem de jaqueta de couro colocou um exemplar do *New York Times* de volta na máquina do lado.

— Viu? Ele está dentro da explosão. O cara perdeu uma orelha, o que não importa, porque com certeza ele perdeu a audição nela, e os médicos trabalham agora para ver se conseguem salvar o braço esquerdo.

— Pode ter sido um atentado suicida — falou Luisa, alto demais; ela esteve mais próxima da explosão que qualquer um deles.

— Talvez, mas por quê? Além disso, se o cara quisesse bancar o mártir, por que não colocaram a bomba nele em vez de instalar uma falsa máquina de jornais?

— Talvez porque aquela área deveria ser segura? Talvez porque, na verdade, aquela deveria ser a única maneira de colocar uma bomba ali? — Ela era pequena, porém destemida, e Cooper já tinha visto Luisa entrar em brigas com homens com o dobro de seu tamanho. — Eu pensei que você tivesse o local inteiro sob controle.

— Eu *tinha* — respondeu Quinn rápido demais, com as mãos erguidas.

Ele olhou de Luisa para Valerie, e também não viu apoio lá. Nenhuma das duas esteve no caminho dos estilhaços, mas elas foram arremessadas como bonecos de pano pela onda de choque, e nenhuma das duas parecia disposta a esquecer aquilo. Quinn se virou para Cooper.

— Merda, Nick, eu passei o dia inteiro ontem lá, e a equipe na van passou a noite. Nós temos vinte horas de gravação de uma pilha de câmeras. Ninguém plantou a bomba.

Cooper tossiu. O parceiro ficou vermelho.

— Quero dizer, ninguém plantou enquanto estivemos ali. Eles devem ter colocado lá previamente.

— E você não verificou. — A voz de Luisa tinha um tom perigoso.

— Tenho uma ideia, Bobby. Que tal da próxima vez *eu* verificar a segurança do local, e *você* ficar sentado no banco da praça de saia?

— Luisinha, desculpe, mas...

— Não venha com esta, seu mer...

— Chega — falou Cooper.

Ele esfregou os olhos e prestou atenção nos sons ao redor: as chaves batendo, as vozes baixas dos analistas e telefonistas falando aos microfones. Mesmo diante disso, e de um ataque iminente, ainda havia milhares de anormais de primeiro escalão para serem rastreados, dezenas de alvos ativos.

— Chega. Dois dias foram perdidos aqui. Dois dias e nenhum resultado. — Cooper se empertigou, e o olhar passou por cada um. — Vocês todos precisam colocar uma coisa na cabeça. John Smith não é apenas um esquisito cheio de ódio. Pode ser um sociopata, mas é um mestre enxadrista, o equivalente estratégico de Einstein. Aposto que ele tinha colocado aquela bomba há semanas. Vocês me ouviram? *Semanas atrás.* Provavelmente antes de Alex Vasquez sequer sair de Boston.

Luisa e Valerie se entreolharam. Cooper captou o medo nos olhos de Valerie e o sentimento de proteção que aquilo despertava no olhar de Luisa. Quinn abriu a boca como se esperasse que as palavras saíssem por conta própria. Finalmente, ele falou:

— Você está certa. Sinto muito, eu deveria ter verificado tudo em um raio de 100 metros do encontro.

— É, você deveria. Você fez merda, Bobby.

Quinn abaixou a cabeça.

— E eu deveria ter mandando você verificar. Então nós dois fizemos merda. — Cooper respirou fundo e soltou o ar com força. — Ok. Vamos começar com quem acionou a bomba. Val, você é nossa especialista em análise.

— Não tive tempo de analisar...

— Fale o que seu instinto diz.

— Bem, se fosse eu, teria feito remotamente. Tudo que a pessoa precisa é de um detonador e de uma visão desimpedida.

— Como você acionaria a bomba?

— Com um celular, provavelmente — continuou Valerie. — Barato, confiável, não levantaria suspeitas se a pessoa fosse flagrada com ele. Apenas digite o...

Ela interrompeu e arregalou os olhos.

— Bobby, saia.

— Hã?

— *Saia.*

Ela empurrou o homem para fora da cadeira e ocupou o lugar. Os dedos voaram sobre o teclado. A grande tela tremeluziu, e o vídeo pausado da explosão sumiu, substituído por colunas de números.

— Se você conseguir acessar as torres locais de celulares e isolar as ligações feitas há poucos segundos da explosão... — disse Cooper.

— Deixe comigo, chefe.

Uma voz surgiu por trás:

— Precisamos conversar.

Dickinson. Porra, como ele pisa leve para um cara grande. Cooper se virou e encarou o olhar do agente. Viu a raiva estalando ali. Não era fúria, nada tão fora de controle. Era como se a raiva fosse o combustível que seu motor queimava.

Para a equipe, Cooper falou:

— Continuem na busca. Isto aqui não vai demorar.

Ele começou a ir embora e fez um sinal com a cabeça para que Dickinson o seguisse, sem esperar para ver se o homem viria. Atitude de macho alfa, estúpida, porém necessária. Cooper seguiu em frente até um espaço vazio embaixo das escadas, sorriu porque simplesmente não podia resistir, e falou:

— O que você tem em mente?

— O que eu tenho em *mente*? E o que você tem no colarinho? — Dickinson gesticulou. — Por acaso, não seria o pequeno Bryan Vasquez, seria?

Cooper abaixou o olhar.

— Não. Esse sangue pertencia à mulher que tirei do fogo.

— Você realmente está orgulhoso do que fez?

— Esta não é a palavra que eu escolheria, não. Você tem algo a dizer?

— Encontrei Bryan Vasquez. E o capturei. Nós tínhamos uma pista, *uma*, e eu o capturei. E você simplesmente deixou que ele explodisse.

— É, nenhum de nós realmente gostava de Bryan Vasquez. A gente votou, decidiu ah, pro diabo...

— Isso é uma piada para você?

— Diga-me, Roger. Você teria feito diferente?

— Eu não teria colocado Bryan Vasquez naquela esquina, para começo de conversa.

— Ah, é? Teria prendido aquele baba-ovo de esquisito e jogado a chave fora?

— Não. Teria algemado aquele baba-ovo de esquisito a uma cadeira e começado a trabalhar.

— Um pouquinho de interrogatório aprimorado para se divertir? — Cooper estalou a língua e balançou a cabeça. — Você poderia afogar Bryan Vasquez até que ele criasse guelras, e isso não mudaria o fato de que ele não sabia de nada.

— Você não sabe disso. E agora nós nunca saberemos.

— Nós somos agentes do governo dos Estados Unidos, não a segurança privada de um ditador qualquer do Terceiro Mundo. Não é assim que trabalhamos. Não temos uma câmera de tortura no porão.

— É, bem — Dickinson encarou Cooper sem titubear, sem pestanejar —, talvez a gente devesse ter.

Que nojo.

— Roger, não sei qual é o seu problema. Não sei se é picuinha comigo, ou ambição, ou se você simplesmente precisa comer alguém. Mas nós temos uma diferença de opinião fundamental sobre qual é a nossa missão. Agora, se me dá licença, farei meu verdadeiro trabalho, dentro da lei. — Ele começou a ir embora.

— Quer saber qual é o meu problema com você? Sério, você quer saber?

— Eu já sei. — Cooper se voltou. — Sou um anormal.

— Não, não tem nada a ver com isso. Não sou racista. O problema — disse Dickinson ao dar um passo à frente — é que você é frouxo. Está no comando e é um frouxo. E os Serviços Equitativos precisam de homens fortes. De homens de fé.

Ele sustentou o olhar por mais um momento, e passou dando um esbarrão.

Cooper ficou olhando Dickinson ir embora. Balançou a cabeça.

Continuo achando que ele precisa comer alguém.

— Tudo nos conformes? — perguntou Bobby Quinn quando Cooper voltou à estação de trabalho.

— Claro. O que temos?

— A torre de celular mais próxima registra uma dezena de ligações em dez segundos — falou Valerie West. — Oito delas locais. Quando triangulamos a localização, apenas um conjunto de coordenadas de GPS faz sentido: 38.898327 por -77.027775.

— Que é...

— Exatamente... — Ela deu um zoom no mapa.

Naquele momento, Cooper sentiu uma pontada de intuição, como uma coceira no cérebro, o dom se adiantando para informar o que ele estava prestes a ver.

— Aqui.

A tela mostrou a rua G, meio quarteirão a leste da avenida Doze. A entrada de um banco. Cooper reconheceu.

Ele esteve parado bem ao lado do banco.

Cooper fechou os olhos e relembrou. O movimento daquele instante, tantas coisas que assimilou. O borrão amarelo esmaecido de um táxi. Os cheiros do escapamento dos carros e da gordura da cozinha de uma lanchonete de fast-food. O ronco abafado do metrô, o cheiro podre do bueiro, o guincho de freios a dois quarteirões, e a garota muito, muito bonita falando ao celular.

Tá de brincadeira. Ele se virou para Quinn.

— Nós temos imagem daquele ponto?

— Minhas câmeras estavam todas apontando para o outro lado da rua. — O parceiro olhou para a tela, beliscou os lábios, depois estalou os dedos. — O banco. Ele teria câmeras de segurança.

— Entre em contato. Veja se consegue encontrar uma imagem de nosso terrorista.

Quinn pegou o paletó do encosto da cadeira.

— Pode deixar.

Cooper se voltou para as duas mulheres.

— Precisamos obter um resultado positivo. Valerie, nós temos os celulares de Alex e Bryan, certo?

Ela concordou com a cabeça.

— O procedimento padrão teria sido cloná-lo quando o prendemos. E os analistas provavelmente já estão trabalhando no telefone dela, montando um padrão baseado nas informações dos contatos.

— Ótimo. Inicie uma busca. Eu quero grampos digitais em todos os números do telefone de Alex. Até dois graus de separação.

Luisa ficou boquiaberta.

— Je-sus — sussurrou ela.

Valerie repetiu aquele gesto com as mãos, só que sem o guardanapo para deixar em frangalhos desta vez.

— Dois graus?

— Sim. Quero grampos em todos os contatos em ambos os telefones. Depois, qualquer número que tenha ligado para qualquer um desses contatos? Quero que sejam grampeados também. Até... seis meses atrás.

— Credo em cruz, Jesus amado. — Luisa arregalou os olhos. — Isso dá centenas de pessoas.

— Provavelmente algo em torno de 15 ou 20 mil. — Cooper olhou o relógio. — Chamem os programadores das academias. Se for preciso, tire-os das varreduras do Echelon II que estamos fazendo atrás de John Smith. Se alguém lá fora disser qualquer coisa, *qualquer coisa* que pareça relacionada a esse ataque, quero analistas metendo a cara 15 segundos depois. Entendeu?

— Entendi.

O rosto de Valerie demonstrou os primeiros sinais de empolgação. Era um sonho para alguém como ela. As chaves do reino. Cooper essencialmente fez dessa investigação a maior prioridade do gênero no país e depois a colocou como responsável.

— Chefe — chamou Luisa. — Eu não quero criticar, mas 20 mil grampos de Segurança Nacional, todos expedidos sem um juiz? Sem falar nos recursos envolvidos, a puta conta que isso daria? Tem certeza? Quero dizer, sabe o que eles farão com você se não der certo, não é?

— Vão me mandar dormir sem jantar. — Cooper deu de ombros. — Faça com que dê certo. Se não der, temos coisas maiores para nos preocupar do que a minha carreira.

CAPÍTULO 9

O Monocle no Capitólio era uma instituição. Localizado a apenas alguns quarteirões dos prédios do Senado, por cinquenta anos o local recebeu as pessoas influentes de Washington. As paredes eram cobertas por fotos 20 x 25, autografadas por todo político influente nas últimas cinco décadas, por cada presidente desde Kennedy. O restaurante ficava cheio mesmo em uma noite de segunda-feira.

Uma noite de segunda-feira igual àquela em que John Smith entrou.

Ele tinha ombros largos, mas era gracioso, com o corpo de um *quarterback* dentro de um terno elegante, e vestia uma camisa branca com o colarinho aberto por baixo. Três homens o seguiram em movimentos quase sincronizados, como se tivessem ensaiado o ato de entrar em um restaurante.

Smith ignorou o trio. Ele fez uma pausa ao entrar e olhou em volta como se quisesse memorizar a cena. Quando uma bela recepcionista tocou em seu braço e perguntou se ele iria encontrar alguém, John Smith sorriu ao assentir com a cabeça, e a mulher devolveu o sorriso.

O restaurante era dividido entre o bar e o salão. O primeiro era agitado, uma enxurrada de risadas e conversas. Meia dúzia de TVs de tela plana passava o jogo dos Wizards; a três minutos para o fim, o time perdia por dez pontos. Os clientes eram, na maioria, homens, com gravatas enfiadas entre o terceiro e o quarto botão da camisa. Smith passou pelos bancos onde se sentavam advogados, turistas, secretários e estrategistas. O trio veio atrás.

O salão do restaurante tinha iluminação ambiente colorida e cabines aristocráticas com cadeiras de espaldar alto, com clima de antigamente. Um desembargador brindou com copos para coquetéis com uma mulher que não era sua filha. Uma família de Indiana assimilava o ambiente, pai e mãe conversavam com a boca cheia de bife enquanto o filho usava os restos do hambúrguer para dar suporte às muralhas do Forte Batata Frita. Um *headhunter* de grande empresa fazia uma manobra para recrutar um jovem de 20 e poucos anos, com óculos de nerd.

John Smith passou por todos eles até uma cabine do lado direito. O estofamento estava manchado e gasto pelo uso, e o polimento da mesa aparentava ter décadas. Na parede, Jimmy Carter dava um sorriso radiante, com as palavras "melhor bolinho de siri da região!" inclinadas sobre a assinatura.

O homem na cabine tinha gel no cabelo e terno risca-de-giz. O bigode estava mais para branco que grisalho, e o nariz que tinha feito a alegria de caricaturistas era tomado por vasos capilares rompidos. Mas quando ele se virou para encarar John Smith, o olhar era intenso e alerta, e naquele movimento houve mais que um eco da antiga presença do senador de Ohio que um dia fora temido e ainda era respeitado, o ex-ministro da economia e ex-pré-candidato à presidência com grandes chances, até o escândalo do Panamá.

Por um instante, os dois homens se entreolharam. O senador Hemner sorriu.

John Smith deu um tiro no rosto dele.

Os três guarda-costas deixaram cair os sobretudos e revelaram submetralhadoras táticas da Heckler & Koch, penduradas em bandoleiras. Cada um perdeu tempo em estender a coronha retrátil de metal e apoiar a arma no ombro. A luz vermelha de um letreiro de saída caiu como sangue nas costas do trio. Os tiros foram precisos e agrupados. Não houve rajadas, nem disparos para todos os lados. Eles davam dois tiros em um alvo e seguiam para o próximo. A maioria das vítimas nem sequer se levantou das cadeiras. Algumas tentaram correr. Um homem conseguiu chegar a meio caminho da entrada antes de a garganta explodir. Uma mulher de vestido ficou de pé, e o copo de coquetel se estilhaçou na mão quando a bala atravessou a caminho do coração. Gritos e mais tiros vieram do bar, onde uma segunda equipe entrou. Uma terceira havia invadido a porta dos fundos e estava atirando em imigrantes de branco, vestidos como cozinheiros. A mãe de Indiana se enfiou embaixo da mesa, puxou o filho e o abraçou firme.

Quando as armas ficaram vazias, os homens recarregaram e recomeçaram a atirar.

Cooper tocou a tela do datapad, e a imagem ficou congelada. A câmera de segurança fora montada perto das escadas que levava às salas de reunião, e o ângulo era, ao mesmo tempo, desconjuntado e horripilante, a violência era mais real por causa da ausência de técnicas de Hollywood. A pausa reteve uma lágrima de fogo branco que explodia do cano de uma submetralhadora. Atrás do trio, John Smith estava parado com a pistola ao lado do corpo, com uma expressão atenta, mas distante; um homem que assistia a uma peça. O corpo do senador Max "Martelo" Hemner estava caído na cabine, com um belo buraco na testa.

Cooper suspirou e esfregou os olhos. Quase duas da manhã, mas embora estivesse cansado e moído, o sono não vinha. Após ficar deitado na cama por 45 minutos inúteis, ele decidiu que, se era para olhar para o nada, era melhor que olhasse o arquivo do caso em vez do teto.

Ele colocou o dedo na tela e moveu devagar. O vídeo andou em resposta. Para a frente: um atirador soltou o carregador da arma, deixou que caísse no chão enquanto colocava um substituto e mirou novamente. Para trás: um atirador puxou o carregador da arma enquanto outro pulava do chão e se inseria na arma. A coisa toda era zen, plácida, perfeita e ensaiada. Quase a mesma coisa, para a frente ou para trás.

Cooper usou dois dedos para dar zoom, depois deslizou a imagem até o rosto de Smith preencher a tela. As feições eram simétricas, ele tinha um maxilar quadrado e belos cílios. O tipo de rosto que uma mulher poderia achar bonito em vez de tesudo, o tipo que pertencia a um jogador profissional de golfe ou um advogado. Não havia nada que indicasse barbárie ou fúria, nenhum sinal de risadas ensandecidas. Enquanto os soldados matavam todo mundo no restaurante — cada homem, mulher e criança, ajudante de garçom, turista e senador, 73 pessoas no total, 73 mortas em ação, e nenhuma ferida —, John Smith simplesmente assistia. Calmo e impassível. Quando tudo terminou, ele saiu. Em ritmo de passeio, na verdade. Cooper tinha assistido ao vídeo centenas de vezes nos últimos quatro anos, havia se acostumado aos horrores, ao esguicho de sangue e à calma letal dos soldados. Mas uma coisa ainda dava calafrios, uma coisa que talvez fosse especialmente assustadora para um homem com seus olhos. Era a ausência total de impacto que o massacre provocava no homem que deu início a ele. Os ombros estavam abaixados, o pescoço estava relaxado, os passos, leves, os dedos, descontraídos.

John Smith saiu passeando do Monocle como se tivesse apenas entrado para tomar um drinque tranquilamente.

Cooper saiu do vídeo, jogou o datapad sobre a mesa e tomou um grande gole d'água. Vodca parecia melhor, mas tornaria a corrida matinal de amanhã menos agradável. A maior parte do gelo tinha derretido, e o copo estava escorregadio com suor frio. Ele balançou o pescoço de um lado para o outro, depois pegou de volta o datapad e começou a navegar pelo resto do arquivo, sem procurar alguma coisa em especial. As manchetes, das imparciais (ATIVISTA ANORMAL MATA 73; SENADOR MORTO EM MASSACRE EM WASHINGTON) às incendiárias (UM DOM PARA A SELVAGERIA; MONSTROS ENTRE NÓS). As reportagens que acompanhavam, e aquelas que foram publicadas nas semanas seguintes. Relatos de crianças anormais que apanharam nos colégios, um segundo escalão linchado no Alabama. Colunistas que apelaram à calma e à decência, que salientaram que um grupo não deveria ser culpado pelos atos de um único indivíduo; outros especialistas que cuspiram fogo, que fizeram os piores demônios rugirem à base do chicote. O evento que dominou as manchetes. Mas como John Smith não foi capturado em meses, e depois anos, a história saiu do primeiro plano da consciência pública.

Havia mais. Textos e vídeos de discursos que Smith fizera pelos direitos dos anormais antes do massacre. Ele era um orador sensacional, na verdade, ao mesmo tempo inspirador e amistoso. Registros detalhados dos protocolos do Echelon II implementados para encontrá-lo. Relatórios de incidentes de meia dúzia de vezes em que Smith quase foi capturado. Detalhes biográficos, perfil genético, dados pessoais. Longas análises do dom, um sentido estratégico e logístico que o tornou um grande mestre enxadrista aos 11 anos. Transcrições de todas as partidas classificatórias de xadrez que ele jogou. Terabytes de dados, e Cooper tinha lido cada palavra, havia assistido a cada quadro.

E ainda assim, o que aconteceu hoje.

Mais alguns toques no datapad, e as manchetes foram substituídas pela CCV. Cena do Crime Virtual, lá estava uma tecnologia que Cooper não tinha certeza de que gostava. Um modelo fotorrealista e completamente manipulável do interior do Monocle conforme John Smith o deixou, incluindo cada mancha de sangue e respingo de pedaço de cérebro. Cooper poderia ir de um lado ao outro, mexer e girar cada ângulo, poderia ver a confusão da altura do teto ou da intimidade de centímetros. Era uma ferramenta forense incrivelmente útil, que foi fundamental ao resolver muitos casos, mas isso não tornava mais fácil aceitá-la quando ele desceu até embaixo da mesa, onde Juliet Lynch havia arrastado o filho, Kevin. Ser capaz de ver o ângulo do corpo, o buraco em forma de estrela no rosto, isso era útil em termos forenses. Mas Cooper não precisava nem desejava ser capaz de enxergar a expressão de Juliet Lynch, de ver o que restou do rosto de uma mulher que viu, do nada, a cabeça do marido explodir, de uma mulher que foi, em um instante incompreensível, da felicidade simples das férias familiares para um caos enorme e o abismo. Uma coisa era entender que ela morreu sabendo — não temendo, mas sabendo — que o filho também morreria; outra era ver os buracos na mão que ela estendera para protegê-lo, como se a palma da mão de uma mãe pudesse deter balas.

Fode-se a corrida. Cooper se levantou do sofá e foi até a cozinha. A luz fluorescente parecia surreal a essa hora, e o porcelanato preto e branco padrão do chão era sinistro. Ele jogou fora o resto da água na pia, colocou duas pedras de gelo no copo e serviu vodca gelada sobre elas.

De volta à sala de estar, Cooper pegou o telefone e fez uma ligação. Tomou um gole e saboreou a pontada gelada.

— Ei, Cooper — disse Quinn, com voz sonolenta. — Você está bem?

— Só estava assistindo ao Monocle.

— Outra vez?

— É. O que estamos fazendo, Bobby?

— Bem, nós não estamos dormindo.

— Foi mal por isto.

— Beleza. Só estou te provocando. Então, o Monocle.

— A CCV. Aquela mulher embaixo da mesa.

— Juliet Lynch.

— Isso. Eu estava olhando a cena novamente, e me dei conta de que poderia ter sido Natalie. E o moleque poderia ter sido Todd.

— Merda. É.

— O que estamos fazendo? Todos nós, quero dizer. Desde que visitei a academia, não consigo me livrar desta sensação.

— Que sensação?

— De que as coisas estão prestes a ficar bem piores. Que estamos no limite, e ninguém parece querer se afastar dele. Todos esses horrores que estamos criando. As academias, o Monocle, eles são a mesma coisa. Dois lados do mesmo horror. E, enquanto isso, eu tenho dois filhos.

— E mentalmente você está pondo Kate em uma academia e Todd no Monocle.

— É.

— Não faça isso.

— Eu sei.

— Toda esta situação está uma zona. Sei disso. Todos nós sabemos. Não apenas o DAR. O país inteiro, o mundo inteiro sabe. Estamos nessa rota de colisão há trinta anos.

— E por que não estamos desviando?

— Aí você me pegou, chefe. Isso está acima da minha faixa salarial.

Cooper fez um som que não foi uma risada.

— É.

— Sabe o que eu faço quando me batem essas ideias?

— O quê?

— Pego uma bebida forte.

— Feito.

— Ótimo. Preste atenção, quero que você encare essa responsabilidade. Mas tudo que podemos fazer é o nosso trabalho, um dia por vez. Quero dizer, pelo menos estamos no jogo. Estamos *tentando*. O resto do mundo está apenas torcendo para que as coisas deem certo.

— Ele está lá fora neste momento. Em algum lugar. John Smith. Ele está lá fora e planeja um ataque.

— Você sabe o que ele não está fazendo?

— Hã?

— Ele não está ligando para o melhor amigo para se martirizar pelo mundo estar indo à merda. É por isso que eu sei que nós somos os mocinhos.

— É.

— Vá dormir. Até onde sabemos, o ataque de Smith pode acontecer amanhã.

— Você está certo. Obrigado. Desculpe pela hora.

— Não esquenta. E, Coop?

— Sim?

— Termine de beber.

■

Ele se forçou a correr na manhã seguinte, como planejado. Cooper corria oito quilômetros duas vezes por semana, ia à academia nos outros dias, e, às vezes, curtia correr, mas não hoje. O tempo estava razoavelmente bom, meio quente e claro para variar, e a bebida da insônia da noite anterior não o afetou tanto como ele temia. Mas parte do prazer do exercício era se perder no aspecto físico, deixar de lado a parte analítica do cérebro por um tempo e apenas se concentrar na respiração, no ritmo dos músculos e na batida do fone de ouvido. Na manhã de hoje, infelizmente, John Smith correu com ele. Durante todo o percurso, tudo que Cooper conseguiu pensar foi alguma coisa que ele dissera ontem. *Ele pode ser um sociopata, mas é um mestre enxadrista, o equivalente estratégico de Einstein.*

O truque era descobrir como vencer um homem como esse. Cooper era o melhor agente daquela que era possivelmente a organização mais poderosa do país. Ele tinha enormes recursos à disposição; podia acessar dados secretos, grampear linhas telefônicas, comandar agências policiais e federais igualmente, empregar equipes de operações secretas em território americano. Se um anormal fosse designado como alvo, Cooper poderia matar sem consequência legal — e matou, em 13 ocasiões. Ele podia, para resumir, usar uma força incrível... mas se ao menos soubesse para onde direcioná-la.

O oponente, enquanto isso, podia atacar onde quer que quisesse, sempre que quisesse. Não apenas isso, mas até mesmo um sucesso parcial era uma vitória para ele, enquanto que, para Cooper, qualquer coisa que não fosse um triunfo completo era um fracasso. Se alguém prevenisse metade das vítimas do atentado de um homem-bomba, a pessoa ainda tinha um homem-bomba e um monte de corpos.

Ficar pensando naquilo fez uma corrida de 8 quilômetros parecer ter sido de 16. E em um daqueles pequenos e charmosos momentos irônicos, quando Cooper passou pela loja de conveniência no fim do quarteirão onde morava, viu que a porta de enrolar trancada tinha sido recém-pichada: Eu Sou John Smith.

O que você é, parceiro, é um babaca com uma lata de tinta spray. E, cara, como eu queria ter feito a curva na esquina quando você estivesse terminando.

Dentro do apartamento, ele arrancou a camiseta suada, deu uma fungada — opa, hora de lavar — e foi para o banheiro. Quando terminou, Cooper ligou na CNN enquanto secava o cabelo com a toalha.

— ... um aumento significativo no chamado Índice de Agitação para 7,7, o mais alto nível desde a criação da medição. O salto é atribuído em grande parte ao atentado de ontem em Washington, que vitimou...

No closet, ele escolheu um terno cinza-claro com uma blusa azul-clara, de colarinho aberto. Cooper verificou se a Beretta estava carregada — estava, é claro, mas os velhos hábitos do exército não morriam — e depois prendeu o coldre na cintura.

— ... o polêmico bilionário Erik Epstein, cuja Comunidade de Nova Canaã no Wyoming cresceu para 75 mil residentes, a maioria composta por superdotados e suas famílias. A área de 60 mil quilômetros quadrados, comprada por Epstein por meio de várias empresas *holding*, se tornou um fator polarizador não apenas no estado, onde os ocupantes de Nova Canaã englobam quase 15 por cento da população total do Wyoming, mas no país como um todo, com a introdução da Resolução 93, uma medida para permitir que a região se separe como uma nação soberana...

Café da manhã. Cooper quebrou três ovos em uma tigela, bateu e jogou em uma frigideira antiaderente. Ele torrou duas fatias de pão italiano, serviu um café tão grande que daria para atracar um iate, colocou os ovos mexidos sobre a torrada e ainda espirrou molho picante *sriracha* em cima daquilo.

— ... culminando em uma cerimônia de abertura hoje, às 14 horas. Desenvolvida para ser inexpugnável a indivíduos como o sr. Epstein, a nova Bolsa de Valores Leon Walras funcionará como uma casa de leilões. Em vez da venda em tempo real de cada ação da antiga Bolsa de Nova York, os papéis das empresas serão oferecidos em leilões diários, com lances decrescentes. Preços finais serão fechados de acordo com a média da compra, excluindo assim a possibilidade...

Ele cozinhou os ovos um pouco demais, porém o molho picante compensou. Molho picante compensava quase tudo. Cooper terminou as últimas mordidas, lambeu os dedos e deu uma olhadela para o relógio. Um pouco depois das sete da manhã. Mesmo com o trânsito, ele chegaria ao quartel-general cedo o suficiente para examinar os destaques dos grampos telefônicos antes da reunião semanal de análise do status do alvo.

Cooper colocou o prato na pia, esfregou as mãos e saiu. Ele não usou o elevador e desceu os três lances de escada até o térreo. Era realmente uma bela manhã. O ar estava quente e tomado pelo cheiro ionizado que Cooper geralmente associava a trovoadas, mas o horizonte estava limpo e claro. Ao chegar ao carro, o telefone tocou. Natalie. Hum. A ex-esposa era muitas coisas — sincera, inteligente, uma mãe maravilhosa —, mas "pessoa ativa pela manhã" não estava na lista.

— Ei, eu não sabia que você conseguia usar o telefone a esta hora.

— Nick — falou ela, e com o som da voz de Natalie e do soluço que a interrompeu, toda a luz sumiu do céu da manhã.

E isso foi antes de Cooper ouvir o que veio a seguir.

CAPÍTULO 10

O apartamento de Cooper em Georgetown ficava a 12 quilômetros da casa em que ele e Natalie moraram em Del Ray. Como a maioria dos trajetos por Washington, ele tinha momentos de grandeza em meio a longos trechos de feiura sem graça, tudo dividido em quarteirões irritantes de tão pequenos, com um maldito semáforo em cada um. Junte o trânsito, e os 12 quilômetros levavam 25 minutos, meia hora se a pessoa evitasse a 395 e as vias expressas.

Cooper fez o trajeto em 12 minutos.

Ele optou pela Jefferson Davis, uma rua nitidamente feia, mas com quatro pistas em cada direção. O transponder no Dodge Charger transmitia um sinal que o marcava como um gasista para todos os policiais dentro de um 1,5 quilômetro, portanto, ele tratava os limites de velocidades como piadas e os semáforos vermelhos como sugestões. Quando uma cascata de luzes de freio piscava diante dele, Cooper engatava a terceira e subia na divisória entre as pistas.

Ele diminuiu quando entrou na rua de Natalie — havia muitas crianças no quarteirão —, estacionou, desligou o carro e saiu em um único movimento.

A ex-esposa já estava saindo para encontrá-lo. Natalie estava vestida para trabalhar, com botas, uma saia cinza até o joelho, e um suéter branco leve. Mas embora os olhos estivessem secos e o rímel, perfeito, aos olhos de Cooper ela estava em prantos. Ele abriu os braços e Natalie entrou neles com força, abraçou as costas de Cooper e apertou. A ex-esposa parecia úmida, como se lágrimas saíssem pelos poros. O hálito cheirava a café.

Cooper abraçou Natalie por um momento, depois se afastou e pegou as mãos dela.

— Conte.

— Eu te contei...

— Conte de novo.

— Eles vão testá-la. Kate. Eles vão testá-la. Ela tem apenas quatro anos, e o teste não é obrigatório até completar oito...

— Shhh. — Ele passou os polegares na palma de Natalie e apertou o centro, um antigo gesto. — Está tudo bem. Conte o que aconteceu.

A ex-esposa respirou fundo, depois soltou o ar ruidosamente.

— Eles ligaram. Hoje de manhã.

— Quem?

— O Departamento de Análise e Reação. — Natalie colocou a mão no lado da cabeça como se fosse pentear o cabelo para trás, embora nenhuma mecha tivesse caído. — Vocês.

O estômago de Cooper ficou gelado. Ele abriu a boca, mas não descobriu palavras dispostas a sair.

— Desculpe — falou ela, afastando o rosto. — Isto foi sacanagem.

— Tudo bem. — Ele também bufou. — Conte...

— Alguma coisa aconteceu. Na escola. Houve "um incidente". — Ela tornou as aspas audíveis. — Há uma semana. Um professor testemunhou Kate fazendo alguma coisa e relatou ao DAR.

Os dons eram amorfos nas crianças, muitas vezes eram confundidos com simples inteligência; daí o teste não ser obrigatório até os 8 anos. Mas pessoas em determinadas funções — professores, pastores, babás em tempo integral — deveriam relatar comportamentos que considerassem como provas especialmente convincentes de um dom de primeiro escalão. Um dos muitos fatos que Cooper odiava sobre o rumo das coisas; na opinião dele, o mundo não precisava de mais dedos-duros.

— Que incidente? O que aconteceu?

Natalie deu de ombros.

— Eu não sei. O burocrata covarde não me contou.

— E aí...

— E aí ele perguntou se seria mais conveniente testar minha filha na próxima quinta ou sexta-feira. Eu disse que Kate tinha apenas quatro anos, que você trabalhava no DAR. O burocrata apenas continuou dizendo a mesma coisa: "Sinto muito, senhora, mas a política é esta." Como se ele fosse da companhia telefônica e eu tivesse uma reclamação sobre a porra da conta.

Natalie não fala palavrão. O pensamento flutuou sem rumo pela mente dele.

— Você já conversou com ela a respeito?

— Não. — Natalie fez uma pausa. — Eu... nós... temos que conversar. Nick, ela é superdotada. E se Kate for do primeiro escalão?

A ex-esposa virou o rosto, com os olhos finalmente úmidos, e as lágrimas que ele havia percebido assim que chegou estavam ali agora, para o mundo ver.

— Eles vão tirá-la de nós, vão mandá-la para uma academia.

— Pare. — Cooper esticou a mão, pegou o queixo e virou o rosto de Natalie para encará-lo. — Isso não vai acontecer.

— Mas...

— Preste atenção. Isso não vai acontecer. Não vou deixar que aconteça. Nossa filha não irá para uma academia. — *Saudades do meu filho, dizia o cartaz.* — Ponto final. Não quero saber se ela é do primeiro escalão. Não quero saber se ela é a primeira nível zero da história e é capaz de manipular o espaço-tempo enquanto dispara laser do umbigo. Ela *não vai* para uma academia. E não será testada na semana que vem.

— Pai!

Natalie e ele se entreolharam. Um olhar mais antigo que qualquer um dos dois, um olhar que foi trocado por homens e mulheres desde que existem mães e pais. E eles se separaram para encarar os filhos que corriam em sua direção, Todd na frente, Kate, logo atrás, após deixar a porta de tela bater ao sair.

Cooper ficou de cócoras e abriu os braços. Os filhos voaram para dentro do abraço, quentes, vivos e sem saber de nada. Ele apertou os dois até as crianças quase estourarem e depois fez questão de manter uma expressão inocente ao se afastar.

— Ihhh, ihhhh!

Kate ergueu os olhos, preocupada; Todd sorriu, pois sabia o que viria.

— Ihhh, eu tenho que ir! Ihhh, quem vem comigo?

— Eu! — respondeu Kate, toda alegre.

— Eu também! — disse Todd, preso entre a alegria infantil e os primeiros sinais de inibição.

— Muito bem, então. — Cooper abriu os braços. — Tomem seus lugares. E no caso de súbita despressurização na cabine, máscaras de oxigênio cairão do teto. Por favor, balancem nelas como macacos. Prontos?

Kate estava no braço esquerdo do pai, abraçada a ele como, bem, um macaco. Todd estava preso ao braço direito, com os dedos agarrados ao antebraço um do outro.

— Ok. Preparar para a decolagem. Três. — Ele foi para a frente, depois para trás. — Dois...

De novo.

— Um!

Cooper saltou da posição de cócoras e usou a força das pernas para girar os filhos, depois meio que se lançou, meio que caiu. Todd realmente estava ficando muito pesado, mas, dane-se, Cooper apenas fez mais força, cravou os calcanhares e lá foram eles. O mundo era os rostos dos filhos, Katie dando risadinhas e gritinhos, o sorrisão de Todd, e atrás deles o borrão da grama verde, da árvore marrom e do carro cinza. Ele fez mais força, os pés se moveram como os de um dançarino, os braços se levantaram, as crianças flutuavam agora, o impulso fez o serviço por ele.

— Decolagem!

Maïs tarde, Cooper se lembraria do momento. Ele o pegaria e examinaria como a foto esmaecida de um veterano de guerra, a última

105

relíquia de uma vida da qual foi levado embora. Uma âncora ou estrela para orientá-lo. Os rostos dos filhos, sorrindo, confiantes, e o mundo atrás de um redemoinho de verde.

Então Todd falou:

— Quero voar.

— É?

— Eu queeeeeero voaaaaaaar!

— Ok! — respondeu Cooper.

Ele cerrou os dentes e rodopiou mais rápido, mais um giro, dois, e depois quando chegou ao terceiro, fez força e levantou o braço. Todd se soltou e Cooper soltou o filho, e ele teve a imagem em uma fração de segundo de Todd em pleno voo, com os braços erguidos para trás, o cabelo desgrenhado no rosto, e então o impulso girou o menino e o tirou de vista. Katie agarrou o braço enquanto Cooper diminuía a velocidade, um giro, Todd chegou ao chão, dois giros, Todd rindo de costas, três giros, o pouso, o mundo de Cooper ficou um pouco zonzo no momento em que o rodopio fez Kate descer e bater suavemente nele. Quando parou, Cooper soltou o braço da filha, mas manteve por perto, esperando que ela recuperasse o equilíbrio, a eterna missão paternal de garantir que a bebezinha não caísse e quebrasse a cabeça, não corresse em direção de objetos cortantes, nem sentisse as pontas cruéis do mundo.

E se ela for do primeiro escalão? Eles vão tirá-la de nós. Mandá-la para uma academia...

Cooper balançou a cabeça e ajeitou o sorriso. Ele se abaixou e apoiou os cotovelos nos joelhos. A filha o encarou com um olhar solene. O filho estava deitado de costas no chão.

— Amigão? Tudo beleza?

O braço do filho disparou para o alto, com o polegar para cima. Cooper sorriu. Ele ergueu o olhar para Natalie, a felicidade como um verniz sobre o medo. Ela pegou o ex-marido, tocou no cabelo novamente e falou:

— Estávamos prestes a comer. Você já comeu?

— Não — mentiu Cooper. — O que vocês dizem, galera? Café da manhã? Alguns dos famosos ovos de brontossauro da mamãe?

— Pai. — Todd se levantou e tirou grama das pernas da calça. — Eles são apenas ovos comuns.

Cooper começou a velha piada *"Você já viu ovos de brontossauro? Não? Então como..."* e descobriu que não era capaz de continuar.

— Você está certo, amigão. Que tal alguns ovos comuns?

— Ok.

— Ok. — Cooper deu um olhar para Natalie que ninguém mais teria notado. — Ajude sua mãe a começar, que tal? Eu entro já.

A ex se abaixou e pegou a mão do filho.

— Ande, aviador. Vamos fazer o café da manhã.

Todd pareceu brevemente desnorteado, mas seguiu Natalie ao entrar. Cooper se voltou para Kate e falou:

— Você quer voar novamente?

Ela fez que não com a cabeça.

— Ufa. Você está ficando tão grande que em pouco tempo será você fazendo isso comigo.

O cadarço do sapato tinha se desamarrado, e Cooper amarrou rapidamente.

— Papai? Por que a mamãe está com medo de mim? — perguntou Kate.

— *O quê?* O que você quer dizer, meu amor?

— Ela olha para mim e está com medo.

Ele olhou fixamente para a filha. O irmão tinha sido um bebê agitado, e muitas e muitas vezes, Cooper ficou até as altas horas da noite balançando o filho, acalmando, falando com o menino. Geralmente, Cooper não queria se mexer até que Todd tivesse dormido, certo de que qualquer balanço, por mais leve que fosse, poderia despertar o bebê. Então ele fazia uma brincadeira consigo mesmo, olhava para o cabelo negro e cheio do filho — agora esmaecido para um tom castanho-claro —, para a testa larga e os lábios que pareciam tirados do rosto de Natalie, para as orelhas que pertenciam ao avô de Cooper, para grandes detalhes exteriores, e tentava se encontrar ali. Outras pessoas diziam que eram capazes de enxergar, mas ele

107

jamais conseguiu realmente, não até Todd ficar mais velho e começar a fazer expressões parecidas com as suas.

No caso de Kate, entretanto, Cooper tinha se visto na filha desde o dia em que ela chegou. E não apenas nas feições. Era na postura, na maneira como a menina observava as coisas. *É como se o mundo fosse um sistema*, ele dissera para Natalie, há anos, *e ela está tentando entendê-lo, mas não tem todos os dados ainda.* Na maior parte do tempo, Kate era calma, mas quando queria alguma coisa, mamar, dormir ou uma fralda limpa, ela deixava aquilo muitíssimo claro.

— O que te faz pensar que ela está com medo, meu amor?

— Os olhos estão maiores. E a pele está mais branca. Parece que a mamãe está chorando quando não está chorando.

Cooper colocou a mão...

Pupilas dilatadas.

Sangue desviado da pele para os músculos, a fim de facilitar o combate ou a fuga.

Tom acentuado no músculo orbicular.

Respostas fisiológicas ao medo e à preocupação. O tipo de estímulo que você consegue ler como um outdoor.

... no ombro da filha.

— Antes de tudo, a mamãe não está com medo de você. Jamais acredite nisso. Sua mãe te ama mais que qualquer coisa. Assim como eu.

— Mas ela estava com medo.

— Não, meu amor. Ela não estava com medo de você. Está certa, a mamãe estava preocupada, mas não por causa de você ou de qualquer coisa que você fez.

Kate encarou o pai, com o canto do lábio entre os dentes. Cooper notou que ela lutava com a dissonância entre o que ele disse e o que ela viu. Cooper entendeu. Aquilo também tinha sido parte de sua vida ao crescer.

Na verdade, aquilo ainda era basicamente o procedimento padrão.

Cooper trocou a posição de cócoras pelas pernas cruzadas no chão, com o rosto um pouco abaixo da face da filha.

— Como você está se tornando uma menina grandinha, então vou te contar algumas coisas, coisas que você não vai entender completamente agora, ok?

Quando Kate concordou solenemente com a cabeça, ele continuou:

— Você sabe que as pessoas são todas diferentes, certo? Algumas são altas, outras são baixas, algumas têm cabelo louro e outras gostam de sorvete. E nada disso é certo, errado, pior ou melhor. Mas algumas pessoas são muito boas em fazer coisas que outras pessoas não são. Coisas como compreender música, ou somar números realmente muito grandes, ou ser capaz de dizer se alguém está triste, irritado, ou com medo, mesmo que a pessoa não diga. Todo mundo consegue fazer um pouco disso, mas alguns de nós conseguem fazer muito, muito bem. Como eu. E acho que você também.

— E isso é bom?

— Não é bom ou ruim. É só parte da gente.

— E não de outras pessoas.

— Algumas, não muitas.

— Então eu sou... — Ela mordeu o lábio novamente. — Sou uma aberração?

— O quê? Não. Onde você ouviu isto?

— Billy Parker disse que Jeff Stone era uma aberração, todo mundo riu e aí ninguém brinca com Jeff.

E assim as relações humanas são reduzidas à essência.

— Billy Parker parece ser um valentão. E não use essa palavra, ela é má.

— Mas eu não quero ser estranha.

— Meu amor, você não é estranha. Você é perfeita. — Cooper fez carinho na bochecha da filha. — Preste atenção. Isso é a mesma coisa que ter cabelo castanho ou ser inteligente. É apenas parte de você. Isso não diz quem você é. É você quem diz. Você diz ao decidir quem quer ser, uma escolha de cada vez.

— Mas por que a mamãe estava com medo?

E você pensou que talvez se desviasse desta. Garota esperta. O que dizer agora, Coop?

Quando Natalie engravidou, eles tiveram muitas conversas sobre como falariam com os filhos. Que verdades seriam contadas, e quando. Se contariam que o Papai Noel era uma pessoa de verdade ou apenas uma brincadeira das pessoas, como responder sobre o peixinho dourado morto, sobre Deus e o uso de drogas. Os dois decidiram que a atitude era essencialmente ser sincero, mas que não havia necessidade de se prolongar nos assuntos; que a confusão era preferível à mentira descarada; e que havia uma idade em que dizer *bem, de onde* você *imagina que vêm os bebês?* era preferível a tabelas e diagramas.

O engraçado, porém, é que eles nunca imaginaram como seria se o filho pudesse perceber o truque dos pais. Dezenas de estudos mostravam que um pai superdotado não tinha mais chances de ter um filho superdotado, e se acontecesse, haveria pouca ligação entre o dom do pai e o dom da criança. Na verdade, crianças superdotadas raramente exibiam um perfil específico de prodígio. Na idade de Kate, geralmente o dom estava mais para uma facilidade assombrosa com padrões, que um dia podia se manifestar matematicamente, e musicalmente no dia seguinte.

E, no entanto, sua filha era capaz de captar e interpretar movimentos minúsculos de músculos do interior dos olhos.

Ela é do primeiro escalão.

— Há certas pessoas — falou Cooper, escolhendo as palavras com cuidado e controlando a expressão — que gostam de saber a respeito de gente como nós. Gente que consegue fazer as coisas que você faz, e as coisas que eu faço.

— Por quê?

— É complicado, meu bem. O que você precisa saber é que a mamãe não estava com medo de você. Ela estava apenas... surpresa. Uma dessas pessoas ligou para ela hoje de manhã, e o telefonema a surpreendeu.

Katie pensou a respeito disso.

— Eles são valentões?

Cooper pensou em Roger Dickinson.

— Alguns são, outros são legais.

— Aquele que ligou para a mamãe era um valentão?

Ele concordou com a cabeça.

— Você vai dar uma surra nele?

Cooper riu.

— Só se for preciso.

Ele ficou de pé, depois abaixou os braços para erguê-la até a cintura. Kate estava ficando velha demais para isso, mas naquele momento, Cooper não se importou, e ela também parecia não ligar.

— Não se preocupe com nada, ok? Sua mãe e eu tomaremos conta de tudo. Ninguém vai...

Se o teste disser que ela é do primeiro escalão, eles vão mandá-la para uma academia.

Kate receberá um novo nome.

Será implantada com um microfone.

Será instruída a desconfiar e temer.

E você jamais a verá novamente.

— ... te machucar. Tudo acabará bem. Eu prometo. — Ele olhou fundo nos olhos da filha. — Você acredita em mim?

Kate concordou com a cabeça e mordeu o lábio novamente.

— Ok. Agora vamos comer uns ovos.

Cooper começou a ir na direção da porta.

— Papai?

— Sim?

— Você está com medo?

— Eu pareço estar com medo? — Ele sorriu para Kate.

Kate fez que não com a cabeça, parou, depois fez que sim. Fez um biquinho, e finalmente respondeu:

— Eu não sei dizer.

— Não, meu amor. Não estou com medo. Juro.

Não é medo o que eu sinto.

Não, medo não.

É fúria.

MAX VIVID ESTÁ TENTANDO OFENDER VOCÊ
Entertainment Weekly, 12 de março de 2013

Los Angeles: Você pode chamá-lo de um talentoso mestre do picadeiro que sabe o que o povo quer ou do apresentador de TV mais ofensivo e degradante desde Chuck Barris. Só não pode chamar Max Vivid de educado.

"Consciência social é um tédio, querido", diz Vivid ao virar um espresso triplo no Urth Café. "F---se o politicamente correto. Estou aqui para entreter."

Se a audiência serve como prova, seu mais novo programa, *(A)Normal*, é exatamente o entretenimento que o país procura. O reality show que coloca indivíduos superdotados contra equipes de normais em competições que incluem assassinatos de mentirinha, assaltos audaciosos, e até mesmo combate mano a mano, atrai regularmente 45 milhões de espectadores.

E também atrai críticas por, na melhor das hipóteses, exacerbar tensões sociais — e, na pior das hipóteses, ser explicitamente racista.

"Em Roma, eles assistiam aos escravos enfrentarem leões. Entretenimento é um esporte sangrento, querido", responde Vivid. "Além disso, como pode ser racista? Somos todos da mesma raça, seu retardado do c—lho."

É um comentário típico do apresentador provocador, que se diverte em insultar detratores e fãs da mesma forma. E que também não foge da controvérsia. No episódio mais deplorável desta temporada de *(A)Normal*, três participantes superdotados receberam a tarefa de se infiltrar na Biblioteca do Congresso e plantar explosivos. Apesar de as bombas serem falsas, a segurança era genuína — e fracassou em proteger a biblioteca de terroristas de televisão.

Foi uma demonstração chocante em uma época em que o terrorismo doméstico é uma ameaça bem real, e nem a FCC* e tampouco o FBI acharam graça. O primeiro órgão impôs multas pesadas à emissora enquanto o segundo abriu uma investigação em andamento para determinar se devem ser feitas acusações criminais.

"Eu considero o programa um serviço público", diz Vivid. "Estou apontando as fraquezas no sistema. Mas pode cair em cima. Tenho 42 por cento de *share*. Posso bancar todos os advogados do mundo."

---

*A Comissão Federal de Comunicações é uma agência independente que regula as atividades da TV. (*N. do T.*)

CAPÍTULO 11

Cooper usou o trajeto até o trabalho para imaginar cenários. Ele sentiu um grande prazer mórbido ao pensar que ia atrás do burocrata covarde que ligou para Natalie na manhã de hoje e espancava o sujeito com o telefone de mesa até sangrar. Inacreditável. Que tipo de emprego era aquele? Ficar sentado em um cubículo, ligando friamente para famílias a fim de dizer que alguma coisa aconteceu, que não podia contar o que era, mas que o filho ou a filha precisava fazer a Avaliação de Escala Treffert-Down no dia seguinte. Escondido atrás de uma lista de chamadas e de um fluxograma de respostas. Sinto muito, senhor, sinto muito, senhora, mas a política é essa.

Drew Peters será capaz de ajudar. Tinha que haver alguma vantagem em ser o melhor do melhor que o DAR tinha a oferecer. Sete anos de dedicação, de horas cruéis, viagens incansáveis e sangue nas mãos. Aquilo tudo precisava contar para alguma coisa.

Cooper se lembrou de uma conversa que teve com Natalie, na ocasião em que Peters o recrutou. Ele já trabalhava no departamento, primeiro como oficial de ligação, depois, quando o tempo de serviço no exército chegou ao fim, como agente pleno. Mas os Serviços Equitativos eram um mundo completamente novo. Em vez de apenas rastrear e analisar brilhantes, ele perseguiria ativamente alguns deles.

— Nossa tarefa — falou o homem calmo e elegante com olhar penetrante — será manter o equilíbrio. Garantir que aqueles que perturbariam a ordem das coisas sejam contidos. Em certos casos, antecipadamente.

— Antecipadamente? O senhor quer dizer...

— Quero dizer que, quando a prova é óbvia e o perigo é real, nós entraremos em ação antes de eles agirem. Quero dizer que, em vez de esperar que os terroristas ataquem nosso modo de vida, em vez de permitir que eles levem este país a uma guerra contra os próprios filhos, nós agiremos para prevenir isso.

Para uma pessoa comum, teria sido uma declaração surpreendente. Mas Cooper era um soldado, e para um soldado era uma lógica simples. Dar a outra face era uma opinião adorável, mas no mundo real, geralmente resultava em dois hematomas iguais. Melhor ainda, por que esperar até ser atacado para contra-atacar? Neutralize a ameaça antes que ela lhe prejudique.

— Nós teremos autorização para fazer isso? Exterminar cidadãos?

— Nós teremos apoio dos mais altos escalões. Nossa equipe estará protegida. Mas o que faremos exigirá a mente mais aguçada, o senso de moral mais cristalino. Eu preciso de homens e mulheres que entendam isso. Que tenham a força, a inteligência e a convicção para fazer coisas difíceis, a serviço do nosso país. Preciso — dissera o diretor Drew Peters — de homens de fé.

— Ele precisa — disse Natalie, quando ele recontou a conversa depois — de assassinos.

— Às vezes — argumentara Cooper. — Sim, porém, é mais que isso. A equipe não é um grupo maligno que se desdobrou da CIA para matar rivais políticos. Nós protegeremos as pessoas.

— Matando superdotados.

— Caçando terroristas e assassinos. Alguns... ok, a maioria... serão brilhantes, sim. Mas esta não é a questão.

— Qual é a questão?

Ele fez uma longa pausa. Um facho empoeirado de luz do sol cortava o assoalho gasto de madeira de lei do apartamento do casal.

— Você sabe aquele momento de um filme em que os mocinhos se reúnem? Contra chances incríveis e em nome de algo importante, com uma fé total de que seus irmãos estarão com eles?

— Quer dizer tipo o fim de uma comédia romântica, quando o melhor amigo leva o cara correndo ao aeroporto para ficar com a garota?

Cooper deu um empurrão de mentirinha em Natalie, e ela riu.

— É, eu conheço as cenas. Você fica todo lacrimoso. Finge que não, mas eu sempre percebo. É bonitinho.

— Eu fico lacrimoso porque *acredito* naquilo. Em heroísmo e dever, em sacrifício pela justiça e igualdade. Todas as coisas boas. Foi por isso que eu me tornei um soldado, antes de mais nada.

— Mas agora você vai lutar contra outros superdotados, contra pessoas como você.

— Tenho noção de que é estranho. — Cooper pegara as mãos dela. — Os esquisitos...

— Quer parar de usar esta palavra?

— Ok, os *anormais* vão achar que sou um traidor, e alguns dos meus novos colegas banais não vão confiar em mim. Eu entendo.

— Então por que...

— Porque nós temos um filho.

Natalie esteve prestes a responder, mas a resposta do marido a desnorteou. Ela abaixou o olhar para as mãos, que estavam nas de Cooper.

— Eu apenas... não quero que você acabe se odiando.

— Isso não vai acontecer. Eu lutarei por um mundo onde não importa se meu filho é superdotado ou não. Esta é uma causa pela qual eu posso matar.

Como se fosse ensaiado, Todd se remexeu no berço. Os dois prenderam a respiração. Quando o bebê se acalmou, Cooper continuou:

— Além disso, quero poder ser capaz de proteger vocês dois se as coisas piorarem. Não há melhor lugar para fazer isso.

É hora de testar essa teoria.

O centro de comando dos Serviços Equitativos estava agitado como sempre. Os turnos se revezavam 24 horas, e analistas incluíam dados dia e noite, discutiam sobre significado e relevância, e atualizavam a parede de monitores que mostrava cada ação no país. Havia mais laranjas e vermelhos superpostos que ontem, medidas da tensão crescente da nação. O conjunto de monitores exibia o noticiário da TV a cabo, dois canais dedicados à reabertura do mercado de ações na tarde de hoje, um terceiro mostrava um especialista conservador desenhando em um quadro-negro, o quarto repetia uma coletiva de imprensa mais cedo, em que um repórter colocou o presidente Walker contra a parede sobre a Comunidade de Nova Canaã no Wyoming. O presidente parecia cansado, mas se saiu bem, e lembrou ao mundo que os superdotados também eram cidadãos americanos, e que a CNC era um terreno corporativo comprado dentro da lei.

Cooper foi na direção da escada. Atrás dele, uma mulher chamou seu nome. Ele ignorou e começou a subir os degraus. Valerie West correu atrás.

— Cooper!

Ele virou a cabeça, mas não parou.

— Estou ocupado.

— Não, escute, um dos grampos deu em algo. Você tem que ouvir...

— Mais tarde.

— Mas...

Ele deu meia-volta.

— Eu disse *mais tarde*, ok? Não sei como explicar de maneira mais simples.

Valerie reagiu como se tivesse levado um tapa.

— Sim, senhor.

Cooper subiu a escada correndo, com a mão seguindo pelo corrimão. Um mezanino rodeava o centro de comando, os gabinetes executivos e as salas de reuniões. O gabinete do diretor Drew Peters era feito de vidro na maior parte, o que permitia que ficasse de olho na parede de monitores e na atividade lá embaixo. Agora, porém, a persiana estava fechada. A assistente, Maggie, uma mulher estilosa de 50 e poucos anos, com um sorriso agradável e água gelada nas veias, ergueu os olhos quando Cooper se aproximou. Ela trabalhava há duas décadas com Peters, e sua experiência e habilitação de segurança faziam de Maggie mais uma oficial administrativa do que secretária.

— Eu preciso vê-lo.

— Ele está em uma ligação. Sente-se.

— Agora, Maggie. Por favor.

Cooper deixou um pouco da agitação transparecer no rosto.

Ela o examinou com calma, depois se voltou para o teclado e digitou alguma coisa. Um momento depois, houve o toque da resposta a uma mensagem instantânea.

— Vá em frente, agente Cooper.

Arrumado e com uma iluminação elegante, o gabinete era pequeno para um homem do status de Peters. Havia um sofá em um canto, embaixo da obrigatória fotografia emoldurada do presidente Henry Walker. Mas eram as outras fotos que sempre chamavam a atenção de Cooper. Em vez de exibir fotos previsíveis com líderes mundiais para mostrar o tamanho do pau, Peters decorou as paredes com imagens de alvos ativos. O lugar de honra foi dado para uma fotografia em preto e branco de John Smith segurando um microfone e falando para uma multidão no parque National Mall, apoiado no microfone como um evangelista.

Detrás da mesa, Peters gesticulou para uma cadeira e continuou falando ao telefone:

— Entendo, senador. — Uma pausa. — O significado é apenas este: eu entendo o senhor. — Peters revirou os olhos. — Bem, talvez o senhor não devesse ter vendido meio estado para ele, não é? — Outra pausa. — Sim, bem, o senhor certamente tem permissão para fazer isto. Agora, se me dá licença, tenho um compromisso.

Ele desligou, tirou o fone fininho e deixou cair na mesa.

— Nosso distinto senador do Wyoming. Erik Epstein comprou 60 mil *quilômetros* quadrados do estado dele, uma área do tamanho de West Virginia, e o bom senador não se deu o trabalho de imaginar o motivo. — O diretor balançou a cabeça. — O mundo seria um lugar melhor se as pessoas parassem de votar em candidatos folclóricos com quem poderiam beber uma cerveja e começassem a votar em gente mais inteligente que elas.

Peters se reclinou na cadeira e deu um olhar intrigado para Cooper.

— Preciso de ajuda, Drew.

Em público, era sempre *diretor* ou *senhor*, mas a intensidade do trabalho levou a relação para além do mero profissionalismo. Peters era frio, mantinha o decoro, mas não era a qualquer agente que ele se referia como *filho*.

— O que está acontecendo?

— É pessoal.

— Certo.

— Você conheceu meus filhos.

— Claro. Todd deve ter... oito anos agora?

— Nove. Mas é de Kate que preciso falar. A mãe dela recebeu uma ligação hoje de manhã de alguém na Análise. Aparentemente houve alguma espécie de incidente na escola. Eles querem marcar uma AETD.

Peters fez uma careta.

— Ah, Nick, sinto muito. Tenho certeza de que não é nada, apenas uma precaução.

— Esse é o problema. — Cooper respirou fundo e soltou o ar. — É alguma coisa, sim.

— Ela é superdotada?

— Sim.

— Você tem certeza?

— Sim.

O diretor suspirou. Ele tirou os óculos sem aro e beliscou o nariz.

— Isto é complicado.

— Estou lhe pedindo um favor.

Peters recolocou os óculos. Olhou de lado, para as fotos, para o Mural da Vergonha, onde John Smith se apoiava em um microfone.

— É estranho, não é? Houve uma ocasião, não muito tempo atrás, em que todo pai torcia que o filho nascesse superdotado. E agora...

— Senhor, eu sei o que estou pedindo, e sinto muito por fazer isto. Mas ela só tem quatro anos.

— Nick. — Um toque de reprovação no tom.

Cooper encarou o chefe e não titubeou.

— Preciso disso, senhor.

— Você *sabe* que eu não posso.

— *O senhor* sabe o quanto eu faço aqui. Quantas vezes matei em seu nome.

O olhar do diretor ficou mais sério.

— Em meu nome?

— Em nome dos Serviços Equitativos. Em nome de — disse ele, espalmando as mãos — Deus e do país. E em todas aquelas vezes, nunca pedi uma coisa, nem um favor pessoal.

— Eu sei disso. Você tem fé no que fazemos aqui. É isso que o torna tão bom no trabalho.

— Meus filhos são o que me tornam bom no meu trabalho — retrucou Cooper. — Tudo que já fiz aqui foi para tornar o mundo melhor para eles. Porque eu tenho fé que o que esta agência faz é o único caminho para se chegar lá. E agora a agência quer levar minha filha.

— Primeiro — falou Peters —, isso é um exagero. Não perca a cabeça. Este teste é feito com todas as crianças no país...

— Quando completam oito anos. Ela tem quatro.

— ... e em 98,91% das vezes, ele dá negativo.

— Estou dizendo, ela é superdotada.

— E apenas 4,91% são classificados no primeiro escalão.

Peters respirou fundo, depois se debruçou sobre a mesa. Solidariedade irradiava de todos os músculos no corpo.

— Tem momentos que eu odeio este emprego, sabe. Você não é o primeiro agente a ter um filho que precisa fazer uma AETD prematura. Tenho que fazer isso mais ou menos uma vez ao ano. Mas você sabe a história da esposa de César? Bem, nós somos a guarda palaciana de César. Ser irrepreensível não é apenas uma ideia nobre. É obrigatório. Nós não podemos nos colocar acima da lei. Se fizermos isso, nos tornamos a Gestapo.

Cooper compreendia o princípio, entendia que era necessário. Ontem, se fosse ele na pele do diretor e Quinn tivesse lhe pedido o mesmo favor, Cooper teria dito o mesmo argumento. *Mas desta vez é a minha filha.*

— Mas...

— Sinto muito, Nick. Sinto mesmo. Gostaria que houvesse alguma coisa que eu pudesse fazer. Não é que eu não queira ajudar. A questão é que não posso. Literalmente não posso.

— Suas filhas foram testadas? — perguntou Cooper.

Peters franziu os olhos. Por um momento, uma emoção pura passou pela muralha cinza de frieza do homem, e Cooper ficou surpreso com a intensidade do sentimento, da raiva. O diretor então respondeu:

— Você sabe que perdi minha esposa.

Cooper jamais conhecera Elizabeth; ela morrera um ano antes de ele ser recrutado por Peters. Nas fotos que viu, Elizabeth tinha um brilho interior que fazia com que parecesse mais bonita do que era, objetivamente. Uma imagem em especial chamou a atenção de Cooper: Elizabeth no meio de uma risada, com a cabeça jogada para trás, totalmente entregue ao momento.

— Quarenta e um anos, e numa manhã de quarta-feira, Elizabeth encontrou um caroço. Dezoito meses depois, ela partiu, e eu fiquei criando três filhas. Elizabeth está enterrada no mausoléu da família, no cemitério Oak Hill. A fortuna deles é antiga; o sei-lá-quantas-vezes-tataravô esteve no ministério de Abe Lincoln. O pai, Teddy Eaton, administrava a fortuna pessoal de metade do Capitólio. Meu Deus, ele era um desgraçado. — A voz geralmente baixa de Peters acentuou a palavra. — Enquanto a filha morria, o velho implorou para que ela permitisse que ele a enterrasse com a família. "Você é uma Eaton, não uma Peters. Você deveria ficar conosco."

O olhar de Peters se perdeu no vazio.

— Sinto muito, Drew.

— No dia em que nós a enterramos em Oak Hill, pensei que fosse o pior da minha vida.

O olhar de Drew recuperou o foco. Ele encarou Cooper quase com um clique audível.

— Minhas filhas foram testadas? É *óbvio*. E eu estava errado. O dia em que enterrei a mulher que eu amava em um lugar onde não repousarei ao lado dela não foi tão ruim assim. Quando minhas filhas foram testadas, aquele foi o pior dia da minha vida. As duas vezes. E quando Charlotte fizer oito anos no início do ano, *aquele* será o pior dia da minha vida.

Uma sensação de dormência passou pelo corpo de Cooper. Ele teve o *flashback* de uma noite insone há anos, quando Kate era recém-nascida, miúda e indefesa em seus três quilos, chorando sob a iluminação de Natal enquanto o pai tentava acalmá-la. Todo aquele tempo. Todas aquelas horas. Toda a dor e o prazer da paternidade.

Tem que haver um jeito.

— Eu sei que é difícil, Nick. Mas você é do Serviços Equitativos. Concentre-se nisso.

— O senhor acha que eu não...

— Acho — falou Peters — que quando a família se choca com o dever, é difícil escolher. Mas jamais se esqueça de que há pessoas que acreditam que vem uma guerra por aí. Algumas delas querem que aconteça. E nós somos tudo que se opõe a isso.

Cooper respirou fundo.

— Eu sei.

— Há uma coisa que você pode fazer para ajudar Kate. — Os olhos do diretor eram azul-claros e penetrantes. — Seu trabalho. Faça o seu trabalho, filho.

CAPÍTULO 12

Na falta de ideias melhores, Cooper fez exatamente aquilo. Ainda havia um ataque iminente, vidas ainda corriam riscos.

Além disso, você tem uma chance de capturar John Smith. Quer uma tolerância? Capture o homem mais perigoso do país. Aí veja se a resposta é a mesma.

Ele foi procurar Valerie West — não houve razão para ter sido grosso com ela, especialmente quando parecia que Valerie tinha descoberto algo — e encontrou a equipe inteira reunida e frenética. O monitor em frente a Valerie exibia uma imagem ao vivo de satélite, um retângulo de mais ou menos 1,5 quilômetro por 800 metros, repleto de casas e ruas estreitas. Luisa Abrahams estava debruçada sobre o ombro dela, falando rápido ao telefone. Bobby Quinn, parrudo com um colete à prova de balas, verificava se a arma estava carregada. Quando Cooper se aproximou, todos os três se voltaram para ele. Aí todos os três começaram a falar ao mesmo tempo.

Vinte minutos depois, Cooper estava na traseira de um helicóptero, com os rotores rugindo enquanto o piloto voava sobre campos e floresta, subúrbios e campos de golfe. A leste, a baía Chesapeake era uma fina fita azul pontuada por brilhos de diamante, provocados pela luz do sol.

— É fraca — berrou Cooper, mais alto que o barulho.

Ele desdobrou o datapad do bolso e esticou a tela feita de tecido. Havia a transcrição de uma conversa gravada há três horas entre um homem chamado Dusty Evans e um interlocutor desconhecido.

DUSTY EVANS: *"Alô?"*

DESCONHECIDO: *"Bom dia. Tudo bem?"*

DUSTY EVANS: *"Tudo ótimo. Ansioso para a viagem para pescar."*

DESCONHECIDO: *"Tudo pronto?"*

DUSTY EVANS: *"Todos os equipamentos estão arrumados. Tudo que você pediu."*

DESCONHECIDO: *"Como está a água?"*

DUSTY EVANS: *"Cristalina."*

DESCONHECIDO: *"Bom saber. Vamos atrás do grandão hoje."*

DUSTY EVANS: *"Sim, senhor. Vai ser uma beleza."*

DESCONHECIDO: *"Sim. Vai ser, sim. Bom trabalho."*

DUSTY EVANS: *"Obrigado. É uma honra."*

DESCONHECIDO: *"A honra é minha. A gente se fala depois."*

— Você disse que queria qualquer coisa dos grampos — gritou Quinn de volta. — Conseguimos duas dezenas de resultados; este é o único que os analistas liberaram.

— Obviamente a conversa está codificada, mas e o que mais? Quem é Dusty Evans?

— Eletricista, solteiro, 24 anos. Testado como quarto escalão em 1992, dom matemático, entrou para o exército em 2004, foi expulso do treinamento básico. Deu um soco no sargento, aparentemente. Algumas multas por excesso de velocidade, uma acusação de agressão em uma briga de bar.

— Ele estava em um dos celulares dos irmãos Vasquez?

— Não. Há três meses ele ligou para uma mulher chamada Mona Appismo, que está no celular de Alex.

— Só isso?

Cooper sentiu a decepção por dentro. Por um instante, achou que tivesse arrumado um milagre por pura força de vontade. Mas agora se sentiu sendo levado de volta às perguntas para as quais não possuía respostas.

— Isto é uma perda de tempo. Ele provavelmente é um zé-ninguém falando com seu traficante de maconha.

— Só se ele tiver uma queda por maconha caseira. — Quinn riu. — O número desconhecido, na verdade, é de um celular no Wyoming. A ligação veio de dentro de Nova Canaã, feita por um sujeito chamado Joseph Stiglitz.

— E você está pensando que Joseph Stiglitz, JS, John Smith?

— Não sou eu que estou pensando, chefe, são os analistas.

— A voz não bate, não é?

Nos últimos cinco anos, eles usavam o mais complexo algoritmo de busca já criado para encontrar John Smith. Ou o homem nunca usava um telefone ou, mais provável, ele disfarçava a voz, o que era fácil de fazer em linhas digitais.

— Não — respondeu Quinn —, mas o telefone foi comprado no mês passado, e nunca usado. Quem compra um telefone, mas sequer deixa ligado por um mês?

— Alguém que planeja para o futuro. Bem pensado. A polícia local foi avisada?

— Sim. Eles sabem que têm que ficar de longe também. Luisa está coordenando, e acho que os policiais têm medo dela.

— Ótimo.

Cooper deslizou os dedos pelo rosto no datapad e passou os olhos no arquivo rapidamente levantado sobre Dusty Evans. O registro da prisão pela acusação de agressão revelava que ele tinha 1,88 metro, 104 quilos, cabelos escuros, olhos castanhos, uma tatuagem de crânio e cobra no bíceps direito, e não possuía cicatrizes. Na fotografia, Evans parecia um jovem puto da vida, e o olhar para a câmera era de puro desprezo.

Havia um endereço em Elizabeth, Nova Jersey, bairro operário a 45 minutos a oeste de Manhattan. Os documentos do carro de uma velha picape Ford. A curta ficha militar: boa pontaria, boa condição física, mas com problemas disciplinares.

O helicóptero inclinou de lado e jogou Cooper contra o chassi. No horizonte, ele viu uma cidade industrial baixa; Filadélfia, pensou. A cidade do amor fraternal. Cooper se lembrou da conversa com Alex Vasquez sob a luz do bar, o gosto ruim do café ao contar para ela que houve um atentado na Filadélfia naquele dia. Fora uma agência do correio, após o expediente. Um alvo bobo, sem propósito.

Depois pensamentos ecoavam na cabeça. O primeiro, se Joseph Stiglitz realmente fosse John Smith, então Cooper estava mais perto do que alguém jamais esteve de capturar o homem. E segundo, haveria um grande ataque terrorista no país hoje. Ou, pelo menos, que começaria hoje; poderia ser um ataque em múltiplas fases. Até onde se sabia, Smith poderia estar prestes a marchar contra a Casa Branca. Cooper não tinha informação sobre isso.

Tentar analisar a situação sem dados suficientes era como olhar a foto de uma bola voando e tentar adivinhar sua trajetória. Ela está subindo, descendo, indo para o lado? Vai colidir com um bastão de beisebol? Será que está se movendo mesmo ou alguma coisa no ponto cego mantém a bola fixa? Uma única imagem não significava nada. Padrões eram baseados em dados. Com dados suficientes, era possível prever praticamente qualquer coisa.

Não era diferente quanto ao dom de Cooper. Geralmente parecia com intuição: ele poderia examinar o apartamento de alguém, olhar as fotografias, a maneira como a pessoa organizava o closet, se havia louça na pia, e daí Cooper podia chegar a uma conclusão, geralmente uma conclusão que redes de computadores e equipes de pesquisadores não eram capazes de chegar. Mas não era uma questão de imagens fornecidas pelo Todo-Poderoso, e não podia ser forçada. Sem dados, ele ficava tão perdido quanto qualquer um que olhasse a fotografia da bola.

Tudo que Cooper tinha no momento era um tal de Dusty Evans, um homem que ele nunca tinha ouvido falar até ontem. Um merdinha sem futuro, sem habilidades especiais, sem contatos que o tornassem valioso. Parecia um conspirador improvável para alguém como John Smith. Por outro lado, ele era um jovem puto da vida — um jovem *anormal* — que era o grupo demográfico em que Smith fazia sucesso.

A Filadélfia crescera na janela. Cooper verificou o relógio; cerca de meia hora até pousarem. Em breve, eles saberiam se Evans tinha alguma coisa a oferecer. Cooper se virou e viu que o parceiro olhava para ele.

— O que foi?

— Tem outra coisa.

Quinn coçou a têmpora. Estava incomodado, Cooper notou, e ganhando tempo.

— E eu tenho que adivinhar?

— Certo. Vou mandar para você.

Quinn tocou no próprio datapad, e a seguir uma notificação apareceu no aparelho de Cooper, perguntando se ele aceitaria um arquivo. Ele apertou "sim", e uma fotografia tomou a tela.

A imagem não capturava a fluidez de seus movimentos, a graciosa transferência de peso de cada passo, a elegância da pose. Mas a garota que falava ao celular era ainda assim muito, muito bonita. Tinha uns 27 anos, lábios carnudos, cabelo castanho em um corte chique que destacava os ombros de dançarina. A cor da pele sugeria etnia mediterrânea ou judaica, talvez. Ela exagerara no rímel, mas como não usava outra maquiagem, aquilo parecia exótico, em vez de vulgar. A garota era tão magra que Cooper notou a marca das clavículas por baixo da camiseta justa.

Muito, muito bonita mesmo.

— Esta é a nossa terrorista — falou Quinn. — A foto é de uma câmera de segurança de um caixa eletrônico. Ainda bem que todos os grandes bancos usam neotecnologia hoje para desestimular fraudes, então, a qualidade é boa. Há cinco anos, ela teria sido um borrão em preto e branco. De qualquer forma, Val comparou a hora marcada na foto com os registros da torre de celular e as coordenadas de GPS. É ela.

Cooper não disse nada, apenas olhou para a mulher. Tinha um sorrisinho nos lábios, como se soubesse um segredo.

— O problema é... — hesitou Quinn.

— Eu estava bem ao lado dela.

— Isso.

Cooper riu pelo nariz, depois respirou fundo.

— Eu temia por isso. — Ele notou o olhar de Quinn e disse: — Ontem, quando descobrimos de onde veio a ligação, fiquei me lembrando e pensei que talvez tivesse estado ali.

— Você não notou a garota na hora?

— Olhe para ela.

— Mas você não...

Cooper balançou a cabeça.

— Nem desconfiei. — Ele riu novamente e salvou a foto no desktop. — Temos alguma coisa sobre ela?

— Nada.

— E quanto ao telefone que ela usou?

— Pertencia a uma mulher, técnica em higiene dental, chamada Leslie... — Quinn verificou. — Anders. Nós falamos com ela; a mulher notou que o telefone sumiu na noite anterior, embora ela pensasse que tivesse deixado em algum lugar. Estamos confirmando, mas parece que Leslie Anders está limpa. Meu palpite é que a Foxy Brown ali roubou da bolsa dela.

— Nós recuperamos o aparelho?

— Não. Provavelmente está no esgoto. — Quinn balançou a cabeça. — Ela nos deu uma bela surra, chefe. Vinte agentes, um helicóptero, câmeras por todos os lugares, atiradores de elite, e ela entrou passeando e explodiu nossa testemunha.

O parceiro não mencionou explicitamente que a garota esteve ao lado de Cooper quando detonou a bomba, mas isso foi apenas porque as palavras estavam nas entrelinhas.

Cooper suspirou. Ele dobrou o datapad em um quadrado e enfiou no bolso.

— Bem, uma coisa é certa.

— O quê?

— Roger Dickinson está tendo um dia melhor que o meu.

■

Por volta das 13 horas, eles cruzavam Elizabeth em um Escalade preto requisitado de uma equipe de resposta tática do DAR. Bobby Quinn desfiava uma de suas teorias, e Cooper dirigia e tentava não escutar. O utilitário fora remodificado e ganhou dois turbocompressores, e o resultado era um rugido de uma potência que Cooper estava curtindo.

— Então finalmente entendi essas pessoas anti-Wyoming — disse Quinn. — Eu costumava pensar, sabe, por que não? Quero dizer, quem precisa do Wyoming? Você já foi lá? Claro que não. Ninguém foi. E talvez isso diminuísse um pouco a pressão da situação, se os anormais tivessem um lugar no qual soubessem que estariam a salvo. Não é surpresa alguma que Erik Epstein tenha batizado o lugar de Nova Canaã, certo? Explore a compaixão pelos judeus, faça um paralelo das situações.

— Humm — respondeu Cooper.

Ele deu uma olhadela para o mapa no GPS do Escalade. Do lado de fora da janela, Elizabeth se parecia com o que Cooper imaginara. Em sua maioria, as casas tinham dois andares, eram pequenas, mas arrumadinhas, e agrupadas. Antigos carros nacionais estavam estacionados em pequenas entradas de garagem, embaixo de cabos de energia que se entrecruzavam. O tipo de vizinhança em que uma enfermeira ou um encanador teria uma casa e criaria uma família.

— Mas aí eu saquei, é tipo *War*.

— Tipo guerra? — perguntou Cooper, atraído a contragosto. — Quem gosta de guerra?

— Não, *War*, o jogo de tabuleiro, aquele com as pecinhas de plástico e o mapa do mundo? *War*.

— Ah, ok. — Cooper fez uma pausa. — É, ainda não entendi, Bobby. O que é tipo *War*?

— Você nunca jogou?

— Sei lá, há muito tempo.

— Meus sobrinhos estavam de visita, e nós já tínhamos passeado no zoológico, no shopping, e eu estava ficando maluco para distrai-los. Veja bem, o objetivo do jogo é dominar o mundo...

— Essa é a sua compreensão reveladora dos imperativos políticos de Nova Canaã e das relações normais-anormais? "O objetivo é dominar o mundo"?

— Só preste atenção. Você começa com um determinado número de peças em países diferentes e ataca os países vizinhos. Você ganha mais exércitos a cada turno, dependendo dos países que controla. Bem, continentes, na verdade, você ganha exércitos por continentes, mas, de qualquer maneira, ganha quantidades diferentes por continentes diferentes.

— Ok.

Cooper virou na rua Elm. Evans morava na Elm, número 104. Ele verificou o retrovisor; sem sinal de carros de polícia, nada para assustar o homem. O céu estava branco.

— Então digamos que você possui a Austrália. E está muito orgulhoso do que fez, certo? Você a conquistou aos pouquinhos, e as recompensas estão vindo agora, alguns exércitos por rodada. E tem toda aquela água entre você e o resto do mundo. Você está mandando bem.

— Certo.

— Errado. Porque lá fora está a Ásia. E eles ganham tipo três vezes o número de exércitos que você. A cada rodada, pronto, você ganha dois exércitos, eles ganham seis ou sete. Em uma rodada, não é lá muita coisa, certo? Vocês começaram iguais, então os exércitos a mais fazem diferença, mas não é uma diferença crucial. A Austrália ainda está no jogo. Mas após algumas rodadas, a chapa esquenta. A Ásia já tem mais poder. E a Austrália percebe que a coisa vai piorar.

Depois de dez ou vinte rodadas? Esqueça. Não há comparação entre as duas. Elas podem ter começado no mesmo lugar, mas agora uma está totalmente à mercê da outra.

Número 98, 100, 102, 104. Uma casa de um andar só, sem nenhum estilo arquitetônico notável, pintada na cor de requeijão velho. Uma picape Ford estava estacionada na entrada da garagem. A placa batia com o arquivo. Cooper passou, depois estacionou o Escalade no meio-fio a um quarteirão de distância e desligou o motor.

— Então os brilhantes são a Ásia nesta história. Nós somos responsáveis por todo o crescimento e avanço.

— É. Há trinta anos, os humanos eram todos basicamente os mesmos. Tipo assim, é claro, vá tentar dizer isso para um moleque na Libéria, mas você me entendeu. Então, seja lá por que motivo, vacinas, hormônios do gado ou a camada de ozônio, vocês surgem. E *bum*! Quero dizer, não é uma *opinião* que vocês são melhores que nós. Empiricamente, vocês são. — Quinn deu de ombros. — Melhores em tudo. Toda a tecnologia, o software, engenharia, medicina, finanças. Diabos, música. Esportes. Nenhum banal consegue competir. Será que o melhor programador de computador normal do mundo seria comparável a Alex Vasquez?

Cooper balançou a cabeça ao verificar a Beretta. Hábito; o carregador não mudou desde a manhã.

— E a situação só vai piorar. No momento, só estamos jogando há poucas rodadas. Mas em mais uma década? Duas? — Quinn deu de ombros. — E o problema é que não é difícil para a Austrália fazer as contas. Não ver para onde vão as coisas, não ver que se tornarão totalmente irrelevantes.

— Pronto para sair?

— Sim.

Eles abriram as portas e saíram. Cooper foi à frente e deu uma olhadela rápida nas ruas enquanto andavam para leste. Bobby desabotoou o paletó do terno, tirou um cigarro e girou nos dedos. O ar estava friozinho, mas agradável, era mais outono que inverno. Não muito longe, alguém jogava basquete.

— Aqui está o problema com a sua teoria — disse Cooper.

— Manda ver.

— Você falou em Austrália e Ásia, correto? Mas só há uns 40 mil superdotados nascidos por ano nos Estados Unidos. Então, nos últimos 30 anos, temos 1,2 milhão, mais ou menos. Dois terços desse número são menores de 20 anos. Digamos uns 400 mil adultos anormais.

— Certo.

— Enquanto isso, há 300 *milhões* de banais.

Eles chegaram à casa de Evans e subiram a calçada. Cooper manteve os passos calmos e os olhos nas janelas e continuou:

— Nós não somos a Ásia, meu amigo. Não somos sequer a Austrália. Somos uma minoria minúscula cercada por uma maioria ensandecida. Pessoas que estão desesperadas para comprar uma TV de neotecnologia, na qual possam assistir a Barry Adams romper uma linha de defesa em 3D, mas que não querem que ele se case com suas filhas.

— Fala sério! O contrato de Adams com os Bears é de 163 milhões de dólares. Quando minha ex e eu tivermos aquela conversa séria com a minha filha, ela será assim: "Sexo é só para duas pessoas que estiverem realmente apaixonadas, ou quando uma delas for Barry Adams, e nesse caso, lembre-se do que nós dissemos sobre tentar fazer o melhor sempre." Diabos, eu *rezo* para que minha filhinha se case com ele. — Quinn abriu os braços como um pastor de TV. — Senhor, por favor, digo *por favor*, conceda a graça de um genro esquisito e rico ao seu fiel seguidor.

Cooper se virou, rindo, e foi quando um buraco estourou na porta de entrada com uma chuva de lascas e um estrondo que abafou o mundo; Quinn cambaleou para trás, com a frente do terno em frangalhos e um olhar de criança confusa no rosto. Outro buraco estourou ao lado do primeiro; em algum ponto atrás deles vidro se estilhaçou, e aí Cooper empurrou o parceiro na altura do esterno com o braço esticado enquanto dava um chute no joelho dele; Bobby acabou despencando, e Cooper continuou girando, a mão direita puxou a Beretta, apontou para a porta e deu três tiros, depois mais dois, fogo de supressão intuitivo. O primeiro estampido foi o mais alto, os seguintes pareciam mais distantes. Ele não deu chance de o homem lá dentro se recompor, apenas deu dois passos rápidos, escancarou a porta e pulou para dentro, levado pela adrenalina. Os nervos gritaram contra a ação, mas lutar era melhor que fugir, e Cooper precisava *ver* o atirador; ele não poderia captá-lo se não pudesse vê-lo.

Uma sala de visitas com pouca decoração, um sofá e uma mesinha de centro. Um homem parado ao lado de uma arcada que dava a impressão de que talvez levasse a uma sala de jantar. Cerca de 1,80 metro, cabelo comprido e uma camiseta preta, de escopeta na mão, com o cano girando e...

Escopetas são uma encrenca; a ampla dispersão dos chumbinhos diminui a sua vantagem.

Mas os buracos na porta eram pequenos, do tamanho de punhos.

Ele está disparando cartuchos com chumbo de 8 ou 9 milímetros. Vamos dizer que haja seis chumbinhos de 9 milímetros em cada cartucho. Incrivelmente letal, mas destinado para operações táticas, o que significa um cano estrangulado para precisão. O chumbo só vai se espalhar por 45 centímetros até 45 metros.

E ele não está sequer a 3 metros.

... o dedo apertando o gatilho, e Cooper desviou 25 centímetros para o lado quando uma rajada de fogo irrompeu do cano da escopeta e lascas de metal atravessaram o espaço onde ele esteve. Cooper ergueu a Beretta e mirou. O homem de camiseta pulou na sala de jantar e se abrigou na curva. Cooper acompanhou o movimento, abaixou a mira uns cinco centímetros e disparou. A bala atravessou a parede de gesso como se fosse lenço de papel. O homem berrou e desmoronou. A escopeta fez barulho ao cair no assoalho de madeira de lei.

Cooper andou rápido e fez a curva com a arma erguida. O homem estava no chão, chorando e gemendo enquanto apertava a coxa. Filetes grossos de sangue pulsavam entre os dedos. O aposento tinha uma mesa de carteado e duas cadeiras; havia outra arcada pela qual ele pôde ver a cozinha. Nenhum outro alvo. Cooper pegou a escopeta, acionou a trava de segurança, e jogou a arma na direção da porta de entrada.

— Onde está Dusty Evans?

— Minha perna, porra! — O rosto estava pálido e suado enquanto ele ia para a frente e para trás. — Deus, ai meu Deus, como *dói*.

— *Evans*. Onde está...

Um som veio de outro cômodo, um rangido, depois uma batida. Cooper pulou sobre as pernas estendidas do homem e da crescente poça de sangue e entrou correndo na cozinha. A porta de madeira estava aberta; o som viera da porta mosquiteira batendo. Ele meteu o ombro e passou para um pequeno quintal. Um emaranhado de roseiras, cheias de espinhos e nenhuma flor; um pequeno barracão de ferramentas; uma grelha ao lado de uma mesa de piquenique. A coisa toda era cercada por um muro de madeira com 2,5 metros de altura, que Dusty Evans estava no meio de pular por cima. Cooper agarrou a perna dele e puxou.

O homem caiu de pé e se levantou pronto para lutar, 1,88 metro de brigão de bar, puto da vida. Cooper ainda estava com a Beretta na mão, mas o problema com armas é que elas têm consequências imprevisíveis. Balas não necessariamente param na carne, e, nesta vizinhança, aquela carne podia ser de uma criança. Ele esperou que Evans fizesse sua ação, uma finta com um cruzado que escondia um jab, depois deu um passo para o lugar onde o soco não estava e deu um golpe brutal com a mão da arma na lateral do pescoço do homem. Evans desmoronou como se os ossos tivessem desaparecido. Quando conseguiu se mexer novamente, Cooper já o revistara e o algemara atrás das costas.

— Oi — disse Cooper, depois colocou o homem de pé ao puxá-lo pelos punhos presos.

— Ai, *merda*.

— Sim. — Ele empurrou o sujeito para a frente. — Ande.

O interior da cozinha tinha o cheiro queimado de tiros. Cooper empurrou Evans outra vez.

— Bobby?

— É. — A resposta soou pesada, forçada. — Aqui.

Ele conduziu o prisioneiro até a sala de jantar. O atirador ferido estava prostrado no chão e pressionava a coxa com as mãos algemadas.

— Meu Deus, ai, Deus.

Cooper ignorou o homem, olhou para o parceiro, que estava encostado na parede, com uma das mãos na pistola e a outra abraçando o peito.

— O colete pegou tudo?

— É. — Quinn forçou a palavra entredentes. — Mas quebrei pelo menos uma costela.

— Detonou seu terno também.

O parceiro soltou uma risada e depois fez uma careta de dor.

— Porra, Coop, não faz isto.

A adrenalina começava a baixar e deixou Cooper com aquela sensação mole nas pernas e nos braços. Ele colocou a Beretta no coldre, depois flexionou os dedos.

— Você verificou a casa?

Quinn concordou com a cabeça.

— Está liberada.

Cooper respirou fundo novamente e deu uma olhada em volta. O lugar tinha um ar de alojamento de faculdade, tudo barato e de segunda mão. O sofá era do Exército da Salvação. Não havia quadros na parede. Prateleiras de concreto e madeira estavam lotadas de livros, a maioria sobre política, algumas autobiografias, uma fileira de manuais de eletrônicos. A TV 3D era a única coisa cara no lugar; um modelo recente, o campo holográfico era nítido e firme, as cores, vivas. Estava ligada na CNN, com cotações de ações e faixas com notícias flutuando no ar, a cabeça e os ombros de uma âncora fantasmagórica que falava sobre a grande abertura da nova bolsa de valores. Havia um saco aberto de Doritos na mesinha de centro, meia dúzia de garrafas de cerveja.

Cooper se voltou para os capturados.

— Estavam dando uma festa?

— Você tem um mandado? — Evans olhou com ódio. — Alguma identificação?

— Não somos policiais, Dusty. Somos gasistas. Não precisamos de mandados. Também não precisamos de um juiz ou júri.

Evans tentou manter a mesma expressão, mas o medo passou pelo rosto como a luz de um holofote.

— Ainda acha que a pista é fraca, chefe? — perguntou Quinn.

Cooper riu e pegou o telefone. Eles precisavam avisar os policiais sobre o tiroteio antes que um morador ficasse nervoso e aparecesse. E o diretor Peters gostaria de saber que eles capturaram os alvos. Não apenas isso, mas a primeira gravação confiável da voz de John Smith em três anos.

Obviamente, a notícia ruim era que isso significava que um ataque provavelmente aconteceria hoje...

Espere um instante.

A cerveja. Os Doritos. A TV 3D ligada na CNN.

Puta *merda.*

■

Uma buzina berrou. Cooper fez uma curva fechada à direita, os pneus do Escalade subiram o meio-fio e cuspiram brita para trás, e ele passou a centímetros do poste de um semáforo. O homem no banco do carona gritou. Eles amarraram um pano de prato na coxa, mas o tecido felpudo em xadrez azul estava escarlate agora. O sujeito tentava fazer pressão sobre a perna, com as mãos ainda presas, e os dedos e as algemas estavam cobertos de sangue. No banco de trás, Quinn grunhiu, mas não falou nada. Ao lado dele, Dusty Evans recuperou a expressão de "foda-se você".

Cooper meteu o pé na tábua, ultrapassou a van na frente, e depois voltou para a sua pista. Ele ligou tanto a sirene quanto o giroflex, mas também pisou fundo no acelerador, e quase parecia que eles estavam correndo mais que o som.

O relógio no painel informava 13h32. Cooper deu uma olhadela no GPS. Um trajeto de meia hora, e eles não tinham trinta minutos. Ele pisou um pouco mais no acelerador, o velocímetro passou dos 160 quilômetros por hora agora, a Highway 1 virou um borrão de barreiras de concreto e armazéns baixos. Aviões rumo ao aeroporto internacional de Newark desenhavam cruzes no céu cinzento.

— Ei — falou Cooper. — Qual é o seu nome?

— Eu preciso de um médico, cara, preciso mesmo de um médico.

— Nós te levaremos para um médico em breve, eu prometo. Qual é o seu nome?

— Gary Nie...

— Não diga *nada* a eles — disse Dusty Evans do banco de trás. — Isto é uma palhaçada digna da Gestapo. É contra isto que estamos lutando.

— Ouça, Gary — falou Cooper, ignorando o acesso de raiva —, nós não temos muito tempo.

Surgiu a traseira de um semirreboque, com as luzes de freio piscando conforme o motorista tentava parar no acostamento, mas Cooper estava indo rápido demais, teve que se enfiar entre as pistas, o retrovisor esquerdo a centímetros da barreira de concreto, o direito quase tocou na lateral do semirreboque. Ele dirigia bem em alta velocidade, gostava da dança do aço em disparada, mas as circunstâncias complicavam as coisas, o caos das sirenes, faróis, buzinas, gritos e sangue, sem falar o que estava em jogo, a visão do que Cooper temia que estivesse prestes a acontecer.

— Eu preciso que você responda a algumas perguntas. Primeiro, onde exatamente está a bomba?

— Como você sabe sobre a...

— Não diga nada, escutou? — Evans, novamente. — Escutou?

Ouviu-se o barulho de metal contra couro. Cooper arriscou uma olhadela de uma fração de segundos no retrovisor. Evans tinha virado uma estátua, os olhos rolavam, mas os músculos estavam paralisados. Bobby Quinn não tirou os olhos da pistola que segurava na têmpora do homem.

— Pode falar, Coop. Acho que acabaram as opiniões do banco de trás.

— Obrigado. — Cooper deu seu melhor sorriso ameno. — Então, nós sabemos que vocês plantaram a bomba.

Eles não sabiam, obviamente, até Gary ter confirmado há um instante, mas não havia motivo para dizer isso. Cooper passou por um sedã, viu um trecho reto vazio, graças a Deus, e meteu o pé.

— Há coisas que eu preciso saber. Onde *exatamente* ela está? Que tipo de bomba? Qual é a potência? Como é detonada? Quando?

Gary gemeu e balançou para a frente com as mãos apertando a coxa esquerda. As costas das mãos estavam sujas com sangue seco. As feições estavam pálidas.

— Jesusmeudeus, isto dói. Preciso de um médico.

— Levante a perna.

O homem olhou para ele, e Cooper concordou com a cabeça.

— Vá em frente.

Gary se atrapalhou para soltar o cinto de segurança, depois virou o corpo e se encostou na porta. Sem jeito, ele levantou a perna e apoiou a bota no painel, gemendo ao fazer o movimento.

— Melhor? Ótimo. Agora, preste atenção. Onde exatamente está a bomba? De que tipo ela é? Qual é a potência? Como é detonada? Quando?

— Eu não. — Ele conteve um grito quando o Escalade passou por um buraco a 195 quilômetros por hora e quicou nos amortecedores pesados ao passar por um ônibus de turismo. — Porra! Me leve para um hospital!

Cooper deu uma olhadela. O cabelo comprido de Gary Nie-se-ja-lá-o-que estava desgrenhado e empapado de suor. O corpo transmitia agonia, todos os músculos estavam tensos, e tentar captar as sutilezas por baixo daquilo era complicado, na melhor das hipóteses. Uma coisa, porém, era certa: o homem parecia menor quando não segurava uma escopeta.

Com calma e devagar, Cooper perguntou novamente:

— Onde está a bomba? De que tipo ela é? Qual é a potência? Como é detonada? Quando?

Gary se voltou para ele, os olhos brilhando com lágrimas. Os lábios tremeram, e aí ele sussurrou alguma coisa.

— O quê?

— Eu disse. — O homem penou para respirar. — Vá se foder, gasista. Eu sou John Smith.

A estrada era de duas pistas de asfalto em ambas as direções, sob um céu cinzento. A 800 metros à frente, uma ponte cruzava o marrom apático do rio Passaic. Cooper verificou o retrovisor. Tudo limpo.

Ele se debruçou sobre o peito de Gary Nie-seja-lá-o-que e puxou a tranca da porta ao mesmo tempo que jogou o volante para a esquerda. A força centrípeta e o peso do corpo do homem escancararam a porta.

Por uma fração de segundo, Gary flutuou que nem um balão, com a boca aberta, os braços diante de si, a corrente das algemas ainda balançando entre eles enquanto o rugido do vento tomava o mundo.

Então Cooper jogou o volante para a direita e desviou da divisória entre pistas por pouco. A porta bateu com força. No espelho retrovisor, o corpo de Gary caiu no asfalto a 160 quilômetros por hora, quicou e sujou a pista. O freio pneumático guinchou no momento em que o ônibus de turismo atrás do Escalade lutou para parar, e aí o corpo desapareceu embaixo das rodas.

— Meu *Deus*! Cooper... — exclamou Quinn.

— Cale a boca.

Cooper olhou pelo retrovisor. Dusty Evans estava com as mãos na boca, os músculos da garganta tremiam. Os olhos estavam arregalados, sem conseguir acreditar. Cooper esperou até que ele se voltasse para a frente e encarou o sujeito.

— Então, onde *exatamente* está a bomba? De que tipo é? Qual é a potência? Como é detonada? Quando?

CAPÍTULO 13

Realmente, o extremo sul de Manhattan é o centro do universo. Os desfiladeiros de concreto da Broadway e Wall Street, da Nassau Street, Exchange Alley e Maiden Lane, funcionam há um século como o epicentro financeiro do mundo. O maior dos bancos centrais dos Estados Unidos está localizado ali. AIG, Morgan Stanley, Deloitte, Merrill Lynch. E até anormais como Erik Epstein forçarem o governo a fechá-la, 153 bilhões de dólares fluíam pela Bolsa de Valores de Nova York todos os dias.

É uma paisagem de mármore e vidro, de ruas de paralelepípedos lotadas de turistas e investidores, do ronco de caminhões de entrega na Broadway e rajadas de ar quente do metrô, das enormes bandeiras americanas e estátuas lúgubres. Durante o dia útil, a população inchava em 600 por cento. No melhor dos casos, não era fácil cruzar o espaço rapidamente.

Cooper estava descobrindo que hoje não era o melhor dos casos.

A nova Bolsa de Valores Leon Walras se localizava no antigo grande prédio que costumava abrigar a Bolsa de Valores de Nova York. Embora a opinião pública se concentrasse em Erik Epstein, o bilionário de 24 anos fora, na verdade, apenas o mais bem-sucedido de uma série de anormais cujos dons quebraram o sistema financeiro global. Por 200 anos, o mercado existiu sob o mito de que todas as pessoas eram iguais.

Era uma afirmação absurda, mas era fácil de a maioria das pessoas engolir quando a perspectiva de ganho financeiro estava envolvida.

Foi um mito que não sobreviveu aos superdotados. Epstein e os demais que eram iguais a ele pilharam o mercado com a mesma facilidade com que Cooper teria se desviado de um tapa.

Há dois anos, os Estados Unidos cederam ao inevitável e dissolveram o mercado de ações. Foi uma opção constitucional, e embora tenha funcionado, os efeitos colaterais foram desastrosos. Sem o mercado livre para apoiá-la, a indústria americana tinha que se bancar — e descobriu que, muitas vezes, não era possível. Empresas de baixa capitalização viraram espécie em extinção. O empreendedorismo despencou. Protestos em Wall Street aconteciam até hoje. Enquanto isso, fortunas foram arrasadas, e a vovó que guardava o dinheiro no colchão subitamente tinha o plano de poupança correto.

Para sobreviver, o país teve que desenvolver um novo sistema de bolsa de valores, um sistema que fosse inexpugnável às estratégias questionáveis de indivíduos superdotados. Ao funcionar como uma casa de leilões e determinar o valor médio dos lances para chegar ao preço final, a Bolsa de Valores Leon Walras acabou, de uma vez só, com a instabilidade, a empolgação e a emoção de investir, enquanto ainda oferecia o potencial para empresas levantarem capital. Era um passo atrás em direção a uma era mais arcaica, que levou dois anos penosos para passar pelo processo político.

E hoje, 12 de março de 2013, às 14 horas, a General Electric faria a primeira oferta pública de ações da nova realidade financeira. Às 14 horas, ocorreria um momento histórico.

O que significava que agora, às 13h51, o sul de Manhattan estava um pesadelo. A Wall Street tinha sido isolada por vários quarteirões em todas as direções. Policiais a pé redirecionavam o trânsito na Broadway com apitos e gestos impacientes. Meia dúzia de ônibus escolares estacionara na Liberty, e professores estressados lutavam para conter crianças animadíssimas pela empolgação de uma tarde sem aula. Uma fila de manifestantes se empurrava contra uma barricada policial, erguia cartazes e berrava slogans. Uma banda marcial tocava no adro da Igreja da Trindade, o som da maioria dos metais se perdia no barulho, mas o baixo reverberava freneticamente em cada estômago. Helicópteros da mídia circulavam no céu. O datapad de Bobby Quinn mostrava a transmissão ao vivo de um pódio nos degraus, onde o antigo presidente da Bolsa de Valores de Nova York conversava com o novo presidente da Bolsa de Valores Leon Walras e o vice-prefeito de Nova York; todos os três cercados por homens de terno preto e óculos escuros.

Se houvesse um lugar pior para uma bomba explodir, Cooper não conseguia imaginar qual seria.

"Eu não sei nada sobre fazer bombas, cara. Sou um eletricista." Dusty Evans perdera toda a atitude de durão no momento em que o amigo deslizou pelo concreto. *"Eu só fiz o que me mandaram. A empresa em que eu trabalho fez um pouco do cabeamento da nova bolsa. O Sr. Smith mandou que eu roubasse uma chave e depois a usou para plantar as bombas."*

"Bombas? Mais de uma?"

"Cinco bombas."

À frente, dois policiais colocavam uma barreira no lugar. Cooper tocou a sirene, apontou para o peito, depois para a rua além da barreira. O policial mais próximo concordou com a cabeça e afastou a barreira do caminho. Cooper fez uma saudação ao passar com o Escalade pela brecha. Todos os nervos do corpo gritavam por velocidade, mas na multidão de turistas e visitantes, eles tinham que se arrastar a oito quilômetros por hora. Alguém bateu na janela traseira do utilitário. Uma loura parou bem em frente a ele para posar com o namorado cheio de espinhas. Cooper meteu a mão na buzina.

13h53.

"Como elas são?"

"Como nos filmes. Blocos de massa cinzenta. Pesam uns sete quilos."

"No total?"

"Cada uma."

A coisa foi assim pelo trajeto inteiro, cada pergunta levou a uma resposta infeliz. Com o tempo, Evans começou a se repetir. Quando ficou óbvio que eles tiraram tudo que era possível do sujeito, Quinn usou um segundo par de algemas para prender as mãos nos tornozelos opostos. Era uma posição sem jeito e incômoda, e o grandalhão estava quase dobrado ao meio, chorando baixinho.

— Cancele o evento — falou Quinn.

Ele passou para o banco do carona, e quando notou que Cooper o fitava, inclinou a cabeça e respirou fundo, com as narinas bem abertas. Era uma expressão que dizia *bem, agora estamos envolvidos.*

— Nós podíamos evacuar a área.

— Os políticos, talvez. — Cooper subiu no meio-fio para passar por um policial a cavalo. — Não todas essas pessoas.

— Algumas delas. Use os policiais, a SWAT...

— Haveria pânico, pessoas se pisoteando. Além disso, não sabemos se são bombas-relógios. Se Smith vir todo mundo correndo, ele pode explodi-las mais cedo.

À frente, uma fileira de vendedores de *fast-food* estacionara bem no meio da Broadway. Cooper fez uma careta, pensou em avançar em cima da van de falafel, mas em vez disso parou a caminhonete. 13h56.

— Vou tentar deter o atentado sozinho.

— Sozinho? Que palhaçada. Eu vou...

— Você está com, pelo menos, uma costela quebrada.

— Eu aguento a dor.

— Sei que aguenta. Mas você vai me atrasar. Além disso, tudo que eu sei sobre desarmar bombas vem de antigos seriados policiais. A não ser que eu só puxe o fio vermelho, vou precisar de ajuda.

Ele enfiou o carregador na Beretta. Restavam oito balas.

— Preciso que você me arranje um esquadrão antibombas — falou Cooper.

— Eles nunca chegarão a tempo. Não com esta multidão.

— Então mande que eles fiquem a postos para me ensinar. Eu estarei com o ponto. E ligue para Peters, conte o que está acontecendo. —

Cooper respirou fundo, depois abriu a porta do carro e foi envolvido pelo som da multidão. — E, Bobby, por via das dúvidas...

— ... arrume ambulâncias e serviços de emergência, eu sei. Mas tome cuidado para que a situação não chegue a esse ponto, ok?

O medo no olhar do parceiro não era pela própria segurança ou pela de Cooper. Era mais profundo e abrangente que isso. Ele reconheceu porque eram os mesmos pensamentos que corriam pela sua cabeça. Era o medo do que aconteceria se falhasse. Um medo de que o mundo se partisse.

Cooper bateu a porta e começou a avançar pela multidão. 13h57.

A cerimônia não vai começar na hora. Essas coisas jamais começam. E John Smith gosta de um espetáculo. Ele vai esperar até que todas as câmeras estejam vendo.

Mas aí ele vai detonar a bomba. A não ser que você o detenha.

Cooper correu e tentou avançar entre os corpos que se aglomeravam na rua. Ele odiava multidões, se sentia atacado por elas. Todas aquelas intenções se cruzando e entrecruzando, era como tentar escutar mil conversas ao mesmo tempo. Mas apesar de a mente transformar o ruído de milhares de conversas em um barulho cinzento que Cooper conseguia ignorar, ele não era capaz de desligar as linguagens corporais e os indícios físicos. Elas atacaram Cooper ao mesmo tempo, de todas as direções. Tudo que ele podia fazer era tentar se concentrar, depositar a atenção na mulher bem em frente e no ângulo do ombro que dizia que ela estava prestes a ajeitar a bolsa. No homem que ia falar com o amigo. Na garotinha que se parecia muito com Kate — *não, afaste este pensamento, não há tempo agora para pensar em Kate* — e erguia o braço para pegar a mão da mãe.

Quando Cooper não encontrava um buraco, ele fazia um, atravessava com um cotovelo erguido como a proa de um navio. Gritos e xingamentos surgiam atrás dele. Alguém deu um empurrão em seu ombro.

— Cooper. — A voz de Quinn no ouvido. — Peters está tentando achar o agente responsável presente no local, mas está uma loucura no momento.

— Sério? — Ele passou por um aglomerado de meninas estudantes. — E quanto ao meu esquadrão antibombas?

— Está sendo reunido agora. Chega em 15 minutos.

Quinze minutos. Porra, porra, porra. Havia um banco na esquina, e Cooper atravessou correndo a porta giratória. O saguão era um doce alívio. Cordas de veludo, cores neutras, ar insípido, um número controlável de pessoas. Ele cruzou correndo. Um gerente se levantou da mesa. O segurança gritou alguma coisa. Cooper ignorou todos eles e se concentrou em chegar à porta do outro lado.

E lá estava ele na esquina da Wall Street com a Broadway, onde aconteceria o momento histórico, e o mundo inteiro era barulho e um caos uivante.

As pessoas estavam espremidas, ombro com ombro. Cooper fez uma careta diante do novelo emaranhado de vetores em frente, do movimento coletivo da multidão, do rebanho, algo que ele jamais conseguia captar ou compreender, pois seus talentos eram todos voltados para o individual, a pessoa, o padrão.

Concentre-se. Não há tempo.

Ao sul, havia a fachada magnífica que antigamente pertencera à Bolsa de Valores de Nova York, com suas seis colunas maciças que sustentavam uma escultura elaborada em cima. Embaixo havia um palco e um pódio, um aglomerado de dignatários por perto, e a segurança orbitava em volta deles como planetas ao redor de uma estrela.

Cooper começou a abrir caminho para o sul, com delicadeza, quando era possível, com grosseria, quando não era. De alguma maneira, tinha que conseguir chegar à entrada da Broadway. Na porta ao lado do saguão, ele encontraria um corredor de serviço e um elevador de carga que o levaria ao porão, onde poderia acessar o túnel de cabeamento em que Dusty Evans plantara as bombas.

Claro, Coop. Basta atravessar a multidão, passar pela segurança, cruzar o saguão, descer ao porão, entrar nos túneis, e tudo que você tem a fazer é descobrir como desarmar cinco bombas separadas, colocadas em pontos estruturais estratégicos.

13h59.

Cheiro de suor e cotoveladas, laquê e xingamentos. Ele avançou um passo agonizante de cada vez. Todo mundo parecia berrar, mesmo com as bocas fechadas. Uma onda de frustração passou por Cooper, e ele lutou contra a vontade de sacar a arma e dar um tiro para o alto. Isso era perda de tempo. Levaria tempo demais para chegar à frente, e mesmo que conseguisse, a segurança seria muito rígida. Cooper precisava de um plano melhor. Ele chegou até uma máquina de vender jornais — um rápido vislumbre de Bryan Vasquez se desintegrando — e subiu nela.

A entrada da Broadway era muito apertada. Mas talvez lá atrás, na Wall Street? Deveria haver entradas laterais. Elas também estariam guardadas, mas a segurança seria menor, e caso sua patente não fizesse com que entrasse rapidamente, então Cooper daria outro jeito. Ele vasculhou a multidão enquanto planejava a ação, os olhos recaíram sobre executivos em ternos, pais com câmeras e expressões exaustas, moradores presentes ali pelo espetáculo gratuito, um sem-teto balançando um copo da Dunkin' Donuts, um grupo de manifestantes com cartazes, uma garota muito, muito bonita indo para oeste...

Puta merda.

Ele pulou da máquina de vender jornais e caiu sobre um sujeito parrudo que segurava um refrigerante gigante. Homem e bebida voaram em direções opostas. Cooper manteve o ímpeto, passou pelo buraco que o sujeito caído criou, e se afastou da cerimônia.

— Bobby, estou de olho no nosso terrorista, é a mulher da foto. Ela está na Wall Street, indo para oeste.

— Copiado. Vou alertar a polícia.

— Negativo. Repito, negativo. Se a mulher notar alguém atrás dela, vai detonar as bombas.

— Cooper...

— *Negativo.*

Ele avançou e se obrigou a não correr. Era bem típico de John Smith colocar a mulher no local, para avaliar o momento exato de detonar a bomba. Para determinar o tempo a fim de causar o máximo de dano.

Mas esse planejamento vai agir contra John Smith desta vez. De bombas, Cooper não entendia nada, mas uma *pessoa* que detonava bombas ele podia encarar.

Cooper se enfiou na multidão, dando cotoveladas e pisões em pés. Ele a encontrou, perdeu, encontrou de novo. Quanto mais Cooper se afastava do pódio, mais as coisas se abriam, até voltar a ser capaz de captar linguagens corporais individuais. Ele foi o mais rápido que ousou arriscar, e, no entanto, embora ela estivesse andando calmamente, a mulher parecia se afastar mais de Cooper a cada passo. De alguma forma, as pessoas sempre pareciam sair do caminho dela. Dois bêbados cantando, vestidos com camisas de times de futebol, cambalearam em um grupo de pessoas e abriram um buraco bem em frente da mulher. Um pai ergueu o filho e colocou nos ombros, e ela passou por trás deles. Dois policiais avançaram pela multidão e abriram um caminho que ela seguiu pela metade da extensão de um prédio. Era como ver Barry Adams cruzar um campo de futebol desfilando, sem ser tocado por uma linha inteira de defesa. Como se a mulher olhasse para as coisas não como elas eram, mas como seriam quando ela chegasse lá.

A mulher é uma anormal.

Nenhuma surpresa, na verdade; os principais agentes de Smith eram anormais. Mas isso explicava como ela levou a melhor sobre eles tão facilmente em Washington. Se a mulher tivesse um dom para discernir padrões como o de Barry Adams, então o mundo inteiro seria vetores em movimento para ela. Passar pelo perímetro de segurança seria simples. A mulher provavelmente até tinha marcado Cooper como o líder. Detonar a bomba, parada a três metros dele, era o seu jeito de mandá-lo se foder.

Aquilo deu um nó no estômago, e Cooper apressou o passo. Ele estava 20 metros atrás da garota, vindo rápido. Ela não olhara para trás, nem uma vez sequer. Estava concentrada no terreno em frente. O que sugeria que estava próxima do objetivo. Cooper olhou adiante e viu. Uma entrada lateral para a bolsa de valores.

Havia dois policiais por perto, com posturas relaxadas. Ela passou pela dupla, ultrapassou a entrada em alguns passos, depois parou para ver o relógio. Um dos policiais ajeitou o cinto e falou alguma coisa que fez o outro rir, aí ela girou levemente o corpo e passou por trás deles. Cooper não conseguiu acreditar. Se a mulher tivesse erguido o braço, poderia ter dado um tapinha no ombro dos dois, e, no entanto, os policiais estavam completamente alheios à presença dela. Era uma coisa muito estranha, uma demonstração magistral de habilidade que praticamente tornava a garota invisível, e teria sido maravilhoso de observar — só que ela empurrou a porta da bolsa de valores e entrou.

— Merda. A mulher conseguiu entrar no prédio. Eu vou atrás dela.

— Você quer...

— Espere aí.

Cooper foi até a polícia. A garota de alguma forma conseguiu passar pelo ponto cego da dupla, mas ele não sabia como fazer aquilo. *Foi mal, pessoal.*

— Com licença, seu guarda, o senhor sabe onde fica o palco?

— Virando a esquina, amigo. — O policial apontou. — Siga a...

Cooper se abaixou e meteu um cruzado de esquerda no rim exposto do homem, bem na parte de tecido do colete à prova de balas. O policial arfou e cambaleou. Quando ele fez isso, Cooper pegou a frente da camisa e o empurrou contra o parceiro com o máximo de força possível. Os dois colidiram e desabaram, amontoados. Cooper também foi para o chão e enfiou o joelho no plexo solar do segundo policial, depois se levantou correndo e passou pela porta.

Uma entrada de mármore, ampla e clara. Luz do sol entrava pelas janelas. Pessoas passavam de um lado para o outro, segurando taças de champanhe e conversando. Um quarteto de cordas tocava em um canto, e as notas reverberavam no mármore e vidro. Sair da multidão foi como chegar à superfície para respirar. Cooper olhou ao redor, viu a mulher desaparecer em uma curva à direita, e correu atrás dela. Calculou que levaria 30 segundos, no máximo, para os policiais recuperarem o fôlego, passarem uma mensagem por rádio e virem atrás dele.

Dez passos levaram Cooper até a curva. Ele deu a volta, com o sangue pulsando nas veias. A mulher estava na metade do corredor, diante de uma porta de metal pintado. Em uma das mãos, ela segurava um molho de chaves; na outra, um celular.

Não.

Cooper trocou todas as tentativas de sutileza por uma corrida em linha reta. O tempo entrou em câmera lenta. Os sentidos captaram detalhes: o cheiro da tinta fresca, o zumbido das lâmpadas. Ao som dos passos, a mulher ergueu o olhar. Os olhos, que já eram enormes com o rímel, se arregalaram mais. Ela soltou as chaves, mas ergueu o telefone. Cooper avançou o mais rápido possível. Tudo se resumiu à sua disparada, àquela sensação desesperadora de que ele simplesmente não conseguiria ir mais rápido, a mente repassou o dia de ontem e a explosão em Washington, o jorro de fogo em câmera lenta, a forma como Bryan Vasquez derreteu e virou uma bruma vermelha; a garota estava fazendo aquilo de novo, só que desta vez não era um homem que ela executava, e sim centenas de pessoas em rede nacional de televisão, e o telefone chegou ao rosto, o olhar dela sustentou o de Cooper e os lábios se abriram para falar no momento em que o braço dele surgiu para dar um tapa que arrancou o celular de seus dedos. O aparelho bateu no chão e quebrou ao quicar, as peças de plástico deslizaram no mármore.

— Espere, você não... — disse ela, e aí o punho de Cooper socou a barriga e dobrou o corpo dela.

Cooper não gostava de socar mulheres, mas não se arriscaria com aquela ali, de maneira alguma.

— Peguei a mulher — disse ele. — Alvo sob custódia.

Bobby Quinn vibrou em resposta.

Cooper sentiu uma onda de alívio. Meu Deus, aquela passou perto. Ele girou a mulher, colocou um braço nas costas e procurou as algemas com a outra mão.

— Preste atenção — disse ela, arfando entre as palavras. — Você tem... que me... soltar.

Cooper ignorou a mulher, prendeu a algema em um pulso e esticou a mão para pegar o outro. Ele falou para que o parceiro ouvisse:

— Bobby, tive que derrubar uns dois policiais ao entrar. Você pode falar com a polícia de Nova York e acalmá-los bem rápido? Eu não quero...

Mas antes que Cooper pudesse terminar a frase, houve o estrondo de planetas colidindo, e o chão sumiu embaixo dele, e Cooper saiu voando, com os braços abertos e girando, e tudo...

CAPÍTULO 14

O barulho veio primeiro. Uma confusão de sons superpostos. Gritos de dor. Berros urgentes, indecifráveis. Ruídos de coisas raspando, arranhando. Vozes sérias contando. Sirenes longepertolonge.

Cooper não estava realmente consciente da situação. Era a água em que ele flutuava.

Então, aos poucos, as sílabas amorfas começaram a tomar a forma de palavras. As palavras tinham gosto e peso. Hemorragindo. Amputado. Esmagado. Concussão.

Os ruídos de coisas arranhando se tornaram as pernas de madeira de uma cadeira ou mesa sendo arrastadas sobre concreto.

Os homens que contavam de trás para a frente pontuavam a chegada ao zero com um suspiro de esforço, como se estivessem levantando alguma coisa.

As sirenes permaneceram as mesmas. Ele acabou de se dar conta de quantas sirenes estava ouvindo, algumas em movimento, outras paradas, algumas próximas, outras a uma boa distância.

Cooper abriu os olhos.

Havia uma lona sobre ele. A padronagem era indistinta, e as cores se moviam e rodopiavam. Por um momento, Cooper culpou a visão, depois percebeu que era camuflagem ativa; tecido inteligente que mudava de cores para corresponder ao ambiente. Artigo militar. Ele piscou olhos secos e inchados. Os barulhos ao redor não notaram, apenas continuavam insistentes, um cortando o outro.

— ... preciso de mais oxigênio aqui...

— ... respire, apenas respire...

— ... meu marido, onde está...

— ... dói, meu Deus, como *dói*...

Cooper respirou fundo e sentiu pontadas de dor quando o peito inchou. Nada muito ruim. Ele ergueu a mão direita e passou a mão atrás da cabeça, com delicadeza. A pele estava quente, inchada e dolorida, o cabelo, grudento. Ele deve ter sido atingido. Como?

Devagar, Cooper rolou para o lado e jogou as pernas para fora da beirada da maca. Também militar, ele notou. Esta era uma tenda de triagem do exército. Por um momento, o mundo deu voltas. Cooper agarrou a beirada da maca com as duas mãos. A dor veio agora, uma batida seca, gigante e rodopiante.

— Vá devagar.

Cooper ergueu a cabeça e abriu os olhos. Um homem magro em um jaleco ensanguentado estava ao lado dele. De onde veio o sujeito?

— Como eu vim parar aqui?

— Alguém deve ter trazido o senhor. O que está doendo?

— Minha... — Ele tossiu; a garganta estava cheia de poeira. — Minha cabeça.

— Olhe para isto aqui.

O médico tinha uma lanterninha na mão. Cooper olhou obedientemente, acompanhou o homem conforme ele mexia a lanterninha para a frente e para trás. Um centro de triagem, Cooper estava em um centro de triagem qualquer. Mas como? Ele se lembrava de lutar para atravessar a multidão, do avanço e da agitação do caos de todas aquelas pessoas. Obcecado pelas 14 horas quando... as bombas. Ele tentava impedir a detonação de bombas. Ele viu...

— *Onde está ela?*

Cooper girou a cabeça de um lado para o outro, sentiu a dor como uma nota promissória, ignorou a sensação. Ele estava em uma grande tenda de campanha com fileiras de macas que quase se tocavam. Homens e mulheres de jalecos avançavam pelas fileiras e falavam insistentemente entre si enquanto cuidavam dos feridos. Talvez houvesse vinte camas ali, Cooper não conseguia enxergar todas, a garota poderia estar em uma delas.

— Ei. — A voz do médico era firme. — Olhe para mim.

A dor pagou o que devia, uma sensação esmagadora como se houvesse um torno no meio do crânio. Cooper gemeu e voltou a olhar para o médico.

— Onde está ela?

— Não sei de quem você está falando — disse o homem enquanto colocava um estetoscópio nas orelhas —, mas tenho certeza de que ela está bem. Agora preciso que você relaxe para eu saber a gravidade dos seus ferimentos.

Tudo se encaixou, finalmente, as peças espalhadas formavam um conjunto. Ele esteve perseguindo a agente de John Smith, a mulher que atravessava paredes, a terrorista de telefone com os olhos grandes. Cooper encontrou a garota dentro da bolsa de valores. Mas não a tempo.

— É grave? — Cooper sentiu uma grande decepção.

— É o que estou verificando. Respire fundo.

Cooper obedeceu, e o ar chacoalhou dentro dos pulmões.

— Não comigo. Quero dizer, a *situação* é grave?

— Ah. Respire fundo.

O médico olhou no vazio enquanto escutava o peito de Cooper. Seja lá o que ele ouviu pareceu satisfazê-lo.

— Isso eu não sei responder.

— Quantas pessoas...

— Estou concentrado na pessoa à minha frente. — O médico enrolou o estetoscópio no pescoço e olhou para o relógio. — Você teve uma leve concussão. Respirou muita fumaça e poeira, mas nada com que eu me preocuparia a longo prazo. Você deu muita sorte. Deveria evitar dormir por enquanto, umas oito, dez horas, talvez. Se começar a sentir tonturas ou náusea, vá para o hospital imediatamente.

O homem começou a se afastar.

— Espere. É só isto?

— Você pode ficar, caso se sinta fraco, mas se achar que consegue andar, nós realmente precisamos do espaço.

— Consigo andar. — Cooper respirou fundo e olhou em volta. — Posso ajudá-lo?

— Você tem treinamento médico?

— Primeiros socorros básicos.

O médico fez que não com a cabeça.

— Já temos bastante gente tentando ajudar. A melhor coisa que você pode fazer imediatamente é sair da frente.

E com isso ele foi embora, para a maca seguinte.

Cooper ficou sentado na beirada da cama por um momento e deixou que os pensamentos rodopiantes aos poucos esmorecessem. Ficou se recompondo, reconstruindo as memórias. Ele pegou a garota, não foi? Deu um tapa no celular, estava com as algemas à mão. Ele venceu. Pegou o bandido. Bandida.

E, no entanto, esta situação.

Cooper respirou fundo e tossiu até sentir poeira no fundo da língua. Aí ficou de pé. Se as bombas foram detonadas, haveria vítimas bem piores do que ele parecia estar. Melhor liberar a maca.

Cooper olhou as outras camas antes de ir embora, mas ela não estava ali.

Andando devagar para evitar que a dor se espalhasse pelo crânio, ele foi até a saída, afastou a aba da porta de lona e saiu.

E entrou em um cemitério.

Por um momento, pensou que estivesse alucinando.

O céu tinha sido substituído por uma tela grossa e cinzenta de poeira rodopiante. O ar tinha gosto de queimado. Na luz difusa, as árvores eram silhuetas com braços esqueléticos que apontavam, como

Caronte, para o rio do mundo subterrâneo. E tudo ao redor dele eram lápides. Lápides de mármore inscritas com nomes e datas.

Cooper esticou a mão para tocar na tenda e apertou o material entre dedos lanhados e doloridos. Estava coberta por uma fina camada de poeira, mas tinha o toque palpável e satisfatório de lona. Isto era real. Isto estava acontecendo. Então, as covas...

Igreja da Trindade. Isto é o adro. Alexander Hamilton* está enterrado aqui, em algum lugar.

Fazia sentido. Na Manhattan apinhada de gente, o espaço para tendas de triagem seria escasso. Ainda assim, havia um simbolismo horrível. Ele dormira em um mundo e acordara em outro. O primeiro fora luz do sol e fanfarra; este era poeira e cinzas.

Havia gente por toda parte. Algumas pessoas pareciam ser parte do esforço organizado de resgate. Levavam macas, transportavam suprimentos médicos e direcionavam ambulâncias em uma dança movimentada. Mas muitas outras pessoas pareciam atordoadas. Elas ficavam paradas, olhando fixamente, e erguiam os olhos para a imensa torre da igreja ou de volta para Wall Street, onde a fumaça era mais espessa.

Wall Street. A bolsa de valores. Talvez ela ainda estivesse lá.

Cooper começou a cruzar o cemitério. A cabeça latejava e o corpo estava dolorido, porém, mais que qualquer coisa, ele apenas se sentia confuso e alterado. Como um cara que dirigia para casa, cantando com o rádio, bem no momento em que um semirreboque batia na lateral e fazia o veículo capotar de maneira horrível, o mundo girando, clarões de cores, céu, chão, céu, chão, e aí o impacto, a batida repugnante, e naquele instante, quando o mundo havia mudado completamente, quando tudo que importava há um momento sequer merecia registro, o rádio ainda estaria tocando a mesma música.

Ele se sentia como aquela música.

---

*Um dos fundadores dos Estados Unidos e primeiro ministro da economia ("secretário do Tesouro") do governo de George Washington, o primeiro presidente do país. (*N. do T.*)

Aos poucos, ele atravessou o cemitério. Passou por cima da cerca baixa e entrou na Broadway, atravessou a rua em que as vans de comida bloquearam seu caminho. Alguém esbarrou nele, os ombros bateram com força, e a novidade daquilo o abalou. Não esbarravam em Cooper há muito tempo. O mundo era água; nada era permanente, tudo era alteração e mudança. Um policial fez um gesto para que ele recuasse, mas Cooper tateou os bolsos e encontrou o distintivo. O homem deixou que passasse. A fumaça era mais densa, e ele não conhecia enxergar além de 3 ou 4 metros. Mais longe que isso, o melhor que Cooper conseguia fazer era distinguir luzes piscantes, o giroflex da polícia. Ele foi naquela direção. As pessoas cambaleavam na direção contrária, com caras sujas, roupas rasgadas, expressões chocadas. Elas se apoiavam umas nas outras. Policiais carregavam macas.

Cooper andou devagar e sempre, no compasso quatro por quatro em um mundo desafinado.

Cada passo era mais estranho. Os ossos dos prédios varavam as peles de pedra e estavam expostos. Muros que desabaram enterraram os paralelepípedos. Vidro quebrado pulverizou a cena com glitter cortante. As nuvens de poeira eram iluminadas por uma dezena de incêndios que queimavam ao longe. Ele chegou à esquina onde tinha visto a mulher que atravessava as paredes. Bombeiros escavavam os escombros, com máscaras no rosto e faixas refletoras nos uniformes.

Ao sul, Cooper viu a Bolsa de Valores de Nova York, um prédio que permaneceu de pé por séculos, suportou depressões, guerras e mudanças sociais inimagináveis, um símbolo do poder implacável do capitalismo até que aquele poder foi, de fato, aplacado pela chegada de sua espécie; um prédio que, brevemente, representou as esperanças de um mundo que lutava por um novo equilíbrio no momento em que todas as convicções foram viradas de cabeça para baixo, em que cada fato se mostrou instável, em que cada crença ficou frágil; um prédio de pedra e aço que, pela simples presença, declarava que os motores que impulsionavam o mundo estavam funcionando bem. Ele estava em ruínas.

Das seis colunas maciças da frente do prédio, apenas uma ainda estava no lugar. As demais racharam e se deformaram; uma delas caiu completamente e esmagou a rua com a pedra enorme. A vidraça atrás das colunas deve ter explodido também, quatro andares de estilhaços letais que surfaram a onda de ar e fogo. Através do espaço aberto que fora uma parede, Cooper notou o prédio, nu e cru. Gabinetes expostos, banheiros arrancados, uma escadaria perdida e triste.

E em todos os lugares, os mortos. Corpos.

Corpos na rua, corpos no prédio. Corpos embaixo de colunas caídas, corpos pendurados em uma teia de cabos.

Despedaçados e quebrados, as cores das roupas eram uma gozação neste novo mundo sombrio.

Centenas de corpos. Milhares.

Isto não deveria ter acontecido.

Você deveria ter impedido.

Era um pensamento sem sentido. Ele não podia se considerar responsável por tudo de errado no mundo. Mas esteve tão perto. Foi Cooper que correu atrás e capturou Alex Vasquez, que usou o irmão dela como isca, que implementou as escutas telefônicas que levaram a Dusty Evans. Foi ele que jogou contra John Smith, novamente, e que perdeu mais uma vez, e todas aquelas pessoas morreram.

Cooper deu meia-volta e foi embora. Foi sem direção nem objetivo, sem pensar nem planejar. Seus companheiros eram a Frustração e a Raiva, e juntos os três espreitaram Manhattan.

■

Um par de sapatos de salto alto com alças em pernas torneadas, jogadas uma para cada lado, dentro de uma saia preta, justa e estilosa, que terminava, juntamente com o corpo, na cintura.

■

Um camelô de bolsas baratas e guarda-chuvas vagabundos retirava todas as mercadorias da mesa dobrável que representava seu ganha-pão a fim de fazer uma maca para o homem que era levado aos berros por dois bombeiros.

■

Ar cinzento em movimento como tecido, como linho, sobre um redemoinho de cinzas. Pessoas com rostos cinzentos em roupas com manchas cinza. O mundo que se tornou monocromático. E aí o rosa chocante do bicho de pelúcia de uma criança, no meio da Broadway.

■

Um conjunto de telefones públicos cercado por uma multidão à espera de uma linha. Uma verdadeira mistureba de Nova York, um skinhead ao lado de um investidor, dois homens em macacões azuis, uma modelo, um vendedor de cachorros-quentes, um menino e uma menina de mãos dadas. Todo mundo paciente. Ninguém empurrando.

■

Uma mulher em trajes de executiva andava pelo meio da calçada. Uma pasta cara de couro pendurada no ombro. Sangue escorrendo pelo lateral do rosto. Os braços aninhavam um vaso com uma planta de um metro de altura.

■

Na esquina de duas ruas menores, um táxi de portas abertas, com o rádio tocando a toda. Nova-iorquinos ao lado dele escutavam o repórter, que gaguejava.

— ... novamente, uma explosão na Bolsa de Valores Leon Walras. Eu... eu nunca vi uma coisa assim. Todo o lado direito do prédio foi destruído. Há corpos por toda parte. O número de mortos será de centenas, talvez milhares. Ninguém está dizendo o que causou isso, mas só pode ter sido uma bomba ou bombas. Não consigo... é uma coisa que nunca pensei que fosse ver...

◼

No grande espaço luminoso do Columbus Park, a 1,5 quilômetro da explosão, três grandes ônibus estacionados no gramado de um campo de futebol. Unidades móveis de donativos da Cruz Vermelha. Uma multidão de voluntários, centenas de pessoas arregaçando as mangas.

◼

Logo ao norte da rua Houston, o prédio explodia novamente.

O outdoor em 3D estava montado no segundo andar de uma torre de escritórios. Em vez das propagandas de sempre e de logomarcas corporativas, uma imagem da bolsa de valores pairava no ar, como o prédio tinha sido horas antes, com uma enorme bandeira americana pendurada acima do palco. A imagem estremeceu e quicou, a câmera girou vertiginosamente, e não apenas ela, o prédio também foi consumido, de repente, por uma fumaça espessa. Havia objetos difusos voando, que se tornavam blocados e pixelados ao chegar ao limite do campo de projeção.

— Meu Deus — sussurrou a mulher ao lado de Cooper.

A imagem mudou, a fumaça subitamente diminuiu, o ângulo ficou diferente. O prédio foi mostrado rasgado. Bombeiros jogavam água. Papéis e isolamento térmico flutuavam em redemoinhos. A polícia protegia o local enquanto socorristas procuravam por sobreviventes. Uma faixa no pé da tela dizia AO VIVO DA EXPLOSÃO DA BOLSA DE VALORES.

— A culpa só pode ser dos esquisitos — falou uma voz áspera atrás dele.

Cooper lutou contra a vontade de meter um soco no racista. Afinal de contas, o cara estava certo.

— Talvez — respondeu outra voz.

— Quem mais teria sido?

— Sei lá! Só estou dizendo que acho que eles vão demorar um tempo para saber.

— Por quê?

— Olhe isso, cara. Uma zona dessas, como você separa os mocinhos dos bandidos?

O vídeo tinha voltado para a explosão. Eles provavelmente exibiriam aquele trecho por três meses seguidos. Mas enquanto os olhos de todo mundo na multidão assistiam ao prédio explodir novamente, Cooper se virou e encarou os homens atrás de si. Eles pareciam com sujeitos que apostavam em esportes. Ao encará-los, primeiro um, depois outro homem voltaram a atenção para Cooper.

— O que foi? — disse o maior deles. — Posso ajudar em alguma coisa, amigão?

Como você separa os mocinhos dos bandidos?

— Obrigado.

— Hã?

Mas a esta altura, Cooper já tinha ido embora correndo, a toda velocidade.

"*É fácil. Todos os outros jogadores em campo olham para onde está a linha de defesa. Eu olho para onde os defensores vão estar. E aí eu apenas vou para outro lugar qualquer.*"

— BARRY ADAMS, CORREDOR DO CHICAGO BEARS, SOBRE COMO FOI CAPAZ DE CORRER 2.437 JARDAS EM UMA ÚNICA TEMPORADA, QUEBRANDO O RECORDE ANTERIOR (2.105, DE ERIC DICKERSON, EM 1984).

CAPÍTULO 15

Localizada a oeste do Observatório Naval de Washington, Massachu-setts Avenue Heights era uma charmosa vizinhança de casas gemi-nadas de tijolinhos vermelhos, cuja proximidade e pequenos jardins escondiam a riqueza interior. Embora não se igualasse exatamente às mansões e à influência política de Sheridan-Kalorama, aquela era uma vizinhança rica, o tipo de lugar que as pessoas diziam que era ótimo para criar os filhos, e lar de vários políticos, médicos e advogados.

A casa na rua 39, noroeste, era estranhamente atraente e muito bem-cuidada, com uma bela varanda, cerca viva podada, e uma ban-deira americana. O que não ficava tão evidente eram as câmeras de segurança — montadas não apenas na casa, mas na calçada e na árvore —, a ombreira reforçada com aço, e o discreto sedã cinza que passava pela casa em intervalos aleatórios, duas vezes por hora.

Cooper já estivera ali várias vezes. Ficou sentado no quintal de aparência perfeita e bebeu cerveja enquanto as crianças brincavam. Ele ajudou a projetar a segurança, e por vários meses, até mesmo atuou como motorista. Durante uma armadilha em que eles vazaram supostas fraquezas para elementos terroristas, Cooper comandou uma equipe no lugar; eles dormiram nos quartos de visita na esperança de que John Smith mordesse a isca. Ele conhecia a casa na rua 39.

Ainda assim, aparecer sem aviso prévio, após escurecer, com roupas rasgadas e fedendo a suor e diesel, bem, não era algo que normalmente faria.

Ele tocou a campainha. Ficou abrindo e fechando as mãos enquanto esperou o que pareceu ser um longo tempo, ciente das medidas de segurança voltadas contra ele.

Quando abriu a porta, Drew Peters olhou para Cooper por um longo momento. Os olhos de contador absorveram cada detalhe e não revelaram nada. Cooper não falou coisa alguma, apenas deixou que a presença em si falasse por ele.

Finalmente, o diretor dos Serviços Equitativos deu uma olhadela no relógio.

— É melhor você entrar.

■

Cooper interrompera o jantar, portanto Peters o levou à cozinha para dar um alô. O espaço era iluminado e acolhedor, com bancadas de madeira de lei e armários com portas de vidro. Cooper sempre teve a impressão de que o lugar não combinava com o cinza frio que ele associava ao diretor Peters.

Obviamente, em casa, ele não era o diretor; ele era o papai, e Cooper, às vezes, era o tio Nick. As meninas geralmente soltavam gritinhos quando ele entrava. Maggie sentia uma paixonite pré-adolescente, e Charlotte costumava pedir voos de helicóptero.

Hoje, porém, Charlotte empurrava os brócolis no prato com desinteresse, e Maggie olhava fixamente para as mãos. Finalmente, Alana, a mais velha, ficou de pé.

— Oi, Cooper, tudo bem?

Alana tinha 11 anos quando a mãe morreu, e desde então se tornara a dona da casa de fato, que cuidava dos outros e das refeições. Cooper muitas vezes sentia pena da garota — tinha 19 anos e era forçada a agir como se tivesse 40. Ele se perguntava o que teria sido de Alana se Elizabeth estivesse viva. E imaginava que ela se perguntava a mesma coisa.

— Tudo — respondeu ele. — Estou tão bem quanto todo mundo.

— É horrível — disse Alana, e imediatamente pareceu que queria corrigir aquilo, encontrar um termo mais forte, uma palavra que englobasse os corpos, a fumaça, e o rosa chocante do bicho de pelúcia de uma criança, no meio da Broadway.

— Sim. — Se havia uma palavra assim, Cooper não a conhecia. — Desculpe por interromper o jantar.

— Tudo bem. Quer alguma coisa?

— Não, obrigado.

Dito isso, a conversa informal morreu.

— Vamos conversar no gabinete — falou Peters, que conduziu Cooper pela casa, por fotografias de colégio e desenhos infantis emoldurados.

O "gabinete" era um cômodo sem janelas nos fundos da casa, com uma mesa e um sofá, um bar, duas TVs 3D passando o noticiário, sem volume. Havia uma fotografia em moldura prateada de Elizabeth, a esposa do diretor, que morrera fazia oito anos agora e estava enterrada no cemitério Oak Hill. Será que foi hoje de manhã mesmo que Drew contou essa história para ele?

O aposento também tinha algumas características menos tradicionais: blindagem de 2,5 centímetros de espessura embaixo da parede de gesso, porta hidráulica de aço, linhas diretas enterradas que ligavam ao DAR e à Casa Branca, um botão de pânico que trancava o lugar como um cofre e convocava uma equipe de assalto. O diretor serviu dois uísques, se sentou e olhou para Cooper com expectativa.

Então ele respirou fundo, tomou um gole de uísque e contou tudo que aconteceu naquele dia, todos os momentos da perseguição, a distância a que chegou da terrorista, que quase deteve a situação. E aí Cooper contou a ideia que teve em uma rua do bairro de NoHo — *como você separa os mocinhos dos bandidos?* —, a proposta que o trouxera até ali apesar da distância, da falta de modos, e especialmente da magnitude do sacrifício que ela envolveria.

— Esta é uma ideia absurda. Absolutamente não.

— Não é absurda. É perfeitamente viável.

— Consigo pensar em uma dezena de maneiras em que ela pode dar errado.

— Consigo pensar em uma centena. Mas o plano nos dá uma chance, uma chance genuína de chegar perto de John Smith.

— Ele não se deixaria enganar. Perceberia você de longe.

— Não se a gente mergulhasse de cabeça no plano.

— De cabeça.

— Sim, essa é a única maneira de pegá-lo — falou Cooper. — Temos agido errado há anos.

Peters pegou a caneta prateada e girou nos dedos compridos. Se estava ofendido, a mão esquerda não demonstrou.

— Ah, é?

— Da maneira que estamos agindo agora, a gente tem que rebater mil bolas só para empatar. Digamos que eu tivesse conseguido achar as bombas hoje. Se tivesse desarmado quatro e a quinta explodisse, seria uma vitória para Smith. Se eu tivesse desarmado todas, mas a imprensa descobrisse que elas foram plantadas, *ainda* seria uma vitória. Ele pode nos atacar em qualquer lugar, a qualquer momento, e qualquer ataque é uma vitória. Temos que proteger todos os lugares, em todos os momentos, e o melhor que podemos fazer é empatar. Uma defesa perfeita sozinha nunca vence.

"Se quisermos acabar com essa situação, se quisermos evitar que as coisas piorem, se quisermos *vencer*, temos que neutralizar John Smith. E essa é a maneira de fazer isso."

— Não é uma maneira — disse Peters. — É uma chance.

— É melhor que nenhuma chance.

Cooper tomou um gole de uísque. Ele estava exausto, e a bebida aparou algumas arestas. Cooper esperou. O diretor não revelou nada, mas os pequenos músculos do nariz, dos ouvidos, a tensão minúscula dos ombros, tudo informou que ele estava considerando a ideia.

— Compreende o que seria exigido? Apenas dizer que você é um traidor não seria suficiente — falou Peters. — Eu teria que designá-lo como um alvo.

— Sim.

— Eu não poderei me conter. Os relatórios preliminares que vi indicam que os mortos passam dos mil. E este ataque foi no coração de Manhattan. Não pode haver hesitação. Terei que expulsá-lo como Lúcifer. Provavelmente, posso mantê-lo fora do noticiário, porém, dentro da agência, não haverá nada que eu possa fazer por você.

— Eu sei.

— Você será mais odiado do que John Smith jamais foi, porque era um de nós e nos traiu. Todos os recursos em poder do departamento serão voltados contra você. Haverá milhares de pessoas em seu encalço. Literalmente milhares. Se você for capturado, posso revelar a verdade, mas...

— Mas ninguém vai tentar me capturar. Se puderem atirar, eles vão atirar.

— Isso mesmo. E, enquanto isso, você estará por conta própria. Sem recursos. Sem requisitar helicópteros, sem escutas telefônicas, sem equipes de tocaia. Sem reforços. Nada.

Cooper apenas provou o uísque. Nada que Peters estava dizendo era uma surpresa. Ele teve tempo para pensar no voo até ali.

Todos os voos comerciais estavam suspensos, então ele deu carteirada até entrar em um C-130 dos Fuzileiros Navais e pegou carona com um esquadrão de cabeças-de-cuia. Os rapazes estavam ainda mais empolgados, dadas as circunstâncias, mas Cooper captou o sofrimento por baixo dos gritos de guerra. Os Estados Unidos não estavam acostumados a serem atacados desta maneira, com um ataque no centro de sua força.

A resposta seria devastadora. O pagamento teria que ser em sangue. O país exigia isso.

Não demoraria muito para vazar que o atentado tinha sido obra de John Smith. E no estado irascível em que o país estava, a maioria das pessoas não faria a distinção entre anormais e terroristas anormais.

Afinal de contas, foram os anormais que forçaram o fechamento do mercado de ações, para início de conversa. Os anormais estavam se destacando em todos os campos. Anormais que faziam o resto da humanidade se sentir inferior e secundário.

165

Você não pode deter o futuro. Tudo que pode fazer é escolher um lado. A voz de Alex Vasquez na cabeça.

Não era uma escolha fácil. E mais complicada do que ela teria admitido. Será que Cooper era um agente do governo que caçava terroristas ou um pai cuja filha estava em perigo? Será que ele era um soldado ou um civil? Se Cooper acreditasse nos Estados Unidos, será que isso significava que ele tinha que aceitar as academias?

Muito bem, Alex. Eu fiz a minha escolha. Mas agora, neste momento aqui no céu, esse é o meu momento. Ele se recostou na pele de metal do avião, sentiu a vibração das turboélices, o frio do ar que passava voando, e se permitiu pensar no que estava prestes a arriscar. Tudo que poderia perder. O preço espantoso do plano que propunha.

E quando pousou, Cooper deixou esse tipo de pensamento de lado e começou a agir. Agora ele olhava para o diretor, do outro lado da mesa, para os olhos calmos e brancos do homem, e disse:

— Sou capaz de fazer isso.

— Não haverá jeito de retroceder. Nenhum jeito. Ou você consegue ou morre.

— Eu sei. Mesmo uma *chance* de se livrar de John Smith vale a aposta. Se não arriscarmos, ele pode muito bem levar este país a uma guerra civil.

Peters virou o rosto e tamborilou de leve sobre a mesa. O noticiário mostrava imagens da explosão, e refletida nos óculos sem aro, a bolsa de valores desmoronava sem parar.

Finalmente, o diretor respondeu:

— Última chance, filho. Você tem certeza de que quer fazer isso?

— Sim. Vou matar John Smith para você. — Cooper pousou o copo na mesa e se inclinou para a frente. — Mas tem uma condição.

∎

Casa da Natalie.

Um vislumbre irresistível de silhueta passou por uma das cortinas. As luzes estavam acesas, e as janelas irradiavam um brilho amanteigado. O céu não era totalmente preto porque Del Ray ainda fazia parte da cidade, mas o tom púrpura e enjoativo da leve poluição estava mais solitário naquela noite. A cor tornava aquelas janelas, e a vida dentro delas, ainda mais atraente.

Cooper olhou para fora do para-brisa. Respirou fundo e soltou o ar. Havia um vazio no estômago, um buraco que não sentia há anos. Uma espécie infantil de dor provocada pelo anseio, da maneira como se sentia aos 12 anos, quando todas as recompensas que ele relacionava à idade adulta — amor, liberdade, certeza — pareciam a milhares de anos de distância. Era o vazio da cama de manhã após sonhos reluzentes com garotas e aventuras.

Agora que as coisas estavam em andamento, Cooper queria mais que qualquer coisa parar tudo. Queria implorar para o diretor cancelar o plano. Era demais. O preço era alto demais.

Mas aí ele se lembrou do motivo de tudo aquilo e colocou a fantasia infantil de lado.

Cooper saiu do Dodge Charger — outra coisa que ele também teria que abandonar em breve, seu amado carro e seu mais amado ainda transponder de alta velocidade — e atravessou a rua. O ar da noite arrepiava, mas não incomodava. Tudo cheirava a limpeza. Ele estava dolorido e cansado, mas tentou registrar cada detalhe, andar com a percepção aguçada. Levaria muito tempo até que pudesse fazer esse trajeto novamente.

Na janela da frente, ele parou bem no limite da luz que emanava. As cortinas estavam abertas em alguns centímetros, e através delas Cooper pôde ver os filhos. Todd estava armando uma elaborada batalha entre bonequinhos; os panteões estavam todos misturados, cavaleiros de armaduras lutavam ao lado de soldados da Segunda Guerra Mundial e monstros do espaço. A ponta da língua surgiu do canto da boca enquanto ele montava um robô em um cavalo. Kate estava sentada no sofá com um livro de figuras no colo e virava as páginas de trás para a frente, enquanto falava baixinho consigo mesma. Através da arcada, Cooper viu Natalie na cozinha, lavando pratos. O cabelo estava preso em um rabo de cavalo, e os quadris se mexiam enquanto ela esfregava, meio que dançando ao som de uma música que ele não conseguia escutar. A serenidade da cena, o afeto e a segurança da vida doméstica eram como uma faca dentada na barriga. Ele fechou os olhos. *Você já escolheu o seu lado.*

Cooper tirou o telefone e ligou. Pela janela, ele viu a ex-esposa secar as mãos em uma toalha e tirar o telefone do bolso.

— Nick. Você está bem? Eu te liguei um monte de vezes e deixei mensagens...

— Eu sei. Estou bem, mas preciso conversar com você.

Mesmo a esta distância, Cooper viu Natalie ficar tensa.

— É sobre Kate?

— Não. Sim. Mais ou menos. Preste atenção, estou aqui fora. Você pode sair?

— Você está aí fora? Por que não bateu?

— Precisamos conversar primeiro. Antes que as crianças saibam que estou aqui.

— Ok. Espere um minuto.

Cooper guardou o telefone no bolso. Deu uma última olhada pela janela, sentiu o estômago dar um nó e um aperto no coração, e depois se afastou. Ele foi até a árvore solitária, um bordo com apenas um punhado de folhas sobrando. Um rápido *flashback*, a árvore como tinha sido quando ele e Natalie compraram a casa, uma coisinha nanica apoiada em arames.

Ela saiu alguns minutos depois. Natalie parou no degrau, protegeu os olhos da luz da varanda, e depois viu Cooper apoiado na árvore. Um estranho mal poderia registrar as súbitas mudanças de expressão no rosto dela, mas cada emoção era tão distinta para ele como se as palavras tivessem sido projetadas na testa de Natalie. Felicidade pelo ex-marido ainda estar vivo. Preocupação cautelosa pela maneira com que ele pediu para encontrá-la. Medo do que Cooper tinha a dizer sobre Kate. Um rápido desejo superado de voltar correndo para dentro e bater a porta.

— Ei — disse ela.

— Ei.

Natalie enfiou as mãos no bolso e encarou o rosto dele. Conhecia Cooper muito bem a ponto de reconhecer que o ex-marido tinha algo a dizer e esperou que começasse. Aquela franqueza equilibrada e serena que Cooper sempre amou. Uma sirene soou por perto e acelerou seu coração. Ele deu uma olhadela para o relógio. Tique-taque.

— Estou te atrasando?

— Não, eu... — Cooper respirou fundo. — Tenho que te contar uma coisa.

Ele olhou para Natalie, para o jardim, para a janela. Aquilo foi um movimento na cortina?

— Pelo amor de Deus, fale logo.

— Eu vou me ausentar por um tempo.

— "Um tempo"? O que isso significa?

— Não sei. Talvez um bom tempo.

— Algo a ver com seu trabalho.

— Sim.

— Algo a ver com o dia de hoje.

— Sim. Eu estava lá. Em Manhattan.

— Meu Deus, você está...

— Estou bem — respondeu Cooper, depois balançou a cabeça. — Não, não é verdade. Estou puto, frustrado e sofrendo. Eu estava tentando deter aquilo, Nat. Eu quase consegui, mas não detive, não exatamente, e todas aquelas pessoas...

— Você tentou ao máximo?

— É. Acho que sim. É.

— Então a culpa não é sua. Nick, o que foi? O que está acontecendo?

Uma minúscula abertura dos olhos transmitiu o medo de Nicole para ele.

— A explosão de hoje. Foi John Smith.

— Não é possível que você já saiba. Talvez tenha sido...

— Foi John Smith. O pior ataque terrorista na história dos Estados Unidos, e foi um anormal que cometeu.

— Mas... isto vai... as coisas vão... Meu Deus, a situação vai piorar. Eles virão atrás dos anormais. Virão de verdade.

— Sim. — Cooper se aproximou e pegou as mãos dela. — Então eu irei atrás dele. John Smith. Não da mesma forma de antes.

— O quê?

— A única maneira de me aproximar é se John Smith pensar que estou do lado dele. Então eu estarei. Vou sair da agência e me tornar um fugitivo.

— Eu não estou entendendo.

— O atentado. Eles vão colocar a culpa em mim.

Natalie olhou fixamente para ele. Cooper praticamente conseguiu ouvir a mente dela trabalhando.

— Espere aí, não, isso não faz sentido. Ele vai saber. John Smith. Ele vai saber que você não esteve envolvido.

— Certo, mas ele também vai saber que o DAR inteiro pensa que estive envolvido. Que virei um fugitivo e que estou sendo perseguido. Que a agência a que eu servi por anos, aquela em cujo nome eu matei, me traiu. Isso é o suficiente para alguém começar a pensar de uma forma diferente. E que vitória para John Smith se eu passar para o lado dele! Imagine o quanto eu poderia ajudá-lo. Não apenas com o que posso fazer, mas com o que eu sei.

— Mas para isso funcionar...

— É. Eles terão que me perseguir. Terão que me perseguir realmente, de verdade. Eu virarei um alvo. Ninguém além de Drew Peters saberá a verdade. Todo mundo pensará que realmente passei para o outro lado.

— Não! — Natalie arrancou as mãos dele. — Não, você ficou maluco? Eles vão te matar.

— Apenas se me pegarem. — Cooper tentou um sorriso, mas abortou rapidamente. — É perigoso, eu sei, mas eu consigo. E nos dá uma chance de...

— Não. Volte atrás. Vá ao diretor agora e diga que você mudou de ideia.

— Não posso fazer isso, Nat.

— Por que não? Não entende? Você tem *filhos*. Odeio John Smith tanto quanto você, mas se eu tivesse que escolher entre ele estar morto e Kate e Todd terem um pai, eu não hesitaria.

— A questão não é tão simples — respondeu Cooper.

Ele sustentou o olhar de Natalie. Só levou alguns segundos. Cooper observou a ficha cair. Ela ficou boquiaberta e arregalou os olhos.

— Kate.

— Sim — concordou ele. — Kate. Se eu fizer isso, ela não será testada. *Jamais*. Esse foi o meu preço. Ela vai crescer e ter uma vida normal. Não será tirada de nós. Jamais verá o interior de uma academia.

Natalie colocou as mãos sobre o nariz e a boca. Os dedos tremiam. Ela olhou para o peito de Cooper. Ele sabia que tinha que lhe dar um tempo.

— Ela é do primeiro escalão, não é?

— Sim.

Natalie jogou os ombros para trás e ajeitou as costas.

— Não há escolha?

Cooper fez que não com a cabeça.

— As coisas que fazemos pelos filhos. — Ela conseguiu dar um sorrisinho. — Quando você tem que ir?

— Em breve. Quero ver as crianças primeiro.

— Você quer... você pode ficar. Passar a noite.

Uma sensação de carinho aflorou no peito. Quando eles se separaram, ambos concordaram que dormir juntos era uma má ideia, que confundiria os filhos e talvez arriscasse a relação de amizade que tinham. Fora uma decisão mútua e boa; por mais que eles se amassem, nenhum dos dois queria estar romanticamente envolvido, e, portanto, havia anos que eles dividiram uma cama. Natalie ter oferecido aquilo, agora, hoje à noite, o emocionou.

— É uma oferta tentadora. Eu realmente gostaria de poder, mas eles estarão à minha procura.

— Já?

— Em breve.

— Tudo bem. É melhor você entrar, então. O que vai dizer para eles?

— Nada. Apenas que os amo.

Ela suspirou novamente, secou os olhos, depois começou a cruzar o jardim. Os ombros estavam caídos, e os músculos do pescoço eram cobras enroscadas. Cooper foi atrás dela, pegou a mão e girou Natalie.

— Preste atenção — falou ele, e depois se deu conta de que não fazia ideia do que dizer a seguir.

Diria que não havia nada a temer? Havia, sim. Enquanto os dois estavam ali, o diretor Peters designava Cooper como alvo. Ele seria caçado pela agência mais poderosa no país, por milhares de pessoas com bilhões de dólares. E mesmo que conseguisse escapar deles, Cooper entraria no covil de um monstro para implorar por uma audiência.

— Eu vou ficar bem — falou ele.

E apenas por um instante, por uma fração de segundo, Cooper notou que Natalie acreditava nele.

Era o suficiente.

PARTE DOIS: CAÇADO

Meus compatriotas,

Hoje a nossa nação, e nosso próprio estilo de vida, sofreu um ataque do tipo mais atroz. As vítimas foram homens e mulheres de todos os tipos, pessoas de todas as condições sociais. Assistentes sociais e advogados, banqueiros e artistas. Mães e pais, irmãos e irmãs. Centenas, talvez milhares de vidas foram arrancadas da forma mais covarde que se pode imaginar — por terroristas que plantaram bombas no coração da nossa grande nação.

Os indivíduos responsáveis querem perturbar nosso estilo de vida. Ao matar inocentes, eles querem nos acovardar, como crianças com medo de monstros, tremendo embaixo dos lençóis.

Mas esta não é uma sociedade de crianças. Nós não nos escondemos de monstros. Nós os encontramos e os derrotamos.

Nossa comunidade de inteligência acredita unanimemente que este ataque foi perpetrado por terroristas superdotados. Nossas forças armadas e de segurança são as mais fortes da história. Elas já estão trabalhando para encontrar os responsáveis. Tenham certeza: nós vamos encontrá-los, e eles serão levados à justiça. Qualquer um que ajude os responsáveis, qualquer um que os esconda, qualquer um que lhes dê apoio de qualquer maneira enfrentará nossa ira.

Desde o surgimento dos superdotados, há 32 anos, nosso mundo encara um desafio jamais visto em toda a história. Uma pequena minoria de seres humanos agora possui uma enorme vantagem. Como homens e mulheres de ambos os lados desta divisória poderão viver juntos, trabalhar juntos, formar uma única união perfeita?

As respostas não serão simples. O caminho será difícil. Mas há respostas. Respostas que não incluem bombas nem derramamento de sangue.

E, portanto, hoje à noite, enquanto a nação chora seus mortos, peço a todos vocês tolerância, paciência e uma grande humanidade. Os superdotados como um todo não podem ser responsabilizados por atos de um grupo extremista violento. Assim como aqueles que têm ódio no coração não representam o restante de nós.

Dizem que as parcerias mais fortes são formadas na adversidade. Enfrentemos essa adversidade não como uma nação dividida, não como normal e anormal, mas como americanos.

Trabalhemos juntos para construir um futuro melhor para os nossos filhos.

E jamais nos esqueçamos do sofrimento do dia de hoje. Jamais cedamos aos que acreditam que o poder político sai do cano de uma arma, aos covardes que matam crianças para conseguir seus objetivos.

Para eles, não pode haver — não haverá — piedade.

Boa noite, e Deus abençoe os Estados Unidos.

— Presidente Henry Walker, da Sala Oval, na noite de 12 de março.

13 de março de 2013
Opinião: PAÍS DIVIDIDO, PAÍS EXPOSTO

Desde o fim da Guerra Fria, os Estados Unidos têm sido a única superpotência mundial. E, no entanto, ontem nós descobrimos que somos vulneráveis. Que apenas o poder não pode proteger de um inimigo verdadeiramente implacável, que esteja disposto a abandonar as regras da guerra e atacar os inocentes.

Nos dias e semanas vindouros, haverá uma discussão interminável sobre responsabilidade. Enquanto você lê este texto, nossa comunidade de inteligência está fazendo uma lista de prováveis suspeitos. Um nome é garantido de estar no topo: John Smith, o ativista que virou terrorista, que há muito tempo abraçou a violência como um meio para atingir seus fins.

Mas se o ataque de ontem nos mostrou alguma coisa foi que o problema é maior e mais perigoso do que imaginávamos. O problema está no fato de que somos duas nações.

Os superdotados e o restante de nós. E uma casa dividida não se mantém de pé.

Os superdotados são seres humanos — nossos filhos e amigos. E a maioria está tão horrorizada, tão magoada, por esse ataque vergonhoso quanto o restante de nós. Mas permanece o fato de que a existência dos superdotados é uma ameaça à paz, à soberania, às nossas próprias vidas...

■

15 de março de 2013
WALKER PEDE CPI

WASHINGTON, DC – Ao se dirigir ao Congresso, hoje, o presidente Walker pediu a formação de uma comissão bipartidária para investigar o atentado do dia 12 de março, na Bolsa de Valores Leon Walras.

"O povo americano tem direito a um relatório completo dos eventos daquele dia", diz Walker. "Como esta tragédia ocorreu? Nossas agências de segurança falharam? Foram comprometidas?"

A comissão proposta teria amplos poderes para investigar não somente a causa da explosão, mas também as ações da comunidade de inteligência até o momento do ataque, bem como a resposta policial e federal depois.

Muitos acreditam que a explosão de 12 de março, que deixou mais de mil mortos, foi resultado de um atentado terrorista. Até o momento, nenhum grupo reivindicou crédito pelo ataque...

■

22 de março de 2013
PARA MUITOS, LUTO VIRA RAIVA

DALLAS, TEXAS – Dez dias após o atentado a bomba à Bolsa de Valores Leon Walras, o choque que muitos americanos sentiram está se transformando em raiva e desejo de vingança.

"Todos sabemos quem fez isso", diz Daryl Jenkins, 63 anos, caminhoneiro e ex-sargento da Marinha. "Só fomos generosos com os anormais, e eles pagaram essa generosidade com sangue. Digo que está na hora de mostrarmos a eles o que significa sangrar."

Não é apenas o Sr. Jenkins que pensa assim. Neste momento de agonia nacional, muitos americanos estão ansiosos para agir. De doações de sangue ao alistamento no exército, o ataque despertou o país a entrar em ação de uma forma que não era vista desde Pearl Harbor...

■

22 de abril de 2013
APRESENTADA LEI PARA COLOCAR MICROCHIPS EM ANORMAIS

WASHINGTON, DC – O senador Richard Lathrup (Partido Republicano/Arkansas) apresentou formalmente hoje o projeto de lei (S.2038) para implantar um microchip de rastreio em todo cidadão americano superdotado.

"A Iniciativa de Monitoramento de Falhas é uma solução simples e de bom senso para um problema complexo", diz Lathrup. "Com uma tacada só, nós podemos reduzir dramaticamente o risco de outro 12 de Março."

O sistema de rastreamento proposto seria implantado no pescoço, contra a artéria carótida. Movido a bioeletricidade, ele permitiria que agências governamentais soubessem a localização exata dos indivíduos implantados.

A lei tem inúmeros adversários, entre eles, o senador Blake Crouch (Partido Democrata/Colorado), que se tornou o primeiro integrante superdotado do Senado, no ano passado.

"Eu choro pela tragédia de 12 de março da mesma forma que o resto do país. Mas não podemos nos permitir seguir por esse caminho. Qual é a diferença entre os microchips de hoje e as estrelas amarelas que os judeus eram forçados a usar antes do Holocausto?"

O argumento é rejeitado por quem apoia a lei.

"Sim, parece dramático", diz Lathrup, "mas tudo que queremos é informação para nos proteger. Esses microchips não representam ameaça para os superdotados. Será que eles podem dizer o mesmo para nós?"

■

5 de julho de 2013
MANIFESTAÇÕES FICAM VIOLENTAS; 1 MORTO, 14 FERIDOS

ANN ARBOR, MICHIGAN – Deveria ter sido uma manifestação pacífica. Uma marcha de estudantes politicamente engajados no 4 de Julho.

A marcha virou um banho de sangue.

Organizada pelo Todos Juntos Agora, um grupo de estudantes da Universidade de Michigan que apoia direitos iguais para os anormais, a marcha ocorreu à tarde e atraiu diversas centenas de alunos para protestar contra a Iniciativa de Monitoramento de Falhas. A maioria usava estrelas amarelas, uma referência à marca que os judeus foram obrigados a usar na Alemanha Nazista.

"Tudo começou bem", diz Jenny Weaver, coorganizadora da marcha. "Daí nós entramos na Main Street, e eles vieram do nada."

De acordo com testemunhas, várias dezenas de pessoas, usando máscaras de esqui e empunhando tacos de beisebol, atacaram e bateram brutalmente nos manifestantes.

Weaver alega que ela e o coorganizador Ronald Moore foram alvos específicos. A estudante diz que, mesmo após ter caído no chão, continuou sendo agredida por eles.

"Um deles disse 'meu irmão estava em Nova York'. E aí a bota desceu. Isso é a última coisa que me lembro." Ronald Moore morreu por causa dos ferimentos antes que uma ambulância pudesse chegar. Weaver foi levada às pressas para o hospital, por onde passou por sete horas de cirurgia de emergência. Espera-se que ela sobreviva, embora os ferimentos sejam...

■

8 de agosto de 2013
APROVADA A LEI DO MICROCHIP

WASHINGTON, DC – O Senado aprovou hoje a Iniciativa de Monitoramento de Falhas, por 73 votos a favor e 27 contra. A lei seguirá para o Congresso, onde se espera que seja votada em um mês.

"Hoje é um grande dia para a liberdade", diz o senador Richard Lathrup (Partido Republicano/Arkansas). "Demos o primeiro passo para proteger nosso estilo de vida."

A lei polêmica torna obrigatório que todos os indivíduos superdotados sejam implantados com um chip de computador microscópico que age como um dispositivo rastreador e permite que agências governamentais monitorem seu paradeiro.

Enquanto a legalidade da medida provoca debates acalorados, a lei ganhou apoio significativo que rompe linhas partidárias...

■

13 de agosto de 2013

CNN.com

GRUPO TERRORISTA INVADE SITES E ALERTA SOBRE ATAQUES

NOVA YORK, NY – Na manhã de hoje, mais de uma dezena de grandes sites foram invadidos por hackers, incluindo redes sociais, enciclopédias on-line, grandes lojas virtuais e esta agência de notícias.

Hackers substituíram o código de programação existente com o que parece ser uma mensagem de grupos de terroristas anormais:

> "Tudo que queremos é igualdade. Queremos paz.
> Mas não ficaremos sentados, sem fazer
> nada, enquanto vocês constroem campos de
> concentração.
> Considerem isto um aviso.
> Levem a sério."

Solicitado a comentar sobre a possível fonte, um porta-voz do Departamento de Análise e Reação disse...

CAPÍTULO 16

No início de setembro, seis meses após a explosão da Bolsa de Valores Leon Walras ter dizimado 1.143 vidas, um Jaguar XKR passou pelas ruas abandonadas da zona industrial de Chicago.

O asfalto era rachado pelo peso dos semirreboques e pelo implacável ciclo de invernos de Chicago. O carro esportivo tinha um chassi de corrida com suspensão rebaixada para dar o máximo de sensação da estrada, e cada pedaço de asfalto quebrado reverberava nos dentes do motorista. Ele dirigia devagar para evitar o pior da buraqueira. Uma chuva pouco convincente caía no para-brisa, era forte demais para não ligar os limpadores, mas não era o suficiente para evitar que guinchassem a cada passada.

Ele passou por uma série de prédios de tijolos sem graça, protegidos por cercas enferrujadas. Alguns quarteirões ao norte, os armazéns foram convertidos em enormes palácios para festas, o tipo babaca de casas noturnas preferido pelo tipo babaca de *clubber*. Aqui, porém, os prédios mantiveram em grande parte a função original. Em grande parte.

Ele passou por um conjunto de trilhos há muito tempo abandonados, *ca-tchum ca-tchum*, e por uma caçamba de lixo grafitada até um prédio de dois andares com tijolos laranja esmaecidos e uma torre de água em cima. Havia arame farpado em cima da cerca e uma câmera de segurança voltada para baixo. Após um momento, o portão de correr abriu. Ele entrou e estacionou ao lado de um sedã lustroso com janelas escuras.

A brita fez barulho embaixo dos sapatos, e ele sentiu o cheiro de chuva e de lixo, e mais fraco, um pouco do cheiro do rio. Tirou uma pasta preta simples do porta-malas e deixou a pistola no lugar.

Um guincho de metal sofrendo surgiu por trás; era uma porta sendo aberta. Um homem de moletom de corrida o observou sem expressão.

No interior, o armazém era um grande espaço aberto, frio e inacabado. A luz que entrava pelas janelas altas só tornava as sombras mais escuras. Pilhas de caixotes sem nada escrito tomavam metade da área útil. Um Corvette vermelho-cereja estava estacionado perto das portas de enrolar. As pernas de alguém se projetavam embaixo do carro, com um pé que acompanhava o ritmo de uma rádio que tocava clássicos do rock.

— Preciso revistar você — falou Moletom.

— Não. — Ele sorriu. — Você não precisa.

Moletom era um dos capangas de Zane; não era importante, mas não gostava de ser contrariado.

— Sei que você é o novo mascote do chefe, mas...

— Preste muita atenção. — Ainda sorrindo. — Se você tentar me revistar, eu vou quebrar o seu braço.

O homem franziu os olhos.

— É sério isso?

— É.

Moletom deu um passo para o lado, favorecendo a perna esquerda.

— Joey. — O mecânico tinha saído de baixo do carro, com uma mancha de graxa em uma bochecha. — O cara está limpo. Além disso, ele não está brincando quanto ao seu braço.

— Mas...

— Leve-o até Zane.

Joey hesitou por um momento, depois se virou e falou:

— Por aqui.

"Por aqui", na verdade, eram os fundos do armazém, onde uma escada de metal subia para um mezanino. Joey dava passos pesados e gemia como se cada um deles fosse uma tarefa a cumprir. Um pequeno corredor levava a uma porta, e Joey bateu.

— Sr. Zane? Ele está aqui.

Antigamente, o local fora o gabinete do encarregado, com janelas que não olhavam para o mundo lá fora, mas sim para área do armazém. Desde então, o espaço tinha sido limpo e decorado. Havia dois sofás idênticos sobre um exuberante tapete oriental. A luz era indireta e elegante. Uma TV 3D passava a CNN, sem som.

Robert Zane tinha vindo das ruas, e nem o suéter de casimira Lucy Veronica ou o corte de cabelo de 200 dólares eram capazes de mudar aquilo. Ele irradiava uma sensação inexplicável de malícia perigosa; em volta dos olhos e na postura sempre pairava um ar dos dias em que ele fora o velho e malvado Bobby Z.

— Sr. Eliot.

— Sr. Zane.

— Bebida?

— Claro.

Joey fechou a porta ao sair enquanto Zane foi até o bar.

— Uísque, pode ser?

— Beleza.

Embaixo dos sapatos, o tapete era espesso. Ele pousou a pasta na mesa, depois se sentou. O sofá era macio demais. Ele se recostou com as mãos no colo.

— Sabe, eu não tinha certeza de que você falava sério. Aquilo que você oferecia? Ninguém consegue pôr as mãos naquele tipo de neotecnologia.

Zane pegou cubos de gelo de uma minigeladeira e soltou nos copos, depois serviu dois dedos de uísque em cada um. Os movimentos ao voltar eram leves e equilibrados; a postura de um lutador. Ele passou um copo e depois se sentou no sofá em frente, com as pernas cruzadas e os braços esticados, toda a pose de um *bon vivant*.

— Mas cá está você. Creio que eu não deveria ter duvidado, hein?

— Dúvida faz bem. Deixa a pessoa cuidadosa.

— Concordo plenamente. — Zane ergueu o copo em um brinde.

Na TV 3D, um repórter estava diante da Casa Branca. A faixa no rodapé da tela dizia Lei do Microchip nos superdotados aprovada no Congresso por 301 votos a favor e 135 contra; Espera-se a assinatura do presidente Walker. A respiração do repórter se condensava no ar frio, ondulava na direção deles, e apresentava algumas falhas quando atingia os limites do campo de projeção.

— Então.

— Então.

Zane cutucou a pasta com o dedão do pé.

— Se importa?

— A pasta é sua.

O outro homem sorriu, se inclinou para a frente e meteu os polegares nas trancas. Elas deram estalos satisfatórios ao abrir. Zane ergueu a tampa. Por um momento, ele apenas olhou fixamente, depois soltou um suspiro e balançou a cabeça.

— Porra. Roubar um laboratório do DAR. Se me permite, você é um maluco filho da puta.

— Obrigado.

— Como conseguiu?

Eliot deu de ombros.

— Ok, certo, segredo profissional. Deixe-me refazer a pergunta: algum problema?

... uma labareda rompendo o vidro, uma chuva de cacos reluzentes, o berro dos alarmes perdido atrás do rugido de outra explosão, o tanque de combustível da caminhonete explo...

— Nada que possa ser ligado a você.

— Porra — repetiu Zane. — Eu não sei de onde você veio, mas estou contente que esteja aqui. As pessoas podem dizer o que quiserem da sua espécie, mas vocês fazem o serviço.

Ele fechou a pasta devagar, quase que com cautela.

— Vou mandar transferir o dinheiro, da mesma forma que antes. Tudo bem?

— E que tal se você ficasse com seu dinheiro?

Zane estava prestes a tomar um gole do uísque, mas as palavras o pegaram de surpresa. Ele travou, e os músculos dos ombros ficaram tensos. Transações no mundo do crime eram uma dança tão rígida quanto a valsa. Todo mundo conhecia os passos, e qualquer improviso era motivo de alerta. Lentamente, Zane abaixou o copo e pousou na mesa com um leve clique.

— O que isso significa?

— Significa que eu te dou isso aí — ele gesticulou para a pasta —, e você fica com seu dinheiro.

— E o que você ganha?

— Um favor. — Tom Eliot se debruçou com os cotovelos nos joelhos, uma pose de confissão, de homem para homem. — Meu nome não é Tom Eliot, é Nick Cooper.

— Ok.

— O que vou contar... — Ele fez uma pausa, prendeu a respiração, suspirou. — Confiança não é uma grande parte de nosso negócio, mas acho que posso confiar em você e preciso de sua ajuda. Você sabe que sou um anormal.

— É claro.

— O que você não sabe é que eu trabalhava para o DAR.

— Então foi assim que você conseguiu roubar o laboratório.

— Na verdade, não. Nunca estive nesse laboratório antes. Os laboratórios são da parte da análise. Eu era da parte da reação. Serviços Equitativos.

Zane quase controlou a reação.

— É, nós não existimos. Só que, na verdade, nós existimos. Ou eles existem. Eu saí sob... bem, ser um superdotado em uma agência que caçava minha espécie causava algum atrito. Os detalhes não importam. O que importa é que, assim que saí, eu me tornei um bandido no conceito deles.

— Sei um pouco sobre o que é ser um bandido. — Zane sorriu.

— É por isso que eu acho que posso confiar em você. Veja bem, eles me tornaram um alvo. Estão tentando me matar. E, mais cedo ou mais tarde, vão conseguir.

— E você quer que eu... o quê? Que enfrente o DAR?

— Claro que não. Quero que você me ajude a me tornar outra pessoa.

Zane pegou a bebida. Tomou um gole.

— Por que não vai para o Wyoming?

— E viver com o resto dos bichos no zoológico? — Ele balançou a cabeça. — Não, obrigado. Não gosto de jaulas. E ninguém vai colocar um rastreador na minha garganta. Nunca. Portanto, eu preciso de um novo nome, um novo rosto, e os documentos que combinem com eles.

— Você está pedindo muito.

— Esses semicondutores? — Ele gesticulou para a pasta. — Isso é neotecnologia virgem. Ninguém, *ninguém*, de fora do DAR viu essa arquitetura. Se você souber tirar proveito, pode fazer uma fortuna. E os semicondutores não vão lhe custar um centavo. Você é um dos maiores contrabandistas do Meio-Oeste. Você realmente vai me dizer que não tem um hacker e um cirurgião no grupo?

A TV 3D passou a exibir imagens da explosão da bolsa de valores, o mesmo trecho que ele tinha visto no outdoor 3D lá em março. Aquilo foi exibido sem parar nos primeiros meses, seguido por clipes do discurso do presidente Walker, especialmente o trecho "para eles, não pode haver — não haverá — piedade". Então, conforme se tornava óbvio que John Smith não seria capturado rapidamente, as imagens pararam de ser repetidas. Mas elas ainda eram exibidas toda vez que alguém queria dizer algo negativo a respeito dos anormais. O que era basicamente uma vez a cada hora.

— Claro que tenho os recursos. Mas se eu fizer isso por você, e aí?

— Eu te disse. Você fica com esses semicondutores de graça.

— Eu poderia simplesmente matá-lo.

— Tem certeza? — Ele sorriu.

Zane riu.

— Você tem coragem, cara. Eu gosto disso.

— Estamos combinados?

— Vou pensar a respeito.

— Você sabe como me encontrar. Enquanto isso, fique com o dinheiro e os semicondutores. Considere um gesto de boa-fé. — Cooper passou a mão nas pernas da calça e ficou de pé. — Obrigado pelo uísque.

CAPÍTULO 17

A chuva tinha aliviado, e pelo trecho de cinza levemente mais claro no céu do poente, parecia até que o sol tentaria brilhar. Cooper pegou de volta a arma no porta-malas, depois guiou o Jaguar pelas ruas decrépitas da zona industrial e voltou ao trânsito. O carro era uma beleza, embora ele sentisse saudade do rugido de pura potência do Dodge Charger.

Aquela foi uma manobra arriscada com Zane. Tomara que o homem fosse o bandido que Cooper acreditava que era.

Ele virou para o sul, para o centro da cidade. O horizonte estava meio perdido nas nuvens. Cooper passou por uma fileira de lojas e uma concessionária de carros. O trem elevado passou no alto e soltou uma chuva de fagulhas quando se inclinou de lado.

Streeterville era um bairro de aluguéis caros, o tipo de lugar que ele nunca pensara em ficar. Era todo tomado por butiques, salões de beleza, cães histéricos e mulheres caras. Cooper entrou em Delaware e parou em frente à opulência reluzente do hotel Continental. Um cara alto e pálido em um paletó preto abriu a porta.

— Bem-vindo, Sr. Eliot.

— Obrigado, Mitch.

Ele saiu do carro e entrou no hotel.

O saguão era a definição de elegância moderna, em estilo despojado e mobília opulenta. Um enorme lustre de papel brilhava no alto. Cooper foi até o elevador e passou o cartão. O elevador entrou em ação sem que ele sequer apertasse um botão. Os ouvidos estouraram ao subir.

— Quadragésimo sexto andar. Suítes executivas — falou sensualmente a voz pré-gravada.

Ele imaginou uma loura alta de cabelão liso, com uma saia que mostrava um pouco da coxa, e muita sombra.

Cooper meteu o cartão para entrar na suíte e tirou o paletó do terno. Era cinza, italiano e custava mais que todo o antigo vestuário. As faxineiras limparam o quarto e cerraram as cortinas. Do lado de fora, bem lá embaixo, o lago Michigan se agitava silenciosamente contra a margem. O céu ganhava lentamente um tom de âmbar. Pelo telefone, ele pediu um salmão defumado e uma garrafa de gim.

No banheiro, Cooper jogou água fria no rosto e se secou com uma toalha felpuda. Olhou no espelho. O mesmo rosto devolveu o olhar, como sempre; apenas o ambiente mudava. Ele se lembrou do primeiro apartamento que dividiu com Natalie; um lugar estreito e mal iluminado, em cima de um restaurante chinês. Aquilo foi no início do relacionamento, antes que o tempo e seu dom tivessem trabalhado contra eles. Todd fora concebido naquele apartamento, em um sofá que cheirava a rolinho primavera. Eles passaram o primeiro Natal juntos ali, e Cooper ainda se lembrava de Todd sentado, meio desequilibrado, em cima de uma pilha de papéis de presente, com um arco enfiado na cabeça. Ainda se lembrava...

Não. Não faça isso.

De volta ao quarto, ele soltou o datapad na mesa e a arma na gaveta. A poltrona estava onde Cooper havia deixado, retirada do lugar e virada para a janela que ia do piso ao teto, um panorama deslumbrante do lago e do horizonte. Ele se sentou e suspirou.

— Lar, doce lar — disse.

Seis meses atrás, quando Cooper apareceu na porta de Drew Peters com um plano e um estômago cheio de energia impulsiva, sua principal preocupação fora convencer o chefe. Ele sabia que haveria um preço e aceitava isso. Porém, foi somente depois de tudo estar em andamento que Cooper passou por aquela sensação de *e agora?* no fundo do estômago.

Não era possível simplesmente mandar um e-mail para John Smith e dizer que ele queria trocar de lado. Qualquer tentativa de entrar em contato direto seria reconhecida como uma armadilha. E em vez disso, Cooper teve que se perguntar o que ele faria se não pudesse executar o esquema de sempre. Se não fosse o mocinho que acreditava que o sistema, apesar de todos os defeitos, era a única maneira de sobreviver; que era um caminho para um amanhã melhor. Se Cooper realmente tivesse sido expulso do departamento, se tivessem colocado nele a culpa pela explosão, se tivesse sido traído e caçado, o que ele faria?

E assim começou uma vida surpreendentemente lucrativa como criminoso.

Houve uma batida na porta. Cooper deixou o garçom entrar, pediu que colocasse a bandeja na mesa próxima à janela, assinou a conta e a gorjeta sem calcular os números. O salmão estava perfeito, a doçura defumada compensada pelo sal forte das alcaparras e a intensidade do limão fresco. Ele bebeu gim para ajudar a descer enquanto observava o céu mudar de cores lentamente.

Cooper tomou cuidado. Planejou os atos com uma devoção rigorosa. Afinal de contas, não tinha mais nada para fazer. Nenhuma família com quem dividir a vida. Nenhum chefe para complicar o trabalho. Sem amigos que precisassem dele. Por um tempo, Cooper tentou comer uma mulher que conheceu no lounge do hotel. Uma editora de revistas, inteligente, chique e muito sexy, mas nenhum dos dois realmente estava a fim, e a coisa esmoreceu por conta própria.

Foi uma surpresa — e sim, ok, um prazer — descobrir como ele era muito bom em ser mau. As mesmas habilidades que o tornaram o melhor agente nos Serviços Equitativos fizeram de Cooper um ladrão excepcional e um homem influente. Nos últimos seis meses, ele arrebentou no submundo.

Houve algumas emoções fortes pelo lado do crime, porém bem mais perigosa que os novos amigos da antiga agência. Como planejado, Drew

Peters colocou a culpa da explosão em Cooper. Ele agora era um dos alvos principais dos Serviços Equitativos. Três vezes eles o localizaram — em Dallas, Los Angeles e Detroit.

Detroit foi ruim. Cooper quase teve que matar um agente.

Ficar em cidades era perigoso, mas ele tinha que permanecer visível. Desaparecer completamente poderia salvá-lo do DAR, mas não o aproximaria de Smith.

Seis meses de esconde-esconde, aumentando sua reputação e riqueza. Seis meses de cautela e paciência implacáveis. Seis meses em que os filhos cresceram sem ele, em que Natalie passou por sabia Deus o quê, em que os antigos colegas o caçaram. Seis meses em que ele jamais deu o primeiro passo na direção de John Smith.

Até hoje. Só restava esperar que a mesa que ele pôs para Zane fosse tentadora o suficiente.

Cooper terminou o salmão e lambeu os dedos. As nuvens se abriram, e o mundo lá fora brilhava em um esplendor de cores, sem sombras. A hora mágica. O vidro insulado da janela cancelava o som e transformava o mundo em uma apresentação de mímica, um espetáculo brilhante e deslumbrante apenas para os olhos. Cooper descobriu que essa era a atração da riqueza; um sussurro rouco no ouvido de que a pessoa era especial, de que tudo — esse vinho, essa mulher, esse mundo — era para ele. De que aquilo só existia, de certa forma, para que a pessoa pudesse usufruir. Cooper gostava disso, e muito. Era como fazer parte da aristocracia, do um por cento que tinha dinheiro suficiente para fazer o que bem quisesse.

Ele trocaria tudo aquilo num estalar de dedos por estar de volta ao jardim, girando os filhos em um rodopio de alegria.

O telefone tocou. Ele inclinou a cadeira para trás, apoiada em duas pernas, e esticou a mão para pegá-lo. Deixou que tocasse enquanto verificava o mostrador.

Zane.

Cooper sorriu.

CAPÍTULO 18

O centro comercial de Chicago tinha uma coisa engraçada — parecia com uma torneira.

Na maior parte do dia, era um fluxo constante de turistas, fregueses de lojas, e coisas do gênero. À noite, a torneira se fechava e só caíam gotas. Mas havia momentos em que a coisa soltava um jato intenso, e as ruas e calçadas se transformavam em corredeiras de humanidade. O primeiro momento era o deslocamento matinal para o trabalho. O terceiro era a corrida noturna de volta aos trens.

Cooper estava sentando à janela de uma lanchonete de falafel, esperando pelo segundo momento. Do lado de fora da janela suja, os carros seguiam lentamente para o sul. O efeito de desfiladeiro de concreto era ainda mais claustrofóbico ali na rua Wells, onde a linha férrea do trem elevado cortava o céu em tiras fininhas. Ele olhou o relógio. Quase...

Hora do almoço.

De repente, as calçadas ficaram lotadas de pessoas correndo e dando esbarrões em vetores trançados. Cooper pegou a sacola plástica de compras e se juntou a elas. Como sempre, multidões o incomodavam. Eram muitos estímulos, muitas intenções.

O dia estava claro e frio. Ele virou o pescoço para cima e não viu nada além das torres da indústria que se erguiam ao céu azul-claro.

A meio quarteirão ao norte, ele subiu as escadas para o trem elevado, com cuidado para ficar no meio da multidão, um aglomerado de executivos de 20 e poucos anos rindo e conversando. O sapato direito estava apertado e incomodava, mas o corpo se sentia relaxado e forte, vibrando com a adrenalina da expectativa. Cooper passou o cartão e atravessou a roleta. Um pórtico cobria a plataforma. Anúncios holográficos de produtos de beleza e filmes dançavam ao longo do guarda-corpo que dava para a rua. Os edifícios estavam próximos, a três metros da beirada, as pessoas nos prédios de escritórios faziam... bem, seja lá o que as pessoas faziam em prédios de escritórios. Ele nunca soube ao certo.

Cooper andou até a metade da plataforma. Jogou a sacola plástica no lixo e errou; ela caiu na base da lata de metal. Ele deixou a sacola ali e se sentou no terceiro banco. O pórtico escondia o céu.

Em cinco minutos, o hacker de Zane estaria ali ou não. Cooper apostava no não.

Um trem fez a curva com um barulho desgraçado. Há anos se falava em remodelar os trilhos para permitir a passagem de trens magnéticos, mais rápidos e silenciosos, porém, nunca houve dinheiro no orçamento da cidade. Cooper achava isso bom; ele gostava do trem elevado como era. Uma mentalidade de velhos tempos, obviamente, mas o sacolejo e o barulho o deixavam contente. Cooper apoiou os braços no encosto do banco e cruzou as pernas.

Quando a Linha Marrom parou, a plataforma irrompeu em uma massa em movimento. As pessoas se acotovelavam para sair conforme as outras lutavam para entrar. Conversas, chamadas telefônicas, música. Pedidos de licença e xingamentos. Um homem cantava rap sozinho enquanto caminhava, sem nenhum constrangimento. A onda de humanidade atingiu o ápice com um sinal sonoro pré-gravado e o anúncio de que as portas estavam se fechando. A maré recuou com o trem e deixou a plataforma subitamente vazia.

A não ser por uma garota muito, muito bonita que não estava lá um momento atrás.

Cooper pestanejou, surpreso. As palmas da mão ficaram suadas, e os pelos da nunca se arrepiaram.

A Garota Que Atravessa Paredes usava botas até o joelho, meia-calça de fio fino até a bainha da saia, uma camiseta justa e uma jaqueta folgada que tinha muito espaço para esconder a pistola de cano curto que ela apontava para o peito de Cooper.

— Levante-se — disse a mulher.

Cooper encarou...

Ela não faz parte do plano. É uma surpresa em um dia sem margem para erro. Em cerca de 60 segundos, tudo vai explodir.

Por que ela está aqui? Por que agora? A garota não pode estar trabalhando para Zane.

Deve haver fontes dentro do departamento. John Smith tem informantes. E como diabos ela faz isso, afinal de contas?

... a garota e notou, subitamente, que estava boquiaberto. Cooper fechou a boca. Será que aquela era a reação das pessoas a respeito do que ele era capaz de fazer? A habilidade de a garota andar sem ser vista era impressionante. Cooper podia jurar que estava olhando exatamente naquela direção.

— Você conseguiu escapar da bolsa de valores, creio eu.

— Levante-se. Eu não vou repetir.

Cooper captou a intenção no contorno do ombro, na determinação da boca, na fúria nos olhos, e se levantou. Devagar.

— Eu não trabalho mais para o DAR — disse ele. — Atirar em mim não vai ajudar seu chefe.

— Não estou aqui por isso. Estou aqui por Brandon Vargas.

A perplexidade de Cooper deve ter ficado patente no rosto. Ela franziu os lábios.

— É claro. Você não se lembra. Ele foi apenas mais um número na estatística para você. Ande.

A garota gesticulou com a cabeça, não com a arma. Uma profissional.

Cooper deu uma olhadela na direção que ela indicou. A saída mais próxima. A garota pretendia tirá-lo da plataforma antes de atirar.

Normalmente, ele teria agradecido por isso, por saber que, em cada segundo que estivesse vivo, teria uma chance de virar o jogo. Mas não hoje.

Hoje, sair de baixo daquela cobertura seria uma sentença de morte.

— Preste atenção — falou Cooper. — Tem uma coisa que você precisa saber.

— Comece a andar ou atiro em você aqui.

— Eu duvido. Você não é invisível de verdade. Pode saber para onde as pessoas não estão olhando, mas aposto que assim que elas estejam prestando atenção, você está tão ferrada quanto qualquer um que dispare uma arma em uma plataforma de trem.

— Talvez eu arrisque.

— Por Brandon Vargas?

— Não diga o nome dele. A vida de Brandon Vargas foi uma merda por causa de homens como você. Homens como você o colocaram em uma academia. Homens como você o transformaram em um escravo. E quando ele se recusou a trabalhar para o governo depois de ter se formado, *você* o matou. Você é a bota do sistema, Cooper. Seu trabalho é pisar em seres humanos. E você nem se lembra dele.

— Eu atirei em Brandon Vargas há 13 meses — respondeu ele baixinho —, atrás de um bar de motoqueiros em Reno. Nós conversamos primeiro. Ele fumou um cigarro, um Dunhill Red. Então tentou fugir, de maneira precipitada. Para dizer a verdade, não acho que Brandon estivesse tentando fugir. Acho que ele queria que eu desse um fim à situação. Queria que eu o detivesse.

Uma variedade de emoções passou pelo rosto dela. O detalhe do cigarro tinha sido o argumento conclusivo. Será que Brandon foi um amigo, familiar ou namorado? Se fosse o primeiro caso, Cooper talvez conseguisse acalmá-la. Se fosse um dos dois últimos...

— Eu me lembro de todo mundo que matei — disse Cooper. — Não fui atrás de Brandon porque ele não quis entrar para o DAR. Eu fui atrás de Brandon porque ele começou a roubar bancos e atirar em pessoas. Na última vez, foi uma mulher e a filha de 2 anos. A menina estava em um carrinho de bebê. Foi um acidente, mas ela ainda está morta.

Houve um movimento na visão periférica. Gente chegando à plataforma. Cooper queria desesperadamente se virar e olhar, mas não arriscou. Então continuou:

— Sim, a juventude de Brandon foi uma merda, mas eu não acho que isso lhe dê uma licença para atirar em crianças de 2 anos, você acha?

Os olhos da garota já eram grandes para início de conversa, e o rímel apenas os tornava maiores. Cooper encarou aqueles olhos para tentar captar seus pensamentos, e mais que isso, a próxima ação, se a garota puxaria o gatilho apenas porque aquele era o plano. Ele sentiu os segundos irem embora e o movimento no canto do olho se aproximar, e então não se segurou mais; Cooper se virou e olhou para a escada.

Foi exatamente como ele esperava. *Zane, obrigado por você ser o molambo traíra e oportunista que eu achei que fosse.*

Cooper se voltou para a Garota Que Atravessa Paredes. Ela estava no lado do trem da plataforma. A cobertura iria protegê-la de uma direção, mas não das duas.

— Preste atenção — disse ele. — Dê exatamente dois passos à frente e se vire para leste. Agora, ou eles vão matar você.

— Quem?

— *Agora.*

Ela lhe daria ouvidos ou não. De qualquer maneira, Cooper tinha que se concentrar. Ele se virou.

Saindo aos borbotões pelas duas entradas a leste estavam homens e mulheres com cabelos bem cortados, sapatos de qualidade, e o peito estufado de pessoas que usavam coletes à prova de balas. Eles portavam escopetas, submetralhadoras e pistolas da maneira correta, apontadas para baixo e à esquerda, destravadas, mas com os dedos fora do guarda-mato. Três na escada mais longe, e cinco na mais próxima. Agente dos Serviços Equitativos. Antigos colegas. Haveria mais dezenas de agentes, uma enorme quantidade, cobrindo cada quarteirão. E para passar um pouco de sal na ferida, tanto Roger Dickinson quanto Bobby Quinn estavam entre eles.

Ah, que beleza.

Eles estavam berrando, mandando que Cooper não se mexesse, técnica padrão de forças da lei para desorientar e dominar. Ergueram as armas. Um punhado de civis na plataforma virou pedra. Devagar, com as palmas viradas para fora a fim de demonstrar que não era ameaça, Cooper ergueu as mãos. Para mostrar que estava obedecendo. Eles se espalharam em um arco tático preciso para dar a cada agente um tiro perfeito. Os canos de oito armas estavam apontados para o peito. Ninguém mirava na cabeça, ninguém era um atirador fanfarrão. Se Cooper sequer mexesse o dedo, os agentes explodiriam seu peito na plataforma. Ele notou a tensão branca no dedo em volta do gatilho; no olho fixo, que não piscava, emoldurado pela mira da submetralhadora; nos músculos contraídos do ombro e nas narinas abertas. Os lábios de Roger Dickinson estavam contorcidos em uma careta de desdém que quase parecia um sorriso. Eles queriam atirar. Eles o odiavam e o temiam.

Todos, menos Quinn. Este não tinha certeza. Cooper olhou nos olhos do amigo e parceiro. Deixou o som passar por ele — os berros, os gritos e o estrondo de um trem que se aproximava —, tudo isso era estática, como o borbulho de um rio, fora de sintonia com o movimento dos lábios.

Então Cooper usou o dedão do pé para acionar o controle remoto que enfiara no bico do sapato, e as granadas de luz e som na sacola plástica de compras transformaram o mundo em um estrondo incandescente.

Mesmo voltado para o leste, de costas para eles, o brilho deixou manchas nos olhos, e agora estática era realmente tudo o que Cooper conseguia ouvir. Todos os agentes no arco perfeito, digno de um manual, olharam diretamente para oito mil candelas de um clarão incandescente. Eles cambalearam para trás, levaram as mãos aos olhos, deixaram as armas balançando.

Dez segundos.

Cooper se virou, viu a garota ao lado dele, virada para o leste. Ela começou a avançar, mas ele esticou o braço e pegou seu pulso.

— Não! — berrou Cooper, mas mal conseguiu ouvir a própria voz. — Atiradores!

Ele soltou a garota, virou para o oeste e começou a correr.

Oito segundos.

A plataforma tinha mais 30 metros. Havia bancos e lixeiras ao longo dela. Cooper acelerou e torceu que a garota conseguisse manter o ritmo. O começo de um próximo passo em potencial começou a se formar na mente, e ela estava no centro da ideia. Não havia mais tempo. Ele esticou a mão para o final da cobertura.

Era agora ou nunca.

Cinco segundos.

Algo furioso e quente passou queimando pelo braço, e saíram faíscas de uma lata de lixo adiante. Cooper desviou rapidamente para a esquerda. Um trecho de concreto explodiu. Ele fingiu que ia para a direita e voltou para a esquerda novamente. O hipster por quem Cooper passou desmoronou, com as mãos apertando a perna, que parecia ter explodido de dentro para fora. Cooper nunca ouviu os tiros, nem esperava ouvi-los. A granada de luz e som tinha parte de culpa nisso, mas também os atiradores de elite — haveria pelo menos três — que estariam em andares superiores, a centenas de metros de distância.

Dois segundos.

Ele chegou ao fim da plataforma a toda velocidade, firmou o pé direito sem parar, tomou impulso, meteu o pé esquerdo por cima do guarda-corpo e se atirou no espaço, com os braços girando, o vento no rosto e o coração na boca.

Embaixo de Cooper, a rua. O concreto impiedoso e as buzinas dos carros. Ar livre. Ele apenas teve tempo de imaginar se conseguiria, e aí alcançou a escada de incêndio do prédio do outro lado. Não foi um pouso suave; ele praticamente colidiu com o corrimão, onde as costelas bateram. Arfou, depois ergueu o corpo e passou por cima. Cooper se virou para ver se...

... ela pousou como um gato, flexionou os joelhos e ficou de cócoras, as mãos se apoiaram e moveram o corpo para cima.

Porra.

Cooper afastou a admiração. Eles estavam sem tempo. Uma granada de luz e som funcionava disparando prótons suficientes para ativar todas as células fotossensíveis no olho, o que temporariamente cegava qualquer um que estivesse perto e olhasse para ela. Mas dez segundos era o máximo de tempo que ele podia esperar até que a equipe conseguisse enxergar o suficiente para começar a andar. Talvez até arriscar um tiro. Cooper se lançou na direção da quina do corrimão, arrancou um pedaço de fita isolante e soltou o pé de cabra, depois girou e quebrou a janela com um golpe só. Passou o pé de cabra no peitoril para retirar a pior parte dos cacos.

Ele se virou a fim de gesticular para a garota, porém ela não estava mais ali. Certo. Cooper pulou pela janela no momento que tiros espocaram atrás dele. Bateu em alguma coisa — a garota —, e aí os dois se embolaram e caíram. Cooper caiu em cima dela, não o ato elegante de um herói de filmes de ação, mas sim um colapso atrapalhado, de perder o fôlego. Ele sentiu um leve aroma de suor de mulher e um pouco de perfume forte, e depois ambos se contorceram para levantar.

Um homem magro, com pouco cabelo, estava sentado do outro lado de uma mesa, boquiaberto. Ele olhou fixamente para os dois como se, bem, como se tivessem acabado de explodir pela janela. Cooper conteve uma risada — ele sempre descobria sincronismos e coisas engraçadas a respeito de lutas quando não podia se dar o luxo disso — e foi na direção da porta do escritório. Ela veio atrás. Um escritório como outro qualquer, com cubículos, arquivos e luzes fluorescentes. Ele andou calmamente, cumprimentou as pessoas com a cabeça enquanto passava, apenas outro peão de escritório. A escada ficava ao lado do elevador. Cooper entrou e subiu correndo. Os ouvidos zumbiam, e as costelas doíam. Ele subiu um lance de degraus, depois parou no patamar e olhou o relógio.

— Por que você parou?

— Estou esperando que eles cheguem aqui. Todas as unidades da área serão redirecionadas para este prédio.

— *O quê?* Isto é uma armadilha?

— Não. Eles cercarão o prédio e defenderão as saídas. Em seguida, as equipes de resposta tática entrarão. É aí que nós saímos.

— Vá se foder, eu não vou esperar.

Cooper deu de ombros.

— Ok.

Ela franziu os olhos.

— Você planejou tudo isso.

— Eu calculei que Zane fosse me vender.

— Então por que deu as caras?

— Porque havia uma chance de que ele não me vendesse. Além disso, coordenei um milhão de operações como essa. Eu conheço o manual.

— Certo — falou a garota friamente. — Você coordenou um milhão de operações como essa contra outros superdotados.

— Sim. E agora há cerca de cem agentes convergindo para esse prédio. Se você acha que consegue passar por todos eles, fique à vontade. Caso contrário, faça o que eu digo, e nós saímos daqui.

— Por que você me ajudaria?

Cooper parou, com a mente a toda. Ele calculou que Zane fosse traí-lo; na verdade, Cooper dependia disso. O DAR com certeza estava pagando uma recompensa polpuda. Não apenas isso, mas embora a agência não se importasse com criminosos comuns, tinha influência sobre agências que se importavam. Vender Cooper podia render uma futura garantia para Zane. Foi um cálculo simples presumir que o bandido ligaria para o DAR, e que o departamento viria em peso. Que viria fazendo barulho e abertamente. O que foi a intenção de todo o exercício. Era um balão de ensaio. Uma mensagem. Aquilo mostraria para John Smith que Nick Cooper não estava, sem sombra de dúvida, na folha de pagamento do DAR. E talvez fosse o primeiro passo na direção do terrorista.

O que Cooper não tinha esperado era que a Garota Que Atravessa Paredes fosse aparecer para vingar o homem que ele matara há 13 meses.

Aquilo lhe ofereceu uma tremenda oportunidade. Cooper queria um contato com Smith? Ali estava um dos soldados mais confiáveis do terrorista. A mulher que havia apertado o gatilho no 12 de Março e explodido a bolsa de valores, e que matara 1.143 pessoas. Ele lutou contra a vontade de nocauteá-la e deixá-la para a antiga equipe.

Mas a garota era apenas uma peça. Cooper queria o jogador.

— Eu não sei — respondeu ele. — Por Brandon Vargas, talvez.

Cooper deu meio segundo para ela assimilar aquilo, depois falou:

— Vamos.

A porta tinha uma placa que dizia PROIBIDA A ENTRADA: SAÍDA NO TÉRREO. Ele colocou a palma contra ela e empurrou. A porta se abriu. Do outro lado, Cooper arrancou a fita isolante que havia aplicado na noite anterior para evitar que a tranca se fechasse. Fita isolante era uma coisa maravilhosa.

— E agora?

Cooper ignorou a garota e cruzou o salão a passos largos. Uma mulher sorriu enquanto ele passava. Um escravo de cubículo fazia o que um escravo de cubículo fazia. A sala do cafezinho era apenas um espaço mais largo no salão, com uma geladeira que zumbia, sachês de creme chantili e talheres de plástico. A janela fora pintada uma dezena de vezes, com tantas camadas espessas que ficou trancada. Cooper enfiou uma ponta do pé de cabra embaixo do caixilho e forçou para baixo. A tinta cedeu, e alguma coisa rangeu. Outra mexida, e a janela cedeu um centímetro. Ele forçou para abrir o resto, depois, saiu em outra escada de incêndio, a meio quarteirão de distância e dois andares acima de onde ambos chegaram. Um trem estava parando na estação elevada. Perfeito.

— Você está brincando.

A garota se debruçou sobre o corrimão.

— Não.

Cooper subiu, se equilibrou por um momento, depois se inclinou para a frente. Sentiu a gravidade começar a puxá-lo. No último segundo, flexionou as pernas e pulou. Lá embaixo, passou voando o mesmo concreto impiedoso, os mesmos carros que buzinavam, o mesmo ar livre. Então ele caiu na cobertura da plataforma do trem, dobrou os joelhos e rolou com a queda. Atrás, Cooper ouviu o mesmo barulho metálico, mais suave que o dele, e aí ambos ficaram agachados lado a lado na cobertura, enquanto o trem prateado parava. Ele esperou até que o fluxo de passageiros entrando e saindo diminuísse, e aí, com um simples passo, passou da cobertura para o segundo vagão. Cooper se abaixou e rastejou como um soldado até a frente, pegou a beirada com força e firmou os pés. O metal estava sujo e frio. Um instante depois, ela se juntou a ele. A garota olhou de lado e balançou a cabeça.

— Babaca.

Ele sorriu.

— As portas estão se fechando. Por favor, segure-se.

Houve um solavanco igual ao de um elevador entrando em movimento, e depois o trem começou a andar.

Em boa parte do plano, Cooper tinha certa confiança. Sua velha agência ainda não havia considerado o fato de que ele conhecia as técnicas. Eles ainda usavam o mesmo manual. Então, foi fácil criar uma situação em que as granadas de som e luz lhe dariam tempo, onde ele seria capaz de usar o protocolo padrão a seu favor, onde poderia atrair todos os agentes disponíveis para um ponto, e depois voltar atrás a partir daquele lugar. Mas Cooper jamais havia andado em cima de um trem em movimento antes.

Depois de tudo que ele fez nos últimos minutos, aquilo se mostrou quase fácil. De acordo com o datapad, em uma longa reta os trens atingiam 90 quilômetros por hora. Cooper não sabia se eles conseguiriam se segurar nessas circunstâncias, agarrados ao metal escorregadio em péssimos apoios. Felizmente, os dois estavam no Anel, onde os trens faziam um círculo antes de retornarem pelo caminho que vieram. O maior risco surgiu quando fizeram a curva e o trem balançou de lado, mas Cooper tinha previsto isso e se agarrou firme para o movimento. O vento era estimulante, e a expressão que ele viu no rosto das pessoas nos prédios fez valer a pena tomar um tiro. Os dois pegaram carona por duas paradas, e Cooper quase ficou triste quando surgiu a terceira.

Porra, eu sou bom. Ele ficou de pé e começou a ir para a beirada do trem. As portas se abriram, e os passageiros estavam entrando e saindo aos borbotões. Cooper esperou até que a maioria tivesse ido embora para pular antes que...

A garota veio por trás e deu uma joelhada no joelho dele enquanto agarrava seus ombros. Cooper estava caindo, não adiantava discutir com a física, mas por que ele deu as costas para ela, para início de conversa? Os dois caíram no teto do trem e quicaram. Ele se soltou da mulher, virou o corpo e ergueu um braço para golpear.

A Garota Que Atravessa Paredes apontou, com um olhar assustado. Cooper franziu os olhos e arriscou uma olhadela para trás. Passageiros saíram do trem, homens e mulheres, turistas e executivos, uma aeromoça, alguns estudantes... e dois homens de terno.

— Porra — disse Roger Dickinson. — Eu tinha certeza de que ele voltaria atrás.

— O senhor quer verificar o vagão novamente? — respondeu Bobby Quinn em um tom seco e insubordinado, mas o "senhor" chamou a atenção de Cooper.

Peters deve ter promovido o sujeito, provavelmente lhe deu o antigo posto de Cooper. Isso era uma má notícia. Seja lá o que mais ele fosse, Roger Dickinson era muito bom no que fazia.

— Não, eu não quero verificar o vagão novamente, Bobby. Sabe o que eu quero? Saber que você está do lado certo.

— Eu disse que não acredito que Coop seja um terrorista.

— É? Mesmo depois de ele ter explodido a bolsa de valores?

— Ele não explodiu...

— Certo. Ele apenas foi lá segundos antes de a bolsa explodir, depois desapareceu e começou a roubar laboratórios do DAR. E aquela mulher que estava de mãos dadas com Cooper, ela é quem matou Bryan Vasquez. Então, me explique outra vez: como ele pode ser um dos mocinhos nessa história?

— Eu não sei. — O tom de voz de Quinn era teimoso. — Mas ainda não acredito que ele esteja ao lado de Smith.

— Enfie isso na sua cabeça, Bobby. Seu namoradinho é um...

— As portas estão se fechando. Por favor, segure-se.

Houve um *bing-bong* alto, e aí o trem começou a andar. Cooper mal teve tempo de agarrar a beirada do vagão. Um nó terrível e estranho apertou o estômago. Ele esteve presunçoso ali, quase deu um passo bem em frente aos antigos colegas. Já tinha visto como Dickinson era rápido. E ele estava desarmado. *Se eu tivesse pulado, ele teria me matado.*

Quando Cooper se virou para olhar para ela, a Garota Que Atravessa Paredes sustentou o olhar brevemente; depois, virou o rosto.

Você diz que é da raça superior,
Eu digo que você é o nosso feitor,
Você diz que a culpa não é sua,
Eu digo só destrua.

Apaguem as luzes,
Apaguem as luzes,
Lavem as ruas com sangue,
e apaguem as luzes.

Você diz que é o futuro,
Disso eu não estou seguro,
Você diz que cada um vive como quer,
Eu digo que temos que tornar o mundo puro.

Apaguem as luzes,
Apaguem as luzes,
Ponham fogo nas ruas,
e apaguem as luzes.

Por todas as vezes que você nos chutou,
E todas as vezes que sorriu,
Por todas as vezes que nos enganou,
E todas as vezes que mentiu,

Apaguem as luzes,
Apaguem as luzes,
Deixem os corpos caírem,
E apaguem as luzes.

—Linhagens Rompidas, "Apaguem as Luzes"
Resistance Records, 2007

CAPÍTULO 19

Aquilo era bem diferente de uma suíte executiva no Continental.

Sem graça, genérico e um pouco desesperador, o Howard Johnson ficava na ponta sem glamour da rua State. A luz vespertina que atravessava as cortinas era funérea. Atrás dele, a Garota Que Atravessa Paredes falou:

— E agora?

— Nós esperamos.

Cooper foi para a beirada da cama e se sentou.

Ela entrou como se não tivesse certeza se ficaria. Passou o dedo pela mesa.

— Belo cafofo.

— É, bem, eu não esperava companhia. — Cooper começou a desamarrar os sapatos. — Este é apenas um lugar para deixar a tempestade passar. Assim que perceberem que passamos por eles, os agentes tentarão um último esforço desesperado para nos pegar enquanto estamos próximos. Vão se espalhar pelo Anel, vão assumir o controle do sistema de vídeo da polícia. Vão mandar policiais de porta em porta, entrar em todos os bares e restaurantes, procurar nos banheiros. Vão verificar novos hóspedes em hotéis.

— Até onde eu sei, isto é um hotel.

— Fiz a reserva há uma semana, sob o nome de Al Ginsburg.

— "Eu vi as melhores cabeças da minha geração destruídas pela loucura, famélicos histéricos nus..."* — Ela abriu as cortinas, olhou para a parede de tijolos do outro lado e a rua lá embaixo. — Nunca entendi realmente o poema, mas gosto do sabor das palavras.

— É. — Cooper tirou o sapato e sacudiu até que o controle remoto da granada de luz e som caísse na mão. — Eu também. Por que você fez aquilo?

— Hã? — Ela se virou.

— A bolsa de valores. Por que explodir a bolsa? Você matou *mil e cem* pessoas.

— Não — respondeu a garota. — Tentei te avisar na ocasião. Eu estava lá para deter o atentado.

— Mentira.

— A bolsa de valores deveria estar vazia. Nós ligamos mais cedo naquele dia, anunciamos que tínhamos colocado bombas no prédio, e que iríamos detoná-las se eles começassem a procurar. Eu estava lá para garantir que *não* explodisse, não com aquela gente toda ali.

— Que beleza de serviço. Eu vi pelo noticiário como a bolsa de valores não explodiu.

Ela cruzou os braços.

— Destruir a bolsa deveria ter sido um símbolo. Ela foi feita para nos deter, para nos excluir. Nós queríamos mostrar que eles não podem construir um futuro que não nos inclua. Como demonstraríamos essa ideia matando pessoas?

Cooper olhou para a garota. O tamanho das pupilas, a calma nos dedos, a pulsação constante no pescoço — nada sugeria que ela estivesse mentindo. *Mas esta mulher conseguiria dar um jeito de se esconder em um banheiro de avião. Controlar o corpo faz parte disso.*

— De qualquer forma, quem é você para falar de mim? Você é um assassino, não eu.

---

*Famoso trecho do poema "O Uivo", de Allen Ginsberg. (*N. do T.*)

— É? E quanto a Bryan Vasquez?

Ela franziu os lábios.

— Ele traiu a causa.

— A defesa de todo terrorista que se passa por defensor da liberdade.

— Disse o soldado de tropa de choque que protege o Estado matando seus cidadãos.

Cooper começou a responder e se conteve. *Você tem três horas para convencê-la de que ela deve ajudá-lo. Se ela sumir, você perde.* Ele amarrou o sapato. Os dedos estavam atrapalhados pela tremedeira pós-adrenalina, e as costelas doíam por ter batido na escada de incêndio. Cooper ficou de pé e foi ao frigobar embaixo da televisão, que se abriu com um guinchado. Ele tirou duas garrafinhas de Jack Daniels para si.

— Você quer beber alguma coisa? — Ele remexeu no frigobar. — Tem vinho tinto, champanhe barato...

— Vodca.

— Tem suco de laranja. Se quiser, posso fazer um *screwdriver*.

— Apenas vodca e gelo.

— Quer me ver servir? O soldado assassino de tropa de choque e tudo mais?

A Garota Que Atravessa Paredes o encarou por um longo tempo, depois esboçou um sorriso com o canto dos lábios.

— Passe a vodca logo.

A menor bandeja de cubos de gelo do mundo estava no congelador. Ele estalou e sacudiu, os cubos de gelo caíram em um copo de plástico, e Cooper serviu Smirnoff sobre eles. Passou o copo para a garota, depois se serviu do uísque. O calor reconfortante começou a agir imediatamente sobre as dores e a tremedeira.

— Então, quanto tempo precisamos passar aqui?

— Alguns dias.

— Alguns *dias*?

— Eu tenho algumas sopas enlatadas no armário. Vamos comê-las frias. Mas eu planejei para um, então, teremos que racionar nossas provisões.

Ela arregalou tanto os olhos que eles pareceram saltar. Cooper não se controlou, sorriu e falou:

— Estou brincando. Ficaremos até a hora do rush do fim do dia, para que possamos nos perder na multidão.

A Garota Que Atravessa Paredes riu. Não foi um riso rouco ou ardente, um riso falso; foi o som honesto de quem achou graça.

— Assim é melhor — disse Cooper.

— Do que o quê?

— Do que nos xingarmos em vez de nos tratarmos pelo nome. O que me faz lembrar...

— Meu nome é Shannon.

— Nick Cooper.

— Eu ouvi falar — comentou ela secamente. — E então, a gente apenas sai daqui e pronto?

— Você estava pensando em escolher arranjos de flores e mandar convites?

— O problema, Nick...

— Cooper.

— ... é que você me colocou numa sinuca de bico.

— Como assim?

— Você não está morto.

— Perdão?

— Eu vim te matar, mas você não está morto. E para qualquer um que observasse, não pareceu que eu estava tentando te matar. Pareceu que nós estávamos trabalhando juntos.

— E daí?

— Daí que o DAR já me marcou como um alvo por causa da bolsa de valores. Agora que nós fomos vistos juntos, eu provavelmente sou uma prioridade maior que você. E agora eles sabem que estou aqui. Não apenas isso, mas até eu entrar em contato com meu pessoal, eles vão presumir que mudei de lado.

— Por quê? Eles não sabiam que você vinha atrás de mim?

A garota fez que não com a cabeça.

— Essa questão foi pessoal. Eu não contei para ninguém. E agora vai parecer que, assim que os bandidos chegaram, eu me aliei ao principal agente dos Serviços Equitativos e nós fizemos uma fuga ousada. O que vou fazer agora, dizer, tipo, não se preocupem, tudo que Cooper e eu fizemos foi falar de poesia e de política revolucionária?

— Como eles sequer saberão que você esteve lá?

— Nós temos gente no DAR.

— Sério?

Cooper tomou um gole do uísque. Ele sabia disso, tinha calculado pela aparição da garota na plataforma, mas não havia motivo para deixar que ela soubesse.

— E seus informantes vão relatar que você se juntou a mim — continuou.

— Isso mesmo. Isso me queima. Dos dois lados. *Você* me queimou.

Cooper deu de ombros.

— Como é?

— Preste atenção, seu presunç...

— Moça, eu não te queimei. *Você veio me matar.* Não é minha culpa que tenha escolhido a hora errada. Além disso, eu poderia ter te abandonado. Se não fosse por mim, você estaria tremendo em uma sala branca e bem iluminada agora.

— E se não fosse por mim, você estaria sangrando na plataforma de LaSalle com Van Buren.

Os dois estavam em lados opostos da cama, ambos tensos e prontos para a briga, discutindo como um velho casal, e havia uma coisa tão do avesso sobre a situação toda, sobre esta mulher — essa terrorista — ter salvado a vida dele dos antigos colegas, sobre *ela* se referir a *eles* como os bandidos, e sobre o fato de que ela estava certa quanto à sobrevivência de Cooper, e era tudo tão absurdo que ele se viu rindo.

— O que foi?

— Um longo dia.

Ele tomou outro gole, foi até a televisão — era um antigo modelo de tela plana, não uma 3D — e ligou na CNN. Não havia como saber se o caso seria noticiado, e, mesmo que fosse, provavelmente ainda levaria horas.

— ... no local de mais uma ação terrorista de uma série de ataques que ocorreram nas últimas semanas. — A mulher parada na plataforma do trem tinha uma beleza de plástico e estava ansiosa; era uma repórter local que conseguia sua grande chance. — Hoje, mais cedo, um homem não identificado plantou uma bomba durante o horário de rush do almoço, em Chicago.

A imagem cortou para a mulher oferecendo um microfone para um homem que Cooper se lembrava vagamente de um seminário em Washington, há dois anos. As palavras TERRY STILES, CAPITÃO DA AGÊNCIA DE CHICAGO DO DEPARTAMENTO DE ANÁLISE E REAÇÃO estavam escritas no canto inferior da tela.

— Estamos atrás desse sujeito há semanas e conseguimos capturá-lo antes que ele pudesse detonar uma bomba no trem elevado — disse Stiles. — Porém não conseguimos impedir que ele disparasse contra a multidão. Vários civis foram feridos, assim como dois agentes.

— Quem é ele?

— Não posso comentar no momento — respondeu Stiles —, a não ser dizer que suspeitamos que ele trabalhe com grupos de anormais terroristas que operam no Wyoming.

— Ele tem algo a ver com John Smith e a explosão do 12 de Março?

— Não posso comentar sobre isso.

O vídeo cortou para imagem de uma equipe de socorro retirando uma maca. Sobre ela estava o hipster que foi atingido no fogo cruzado dos atiradores de elite. Narrando sobre a imagem, a repórter continuou:

— Civis feridos estão sendo levados às pressas para hospitais locais, e espera-se que sobrevivam.

Outro corte, e o rosto excessivamente preocupado da mulher novamente preencheu a tela.

— Este tipo de cena se tornou comum nos últimos meses, e grupos anormais independentes alertam que a violência vai aumentar se o governo levar adiante a Iniciativa de Monitoramento de Falhas. A lei polêmica, que foi aprovada pelo Congresso ontem, torna obrigatório que todos os indivíduos superdotados sejam implantados com um...

De repente, a televisão se apagou. Cooper se virou no momento em que Shannon jogou o controle remoto sobre a mesa, fazendo barulho.

— Eu estava vendo aquilo — falou ele suavemente.

— Não aguento essas mentiras. Elas me causam arrepios.

— Conheço esse jogo. Reportagens como essa mantém a população calma. Havia um bandido, e nós o detivemos. É simples e objetivo. É melhor que a alternativa, o pânico em massa e os tumultos violentos que ocorreriam se...

— Se o quê? Se vocês falassem a verdade? — Shannon olhou feio para ele. — O noticiário só falou sobre um ataque anormal, o que não houve. Ele disse que o terrorista, que é você, por falar nisso, atirou em agentes e civis, quando, na verdade, os *agentes* atiraram nos civis. E falou que o Grande Irmão tem a situação sob controle, quando, na verdade, nós escapamos. A única parte que foi verdade, literalmente a única parte, era que havia um brilhante na plataforma do trem hoje. Dois, na verdade.

— Aonde você quer chegar?

— *Aonde* eu quero chegar?

— É. Tirando a ideia de que a verdade libertará você, e outras frases feitas que ninguém acredita. As pessoas não querem a verdade, realmente. Querem vidas seguras, aparelhos eletrônicos bacanas e geladeiras cheias. — Ele simplesmente não conseguia evitar discutir com essa mulher. — Você acha que eu *quero* que os anormais tenham microchips implantados? Acha que eu *gosto* das academias? Odeio isso, tudo isso. Mas estamos em imensa desvantagem numérica. As pessoas normais estão assustadas, e pessoas assustadas são perigosas. O fato é que nós, anormais, brilhantes, esquisitos, não conseguiremos sobreviver a uma guerra. Nós perderemos.

— Talvez — disse ela. — Mas talvez não *houvesse* uma guerra se vocês aí parassem de aparecer na televisão dizendo que há uma.

Cooper abriu a boca e fechou. Finalmente, respondeu:

— Talvez você tenha razão. Mas cuidado com a parte do "vocês aí". O departamento me queimou. Eles precisavam de um bode expiatório para o 12 de Março e colocaram a explosão na minha conta. Meus velhos amigos estão tentando me matar. Mas não podemos esquecer que eles me culpam pela obra do *seu* chefe.

— Eu disse...

— É, eu sei. O prédio deveria estar vazio. Mas foi John Smith que planejou o ataque? Foi ele que arrumou os explosivos? Foi ele que mandou plantá-los?

A garota ficou em silêncio.

— Não tem ninguém aqui que esteja limpo — disse Cooper.

Ele estava chegando ao argumento, ao jeito certo de convencê-la.

— Nem vocês, nem o DAR. E eu estou cansado disso. Tudo que quero é pular fora do jogo.

Cooper caiu na cama e se deitou com as mãos cruzadas atrás da cabeça. O teto era de reboco, e a luz fraca da tarde transformava cada saliência em um relógio de sol. *Não diga mais nada. Vendedor ruim é o que fala demais.*

Shannon colocou os pés na cama, com as pernas cruzadas nos tornozelos. Ela se recostou na cadeira para afastar uma cortina. O rosto brilhava com as cores do pôr do sol. Ainda olhando pela janela, perguntou:

— O que Zane deveria fazer para você, afinal de contas?

— Iria me arrumar uma nova identidade.

— O quê, documentos falsos?

Ele estalou a língua.

— Tenho dezenas de carteiras de motorista. Para Zane, eu era T. S. Eliot, para a recepção, eu era Allen Ginsburg, e poderia sair daqui como Chuck Bukowski. Mas estamos falando do DAR. Se eu quiser uma nova vida, terei que ser uma nova pessoa. Novos documentos, mas também uma nova história hackeada em centenas de lugares, um novo rosto, a coisa toda.

— Por que não vai simplesmente para o Wyoming?

— Certo.

— Estou falando sério — disse a garota. — Pode não ser uma nação soberana ainda, mas o DAR não planeja invadir Nova Canaã.

— Seria uma sentença de morte. Se Zane tivesse cumprido o combinado, talvez, mas ele não cumpriu.

Deixe que ela o convença. Deixa que pense que foi ideia dela.

— Nova Canaã é diferente do mundo dos normais. Todo mundo chega lá com um passado. Todo mundo tem uma bagagem. Você pode começar do zero.

— É. Até que o irmão de alguém que eu matei ponha fogo na minha casa. Não, se eu tiver que passar o resto da vida olhando para trás, vou fazer isso em algum lugar mais bonito que o Wyoming. — Ele deu uma olhadela para o relógio, depois fechou os olhos. — Vou tirar uma soneca.

Um longo minuto se passou, depois outro, enquanto ele encarava o interior das pálpebras. *Vamos. Vamos.*

— Pode haver um jeito — falou Shannon.

Te peguei. Ele abriu os olhos.

— É? Qual? Meter um canivete no nariz e chamar isso de cirurgia plástica?

— Preste atenção. Você poderia estar seguro em Nova Canaã, sendo você mesmo. — Ela ergueu as mãos para evitar objeções. — Não sendo quem você é agora, mas se a pessoa certa falasse a seu favor, isso poderia mudar tudo.

— Não sou um terrorista.

Cooper falou as palavras dura e secamente. Não poderia parecer que estava ansioso. Bastava o menor sinal da verdadeira intenção e tudo aquilo desmoronaria.

— Não vou trabalhar para John Smith.

— Eu não estava pensando nele — disse ela.

— Em quem você estava...

— Erik Epstein.

Cooper ficou tenso.

— O bilionário? O rei de Nova Canaã?

— Apenas os banais o chamam assim.

— Por que ele falaria a meu favor?

— Eu não sei. Você teria que convencê-lo. Mas ele é uma chance melhor que um bandido como Bobby Z. E se você realmente quer começar do zero, bem. — Shannon deu de ombros. — Ele pode compreender sua vontade.

— Eu simplesmente bateria na porta de Erik Epstein?

— Não, você precisaria de ajuda.

Cooper se sentou e jogou as pernas no chão. O radiador entrou em ação, estalando e batendo.

— O que você ganharia com isso?

— Até eu acertar as coisas com meu pessoal, o que é necessário fazer cara a cara, eu não posso usar meus velhos recursos. Nem o cartão de crédito, a identidade, os contatos. E enquanto isso, seus velhos amigos vão me caçar com tanto empenho quanto caçam você.

Cooper fingiu pensar a respeito.

— Então eu te levo ao Wyoming, e você me leva a Erik Epstein.

— É.

— E como eu sei que você não vai cair fora na hora em que estivermos em Nova Canaã?

Ela deu de ombros.

— Como eu sei que você não vai me vender para o DAR para tirá-los da sua cola?

— Você está dizendo para confiarmos um no outro.

— Meu Deus, não — respondeu ela secamente. — Estou dizendo para fazermos algo que valha a pena um para o outro.

Cooper riu.

— Tudo bem. Combinado.

Ele esticou a mão, e, após uma leve hesitação, Shannon apertou.

— Combinado. Então, primeira coisa.

— O quê?

— Precisamos arrumar drogas.

CAPÍTULO 20

— Neurodicina — disse Cooper, quando ela explicou o que procurava. — É um derivado semissintético do ópio.

— Nunca ouvi falar disso.

— Nas ruas, ele é chamado de Sombra ou Nada. É uma neotecnologia desenvolvida em academia, que deveria substituir o fentanil. Em vez de entorpecer, a substância mexe com a memória para que a pessoa esqueça a dor enquanto ela se manifesta.

— Como a neurodicina faz isso?

— E eu lá sei? Pergunte ao esquisito que criou a droga. De qualquer maneira, se você quer algo especial para um viciado exigente, Sombra é a escolha.

— Onde conseguimos?

E foi assim que os dois se viram andando para o norte quando deu 17 horas e as ruas se encheram de gente voltando para casa. Antes de sair do hotel, Cooper trocou de camiseta, e comprou um boné dos Cubs e um par de óculos de estrela de cinema tamanho gigante para Shannon em uma loja para turistas. Em termos de disfarce, esses dois eram bem rudimentares, mas a verdadeira camuflagem era a multidão. Eles não saíram da avenida Michigan: faixas de táxis e ônibus de um lado, arranha-céus gigantes do outro, e no meio, um fluxo de gente.

— Esta mulher é sua amiga?

Shannon fez que sim com a cabeça.

— E ela e John são amigos há muito tempo. Desde que estiveram na academia.

Tão estranho ouvir uma referência a ele desta maneira. Não John Smith, o líder terrorista; John, o amigo de muito tempo atrás.

— Se ela é uma amiga, por que você precisa do bagulho?

— Ninguém aparece na casa de outra pessoa sem uma garrafa de vinho. É falta de educação.

— Esse é um vinho e tanto.

— Bem, esse é um favor e tanto que estou pedindo. Não é como se eu pudesse ligar para o John.

— Como isso funciona?

Shannon olhou feio de lado.

— Cavando detalhes operacionais, agente Cooper?

— Não, eu apenas... — Ele deu de ombros. — Não compreendo como ele lidera pessoas se elas não conseguem encontrá-lo.

— Isto aqui não é igual ao exército. Não há cadeia de comando, nem escalão de retaguarda. Não há ordens.

— Como assim, ele apenas pede com educação?

— Sim. John Smith é um cara muito gente boa. De qualquer maneira, Samantha não sabe onde ele está, mas conseguirá mandar uma mensagem.

— Espero que você esteja certa. Este é um grande risco — disse Cooper, enquanto pensava, *moça, eu te ajudo a roubar todas as drogas que quiser se isso me aproximar de seu chefe.*

Na verdade, a multidão aumentou quando eles desceram a Magnificent Mile*. Turistas e clientes de lojas com sacolas se misturaram à confusão. Multidões eram sempre frustrantes para Cooper, mas eram

---

*O trecho mais elegante e famoso da avenida Michigan, com vários dos maiores arranha-céus dos EUA. (*N. do T.*)

piores para Shannon. O conceito de uma linha reta era totalmente estranho para ela. Shannon desviava e costurava pelo caminho, encontrava buracos onde não havia nenhum, às vezes parava completamente por nenhum motivo que Cooper pudesse notar. Era inegavelmente gracioso — ela se deslocava como a água fluía —, mas não era fácil de andar ao lado dela.

Cooper ficou contente quando eles chegaram à grande massa de vidro e concreto do Northwestern Memorial Hospital. A entrada era tão convidativa quanto era possível para um hospital, o que significava que não era muito. A cafeteria ficava no segundo andar e tinha plantas falsas, revestimento de madeira falso e cheiro de sopa e desinfetante. Cooper comprou um café, e os dois ocuparam uma mesa em um canto perto da porta.

— Você viu alguma câmera ao entrar? — perguntou Shannon.

— Sim.

— Câmeras são um problema. Eu não consigo deslizar se não puder ver as pessoas que estão me olhando.

— Você não consegue o quê?

— Deslizar. — Por um momento, ela pareceu uma garotinha envergonhada. — É como chamo. É o que eu faço.

— Deslizar. Gostei. — O café era melhor do que ele esperava, preto e forte. — As câmeras não devem ser um problema. Elas vão nos gravar, mas duvido que alguém esteja monitorando ao vivo. Isto aqui não é uma instalação de operações secretas; a maior parte da segurança é para evitar viciados e manter os funcionários do hospital longe de onde não devem mexer.

Shannon se recostou, começou a passar as mãos nos cabelos e deixou que se espalhassem entre os dedos.

— Há dois médicos na mesa do canto.

Ele olhou para o reflexo da dupla em um pôster emoldurado.

— Não.

— Por que não?

— Jalecos brancos e canetas caras. Eles são administradores. Talvez tenham acesso para abrir o dispensário, talvez não.

Cooper observou a sala. Cerca de cinquenta pessoas, mais entrando. Havia alguns pacientes espalhados. Um punhado de enfermeiras ria em uma mesa, mas elas representavam o mesmo problema que os administradores. E os residentes ficavam de fora.

— Lá — disse Cooper.

Ainda brincando com o cabelo, Shannon acompanhou o olhar dele até um homem de meia-idade, de jaleco azul-claro, que amassou um guardanapo e jogou em cima dos restos de um cheeseburger.

— Como você sabe?

— O pelo nos braços é mais ralo nos antebraços, e a pele é mais rosa. Isso significa que ele lava as mãos o tempo todo, com força. Além disso, o homem quase não tem unhas. Tudo isso junto me diz que ele passa muito tempo em cirurgia. Um cirurgião teria acesso ao que precisamos. E veja as olheiras. Cansaço. Provavelmente está trabalhando em um turno de 24 horas, o que o torna um alvo fácil.

— Você captou tudo isso com uma olhadela rápida na sala?

— É, eu sei, é uma maneira estranha de olhar o mundo.

— Não — disse ela. — Não, foi um tesão.

— Certo. — Cooper se sentiu estranhamente envergonhado e deu uma meia risada.

Shannon se recostou com uma expressão curiosa.

— Você precisa passar mais tempo com a sua própria espécie, Cooper. Os banais mexeram com a sua cabeça.

Antes que ele pudesse responder, a garota se levantou e começou a andar com um movimento suave. A questão não era que Shannon fosse rápida, e sim premeditada; como se, para cada movimento, ela aplicasse a força exatamente necessária. Era como ver um gato pular para uma mesa, instintivamente determinando a força e o ângulo exatos para pousar sem desperdiçar um centímetro ou uma caloria.

O cirurgião havia se levantado e levava a bandeja até a lata de lixo. Shannon deu a volta pela mesa das enfermeiras, passou entre duas mulheres de rostos tristes, cruzou o salão por trás, e depois surgiu do nada no meio do caminho do homem. Os dois colidiram. Ele quase soltou a bandeja, o prato e o copo deslizaram até a borda, depois conseguiu controlá-la enquanto se desculpava, deu um passo para trás e ficou corado. Shannon fez que não com a cabeça, afirmou que a culpa foi dela, deu um tapinha no bíceps e voltou com o crachá do homem.

Cooper sorriu dentro da xícara de café.

Os dois finalizaram o plano no elevador. Pelo que ele entendia de hospitais, pequenas despensas com os medicamentos mais necessários eram mantidas em cada andar. Mas Sombra não era algo comum. Seria mantido em um único lugar, bem protegido e cuidadosamente monitorado.

Após eles se separarem, Cooper parou na curva e contou até dez. Depois fez uma expressão confusa e foi à frente.

O dispensário era parte despensa, parte farmácia. Um balcão dava para uma janela, atrás da qual um homem e uma mulher contavam comprimidos. Cooper foi até o balcão.

— Com licença, vocês dois aí podiam me ajudar? — Ele disse *vocês dois aí* para garantir que teria a atenção da dupla e se debruçou no balcão, para atrair o olhar e desviar a atenção dos fundos. — Estou tão perdido. Este lugar é enorme! Parece um labirinto. Eu não sei como vocês acham alguma coisa aqui.

— O que o senhor procura?

— Tipo assim, meu Deus. Estou tentando visitar minha sobrinha. Comecei pelo caminho que eles indicaram. Virei à direta, fui reto em frente, virei à esquerda. Achei os elevadores, ok, mas aquela foi a última vez em que eu soube onde estava. Parece que estou perambulando há semanas. Em breve, vou ter que usar meu sapato como provisão e comê-lo.

— Bem, diga para onde o senhor vai e eu vou ajudá-lo.

Por cima do ombro do farmacêutico, Cooper viu Shannon entre uma fileira de estantes. Ela piscou para ele. Cooper sorriu antes que pudesse se controlar e depois aproveitou o gesto.

— Claro, claro. Foi exatamente o que o último cara disse. Acho que ele deve ter uma aposta com alguém, para ver quanto tempo pode manter alguém perambulando. Você provavelmente está participando.

A expressão tolerante começou a sumir.

— Senhor, eu não posso ajudá-lo se não me disser aonde...

— Eu disse, estou tentando visitar minha sobrinha.

— Sim, mas onde ela está?

Cooper ficou estupefato.

— Se eu soubesse, não teria que perguntar, não é? Você não escuta bem.

— Não, em que *departamento*? UTI, pediatria...

— Certo. — Ele bateu na testa. — Desculpe, às vezes, eu desando a falar, e porra, quando chego ao fim da frase eu já esqueci o início. É tipo um novelo em que a pessoa perde o fio da meada.

O farmacêutico olhou fixamente para Cooper. Não era preciso ter o dom para ler os pensamentos dele: *o cara é um imbecil.*

Não muito atrás daquela ideia, porém, estava: *talvez eu devesse chamar a segurança.* Aquilo era um hospital, afinal de contas. Havia pessoas legitimamente malucas ali.

— Ela removeu as amígdalas.

— Ok. Sala de recuperação.

O homem falou devagar e com cuidado para passar as instruções. Cooper concordou com a cabeça, agradeceu e depois voltou por onde veio. Ele mal conteve uma risada, mas deixou o sorriso se abrir.

Até virar a curva e ver um segurança correndo em sua direção, juntamente com o cirurgião da cafeteria. Merda. Cooper e Shannon torceram para que o médico não fosse precisar do crachá tão cedo, e mesmo que precisasse, que o homem perdesse tempo refazendo os passos. Em vez disso, parece que ele procurou diretamente a segurança...

O fato de eles estarem aqui significa que verificaram no sistema. Sabem que o crachá acabou de ser usado para acessar o dispensário.

Eles não vão perder tempo falando com o farmacêutico. Vão direto para a porta.

Que é a única saída. Ela vai estar presa.

... o que não deixou escolha para Cooper. Ele cuidaria do segurança primeiro, uma rápida combinação, plexo solar-rim-rim, depois do médico. Voltaria correndo para o dispensário, pularia o balcão, apagaria os farmacêuticos, se ficassem no caminho. Pegaria a neurodicina, cataria Shannon e fugiria.

Alguém tocou no ombro, e Cooper girou.

A Garota Que Atravessa Paredes estava atrás dele.

— Oi.

— Você. Mas... — Cooper se virou, viu o guarda e o médico passarem correndo.

Nenhum dos dois olhou para eles, estavam concentrados no objetivo.

— Ah, hã.

— O quê?

— É que eu pensei que você ainda estivesse lá. Eu ia... estava prestes a...

— Me resgatar?

— Hãã...

— Não sou uma gata em cima de uma árvore. Posso cuidar de mim mesma. — Shannon ergueu um frasco de plástico laranja e balançou para os comprimidos chacoalharem. — Vamos.

A VIDA NÃO É JUSTA
GARANTA QUE *SEU* FILHO TENHA UMA VANTAGEM

Todo mundo quer o melhor para a própria família. Porém, mesmo a educação mais dedicada e participativa depende do sucesso que a genética permite. É por isso que na Clínica de Fertilidade Luz Brilhante, nós só aceitamos doadores que:

- tenham feito teste de QI com um resultado mínimo de 120
- não tenham pré-disposição genética para doenças
- sejam do terceiro escalão para cima na Escala Treffert-Down

MAS NÓS SOMOS FÉRTEIS, POR QUE CONSIDERAR A INSEMINAÇÃO?

Em duas palavras? Seu filho.

Sim, historicamente, o foco principal de inseminação artificial são aqueles que não têm outra solução para engravidar. Mas isso está mudando. E por que não mudaria?

Afinal de contas, o que é mais importante — que seu filho tenha a melhor composição genética possível ou que ele ou ela tenham um parentesco com você?

Nossos doadores representam o melhor que a humanidade tem a oferecer. E embora não se saiba por que algumas crianças nascem superdotadas, o bom-senso indica que as chances crescem se um dos pais é um superdotado*. Se você quer maximizar a vantagem para o *seu* pequeno dom, a solução é óbvia.

Qualquer outra coisa é apenas egoísmo.

*Essa afirmação não foi avaliada pela FDA.

CAPÍTULO 21

Ela não era o que Cooper esperava.

Shannon dissera que a amiga Samantha tinha uma longa amizade com John Smith. Cooper imaginara outra mulher como ela, forte, ideologicamente dedicada, e muito perigosa. Um soldado.

O que ele não esperava era essa coisinha delicada com cabelo louro-claro. Samantha tinha um rosto e curvas de mulher, mas não devia ter mais de 1,47 metro e pesava talvez uns 40 quilos. O conjunto provocava um efeito estranhamente erótico; ela era tão pequena, que era impossível não imaginar como seria nua.

— Ei, Sam. — Shannon deu um passo à frente e se abaixou para abraçar a mulher. — Este é Cooper.

— Oi — falou ele ao esticar a mão.

Quando Samantha cumprimentou, Cooper sentiu um pouco do perfume doce, porém, suave. Talvez fosse isso, ou a maciez da mão, mas ele percebeu que estava ficando excitado.

— Entrem. — Ela entrou.

A sala parecia o catálogo de uma loja de decoração sofisticada. Havia dois sofás brancos iguais em cima de um tapete felpudo e espesso. Uma mesa de centro com livros de mesa de centro. O único sinal de personalidade era dado por uma estante de livros tão cheia a ponto de explodir. Do lado de fora das janelas que iam do chão ao teto, havia apenas a noite e a massa gigante e invisível do lago Michigan.

— Eu te trouxe um presente — falou Shannon e mostrou o frasco de comprimidos.

— Uau. Como você conseguiu descolar Nada? — Samantha pronunciou como se fosse o nome de um amante. — Que gentileza da sua parte.

Dada a sofisticação do apartamento, o estilo e a postura de Samantha, Cooper quase se esqueceu de que ela era uma viciada. Mas, ao vê-la segurar o frasco, ele notou a necessidade pura e encolhida dentro da mulher, a vontade. Ela começou a abri-lo, se deteve e bateu no rótulo com os dedos.

— Gentileza da parte de vocês dois.

— De nada — respondeu ele, por falta do que falar.

Os olhos de Samantha eram castanho-claros com toques de dourado, e ao olhar para Cooper, o vício recuou e foi substituído por algo que ele não conseguiu identificar muito bem. Ela mudou de pose, colocou um pé ligeiramente à frente, inclinou os quadris e deixou as costas retas. O movimento foi sutil, mas fez Samantha parecer mais forte, lhe deu ferocidade.

— Estou surpresa que um policial concorde com isso.

— Eu não sou policial.

— Não é mais, de qualquer forma. Mas era, certo? — Ela sorriu. — Eu sempre consigo identificar. É a confiança, a pose. Como se você pudesse me algemar, se quisesse.

Havia um pequeno espaço entre seus dentes da frente, e Cooper se lembrou de ter lido em algum lugar que isso era ligado a muita sexualidade, o que levou a uma imagem de como Samantha ficaria montada nele, de como suas mãos ficariam enormes na cintura dela, da maneira como ela arquearia as costas de forma que o cabelo caísse e roçasse nas coxas dele...

Meu Deus, cara. Controle-se.

— Você está bem, Cooper? — Shannon estava com um sorriso de quem achava graça. — Você parece um pouco nervoso.

Ele captou o tom debochado de Shannon, junto com os movimentos que Samantha fizera, o jeito como se apresentara a ele. A mulher era bonita, sem dúvida, mas Cooper conhecera um monte de mulheres bonitas na vida. Havia algo a mais, alguma coisa na postura, no flerte descarado — *como se você pudesse me algemar, se quisesse* — misturado com um pouco de distanciamento.

Hã.

— Esse dom que você tem é poderoso — disse Cooper.

— Qual?

— De fazer os homens suarem.

Aquilo pegou Samantha desprevenida, e naquele momento ele viu o ardil por trás da pose. Era como ligar as luzes de um clube de strip-tease, a ilusão de sensualidade revelada como desorientação e despistes. Cooper notou Samantha alternar entre meia dúzia de reações, cada uma minimamente anunciada, insinuadas em vez de adotadas. Arregalou os olhos para testar uma pose de vulnerabilidade. Ajeitou as costas e os ombros para testar o oposto, uma pose implacável e furiosa. Uma levíssima pose relaxada para passar uma reação brejeira, maliciosa, brincalhona. Cada pose tão sutil quanto um indício de pôquer. Era como se Samantha testasse um molho de chaves, à procura daquela que abriria o segredo de quem Cooper queria que ela fosse.

Enquanto ela fazia aquilo, Cooper se manteve impassível e não revelou nada.

— Você é uma captadora, não é? Só que em vez de entender o que as pessoas pensam, você enxerga o que elas querem. E aí você se torna aquilo.

Meu Deus, que talento para uma espiã. Ela é todas as coisas para todas as pessoas.

— Então me mostre. — Samantha deu um passo à frente. — Pare de esconder.

— Por quê?

— Para que eu saiba quem devo ser.

— Seja você mesma, apenas.

— É isso que você quer então? Uma "mulher de verdade". Eu consigo interpretar uma assim. — Ela riu e se virou para Shannon. — Quem é ele?

— DAR. Ou era, afinal de contas. — Shannon desmoronou no sofá, espalhou os braços esguios nas costas das almofadas. — Ele diz que não tem mais nada a ver com aquilo.

— O que ele fazia para eles? — As duas falavam como se Cooper não estivesse ali.

— Ele matava pessoas.

— Quem ele matou?

— É uma boa pergunta. — Shannon inclinou a cabeça. — Quem você matou, Cooper?

— Crianças, na maioria das vezes — respondeu ele. — Eu gosto de um bebê no café da manhã, para começar bem o dia. As porções são pequenas, mas dá para usar os ossos na sopa.

— Ele é engraçado — comentou Samantha, sem rir.

— Não é? Um assassino com senso de humor.

— Eu ouvi uma história hilariante — falou Cooper — de um prédio que explodiu. Matou mil pessoas. Civis normais, apenas cuidando da vida.

Algo se apertou em Shannon, o corpo se fechou como um punho. A reação foi rápida, profunda e espontânea.

— Eu falei. Eu. Não. Fiz. Aquilo.

Ou ela era uma das maiores mentirosas de todos os tempos ou realmente não havia explodido a bolsa de valores.

Cooper se recordou daquele dia, há meses. A concentração da garota ao entrar no prédio — entrar, em vez de sair — e a surpresa ao vê-lo, a forma como declarou a inocência. O que foi que ela dissera? Algo do tipo "espere, você não..." e aí Cooper bateu em Shannon, a contragosto, mas sem querer correr o risco.

Será possível que ela realmente estivesse lá para deter o atentado?

Não. Coloque a cabeça no lugar. Só porque Shannon está dizendo a verdade da forma como acredita, não significa que ela sabia o que realmente aconteceu. Smith é um mestre enxadrista. Ela é uma peça.

— Tudo bem — falou Cooper. — Mas eu não sou um assassino. Que tal uma trégua?

Ela abriu e fechou a boca. Concordou levemente com a cabeça.

Samantha olhou de um para o outro.

— Com o que você se envolveu, Shannon?

— Eu não sei ainda.

— Por que você está com um ex-agente do DAR?

— É complicado.

— Você confia nele?

— Não — respondeu Shannon. — Mas ele poderia ter me abandonado para ser presa e não fez isso.

— Moças? — Cooper deu um leve sorriso. — Eu estou bem aqui.

— Preciso de sua ajuda, Sam. — Shannon se inclinou à frente e colocou os cotovelos nos joelhos. — Estou ferrada.

A mulher mais baixa olhou de um para o outro. Os dedos apertavam firme o frasco de remédios. Finalmente, ela pousou o objeto na mesa e foi para o sofá do outro lado.

— Conte-me.

Shannon contou. Cooper se sentou ao lado dela para ouvir, mas também captou os detalhes da sala de Samantha. Os livros eram todos livros de bolso, uma pilha confusa de lombadas vincadas e páginas gastas. Ficção científica, fantasia, suspenses. Não havia fotos pessoais, e os enfeites pareciam ter sido comprados juntamente com a mobília, em vez de colecionados durante a vida. Um apartamento de disfarce perfeito, o tipo de lugar que era possível abandonar. O tipo que uma espiã preferiria.

Ou uma assassina.

A conclusão foi intuitiva, mas ele sabia que estava certo. Ela era uma assassina.

Meu Deus, como Samantha devia ser boa. Uma mulher que podia perceber seja lá o que um cara quisesse, qualquer cara?! Não havia ninguém de quem ela não pudesse se aproximar. Ninguém que ela não pudesse encontrar sozinho e vulnerável. *Quantos homens essa coisinha adorável seduziu e assassinou?*

Shannon finalmente chegou à barganha frágil entre os dois: Cooper a levaria em segurança ao Wyoming, e, em troca, ela lhe daria uma chance de falar com Erik Epstein.

— Isso é perigoso — falou Samantha. — Ambos os lados estarão atrás de vocês.

— Cooper conhece o protocolo do DAR. E ele tem tantos motivos para evitá-los quanto eu.

— Tem certeza?

— Ainda estou sentado bem aqui — comentou Cooper.

— A tarde de hoje não foi encenação — disse Shannon. — Aqueles agentes tentaram matá-lo.

A outra mulher concordou com a cabeça.

— E você quer que eu convença o nosso lado.

— Apenas conte para eles — pediu Samantha — que eu vim até você e o que falei. Que estou voltando. Conte para *ele*.

A reação de Samantha àquela última palavra foi sutil, mas nítida. Uma minúscula reclinação. Um relaxamento dos músculos das coxas cruzadas. Uma interrupção na respiração.

Ela se importa com John Smith. Talvez o ame.

E sabe como entrar em contato com ele.

Foram necessárias toda a força de vontade e toda a habilidade para que o rosto de Cooper não demonstrasse aquele reconhecimento.

— Você não precisa acreditar em mim — disse Shannon. — Apenas conte para ele. Pode fazer isso?

— Por você? — Samantha sorriu. — É claro.

— Obrigada. Eu te devo uma.

— Não foi nada.

— Bem, então, posso pedir outro favor?

Os lábios de Shannon tremeram de uma maneira que Cooper começou a reconhecer como uma marca registrada.

— Posso usar o seu banheiro? — Shannon apontou o polegar para Cooper. — Você devia ter visto o banheiro do hotel dele.

Cooper se recostou. Colocou as mãos ao lado do corpo. Parecia estranho. Como ele normalmente descansava as mãos?

Do outro sofá, Samantha o observava, um toque felino na pose, um tom predatório e lânguido. As pernas estavam cruzadas no joelho, e ela chutava uma delas preguiçosamente, os músculos se mexiam embaixo da pele lisa da panturrilha. A mulher estava descalça, com as unhas dos pés pintadas naquele tom claro. Nude, ele achava que se chamava assim.

— Eu te deixo nervoso?

— Não — respondeu Cooper. — Eu não gosto de ser captado.

Ele entrelaçou as mãos. Aquilo também pareceu estranho. Será que era assim que as outras pessoas se sentiam perto dele? Será que foi assim que Natalie se sentiu todos os dias do relacionamento?

— Você já esteve alguma vez com uma captadora, Nick?

— Cooper. Eu conheci vários captadores.

Ele ficou de pé e foi até a janela. O apartamento ficava no trigésimo segundo andar, e a vista fazia par com aquela que Cooper tinha no hotel Continental, só que a de Samantha era virada para leste. Ele mal conseguia notar o contorno das ondas no lago, cinza sobre azul-escuro. Sobreposto à imagem, o reflexo fantasmagórico do quarto.

— Eu não quis dizer *conhecer*. — No vidro, ela se levantou e ajeitou a saia ao se aproximar. — Eu disse *estar com*.

Cooper não respondeu. Samantha ficou atrás dele e era tão pequena que o corpo de Cooper bloqueou o reflexo dela. Mas ele podia sentir o cheiro e a presença.

— Preste atenção. — Cooper se virou. — Eu agradeço o que você está fazendo por nós, mas pare com a encenação de deusa do sexo.

— Não é encenação. Você quer a verdadeira eu? — Ela acompanhou o contorno do próprio corpo com as mãos, mas sem tocar. — É isto aqui. Eu sou a fantasia. O que você quer, Cooper? Seja lá o que for, eu serei. Forte ou delicada, indefesa ou entediada, envergonhada ou devassa, ou qualquer meio-termo. Eu posso ser a dócil inocente ou a amazona que só você pode conquistar.

Samantha se aproximou mais.

— Você nem precisa me dizer e arruinar a fantasia por dizê-la em voz alta. Apenas deixe-me vê-lo.

— Está falando sério — disse Cooper. — Quer ir para o quarto agora mesmo?

— Shannon não vai se importar. Ela e eu já nos pegamos antes.

Aquela imagem quase fez Cooper perder o controle. Ele respirou fundo e afastou a fantasia montada às pressas.

— Veja bem, eu acho que isto é apenas um jogo para você. E você quer vencer.

— Sem jogos. Eu quero conhecer você. — Ela colocou a mão no peito de Cooper. — Você me excita. É a sua força. E é tão contido. Mostre para mim quem você é. Ninguém precisa saber. Posso ser a sua professora do segundo ano ou a amiga de sua filha, aquela que você nem sequer admite para si mesmo que deseja.

— Minha filha — falou ele — tem quatro anos.

— Apenas se abra para mim. Vou sentir o que seu corpo precisa. Eu sei antes que você saiba. Eu sei mesmo que você não saiba. O que é a realidade comparada com isso?

Cooper olhou para ela, para os olhos castanhos e a pele macia, para o volume dos seios e o jeito como a saia ficava na linha da coxa, para o caimento do cabelo dourado e os pés de unhas pintadas. Samantha era deslumbrante, a imagem destilada do desejo, Afrodite em miniatura, com a ponta do lábio presa entre os dentes reluzentes.

Mas embaixo daquilo tudo, ele viu a necessidade se enroscando dentro dela, escorregadia e cheia de presas como uma enguia.

— Obrigado — disse Cooper —, mas eu dispenso.

233

Samantha estava se alongando, fazendo biquinho, e por um instante não assimilou as palavras. Quando a ficha caiu, aquilo pareceu uma corrente elétrica, e a cara se fechou, os olhos brilharam.

— O quê?

Quando ele não respondeu, Samantha repetiu, mais furiosa desta vez:

— *O quê?*

Cooper viu o golpe vindo, mas deixou que ela desse o tapa, e a mão cortou o ar assobiando para bater na bochecha.

— Ninguém diz *não*. Quem você pensa que é? Sabe quantos homens matariam para ter a chance de estar comigo? — Ela colocou as mãos no peito de Cooper e empurrou, em vão. — Você não diz não. Não para mim.

Samantha golpeou novamente, e desta vez ele pegou. Ao mesmo tempo, Cooper notou Shannon, de alguma forma, parada no meio da sala que ele tinha certeza de que estava vazia.

Cooper soltou o braço de Samantha e falou:

— Sinto muito, não tive a intenção de insultá-la.

O rosto bonito ficou vermelho de fúria.

— Saiam. Vocês dois.

Eles saíram. Quando a porta se fechou, Cooper deu uma última olhadela para trás. Samantha estava com o frasco aberto e jogava pílulas na palma da mão perfeita.

■

No meio do corredor com decoração extravagante, Shannon disse.

— Obrigada, Cooper, grande maneira de ajudar.

Não parecia haver resposta para isso, ou pelo menos nenhuma que não levasse a uma briga, e Cooper não queria brigar. Então os dois andaram lado a lado, e o carpete abafou o som dos passos. Shannon apertou o botão do elevador enquanto ele raciocinava sobre o que tinha visto. Cooper deixou escapar alguma coisa. Era como uma ferida na boca que ele não conseguia deixar quieta.

O dom de Samantha tornava impossível discernir seu padrão. As constantes mudanças camaleônicas eram claramente algo que ela fez a vida inteira, e meia hora não foi tempo suficiente para rompê-las. Mas talvez o comportamento fosse a própria pista; ali estava uma mulher que compunha sua identidade a partir das vontades de outros, tanto era assim que Samantha se jogou em cima dele só para confirmar como era irresistível. Uma mulher que adorou receber a Sombra, uma droga feita para apagar memórias de dor.

Não fazia sentido. Que tipo de assassina daria uma viciada com problemas de ego? A conta não fechava.

Isso geralmente significa que você errou a conta.

O elevador chegou, e os dois entraram. Quando o elevador parou na garagem subterrânea, Cooper tinha a resposta.

Uma viciada com problemas de ego que a obrigavam a realizar a fantasia de qualquer um daria uma péssima assassina.

Mas uma prostituta muito bem-sucedida.

Cooper esfregou a sobrancelha e falou:

— Sinto muito.

A forma como Shannon virou o rosto para ele pareceu que ela entendia o que Cooper quis dizer de uma maneira mais profunda. Shannon começou a falar alguma coisa, mas mudou de ideia.

Depois do assalto ao hospital, os dois pegaram o carro dele, e agora Cooper bipou para abrir as trancas e se sentou no banco do motorista. Duas rampas de concreto levaram o carro à superfície. Um portão pesado se abriu de lado, e aí os dois entraram na Lake Shore Drive, com o arranha-céu luxuoso de Samantha no retrovisor.

— A culpa não é dela — disse Shannon, com o olhar fixo na estrada à frente. — Ela não era assim. Aquilo está afetando Samantha.

— Ela é garota de programa, não é?

— É.

A palavra saiu devagar. As luzes da cidade dançavam nas feições de Shannon.

— Eu pensei que ela fosse... bem, uma assassina.

— Samantha? — perguntou ela, perplexa. — Não. Tipo assim, ela tem um monte de clientes poderosos, e tenho certeza de que, se John pedisse, ela faria isso. Samantha faria qualquer coisa por ele, mas John jamais pediria.

— Por que ela faz aquilo? — Cooper olhou o retrovisor e mudou de faixa. — Samantha é obviamente do primeiro escalão. Uma captadora daquele nível, ela poderia...

— O quê? Trabalhar para o DAR?

Ele olhou para Shannon, mas ela manteve o olhar adiante. Cooper se voltou para a estrada. Uma imagem de Samantha continuou aparecendo para ele, aquele primeiro momento em que ela deu em cima de Cooper, o pequenino passo em frente e a mudança de postura. Houve tanta força naquele gesto. Mas, obviamente, tudo aquilo era parte da encenação. Ele se perguntou se, tirando a vontade e o vício, havia algo que sobrasse da verdadeira mulher.

— Desculpe — falou Shannon, com as mãos no colo agora, esfregando uma na outra. — É apenas que eu fico abalada com aquilo, sabe? Vê-la daquela forma. Você está certo, Samantha é do primeiro escalão. E é sensível, emocionalmente sensível. Sempre foi. Portanto, aquele dom de captar os outros se traduziu em empatia. Empatia de verdade, de tentar imaginar como era o mundo para os outros. Ela queria ser uma artista ou uma atriz. E embora Samantha estivesse em uma academia, ela não se tornou um alvo da maneira como acontece com os outros, como aconteceu com John. Samantha poderia ter sobrevivido na boa. Mas aí ela fez 13 anos.

Os dedos de Cooper apertaram o volante.

— Quem foi o cara?

— O mentor dela. Você sabe como as academias funcionam? Toda criança tem um mentor, sempre um normal que é, bem, tudo para elas. O objetivo das academias é nos colocar uns contra os outros. O mentor é a única pessoa na qual o brilhante deveria ser capaz de confiar. Obviamente, eles são os verdadeiros monstros, mas você não compreende isso sendo criança. Eles são apenas adultos que são legais com você. E uma vez que o brilhante não tem mais mãe, pai, irmãos ou irmãs e nem mesmo um *nome*... — Shannon deu de ombros. — Todas as crianças precisam amar um adulto. Normal ou esquisito, está no nosso DNA.

Cooper sentiu aquela fúria desesperadora novamente, a sensação que teve quando visitou a academia, quando imaginou atirar o diretor pela porra da janela. Ele começou a desejar que tivesse atirado.

— De qualquer forma, na época em que Samantha fez 13 anos, ela começou a ficar parecida com o que é agora. E tinha aquele dom, certo? Ela sabia o que as pessoas queriam. O que os homens queriam. — Shannon respirou fundo, depois soltou o ar. — O mentor convenceu Samantha de que aquilo era amor. Até prometeu tirá-la escondido da academia assim que conseguisse. E até lá, ele deu coisas para Samantha para que fosse fácil lidar com a situação. Vicodin no início, mas o mentor rapidamente subiu de nível com ela. Quando ele finalmente tirou Samantha de lá, ela cheirava heroína.

"O homem a instalou em um apartamento, porém não fingiu mais estar apaixonado. Só deixou que Samantha sentisse um gostinho da abstinência. Depois, apresentou um 'amigo' dele e disse o que Samantha precisava fazer pela próxima dose. É o que ela vem fazendo desde então."

— Meu Deus — exclamou Cooper.

Quando ele olhou para Samantha antes, viu a necessidade crua na forma de uma mulher. Agora Cooper via uma adolescente, viciada e vendida pelo pai e pelo amante.

— Ela... o mentor, ele...?

— Não. Depois que John se formou na academia, ele foi atrás de Samantha. — Shannon se virou para Cooper pela primeira vez desde que os dois entraram no carro, e ele viu o sorriso típico, tão vermelho quanto uma luz de freio. — O curioso é que o mentor desapareceu. Nunca mais foi visto.

Fico feliz por você, John. Você pode ser um terrorista com sangue nas mãos até os cotovelos, mas pelo menos nisso você agiu certo.

— Ela é independente agora, não tem cafetão nem nada. Mas Samantha nunca deixou o mentor para trás, na verdade. Ela poderia ter sido uma artista maravilhosa, ou uma orientadora, uma terapeuta, mas não foi isso que o mundo normal quis de Samantha. Não foi o que o mundo normal a treinou para fazer.

"O que o mundo normal queria era um boquete por encomenda de uma puta anormal disposta a ser a filha deles. Os caras nem precisam se sentir mal quanto a isso; afinal de contas, nunca *disseram* que queriam comer a própria filha; Samantha percebia isso. E para as mulheres, bem — Shannon deu de ombros —, ela é apenas uma esquisita."

Shannon então ficou em silêncio, e a história pairou entre os dois como fumaça de cigarro enquanto Cooper percorria as ruas da cidade às escuras. Ele queria discutir com Shannon, dizer que o mundo não precisava ser daquela forma, que nem todos os normais se enquadravam na descrição que ela fazia.

Por outro lado, muitos normais fizeram o suficiente para manter Samantha em uma prisão cara e bem decorada pelo resto da vida. Ou até que a beleza começasse a desaparecer.

Esse era o mundo. O único que eles tinham. Ninguém disse que seria perfeito.

— De qualquer forma — falou Shannon. — Mesmo com o que aconteceu no fim, ela fará o que prometeu. Acho que ficaremos a salvo do meu lado, pelo menos, até chegarmos a Nova Canaã. Falando nisso, para chegarmos lá serão necessárias identidades novinhas em folha.

— É — respondeu ele. — Estou cuidando disso. Só precisamos de uma coisa primeiro.

CAPÍTULO 22

— Tenho que admitir que calculei que você estivesse falando de rifles de assalto ou algum brinquedinho secreto de espião, com neotecnologia, sabe.

— Desapontada?

— Não — respondeu Shannon enquanto pegava outra fatia de pizza. — Eu estava faminta.

Aquilo era mais um bar do que um restaurante, uma birosca subterrânea com paredes de tijolos e letreiros em neon. Pizza fininha como deve ser, não aquela porcaria grossa que apenas os turistas comiam, com pepperoni e pimenta. A clientela era casual, com bonés de beisebol e jeans, e a TV 3D estava ligada no jogo dos Bears, com o velho e bom Barry Adams fazendo todo mundo de bobo.

Cooper desenroscou a tampa do pimenteiro e jogou um punhado de flocos de pimenta calabresa na mão, depois polvilhou em cima da fatia. Uma delícia gordurosa, apimentada e cheia de queijo, que desceu junto com um longo gole de uma cerveja artesanal *indian pale ale* bem amarga.

A clientela inteira irrompeu em gritos ao mesmo tempo; os Bears marcaram um ponto. Chicago amava seus times locais. O replay mostrou Adams rompendo a linha de defesa como se tivesse recebido uma permissão especial do Todo-Poderoso. Shannon soltou um pequeno *u-hu*.

— Torcedora de futebol?

— Não, torcedora de Barry Adams.

— Eu imaginei — falou Cooper. — Na primeira vez que te vi. Bem, na segunda, na verdade. Na primeira vez, eu só notei uma garota bonita. Só quando triangulamos o sinal do celular que eu me dei conta de que você passou livremente pelo meu perímetro.

Ela limpou um pouco de molho nos lábios.

— Eu não tinha certeza de que conseguiria, se vocês tinham um arquivo sobre mim.

— Não, nada.

— Aposto que eles têm agora.

Cooper riu.

— É, eu diria que sim. Acho que a ordem dos alvos provavelmente começa em John Smith, depois venho eu, e aí você.

Foi uma coisa estranha de dizer, e mais ainda porque era verdade. Não havia disfarce mais completo que esse. Ele era um inimigo do estado. Nos últimos seis meses, Cooper atacara, roubara e sobrevivera a três — não, quatro, depois de hoje — encontros com agentes que queriam matá-lo. Na noite de hoje, mais cedo, ele roubara narcóticos experimentais e entregara para uma prostituta anormal que era uma amiga e possível amante do terrorista mais procurado no país, e agora estava jantando com uma das melhores agentes daquele terrorista, uma mulher furtiva que provavelmente matou tantas vezes quanto ele.

Cooper ouviu a voz de Roger Dickinson na cabeça. *Então, me explique outra vez: como Cooper pode ser um dos mocinhos nessa história?*

Era um pensamento perturbador, e ele tirou da cabeça.

— Então, como a coisa funciona para pessoas como você e Adams?

— Meu dom, você quer dizer?

— É.

Shannon pegou a pizza — Cooper sacou que ela não era uma mulher que comia de garfo e faca — e mastigou enquanto encarava o vazio, pensativa.

— Imagine que você está em um lado da rodovia e queira correr para o outro. Os carros estão passando a toda, caminhões te amassariam completamente, e motos costuram no meio entre eles. Então o que você faz é olhar na direção de onde eles estão vindo, certo? Você percebe as velocidades relativas e a distância, e decide quando correr e quando parar, baseado naquilo.

— Ou usa um viaduto.

— Ou isso. Mas imagine que, em vez disso, você apontou uma câmera para a rodovia e gravou os próximos 15 ou vinte segundos. Você viu onde tudo foi parar. Viu que um carro, ao mudar de faixa, obrigou o caminhão a diminuir, o que travou a pista e fez o motoqueiro pisar fundo.

— Você quer dizer que ele girou o acelerador. Motocicletas não têm pedal de acelerador.

— Tanto faz. A questão é que gravou tudo isso. Aí, imagine que você pode voltar no tempo, para o momento em que começou a gravação, só que agora você sabe o que vai acontecer. Sabe que a garota ao celular vai trocar de faixa sem ligar a seta, e o caminhão vai pisar no freio, e a motocicleta vai dar a volta. Então evitá-los é fácil.

— Você quer dizer que enxerga vetores?

— Mais ou menos. Os carros são apenas uma metáfora. Eu realmente não consigo fazer com veículos; só consigo deslizar entre pessoas. Preciso de pistas da parte delas. Eu realmente não sei como faço, apenas... eu olho para um quarto ou uma rua e consigo ver para onde cada pessoa está andando e olhando.

— Você é capaz de me dizer o que vai acontecer nos próximos 15 segundos?

— Eu não sei o que as pessoas farão ou se alguém derrubará a bebida. Ninguém planeja derrubar a própria bebida, então isso não posso prever. Mas posso ver que o cara saindo do banheiro chegará à metade de uma fileira, depois ele e a garçonete ficarão um no caminho do outro, e ele recuará, só que o cara sentado bem ali está prestes a se levantar, então haverá uma obstrução. A garçonete ficará imóvel, porque está indo para a mesa que fica atrás dos dois, e os demais sairão do caminho dela.

Cooper se virou para assistir. A cena aconteceu exatamente como ela dissera.

— Isso parece cansativo.

Ela inclinou a cabeça.

— A maioria das pessoas já sai dizendo o quanto o dom é legal e como gostariam que fossem capazes de fazer isso.

— Bem, é bacana, e eu gostaria. Mas você deve ficar cansada de tudo isso, o tempo todo.

— O seu dom é o tempo todo.

— É, e eu fico cansado dele — disse Cooper. — É a dissonância entre o que as pessoas dizem e o que elas querem dizer. Graças a Deus, eu sou menos um captador, e mais um especialista em reconhecimento de padrões e em avaliar intenções. Quero dizer, eu sei quando as pessoas estão mentindo descaradamente para mim, quando estão chateadas, esse tipo de coisa, mas já conheci captadores que podiam dizer os maiores segredos de uma pessoa após uma conversa de dois minutos sobre o tempo.

— Eu também. A maioria não sai de casa.

— Você sairia? Se eu estivesse cercado pelos segredos e mentiras de todas as pessoas que visse, eu também ficaria longe delas.

— Então, os seus padrões. Você é capaz de dizer o que as pessoas estão prestes a fazer? Fisicamente?

— Sim — respondeu Cooper. — E, por favor, não teste jogando aquele garfo em mim.

— Foi mal. — Shannon sorriu e tirou a mão dos talheres. — Não admira que John tenha dito para a gente não enfrentar você.

O comentário espontâneo o atingiu como um tapa.

— John... Smith? Ele me conhece? Pelo nome?

— É claro. — Ela achou graça. — Você achava que a coisa só funciona de um lado? John Smith sabe sobre você. Acho que ele meio que te respeita. John vetou um plano de assassinato contra você no ano passado, não muito antes do lance com a bolsa de valores. Um de nós queria plantar uma bomba no seu carro... era o quê, um Dodge Charger?... para provar que até o melhor agente do DAR não estava a salvo.

— Então o quê... eu não entendo. Por que ele não me matou?

— John disse não.

— Quero dizer, por que John não me matou?

— Ah, ele disse que isso apenas irritaria o DAR. Que o custo seria maior que o benefício.

— John Smith estava certo.

— Ele também disse que não havia como ter certeza de que seus filhos não estariam no carro.

Cooper abriu a boca e fechou. Pensou em quantas ocasiões entrou no Dodge Charger e que sequer uma vez tinha procurado por explosivos. Em quantas ocasiões Kate e Todd andaram de carro com ele. Pensou no carro em pedaços, chamas lambendo pelas janelas, e duas pequenas figuras queimadas no banco de trás.

— Então você deve ser um dançarino e tanto — comentou Shannon.

— O quê? Não. Sem ritmo. Eu seria um parceiro e tanto se alguém conduzisse, creio eu.

— Não vou me esquecer disso, caso a gente algum dia acabe na pista de dança. — Ela dobrou o guardanapo em cima da metade da fatia de pizza. — Então, e agora?

— Precisamos de documentos que nos permitam entrar em Nova Canaã. Carteira de motorista, passaportes, cartões de crédito. Eu conheço um cara em West Side que faz um ótimo trabalho.

Ela avaliou Cooper com o olhar.

— Por que você não pediu para ele em vez de Zane?

Droga. Cuidado, cara.

— Há uma diferença entre documentos que me ajudem a entrar no portão e o poder de apagar meu passado, que me deixe recomeçar.

— Esse cara é um amigo seu?

— Não.

⬛

Algumas vizinhanças e subúrbios a oeste do centro de Chicago eram locais prósperos e adoráveis, à sombra de árvores e cheios de famílias.

Este aqui não era um desses locais.

Cooper, um filho de militares antes de ele mesmo ter se tornado militar, jamais criou raízes realmente — pelo menos, não raízes geográficas — e, portanto, olhava para qualquer lugar com a perspectiva diferente de um eterno forasteiro. Ele tinha uma teoria sobre cidades: de que a indústria dominante influenciava o lugar em todos os níveis, da arquitetura às conversas. Portanto, em Los Angeles, uma cidade construída para o entretenimento e a fantasia, havia casas nas nuvens e conversas em jantares sobre labioplastia cosmética. Em Manhattan, as finanças reduziam tudo, em certos aspectos, a dinheiro; o horizonte era um gráfico de ações e as ruas pulsavam com moedas correntes.

Chicago nasceu como uma cidade de trabalhadores, uma cidade de frigoríficos, e não importava quantos restaurantes chiques fossem abertos, não importavam os parques à beira do lago e os espaços verdes, as partes mais genuínas estariam sempre cobertas por ferrugem. Elas se amontoavam nas margens do rio marrom lodoso e se aninhavam nos armazéns sem janelas das zonas industriais.

O prédio que Cooper procurava tinha três andares de concreto sombrio. Uma área de carga e descarga ocupava a frente inteira; acima dela, alguém pintou as palavras VALENTINO E FILHOS, LAVANDERIA NORMAL E A SECO em letras de 1,5 metro. Anos de invernos de Chicago esmaeceram e arrancaram a tinta. Cooper estacionou o carro embaixo de um poste, embora não fizesse muito sentido; ninguém morava ali perto. Ele abriu o porta-malas e tirou uma bolsa de lona.

— Roupa suja? — perguntou Shannon.

— De mais ou menos seis meses.

O maquinário era audível assim que eles se aproximaram da área de carga e descarga. Uma leve umidade doce irradiava do local. Dentro, o ambiente era quente e barulhento. Embaixo de lâmpadas fluorescentes que zumbiam, enormes máquinas de lavar giravam e estalavam, e homens e mulheres passavam entre elas para encher os cestos e retirar roupas limpas. O ar era denso e químico. Embora o percloroetileno usado na lavagem a seco devesse estar contido em um sistema fechado, as máquinas eram velhas, as conexões, ruins, e resíduos do produto tóxico de limpeza vazavam para o ar. Todos os trabalhadores pareciam pequenos, a marca de pessoas que passaram décadas se deslocando entre corredores estreitos, curvadas sob cargas pesadas. Cooper começou a andar por um corredor, parou e deu passagem para uma mulher atrofiada que empurrava um cesto com uma pilha de ternos. Estava frio lá fora, mas agora ele sentiu o suor nas axilas e na lombar.

Ninguém prestou atenção quando Cooper conduziu Shannon a uma escada estreita, nos fundos. O segundo andar era mais quente e mais barulhento que o primeiro; ali ficavam as máquinas de lavar gigantescas e as prensas enormes usadas na lavagem em escala industrial, para guardanapos, lençóis e toalhas de uma centena de hotéis e restaurantes. Os dois vislumbraram brevemente o maquinário pesado se mexendo com uma precisão de insetos, um pouco de música, algo mexicano e destoante pela animação, e aí seguiram subindo.

O mais quente de todos, o último andar era uma colmeia de mesas estreitas reunidas sob uma iluminação implacável. Havia dezenas de pessoas amontoadas em volta das mesas, cada uma apertando os olhos em uma máquina de costura ou cortando pedaços de tecido. O som era o de cem pica-paus ao mesmo tempo. A maioria dos homens estava sem camisa, trabalhava de peito nu ou de camiseta, com a pele brilhando. Um ventilador do tamanho de uma turbina de avião girava devagar e revolvia o ar que fedia a produtos químicos, cigarros e suor.

Cooper começou a descer o corredor na direção do escritório nos fundos. Shannon seguiu.

— Estranho — comentou ela.

— É uma confecção ilegal.

— Eu sei. Só que parece a ONU. Eu já vi confecções assim cheias de sul-africanos, guatemaltecos, coreanos, mas nunca vi todos eles no mesmo lugar.

— É — disse Cooper. — Schneider é um inovador.

— Um opressor que acredita em igualdade de oportunidades?

— Não exatamente. Ainda é basicamente uma única subcultura sendo explorada.

— O que você quer dizer?

— São todos anormais. Todos eles.

— Mas... — Shannon parou. — Como? Por quê?

— Schneider faz identidades sensacionais — explicou Cooper enquanto trocava a bolsa de lona pesada de ombro. — Ele se especializa em anormais que querem viver como normais. Alto risco, mas muita grana. Aqueles que não têm dinheiro pagam com trabalho.

— Fazendo roupas baratas.

— Fazendo cópias baratas de roupas caras.

Cooper acenou com a cabeça para uma mulher a três mesas de distância. O cabelo, da cor de fumaça de cigarro, estava preso em um coque atrás da cabeça. Ela usava óculos estranhos, como se fossem duas lupas de joalheiro montadas em armação de vovó. Enquanto eles observavam, a mulher tirou uma camisa de um cesto do lado esquerdo, colocou sobre a mesa, levou uma das mãos a uma caixa de papelão para tirar uma logo bordada de um centímetro, que ela colocou com precisão, e depois prendeu com pontos rápidos e calculados antes de depositar a camisa em um cesto à direita e meter a mão novamente para pegar outra no cesto à esquerda. Todo o processo talvez tenha levado 20 segundos.

— Aquela é a logo da Lucy Veronica?

— Sei lá. — Ele começou a andar novamente, e Shannon veio atrás.

— Quanto tempo leva para pagar uma nova identidade?

— Alguns anos. Eles precisam de empregos normais para ganhar a vida. São enfermeiras, bombeiros hidráulicos e chefes de cozinha. — Cooper parou no fim de uma fileira, olhou de um lado para o outro, e prosseguiu. — Só depois que encerram aquela jornada é que eles vêm aqui, trabalham seis ou oito horas para pagar a dívida.

— Você quer dizer que eles são escravos.

— Estão mais para servos por contrato, mas você entendeu. — Cooper olhou o fundo do corredor e viu Schneider falando com um sujeito de pele escura, com duas vezes o peso dele. — Por aqui.

Ninguém prestou atenção aos dois. Era parte do espírito do lugar; ninguém aqui queria ser reconhecido. *Afinal de contas, é para isso que*

246

eles estavam trabalhando. Brilhantes se matando em trabalho braçal, costurando roupas falsificadas para que tivessem o direito de se passar por normais.

Max Schneider parecia um espantalho, tinha dois metros de altura e era magro como um cadáver. O relógio era caro, mas os dentes eram podres. Cooper calculava que aquilo era uma escolha, acreditava que o falsificador via uma vantagem no incômodo que a dentição causava nas outras pessoas. Ou talvez ele simplesmente não se importasse.

O trabalhador que conversava com Schneider era parrudo, tinha uma camada de gordura sobre músculos. A pele tinha o tom de negro do Caribe, mas Cooper captou a tensão no homem como ondas agitadas de um amarelo enjoativo.

— Mas a culpa não é minha — disse o trabalhador.

— Você apresentou o cara — falou Schneider. — Ele era seu amigo.

— Não, eu te disse, era só um cara que encontrei. Disse isso quando o trouxe aqui, falei que não o conhecia, você perguntou se eu poria a mão no fogo por ele, e eu disse que não.

Schneider abanou a mão diante do nariz como se afastasse um mau cheiro.

— E agora ele se mete em uma briga de bar e vai preso? E se ele falar de mim?

— Eu não disse que poria a minha mão no fogo por ele.

— Eu deveria simplesmente me livrar de você. Encerrar o nosso acordo.

— Mas só faltam três semanas.

— Não — disse o falsificador. — Você tem mais seis meses.

O homem levou um momento para assimilar o argumento, aí ele arregalou os olhos, abriu as narinas, e a pulsação se acelerou na carótida.

— Nós tínhamos um acordo.

Schneider deu de ombros. Se o falsificador se acovardou pelo tamanho e fúria do funcionário, não demonstrou. Para Cooper, ele parecia um homem completamente sob controle, um homem que poderia dominar o mundo ou abandoná-lo.

— Seis meses. — Ele se virou e começou a ir embora.

— Eu não disse que poria minha mão no fogo por ele — repetiu o homem.

O falsificador se virou de volta.

— Repita isso.

— O quê?

— Repita isso. Repita. — Schneider deu um sorriso com dentes manchados.

Por um momento, Cooper notou que o cara estava pensando a respeito, que pensava em repetir aquilo e depois agarrar Schneider pelo pescoço e apertar, juntando os dedos fortes. Cooper viu o peso de milhares de injustiças que esmagavam o anormal e a vontade de jogar todas longe ao mesmo tempo, de se entregar ao prazer momentâneo de fingir que não havia futuro.

E Cooper teve que admitir que meio que queria que o homem fizesse aquilo. Pela sua espécie e dignidade.

Mas o momento passou. O grandalhão abriu a boca e fechou. Depois, devagar, ele puxou a cadeira de sua estação de trabalho e desmoronou nela. Os ombros caíram. Mãos com cicatrizes pegaram um tesourão e uma peça de brim e, com um corte hábil, ele abriu mão de meio ano de sua vida.

— Você — disse Schneider, como se só agora tivesse notado Cooper. — O poeta.

— É. — Ele não estendeu a mão.

— Você precisa de alguma coisa? — O falsificador olhou Shannon de cima a baixo, sem interesse.

— Novas identidades — respondeu Cooper.

— Já? Eu fiz dez para você da última vez. Já gastou todas? — Schneider franziu a testa. — Isso é imprudência. Eu não trabalho com gente imprudente.

— Não é isso. Eu preciso de uma coisa melhor.

Schneider deu um muxoxo de desdém, depois começou a andar e fez um gesto para que os dois o seguissem.

— Meu serviço é impecável. O selo, o microchip, a tinta. Você pode olhar a borda sob um microscópio e jurar que uma carteira novinha em folha tem dez anos. Meus ratos de programação inserem meu trabalho nos bancos de dados do governo. Não há serviço melhor.

— Mas desta vez eu vou cruzar a fronteira.

— Não importa. Os documentos vão funcionar. México, França, Ucrânia, seja lá onde for.

— Eu não vou a nenhum desses lugares.

Schneider parou. Franziu os olhos. Ele se debruçou sobre o ombro de uma menina asiática, talvez com 22 anos, e viu os dedos colocarem contas em uma filigrana delicada. O falsificador balançou a cabeça e respirou fundo.

— Grande demais — falou ele. — O espaçamento está grande demais. Faça direito, ou você não me servirá para nada.

A garota manteve o olhar abaixado, apenas concordou com a cabeça, e começou a desfazer o que tinha feito.

— Você vai para o Wyoming? — perguntou Schneider.

— Sim.

— Você é um esquisito. Não precisa de documentos. Pode entrar direto.

— Não quero ser eu mesmo.

— Qual você mesmo? — Schneider abriu o sorriso horroroso. — Thomas Eliot? Allen Ginsburg? Walter Whitman? Quem é você, Poeta?

Cooper encarou o olhar do falsificador e devolveu o sorriso.

— A Comunidade de Nova Canaã não é como os outros lugares — comentou Schneider. — A segurança lá é muito forte.

"Muito forte" era um eufemismo de proporções épicas, Cooper sabia. Embora a CNC tivesse uma política de portas abertas para imigrantes superdotados, Erik Epstein e o resto do governo da comunidade tinham uma paranoia justificada sobre serem infiltrados. E com a maior concentração de superdotados do planeta em uma única localidade, eles tinham literalmente as melhores pessoas do mundo protegendo as fronteiras. Agentes do DAR eram permitidos em Nova

Canaã — aquilo ainda era solo americano, afinal de contas —, mas apenas se eles se identificassem publicamente. Alguns fingiram adotar o estilo de vida local depois que deram carteirada para entrar; todos foram capturados e conduzidos educadamente para fora por homens com armas à mostra.

— Você consegue fazer isso?

— Vai precisar de identidades completas. Informação que as corrobore em todas as grandes bases de dados. Gerar um perfil de consumidor recorrente.

— Você consegue fazer isso?

— Eles pegarão você, com o tempo. Os protocolos mudarão, ou a função de busca será melhorada, ou você fará merda. E você não tem a aparência correta. Tem muita água no corpo.

— Você consegue fazer isso?

— É claro.

— Por quanto?

O falsificador respirou fundo de novo.

— Duzentos.

— *Duzentos?*

Era um preço absurdo, várias vezes mais o que Cooper pagara antes. Pagar por esses documentos rasparia quase todo o dinheiro que ele acumulou nos últimos seis meses como bandido.

— Você está brincando — disse Cooper.

— Não.

— Que tal cem?

— O preço é o preço que é.

— Ora, vamos. Você está me passando para trás aqui.

Schneider deu de ombros. Era o mesmo gesto que ele fez antes, quando adicionou seis meses à sentença do servo por contrato. Um gesto que dizia que era pegar ou largar, para o falsificador não fazia diferença.

Cooper soltou a bolsa de lona em uma bancada vazia, puxou o zíper e começou a contar os maços. A etiqueta do crime mandava fazer isso secretamente, mas ele não se importava. Deixe que alguma dessas pessoas esfaqueasse o falsificador. O problema não era de Cooper.

— Aqui. Esses são maços de dez mil. — Ele empurrou uma pilha de 20 maços sobre a bancada, depois meteu a mão na bolsa, tirou mais dois maços, e jogou ao lado dos outros. — E isto aqui é para o outro cara. Aquele que você trapaceou em seis meses.

Schneider parecia ter achado graça.

— Um gesto nobre.

— Ele pega a identidade amanhã. Assim como nós. — Cooper pousou de leve a mão sobre a pilha de dinheiro e tamborilou. — Certo?

O homem deu de ombros.

— Eu quero ouvir você dizer.

— Sim. Amanhã de manhã. Agora — ele afastou o mau cheiro novamente —, eu tenho trabalho.

Cooper deu meia-volta e saiu; Shannon seguiu como sua sombra. Ele passou pelo corredor, desceu a escada e saiu pela porta. A noite estava fresca, e Cooper respirou fundo e foi até o carro. Shannon deixou quase 1,5 quilômetro de asfalto passar embaixo dos pneus antes de fazer a pergunta que Cooper notou que ela queria fazer.

— Por que você...

— Porque eu não gosto do jeito que ele nem sequer esconde a maneira como nos enxerga. Como gado ou escravos.

— Muitas pessoas enxergam assim.

— É. Mas, com Schneider, é genuinamente impessoal. Ele é capaz de ver uma pessoa morrer queimada e não fazer um gesto para jogar água. Não é ódio, é... — Ele não conseguia pensar na palavra, não identificava exatamente o que provocava essa reação. — Eu não sei.

— Então pagar pelo cara foi para mostrar que você está no mesmo nível de Schneider?

— Tipo isso. Apenas para fazê-lo notar, creio eu. Abalá-lo.

— Mas o gesto não abalou Schneider. Você continuou sendo gado. Como uma vaca que aprende a dançar; é engraçado, mas ainda é uma vaca.

Como Cooper não tinha resposta para isso, ele apenas dirigiu em silêncio por um momento.

— É meio irônico, na verdade — falou Shannon. — Aquelas roupas eram falsificações da nova coleção da Lucy Veronica. Você conhece o trabalho dela?

— Eu conheço o nome. Ela é superdotada, não?

— Meu Deus, Cooper, pegue uma revista. O estilo Lucy Veronica reinventou a indústria da moda. A maneira como ela vê as coisas mudou tudo; ela é espacial. As roupas são o fetiche das socialites. E aquelas mulheres ricas são o fetiche das mulheres dos condomínios de classe média, que querem ser aquelas socialites, mas não podem pagar roupas originais Lucy Veronica. Então, o que elas fazem para conseguir a coisa mais parecida com alta-costura feita por uma brilhante? Compram uma falsificação feita por um brilhante. Em uma confecção ilegal que explora brilhantes.

— É, bem, Sammy Davis Junior conseguiu entrar para o Rat Pack, mas isso não significou que tínhamos igualdade racial.

Ela acenou levemente com a cabeça, uma espécie evasiva de gesto. Cooper captou o desejo de Shannon de começar uma retórica, mas, em vez disso, ela se recostou, tirou os sapatos e colocou os pés descalços no porta-luvas.

— De qualquer maneira, foi legal da sua parte. Pagar por ele, quero dizer. Uma boa coisa de se fazer.

— Bem, que se dane, não é? Temos que nos ajudar.

Ao dizer aquilo, Cooper percebeu que foi sincero, que não foi apenas uma frase para enganá-la. Ele estava descobrindo que a situação era mais turva ali do que esperava; a relativa claridade de seu posto no DAR não parecia traduzi-la. *Mas você ainda trabalha para o departamento. Não se esqueça disso.*

— De qualquer forma, aquele não era mesmo dinheiro meu. — Cooper olhou para ela, sorrindo. — Na verdade, eu sou um ladrão muito bom.

Aquilo arrancou uma risada — ele realmente gostava da risada de Shannon, adulta e vigorosa — que se transformou em um bocejo.

— Cansada?

— Evitar disparos de atiradores de elite, andar em cima de um trem, fazer um passeio por uma confecção ilegal... isso cansa uma garota.

— Maricas.

— Eu andei. Em cima. De um trem.

Foi a vez de Cooper rir.

— Tudo bem, vamos arrumar umas camas.

— Eu conheço um lugar que podemos ir. Alguns amigos meus. Estaremos a salvo.

— Como você sabe?

— Porque eles são meus amigos. — Shannon lançou um olhar intrigado para ele, as luzes do lado de fora refletiram em seus olhos. — Nem todos os amigos de uma pessoa atiram nela.

— É, bem, como vou saber que seus amigos não vão atirar em *mim*?

Ela balançou a cabeça.

— Eles não fazem parte do movimento. São só amigos.

Cooper virou o carro para a esquerda e pegou a Eisenhower, rumo a leste. Um conjunto de nuvens baixas rompia o horizonte no meio, as luzes dos prédios mais altos brilhavam como um conto de fadas contra o céu índigo. Os pneus do Jaguar cantaram no asfalto. Havia momentos ao dirigir em que ele se sentia perfeitamente calmo, como se fosse o carro deslizando sobre a estrada, potência, controle e distância. Mas, hoje à noite, a sensação era ruim. A parte da distância, talvez. Todos os últimos seis meses pareciam ter sido apenas sobre distância: em relação aos filhos, a Natalie, ao mundo que ele construiu com tanto cuidado e ao cargo importante que ele ocupava ali. Embora Cooper fosse um homem que gostava da própria companhia, conversar com Shannon e ter uma parceira fizeram com que ele notasse que andava solitário também. Parecia uma boa estar com as pessoas.

Além disso, me aproximar dela é me aproximar de John Smith.

— Ok, para onde vamos?

CAPÍTULO 23

Chinatown dava dores de cabeça ao DAR desde o início.

Não apenas em Chicago, e francamente, não apenas ao DAR. Seja qual fosse a cidade, a lei sempre tinha problemas com os bairros chineses. Os locais eram sistemas fechados, mundos insulares que existiam dentro das cidades, que realizavam comércio com elas, que atraíam turistas que vinham de lá, mas que mesmo assim nunca *pertenciam* realmente às cidades. A polícia que trabalhava em Chinatown levava uma bolha em volta, um pequeno raio de domínio americano que se estendia até onde eles conseguiam enxergar, que andava com os policiais e deixava o lugar inalterado quando eles saíam.

Isso tornava difícil a manutenção da ordem pública. Não havia muitos policiais chineses, e as outras raças se destacavam como se fossem iluminadas por trás. Não era apenas a questão de não falar a língua; eles nem sequer sabiam como fazer as perguntas e quais perguntas fazer. E em um mundo que existia dentro de si mesmo, uma comunidade fechada com os próprios líderes e facções, com a própria noção e sistema de justiça, o que um policial forasteiro poderia fazer de bom? E tudo isso foi antes de os superdotados surgirem e complicarem a situação.

Era pouco depois da meia-noite, e o rio virou uma faixa negra. Indústrias leves e armazéns deram espaço a densos agrupamentos de prédios de tijolos, decorados com toldos verdes e pagodes, para lojas de dois andares com uma confusão de letreiros coloridos, com letras tão sem sentido para Cooper quanto rabiscos de tinta. Um punhado tinha legendas em inglês com sentenças estranhas: COMA OU LEVE COM, AS CÂMERAS MELHORES DE TODAS, LOJA DE MACARRÕES FRESCOS. Letreiros superpostos de neon iluminavam a noite com cores de ficção científica.

— Onde fica a casa de seus amigos?

— Em um beco depois da Wentworth. Estacione onde quiser, nós vamos a pé.

Cooper achou um estacionamento pago na Archer. Ele estava prestes a sair do Jaguar quando Shannon falou:

— Deixe a arma.

— Hã?

— Esses são meus amigos. Não vou levar uma arma para a casa deles.

Cooper olhou para ela por um momento e desejou que tivesse o dom de Samantha, a garota de programa, que pudesse captar Shannon, ver a verdadeira Shannon, compreender suas intenções. Será que isso era alguma espécie de truque? Para pegá-lo desarmado e em menor número? Ela devolveu o olhar. Cooper deu de ombros, soltou o coldre do cinto e enfiou o conjunto embaixo do banco da frente.

— Obrigada.

Shannon andou meio passo adiante dele. As vitrines das lojas mostravam uma confusão de porcarias — gatos que acenavam, leques coloridos e espadas ninja de plástico. Porcarias para turistas, mas à noite eles foram embora. Todo mundo na calçada era morador, e muitos pareciam se conhecer. Os dois passaram pela vitrine de um açougueiro com as carcaças de aves depenadas penduradas pelos pés.

— Então, como você conhece essas pessoas?

— Lee Chen e eu somos amigos há muito tempo. Ele tem um negócio aqui.

— É, mas como? Como se conheceram?

— Ah, você sabe, em nosso mútuo ódio anormal contra o mundo, nós reconhecemos um ao outro como almas gêmeas em uma longa batalha.

— Certo.

Ela sorriu.

— Foi no ensino médio.

O dom de Cooper refez a conexão — *os dois frequentaram o colégio juntos, mas o amigo de Shannon se estabelecera aqui, portanto, era bem capaz de que ela tivesse crescido em Chicago*; um bom começo se um dia ele precisasse rastreá-la.

— É engraçado pensar em você no ensino médio.

— Por quê?

— Todo esse seu lado misterioso.

— Lado misterioso?

— É. Você não para de aparecer do nada, depois desaparece. Antes de saber seu nome, eu te chamava de a Garota que Atravessa Paredes.

Shannon riu.

— Melhor que o que me chamavam no colégio.

— O que era?

— Aberração, na maior parte do tempo. Pelo menos, até eu ganhar seios.

Os dois passaram por um restaurante chamado Lugar Gostoso, outro chamado Sete Tesouros, e viraram em um beco. O brilho da rua diminuiu. Caçambas de lixo transbordando, o cheiro doce de dejetos apodrecendo. Nos fundos de um prédio de tijolos sem identificação, ela entrou em uma alcova e bateu em uma porta sólida, pintada de verde.

Eles ouviram o som de uma tranca pesada, e aí a porta verde se abriu. O interior era uma pequena antecâmara com uma cadeira dobrável de metal e um livro de bolso aberto na metade sobre o assento. O guarda olhou para Shannon, apontou para uma porta na parede dos fundos, e depois se debruçou sobre um botão. Cooper ouviu o zumbido eletrônico de uma tranca.

— Que lugar é esse?

— De Lee. Um clube social. — Ela abriu a porta dos fundos.

O ambiente do outro lado resplandecia sob a péssima iluminação, as lâmpadas fluorescentes no teto lutavam com nuvens espessas de fumaça de cigarro. Havia oito ou nove mesas, metade delas ocupadas. Ninguém ergueu os olhos. Os homens em volta das mesas — eram todos homens, a maioria mais velhos — olhavam fixamente para a frente, absortos em um jogo disputado com dominós. Pilhas avulsas de notas estavam espalhadas entre cinzeiros e garrafas de cerveja.

— Você quer dizer um cassino.

— Eu quis dizer um clube social. Eles socializam jogando Pai Gow. É parte da cultura. Riscos, destino e números são mais importantes aqui.

Shannon começou a dar a volta pela sala. Música pop melosa tocava ao fundo. Ao chegar a uma mesa com sete homens, ela parou e ficou quieta. Os sujeitos ignoraram a garota, pois todos estavam de olho no crupiê, um cara mais jovem, prematuramente careca, que empurrava pilhas de peças para cada um dos jogadores. Elas faziam um barulho leve conforme os homens dispunham as peças em duplas. Quando as últimas foram colocadas, todos os jogadores desviraram as peças, revelaram padrões de pontinhos, e imediatamente a mesa explodiu em uma enxurrada de chinês. Dinheiro trocou de mãos.

Ela tocou o ombro do crupiê. O homem ergueu os olhos para ela.

— Azzi. — Seu rosto abriu um sorriso que sumiu quando ele viu Cooper.

— Lee Chen — disse Shannon e apertou o ombro dele. — Este é Nick Cooper.

O crupiê ficou de pé. O homem à esquerda recolheu as peças e começou a misturá-las enquanto os jogadores que restaram faziam apostas.

— Oi. — Cooper estendeu a mão. — Belo lugar.

— *Obligado* — respondeu Lee. — Você *poliça*?

— Não, eu era.

— Não *poliça*. *Agola* amigo de Shannon.

— Hum. É. Sim, sou amigo dela.

O inglês achinesado do homem o confundiu, um dos problemas clássicos de atuar em Chinatown. Tantas nuances podiam ser perdidas quando uma pergunta era compreendida apenas *grosso modo*. Cooper teria que dar respostas simples, para ter certeza de que não ofenderia...

Shannon mal conteve a risada.

Cooper olhou para ela, depois para Lee Chen.

— Você está me sacaneando.

— Sim, um pouquinho. Foi mal. — Lee sorriu e se voltou para Shannon. — Você já comeu?

— Há pouco. Por quê? Lisa está cozinhando?

— Lisa está sempre cozinhando.

Ele gesticulou para um jovem relaxando no bar e vociferou uma ordem curta. O homem se endireitou, veio correndo e tomou o lugar do crupiê na mesa. O jogo mudou novamente, um ritmo fácil com anos de prática. Lee passou o braço pelo ombro de Shannon e os dois começaram a ir embora.

— Alice vai ficar contente em te ver.

— Ela ainda está acordada?

— A mãe abriu uma exceção.

Lee soltou Shannon, abriu uma porta com letras que, mesmo escritas em outra língua, claramente diziam NÃO ENTRE, e começou a subir um lance de escada.

— Quem é Alice? — perguntou Cooper.

— Minha afilhada. — Ela sorriu para trás ao subir. — Ela tem oito anos e é linda, um gênio.

— E por que ele te chamou de Azzi?

— Meu sobrenome. Meu pai é libanês.

Shannon Azzi. De Chicago. Parecia tão menos dramático que a Garota que Atravessa Paredes. Uma era terrorista, uma agente mortífera do homem mais perigoso do país. A outra era, bem, uma mulher. Inteligente, engraçada, e brilhante nos dois sentidos da palavra. *E atraente pra caralho. É melhor admitir, agente Cooper.*

— Que engraçado pensar que você tem pai — disse ele.

— Já chega disso.

Cooper sorriu.

Os sons mudaram no momento em que eles chegaram ao topo da escada, assim como os aromas. Temperos fortes, alho e molho de peixe. Uma risada e o guincho de alegria de uma criança irromperam do fundo do corredor.

— Você está dando uma festa?

— Uma reunião para as crianças brincarem — explicou Lee. — Amigos com crianças.

Como na maioria das festas, todo mundo estava reunido na cozinha. Mais ou menos uns dez homens e mulheres, todos chineses, estavam enfiados em volta de uma bancada cheia de tigelas de comida. Uma panela cozinhava em fogo baixo no fogão, e um cheiro gostoso e azedo subia no vapor. Todo mundo olhou quando eles entraram, os sorrisos diminuíram um pouquinho apenas quando viram Cooper, sem hostilidade no gesto, apenas surpresa.

— Todos vocês conhecem Shannon — disse Lee. — Este é o amigo dela, Nick Cooper.

— Oi, pessoal.

Ele olhou em volta da cozinha e viu uma mulher magra empoleirada em um banco, vestida de forma estilosa, delicadamente chique naquele jeito oriental feminino característico. Cooper captou naturalidade no corpo dela e falou:

— Você deve ser Lisa.

A mulher saiu do banco e esticou a mão.

— Bem-vindo.

— Obrigado.

— Está com fome?

Cooper não estava, mas respondeu:

— Estou faminto.

— Ótimo. Temos comida demais.

— Nem imagino como isso foi acontecer — falou Lee secamente, enquanto tirava garrafas de cerveja da geladeira.

Ele girou as tampinhas para tirá-las, passou cervejas para Shannon e Cooper, e ficou com uma para si.

Lisa ignorou o marido e deu o braço a Cooper.

— Deixe-me apresentá-lo.

— Tia Shannon!

Um borrão de cabelo escuro e pele clara passou voando por ele, e colidiu com Shannon, que riu e abraçou a menina. As duas começaram a disparar perguntas uma para a outra, sem nenhuma esperar pelas respostas.

Lisa serviu arroz num prato para Cooper, depois começou a apontar os pratos e dizer seus nomes, explicando cada um como se ele jamais tivesse comido em um restaurante. Cooper disse que tudo parecia ótimo e pegou um pouco de cada tigela, equilibrando a cerveja contra o prato. Shannon trouxe a menina até ele e falou.

— Alice, este é o meu amigo Nick.

— Oi.

— Oi. Pode me fazer um favor, Alice? Pode me chamar de Cooper?

— Ok. — A menina pegou a mão de Shannon e a arrastou embora. — Vamos, venha brincar com a gente.

Cooper comeu, bebeu e andou pela cozinha. A maioria conversava em chinês até ele se aproximar, quando então as pessoas mudavam perfeitamente para inglês. Ele passou meia hora conversando sobre amenidades de festa. Todo mundo foi muito simpático, mas Cooper sentiu o mesmo incômodo de sempre em festas. Ele não gostava de conversa fiada, nem tinha talento para contar histórias. Havia uma habilidade de organizar a vida em conjuntos perfeitos de anedotas que Cooper não possuía.

Além disso, o que você vai dizer? "Então, houve uma ocasião em que eu estava atrás de um anormal que aproveitou uma falha de segurança nos cartões de crédito do Bank of America e roubou meio milhão de microtransações, isso antes de matar o burocrata que bateu em sua porta e fugir para o interior de Montana em um veículo de neve?"

Um monte de guinchos ecoou pelo corredor onde Alice tinha levado Shannon. Cooper se serviu de outra cerveja e seguiu o barulho. Encontrou Shannon em uma sala de estar, sentada em cima de um sofá modular, contando com os olhos fechados.

— Três, dois... um... já!

Sete crianças, Alice entre elas, todas trocavam de pé, prontas para disparar. Shannon abriu os olhos, espiou em volta do quarto, depois fingiu languidamente ir para a esquerda antes de pular do sofá para a direita. O garoto em que ela pulou em cima tentou desviar, mas Shannon tocou nele com uma das mãos, girou o corpo, viu duas crianças correndo uma na direção da outra, esperou uma fração de segundo, depois tocou nas duas quando elas colidiram. As crianças que foram tocadas ficaram imóveis como estátuas, enquanto as quatro que sobraram desviavam pelos cantos da sala, usando a mobília e os amigos congelados como cobertura.

— Eu vou pegar vocês — disse Shannon, depois se virou e tocou no menino que a seguia de mansinho.

Ele deu uma risadinha ao ficar imóvel.

Cooper olhou o jogo com um sorrisão. Shannon perseguiu as três últimas crianças, foi para a esquerda e a direita para encurralá-los. A mulher era a mestre indiscutível da brincadeira de estátua.

— Você tem filhos?

— Hã? — Ele se virou e viu que Lee tinha vindo por trás. — Dois. Um menino e uma menina, de nove e quatro anos.

Cooper pensou, mas não disse os nomes. Tomou um grande gole de cerveja.

— As melhores coisas do mundo, não são?

— Sim, são sim.

— Mesmo quando você quer matá-los.

— Mesmo assim.

Shannon pegou os três que faltavam rapidamente, um atrás do outro, e deixou Alice por último, agarrou a menina com um braço e fez cócegas com o outro. Quando ela finalmente deixou a menina respirar novamente, Alice falou:

— Eu sou a próxima! — Ela foi para o meio da sala, mas em vez de começar uma nova rodada da brincadeira da estátua, disse: — Lugares de Chicago!

— Píer da Marinha — falou uma menina de rabo de cavalo.

— Avenida Grand, 600, leste.

— O zoológico!

— Cannon Drive, 2.200, nórte.

As outras crianças começaram a gritar.

— Tasty City!

— A casa da minha mãe!

— O aeroporto!

— Avenida Archer, 2.022, sul; alameda 24, 337, oeste; o aeroporto O'Hare fica na avenida O'Hare, 10.000, oeste; e o aeroporto Midway fica na avenida Cicero, 5.700, sul.

Cooper sentiu um nó no estômago ao perceber o que estava acontecendo. Enquanto as crianças continuavam a berrar lugares, ele se voltou para Lee.

— Sua filha é superdotada?

O homem concordou com a cabeça.

— Nós começamos com *Boa-noite, Lua,* mas ela prefere a lista telefônica. Ela pega o meu datapad e lê listagens por horas. E também não é só Chicago. Alice conhece Nova York, Miami, Detroit, Los Angeles. Sempre que viajamos, ela lê a lista telefônica antes.

O orgulho de Lee irradiava em cada palavra e em cada músculo do rosto. Impressionado pela filha e feliz com as habilidades. Era um contraste tão grande com a típica reação de pais, com a própria reação de Cooper. Aquilo não era um homem com medo do que o mundo pensaria, com medo de que ela pudesse acabar sendo testada ou marcada, ou morando em uma academia. Aquilo era pura alegria pela maravilha que era a filha.

— Agora você, Zhi. — Shannon apontou para o menino que tentou chegar de mansinho por trás.

— Ok. — Ele ficou pronto, um pupilo confiante diante de um professor.

— Use os endereços e faça a soma.

— 34.397.

— Multiplique.

— 1.209 vezes 10 à 36ª potência.

— Some com os endereços norte e oeste e diminua dos endereços leste e sul.

— Menos 243.

Alice entrou na brincadeira.

— O zoológico vezes Tasty City menos a casa de Andrea.

— 4.448.063.

— O píer da Marinha dividido pela escola.

— 2,42914979757085...

As crianças estavam se divertindo, e Zhi estava no centro da brincadeira, dando cada resposta sem hesitação. Cooper não tirava os olhos, e a ficha caiu.

— *Todos* eles são brilhantes?

— Sim — respondeu Lee. — Como eu disse, hoje é uma reunião para as crianças brincarem.

— Mas... — Ele olhou para as crianças, para Shannon, e de volta para Lee. — Você não... quero dizer...

— Não estou preocupado em esconder o fato de que elas são superdotadas? — Lee sorriu. — Não. A cultura chinesa enxerga as coisas de maneira diferente. Essas crianças são especiais. Eles agregam honra e sucesso para uma família. Por que não adoraríamos isso?

Porque alguém da minha velha agência poderia ligar para você a qualquer momento.

— O resto do mundo não enxerga desta forma.

— O mundo está mudando — observou Lee calmamente. — Ele tem que mudar.

— E quanto às academias?

O homem fechou a cara.

— Algum dia, quando tudo isso acabar, as pessoas vão se lembrar das academias com vergonha. Será como os campos de concentração da Segunda Guerra Mundial.

— Eu concordo — comentou Cooper. — Não me leve a mal. Sou um anormal também.

— Eu presumi. A maioria dos amigos de Shannon é.

— E minha filha...

Cooper hesitou. Ele não queria dizer mesmo agora, mesmo aqui. *Por quê? Você está com vergonha de Kate?*

Não era isso. Não podia ser. Era medo, apenas isso. Medo do que aconteceria com ela.

Certo. Mas toda essa emoção negativa, todo esse desejo de esconder a habilidade dela, será que não existe uma parte de você que queria que Kate fosse normal? Só para que ela não corresse o risco?

Era um pensamento ruim. Cooper virou a cerveja e viu que estava vazia.

— Você não tem medo de que alguém obrigue as crianças a fazer o teste?

— É por isso que ser um chinês de Chinatown tem suas vantagens. O governo não sabe sobre elas.

— Como?

— Alguns de nós viajaram para o exterior a fim de ter os filhos. Outros usaram parteiras locais que não registram os nascimentos. É um risco, porque elas não têm os recursos de um hospital se algo der errado. Uma maneira idiota e horrível de fazer as coisas; mas, no momento, vale a pena.

O DAR suspeitava há muito tempo de que havia uma população significativa de anormais não registrados em comunidades de imigrantes. Era uma brecha que a agência pretendia fechar, mas tal e qual uma escada que range em uma casa pegando fogo, outras questões tinham prioridade. Essas comunidades raramente davam problema, e por isso foram deixadas em paz. Mas ao ver as crianças brincando — elas foram para um novo jogo, onde uma menina girava uma vez, depois fechava os olhos e respondia a perguntas detalhadas sobre tudo na sala, até o número de botões no vestido de Alice —, Cooper notou uma geração inteira de anormais que crescia bem debaixo dos narizes do DAR, sem ser registrada, testada ou acompanhada. As consequências eram enormes.

Quer ligar para o diretor Peters e informá-lo?

— É muita coisa para assimilar, hein? — Lee sorriu. — Estou tão acostumado com isso que esqueço que o resto do mundo não está. Como não amar vê-las brincando juntas? Crianças que não foram ensinadas, desde a tenra idade, que são monstros. Que são *anormais*. É lindo, não é?

— É — concordou Cooper. — É mesmo.

Mais tarde, depois que a festa acabou, depois que os pais recolheram os filhos, se despediram e saíram com potinhos de plástico com sobras de comida, Lisa levou Cooper e Shannon para um quartinho ao lado do corredor, decorado em tons pastéis e com pôsteres das princesas da Disney. Uma luminária no formato de um elefante brilhava na mesinha ao lado de uma cama de solteiro.

— É o quarto de Alice — falou Lisa, em tom de desculpas. — Ela pode dormir conosco hoje à noite. Infelizmente, não há quartos separados.

Cooper olhou para Shannon, mas seja lá o que ela achou sobre a acomodação, a garota não deixou transparecer além de colocar um cacho solto do cabelo atrás da orelha.

— Sem problema — disse ele.

— Vou pegar alguns cobertores.

Ela voltou com um saco de dormir, colocou sobre a cama com um travesseiro extra, e depois falou.

— Espero que vocês fiquem confortáveis.

— Ficaremos bem. Obrigado. — Cooper fez uma pausa e disse: — É muito importante para mim que você tenha nos recebido na sua casa.

– Um amigo de Shannon é um amigo nosso. Venha a hora que quiser.

Lisa deu uma olhada em volta do quarto, um abraço de boa-noite em Shannon e foi até ele. Cooper esperou que a anfitriã calculasse se ele era do tipo de abraço ou aperto de mão, mas Lisa não hesitou e simplesmente deu um rápido abraço. Depois saiu do quarto e fechou a porta.

Shannon enfiou as mãos nos bolsos. O gesto apertou a camiseta nas clavículas delicadas como asas de passarinho.

— Então.

— Eu fico com o chão.

— Obrigada.

Cooper fez questão de virar para o outro lado ao arrancar os sapatos e as meias e desabotoar a camisa. Decidiu ficar com a calça e a camiseta. Atrás, ouviu o suave farfalhar de tecido, e uma imagem de Shannon puxando a camiseta sobre a cabeça passou pela mente dele. Cooper imaginou o sutiã delicado de cor creme sobre a pele de tom caramelado.

Opa, agente Cooper, de onde surgiu isso?

Ele atribuiu aquilo ao longo dia de adrenalina a dois, enfatizado pela química masculina, e deixou como estava. Cooper entrou no saco de dormir e esfregou os olhos. Um momento depois, ouviu Shannon desligar o elefante, e o quarto ficou às escuras. Estrelas verde-claras brilharam nas paredes e no teto, constelações que giravam em um céu idealizado, em que as estrelas tinham pontas bonitas e bordas afiadas e estavam levemente fora de alcance.

— 'Noite, Cooper.

— Boa.

Ele entrelaçou as mãos atrás da cabeça. Estava velho demais para dormir no chão, porém cansado demais para se importar. Enquanto ficou deitado ali, encarando as estrelas de um céu melhor, Cooper se viu pensando outra vez no jogo, na expressão das crianças que brincavam com brinquedos praticamente inimagináveis para a maior parte do mundo.

Havia seis meses desde a última vez em que ele vira os filhos. Seis meses fingindo ser outra pessoa, em que enterrou a vida que amava para poder lutar por ela.

No fim das contas, tudo que Cooper fez foi pelos filhos. Mesmo as coisas que fez antes de eles nascerem, antes mesmo de ter conhecido Natalie. Era uma verdade que ele nunca teria entendido até se tornar pai, e uma verdade que jamais seria capaz de esquecer.

O mundo está mudando, dissera Lee. *Ele tem que mudar.*

Cooper torcia que Lee estivesse certo.

CAPÍTULO 24

O homem esperava por eles.

O sujeito era tão grande quanto Cooper se lembrava, tinha ombros largos e um físico musculoso por baixo da banha; era um homem que não levantava pesos porque levantava coisas pesadas para ganhar a vida. Ele parecia estar no lugar certo, ali na área de carga e descarga.

— Que porra foi aquela? — O homem vociferou as palavras quando Cooper e Shannon subiram os degraus.

— Como é?

— Pagar pela minha identidade. Está tentando bancar o fodão? Acha que me conhece? — O anormal balançou a cabeça. — Você não me conhece.

— Deixe pra lá.

Cooper começou a passar por ele, mas o grandalhão pegou seu braço. A pegada era de pedra.

— Eu fiz uma pergunta. O que você quer?

Cooper abaixou o olhar para a mão do sujeito e pensou *gire de lado, cotovelo direito no plexo solar, pise no arco do pé, gire com um gancho de esquerda.* E pensou *é nisso que dá fazer uma boa ação.*

— Quero que você saia do meu caminho.

Alguma coisa no tom de voz fez o homem hesitar e afrouxar a pegada. Cooper alisou a manga da camisa e passou.

— Eu não pedi por isso. Não te devo nada.

Cooper se retesou com o aumento da irritação e se virou.

— Você me deve, sim, babaca. Você me deve seis meses da sua vida. A palavra que você está procurando é "obrigado".

O homem cruzou os braços. Sustentou o olhar.

— Não sou escravo de ninguém. Nem de Schneider, e nem de você.

— Bravo — respondeu Cooper. — Parabéns. Você é uma ilha, sozinho e independente.

— Hã?

— Estou tão cansado de gente como você. De *esquisitos* como você. Schneider tomou seis meses da sua vida por uma bobeira, e você simplesmente abaixou a cabeça e aceitou. Ok, beleza, a escolha é sua. Mas aí um anjo devolveu aquele tempo para você. E qual é a primeira coisa que você pensa? Ele deve querer alguma coisa. Não pode estar apenas querendo aliviar o fardo do próximo. Ele não pode simplesmente ser um anormal que não gosta de ver outro sendo tratado daquela forma.

O homem franziu os olhos.

— Ninguém faz nada de graça. Anormal ou não.

— É, bem, não admira que a gente esteja perdendo.

Cooper deu as costas e foi até a porta. Olhando para trás, falou:

— Eu não quero que você seja meu escravo. Eu não quero que você seja um escravo, de modo algum.

Aí Cooper puxou a porta e entrou. Atrás dele, Shannon riu.

— Você é uma figura, Cooper.

— Vamos encontrar Schneider.

O falsificador viu os dois chegando e gesticulou para que eles o seguissem, sem esperar para ver se obedeceriam. Cooper sentiu a irritação aumentar. *Pegue só o que você veio pegar e caia fora.* Era hora de tomar o rumo do Wyoming, encontrar John Smith e acabar com isso. Talvez aquilo não fosse resolver todos os problemas do mundo, mas resolveria um deles. E talvez desse um tempinho para o mundo amadurecer um pouco, diabos.

Para um homem que tinha posses, Schneider certamente não gastou muito com o escritório. Paredes de concreto pintadas de branco, uma mesa de compensado com uma luminária e um telefone. O único item caro era um datapad de neotecnologia, que aparentava ser personalizado, todo elegante e tunado. O falsificador se sentou, abriu uma gaveta e tirou um envelope.

— Passaportes, carteiras de motorista, cartões de crédito.

Ele jogou o envelope na mesa. Cooper pegou, retirou um passaporte e viu sua foto acima do nome Tom Cappello. Folheou e notou que viajara muito, predominantemente na Europa. O documento estava esmaecido e gasto.

— O microchip bate com o passaporte?

— O que você pensa que eu sou?

— Estou ficando cansado dessa pergunta. O microchip bate?

— É claro. — Schneider se recostou e cruzou o tornozelo sobre o joelho ossudo. — Mais importante, a informação foi hackeada em todas as bases de dados relevantes. Um perfil completo: hábitos de despesas, hipotecas, comprovantes eleitorais, multas por excesso de velocidade, tudo.

Cooper abriu o outro passaporte e viu a foto de Shannon. Deve ter sido tirada por uma câmera de segurança em algum lugar no prédio, mas a foto estava perfeita, o fundo era adequadamente neutro. Aí ele viu o nome.

— Você está de brincadeira comigo?

— O que foi? — Shannon foi para o lado dele e pegou o documento. — Allison Cappello. E daí?

— Ele fez de nós um casal.

Schneider mostrou o show de horrores que era o seu sorriso.

— Isso é um problema?

— Eu não pedi por isso.

— Os perfis se complementam. Isso minimiza o risco da inserção de dados.

— É, para você. Para nós, significa que teremos que ser capazes de bancar o casal.

Schneider deu de ombros.

— O problema não é meu. Agora, prestem atenção. Vocês dois existem, mas apenas em um nível superficial. As novas identidades foram implantadas em sistemas de referência, mas levarão tempo para se propagar. Essa é a única forma de fazer isso. Não há jeito de modificar cada computador que teria um registro. Em vez disso, eu planto as identidades como uma semente, e elas crescem.

— Por quanto tempo?

— Vocês agora provavelmente passariam por uma verificação básica de segurança de Nova Canaã. Mas em alguns dias vocês terão um *backup* recorrente, com as identidades espalhadas pelo sistema inteiro. Esperem até lá, se puderem.

Cooper não respondeu. Ele recolocou o passaporte no envelope e se virou para ir embora.

— E, Poeta?

— Sim?

— Volte quando quiser. Seu dinheiro sempre cai bem. — O falsificador gargalhou.

Quando os dois passaram novamente pela área de carga e descarga, o grandalhão tinha ido embora. Melhor assim. No humor atual, Cooper poderia ter usado o homem como saco de pancadas.

— Nós poderíamos ficar com Lee e Lisa por alguns dias.

Cooper destrancou o carro e balançou a cabeça.

— Vamos cair na estrada.

— Você quer dirigir até o Wyoming?

— É melhor. Nós precisamos do tempo, e é mais seguro que um aeroporto.

— Tudo bem. — Shannon folheou o passaporte. — Tom e Allison Cappello. — Ela riu. — Se esse é o seu jeito de me levar para a cama, você ganhou pontos pela originalidade.

— Engraçadinha. — Cooper ligou o carro e virou para leste. — Então, como nos conhecemos?

— Hã?

— Somos casados. Se perguntarem, temos que ser capazes de parecer casados.

— Certo. Bem, no trabalho, creio eu. É verdade, afinal de contas.

Havia tanta ironia nisso que Cooper sorriu.

— Talvez um emprego diferente, porém. Algo entediante, para que ninguém continue fazendo perguntas a respeito.

— Contabilidade?

— Se alguém me perguntar sobre a devolução do imposto de renda, estamos fritos. Que tal... logística. Para uma entregadora. Ninguém quer saber como as coisas vão de um lugar para outro.

— Ok. Eu trabalhava lá primeiro. Nós nos conhecemos quando você foi transferido para Chicago. Não, Gary, Indiana. Ninguém também quer saber sobre Gary, Indiana — sugeriu Shannon. — Você ficou impressionado comigo, é claro.

— Na verdade, acho que você correu atrás de mim. Eu banquei o difícil.

— Foi completamente óbvio. Você não parava de fazer cara de cãozinho abandonado. E arrumava desculpas para vir à minha mesa.

— Você realmente tem uma mesa?

— Claro, no meu apartamento. Faz um grande serviço em apoiar minha planta falsa. — Ela se recostou e prendeu uma mecha de cabelo atrás da orelha. — Nós fomos ao cinema no primeiro encontro. Você foi um cavalheiro, não tentou nada.

— Mas você estava cheia de tesão. Não parava de tocar no meu braço e jogar o cabelo. Mexia na alça do sutiã.

— Vá sonhando.

— E arfava. Eu lembro que você arfava muito.

— Cale a boca.

Cooper sorriu e entrou no trânsito na rodovia. O ritmo dos dois era fácil, natural. Ele não estava flertando exatamente, mas a provocação era

272

divertida. Eles continuaram, sem pegar pesado, enquanto Cooper dirigia de volta a Chinatown. Lisa fez os dois prometerem que almoçariam antes de ir embora, e parecia que agora eles tinham tempo de sobra. Cooper puxou da memória um mapa do Wyoming. A comunidade ocupava um bom pedaço da metade do estado, um trecho horroroso de deserto e sertão montado a partir de mil transações imobiliárias, com uma fronteira parecida com um curral eleitoral. Ele calculou que seria um trajeto de 25 horas. Os dois poderiam viajar devagar e descansar ao longo do caminho. Parar em algum lugar e comprar um par de alianças. E Cooper poderia usar o tempo para fazer um plano. Chegar a Erik Epstein não seria fácil, e era apenas o primeiro passo no caminho de John Smith.

— A Costa Amalfitana, na Itália — disse Shannon. — Foi lá que passamos a lua de mel. Nós alugamos um quarto em um rochedo, com uma sacada onde bebíamos vinho. Todo dia nós nadávamos no mar.

— Eu me lembro. Você ficou um espetáculo naquele maiô.

— O vermelho? — Ela olhou para Cooper através de cílios negros.
— Você sempre gostou que eu usasse vermelho.

— Cai bem no seu corpo — falou ele, e as palavras saíram antes que pudesse impedi-las.

A lembrança da noite anterior veio em um *flashback*, o sussurro suave da camiseta de Shannon saindo, e a imagem que Cooper inventou. Ele sentiu um pouco de calor na testa e deu uma olhadela para ela.

Shannon estava com um sorrisinho.

— Meu corpo, é?

— A pele, quero dizer. Você falou que seu pai é libanês... e sua mãe?

— Francesa. Toda lábios cor de vinho e cabelão ondulante. Eram um casal e tanto. Ele era um empresário muito elegante e usava um bigodinho fino. Os dois pareciam saídos de um filme da RKO.

— Pareciam?

— É — respondeu ela simplesmente.

— Sinto muito.

— Obrigada.

Shannon endireitou os ombros, e Cooper captou a mudança de assunto ali e marcou no padrão em que ela se transformava na mente dele.

Cooper estava prestes a perguntar onde os pais de Shannon moraram quando viu o Escalade. O trânsito vinha ficando cada vez pior conforme eles se aproximavam de Chinatown, o que ele atribuiu aos turistas e ao povo saindo para almoçar. Mas o utilitário...

Escalade modelo novo, preto, janelas escuras.

Estacionado meio dentro, meio fora da rua, como se tivesse parado subitamente. Bem no cruzamento da Cermark com a Archer, duas das artérias de Chinatown.

Com os motores ligados.

Placas do governo.

Merda.

... mandou um arrepio na espinha como um aviso. Cooper se endireitou de supetão e apertou o volante. Shannon percebeu o gesto, acompanhou o olhar dele e disse:

— Não.

Cooper deu uma olhadela no retrovisor, meio que esperando ver utilitários pretos chegando em cima deles, mas não havia nada além de uma longa fila de carros. Se isso era uma armadilha, o outro lado ainda não tinha se fechado. Fazer um retorno? Chamativo, um último recurso. Podia ser apenas uma coincidência, um veículo usado em batidas do DAR ali por outra coisa qualquer, com um alvo diferente.

— Lee e Lisa — falou Shannon e tremeu como se tivesse sido eletrocutada. — Não, não, não.

— Nós não sabemos...

— O trânsito — disse ela. — Droga, eu devia ter percebido. Pare o carro.

— Espere, Shannon, nós não podemos...

— Pare o carro!

Cooper notou então — o trânsito não estava apenas ficando lento. Estava parando. Aquilo não era questão de uma rua cheia ou um semáforo queimado. Alguma coisa estava bloqueando o fluxo dos carros. Podia ser um acidente. Uma batida, com a polícia no local.

É. E creio que o DAR esteja aqui para multar.

Cooper subiu o meio-fio e entrou em um pequeno centro comercial. Shannon já estava fora antes de as rodas pararem de girar. Ele desligou a ignição e seguiu a garota; os dois correram pelo estacionamento.

Ao longe, um som alto e confuso. Não vinha de uma única fonte, mas de centenas sobrepostas. Cooper primeiro pensou que fosse um desfile, uma espécie de festival, mas sabia que era excesso de otimismo. Ele tinha visto utilitários iguais àquele milhares de vezes, requisitou os mesmos uma centena de vezes.

A força policial paramilitar e particular do DAR, uma mistura de policiais antitumulto e equipe SWAT. Eles usavam armadura negra e capacetes com visores que escondiam completamente as feições. Os visores funcionavam como um painel transparente, que destacavam alvos, exibiam coordenadas de mapas e ofereciam visão noturna. O departamento chamava as unidades de equipes de resposta tática.

O povo chamava os agentes de desumanos.

Adiante dele, Shannon passou pelo fim do centro comercial, pulou uma cerca baixa e disparou para a Archer. Cooper seguiu a toda, chegou à cerca sem perder o pique e passou por cima. A garota estava no meio da rua, costurando no trânsito confuso. Uma pequena área verde rodeava um prédio de apartamentos, e Shannon passou voando pelo meio. Cooper a perdeu de vista quando ela deu a volta no edifício e disparou a correr; a respiração acelerou com a súbita transição para ação.

A meio quarteirão ao norte, havia outro Escalade preto parado na entrada de um banco. As portas estavam abertas, e ele viu três desumanos em posições defensivas. Parrudos por causa da armadura e com um vidro inexpressivo como cabeça, eles pareciam insetos predadores. Cada um segurava uma submetralhadora com coronha dobrável. Shannon corria para o sul agora, bem no meio da rua. Buzinas adicionavam gritos ao rugido da multidão, que ficava mais próxima a cada passo. Cooper a alcançou assim que ela fez uma curva fechada. Ele seguiu.

E viu o que estava provocando o barulho. A calçada e o beco estavam cheios de gente, a maioria era de chineses, todos virados para o outro lado. Eles berravam e brandiam os punhos. O grupo estava apinhado de pessoas e forçou o caminho à frente, sem conseguir nenhum avanço. Acima da cabeça dos manifestantes, Cooper viu uma dezena de desumanos com escudos antitumulto isolando um beco.

O beco onde o clube social de Lee ficava localizado.

Não.

Shannon já havia chegado à multidão, entrou nela como uma flecha no oceano, enquanto o dom lhe mostrava buracos e vetores. Cooper seguiu da melhor maneira possível, entrando à base de empurrões. O barulho era inacreditável, uma fúria de raiva e medo em uma língua estrangeira. Enquanto ele observava, um homem na frente pegou uma pedra e atirou. Ela quicou inofensivamente em um escudo. O comando deu um passo à frente e bateu o escudo no sujeito com tanta força que Cooper quase escutou o nariz do homem se quebrando. Ele caiu, com sangue escorrendo, e a multidão rugiu mais alto. Cooper olhou ao redor freneticamente, percebeu os prédios baixos, as saídas de incêndio, o beco mais ao sul, para tentar encontrar uma brecha que soubesse que eles não arriscariam.

Protocolo 43 da Equipe de Resposta Tática do DAR: No evento de uma extração em um ambiente lotado e hostil, primeiro, estabeleça o perímetro de uma zona de operação. Limite o uso de força a não ser que os alvos tenham uma vantagem estratégica significativa e demonstrem intenção de aplicar aquela vantagem.

Tradução: gente desarmada no solo apenas apanha, mas se alguém subir em um prédio, atire naquela pessoa.

Shannon conseguiu chegar até a metade da multidão antes de ser detida. Mesmo o dom não era capaz de achar um caminho na turba. Os desumanos dominavam a boca do beco ombro a ombro, com uma camada de 20 fileiras de moradores furiosos de Chinatown contra eles. Cooper segurou o homem em frente, puxou e deu uma rasteira. O sujeito cambaleou para trás na multidão, e ele entrou atrás de Shannon.

— Precisamos ir embora — berrou ele mais alto que o rugido da multidão.

Neste momento, a equipe principal estaria vasculhando o antro de jogatina de Lee e o apartamento em cima. Os agentes usariam escâner térmico e cachorros, e não levariam muito tempo para perceber que ele e Shannon não estavam lá.

— Eles vão procurar a gente na multidão — disse Cooper.

— Eles não estão aqui por nossa causa. — As bochechas de Shannon ficaram pálidas.

— O que você está...

Cooper acompanhou o olhar dela para uma van de transporte de prisioneiros do tamanho de um caminhão de entregas estacionado a meia distância dali, com as portas traseiras abertas. Soldados em trajes antitumulto guardavam a traseira, com armas de prontidão. Outro grupo empurrava duas figuras algemadas no beco, um homem prematuramente careca e uma mulher com penteado chique, ambos berrando e lutando.

Lee e Lisa.

O estômago de Cooper deu um nó. Enquanto ele observava, um comando enfiou a coronha da arma na barriga de Lee. Lisa gritou e tentou se aproximar do marido. Outro soldado a pegou por trás, enfiou um capuz preto na cabeça, e a empurrou para o interior da van que os aguardava. Segundos depois, Lee entrou à força ao lado dela. Algo dentro do peito de Cooper rugiu e berrou, se agitou na grade formada pelas costelas. Ele forçou o caminho à frente, avançou contra a multidão e sentiu mais do que escutou os próprios gritos. Cooper ganhou e perdeu dez centímetros. Era como ser colhido por uma onda tempestuosa; ele foi jogado de um lado para o outro, mas avançou pouco. Shannon avançou menos ainda; o dom era inútil agora. No alto, havia o rotor de um helicóptero, e sirenes em algum ponto, ao longe. Vidro se estilhaçou, uma janela ou uma garrafa. Aquilo provocou uma reação; os desumanos uniram os escudos e se prepararam. Por trás dos soldados, jogada sobre as cabeças em um lento arco, veio uma lata de fumaça. O gás lacrimogêneo atingiu alguém na multidão e quicou para o chão; subiu um fluxo de nuvens brancas. Uma segunda e terceira latas vieram depois. As pessoas começaram a engasgar e ter ânsia de vômito, o movimento da multidão deu meia-volta e colheu Cooper e Shannon.

A última coisa que ele viu do beco, antes de o gás e o pânico consumirem tudo, foi um soldado colocando um capuz negro sobre a cabeça de Alice Chen, de oito anos.

■

Silêncio. Havia se passado uma hora, mas o silêncio ainda era barulhento, e nele Cooper podia ouvir os ecos da turba.

Ele respirou uma boa quantidade do gás quando a multidão avançou e se espalhou. A tosse frenética deixou a garganta arranhada, e os olhos ainda ardiam e lacrimejavam. Cooper teve que lutar contra a velocidade do Jaguar, o pé queria pisar fundo no acelerador. Em vez disso, ele acompanhou o fluxo constante do trânsito e reviu a cena sem parar. Ele esteve longe demais para pegar os detalhes, mas a imaginação teve o prazer de providenciá-los: a menininha tremendo, com olhos arregalados, o puro pânico que ela deve ter sentido quando homens de preto arrancaram seus pais de casa. O grito da mãe quando o pai apanhou. A máscara lisa de inseto do estranho refletindo o rosto de Alice enquanto o homem se abaixava sobre ela.

E aí a escuridão, próxima e intensa, quando o capuz desceu sobre a cabeça.

Cooper viu aquilo, ouviu a multidão e sentiu o gás, e, no entanto, ainda mal acreditava. Como aquela missão podia ter sido autorizada? Por que levar Lee, Lisa e Alice? Por que levá-los embora?

— Só pode ser por nossa causa. — A voz saiu baixa e fraca diante do peso de uma hora de silêncio acumulado. — Eles estiveram lá por nossa causa.

Shannon não respondeu. Ela ficou sentada na beirada do banco do carona, com os ombros virados de lado, como se quisesse ficar o mais longe dele possível.

— Eu não consigo acreditar — falou Cooper.

— Por que não? — Shannon falou para a janela lateral. — É assim que uma missão se parece.

— Normalmente, não. De alguma forma, eles sabiam que estivemos lá. Caso contrário, não viriam daquele jeito.

Shannon se virou então para encará-lo, com puro desdém no rosto.

— Você está falando sério?

Ele procurou uma resposta, mas nenhuma das palavras que vieram à mente eram corretas. Tudo em que Cooper acreditava virou uma mentira por causa da imagem de um capuz cobrindo o rosto de uma criança.

— É assim que a coisa funciona, Cooper. Você não sabe disso? Claro que sabe. Você já deu uma ordem daquelas antes.

— Não, nunca.

— Você nunca despachou desumanos? O melhor agente do DAR, e nunca deu ordens para executar uma missão?

— Não como aquela.

— Era como, então? Sua equipe levava flores e bolo?

— Minhas equipes eram chamadas contra criminosos. Terroristas. Anormais que machucaram alguém ou que estavam prestes a machucar alguém.

— Tenho certeza de que foi isso que disseram para aqueles homens também. Que Lee e sua família eram terroristas. Da mesma forma que a Gestapo acreditava que as pessoas que eles prendiam estavam tramando contra o Estado.

— Ora, vamos. Você pode vencer qualquer discussão com a Gestapo ou os nazistas. O DAR não é a mesma coisa.

— Você acha que o DAR parece estar indo na direção certa?

— Ok, primeiro, eu não trabalho mais para o departamento, lembra? Segundo, talvez isso não tivesse acontecido se *vocês* parassem de explodir prédios e assassinar pessoas. Eu odeio o que acabei de ver. Aquilo me deixa enojado. Mas não pode jogar uma bomba e depois ficar chateada porque as pessoas não gostam muito de você. Aqueles homens pensavam que iam capturar os responsáveis por uma explosão que matou mais de mil pessoas.

— Deixe pra lá — falou Shannon e se virou novamente.

Uma ideia veio à cabeça de Cooper.

— Espere aí. Eu não conhecia Lee e Lisa, mas você, sim.

— E daí?

— Daí como o DAR saberia, a não ser que eles tenham sido avisados?

— Por quem?

— Que tal Samantha? Ou... — Ele fez uma pausa, para deixá-la pensar.

— Você está insinuando que *John* ligou para o DAR e contou a nossa localização?

— Ele sabia sobre Lee e Lisa?

— Não importa. Ele jamais teria feito uma coisa dessas.

— Talvez Samantha ainda não tenha passado a mensagem para ele. Talvez tenha sido uma tentativa dele de apagar você.

— Sem chance.

— Shannon...

— Estou falando sério, Cooper. Pare com isso.

Ele abriu a boca, pois queria brigar. Queria gastar a fúria dentro dele em uma batalha, os dois com sangue nos olhos. Queria contar para Shannon sobre o bichinho de pelúcia rosa que ele viu no meio dos escombros em Nova York. Mas aí imaginou a cena no apartamento de Lee, a porta explodindo sem aviso prévio, os desumanos entrando, os berros dos antigos colegas, jogando a família no chão e algemando no piso da cozinha, a mesma cozinha onde ele esteve ontem à noite, conversando com estranhos simpáticos.

A culpa é de John Smith. Se não houvesse terrorismo, não haveria equipes de resposta tática. As mãos de Smith estavam sujas com o sangue de milhares de pessoas. Lee, Lisa e Alice eram apenas as mais recentes.

Ele se viu lembrando da noite de 12 de março, do discurso à nação do presidente Walker. Cooper assistiu no dia seguinte, em um hotel nas proximidades de Norfolk, já em trânsito. Ele assistiu sentindo pontadas no estômago, com medo do que fosse escutar, de que o presidente pregaria a fúria divina contra os anormais. Em vez disso, o homem insistiu que houvesse tolerância. Quais foram as palavras?

"Dizem que as parcerias mais fortes são formadas na adversidade. Enfrentemos essa adversidade não como uma nação dividida, não como normal e anormal, mas como americanos.

Trabalhemos juntos para construir um futuro melhor para os nossos filhos.

E jamais nos esqueçamos do sofrimento do dia de hoje. Jamais cedamos aos que acreditam que o poder político sai do cano de uma arma, aos covardes que matam crianças para conseguir seus objetivos.

Para eles, não pode haver — não haverá — piedade."

Ele ouvira aquele discurso com uma sensação de orgulho, o equivalente patriótico de um pau duro. E as palavras ainda o emocionavam. Elas representavam o motivo de Cooper estar infiltrado agora, a razão pela qual não via os filhos há seis meses.

Cooper tinha que encontrar John Smith. *E para ele, não haverá piedade.*

As palavras eram antigas, um mantra que Cooper repetia toda noite. O que o surpreendeu foi a voz baixa que veio a seguir. Aquela que disse: *E depois, e aí? De volta ao DAR? Chamar mais equipes de resposta tática? Você realmente pode voltar para aquilo?*

— O que vai acontecer com eles? — perguntou Shannon.

— Eles serão levados à seção local. Interrogados.

— Interrogados.

— Sim — respondeu Cooper. — Tomara que contem sobre nós aos agentes imediatamente. Isso facilitará as coisas. Pode ser que sejam soltos com uma advertência.

— Não minta para mim, Cooper.

Ele olhou para Shannon e viu a intensidade no olhar. Voltou a atenção para a rua.

— Eles serão multados. O clube e o apartamento serão confiscados. Um ou os dois irá para a prisão por acolher fugitivos.

— E Alice?

Cooper cerrou os dentes.

— Ai, meu Deus. — Shannon enfiou o rosto nas mãos. — Uma academia?

— É... é possível. Depende se o teste indicá-la como uma anormal do primeiro escalão.

— E mesmo que não indique, ela será marcada. Eles vão rastrear Alice. Agora que a lei do microchip foi aprovada, eles vão colocar um localizador na garganta da menina. Instalado na carótida, de maneira que nem uma microcirurgia possa retirá-lo. Ela nunca estará a salvo novamente.

Cooper queria dizer algo que a consolasse, alguma coisa para melhorar a situação, mas não conseguiu imaginar o que serviria.

— Meu Deus. A culpa é minha. Eu nunca deveria ter levado você lá.

— Não há nada que a gente possa fazer por eles agora. Temos apenas que chegar ao Wyoming e resolver esta situação. Temos que sair do perigo. Depois, talvez.

— Certo. — O riso dela não tinha humor algum. — Puta que o pariu.

Shannon olhou pela janela, mas Cooper duvidou que ela visse alguma coisa.

— Eu realmente espero que você valha a pena — disse Shannon.

— O quê?

A hesitação foi minúscula, uma tensão nos trapézios, uma agitação nos dedos. Minúscula, mas estava lá.

— Eu disse que espero que valha a pena. Ir ao Wyoming.

Cooper conteve a própria reação ao tamborilar no volante. Será que ela simplesmente falou errado? Possível. Mas aquela hesitação... Ela estava guardando alguma coisa. Escondendo algo.

É, bem, ela está do outro lado, lembra?

Cooper pensou em apontar o erro, mas decidiu não fazer. Os eventos das últimas 24 horas — *meu Deus, foi tudo isso?* — geraram uma camaradagem entre os dois. E sim, ela era atraente, em todos os sentidos da palavra. Mas a amizade, ou seja lá o que fosse, não sobreviveria à missão. Não dava para trair Shannon, matar John Smith e depois ver se ela queria tomar um café uma hora dessas.

Shannon era o inimigo. Melhor não se esquecer disso. Interprete o papel, interprete até o talo, e fique de olho nela o tempo todo.

Apenas chegue ao Wyoming, chegue até John Smith, e acabe com isso. Por todas as crianças.

CAPÍTULO 25

Três dias de verde e marrom e de estrada zumbindo embaixo dos pneus, de *outdoors* contra o céu infinito, de postos de gasolina aparentemente idênticos e de estações de rádio que sumiam. Rodovia I-90 rumo ao oeste, uma longa faixa cinza que se desdobrava pelos morros ondulantes do Wisconsin, as planícies de Minnesota, a vegetação rasteira e amarelada pelo sol de Dakota do Sul. As cidades diminuíam de tamanho conforme eles dirigiam, do horizonte de Milwaukee, pontilhado por torres de igrejas e letreiros de cervejarias à silhueta praticamente imperceptível de Sioux Falls e aos pacatos centros comerciais de Rapid City.

Os dois podiam ter percorrido todo o trajeto em uma corrida maluca, mas precisavam matar tempo de qualquer forma, então dirigiram oito horas por dia e jantaram em lanchonetes de *fast-food*. O silêncio não durou. Na primeira noite, eles voltaram à rotina deliberadamente casual. Evitaram política, mantiveram o clima leve. Contaram histórias da juventude, falaram de amigos, desventuras de embriaguez e livros favoritos, contos nem íntimos, nem distantes.

Na noite anterior, pararam em um hotel de beira de estrada em Black Hills. Pediram pizza e zapearam na TV 3D, pulando os canais de noticiários sem se dar conta. Do lado de fora, o mundo era negro, simplesmente desapareceu, e o céu estava inundado de estrelas. Cooper adormeceu ao som da respiração de Shannon na outra cama.

Na manhã de hoje, eles acordaram cedo e entraram no Wyoming. Cooper visitara o estado apenas uma vez, em uma viagem para acampar com Natalie na cordilheira Teton há uma década. Era verão na época, e as montanhas estavam cobertas de verde. Ele se lembrou que fez amor de manhã enquanto o café fervia na fogueira e os pássaros cantavam nas árvores.

Ali, porém, na fronteira a leste do estado, o cenário era plano e devastado, com pedras áridas e uma vegetação rasteira e espinhosa. Não parecia um lugar onde pessoas conseguissem viver. As cidades eram coisas minúsculas que se agarravam à rodovia.

Até eles chegarem a Gillette. Antigamente era um lugar tranquilo, com 20 mil habitantes, a maioria, trabalhadores da indústria de energia. Aí Erik Epstein revelou que uma enorme porção do estado que ele andou comprando na surdina seria combinada em uma grande nova "comuna", um lugar que batizou de Comunidade de Nova Canaã, um lar para pessoas como ele. Território esquisito, como as pessoas chamaram ao rir da ideia de alguém tentar viver ali. Riram, quer dizer, até que entrou em jogo todo o poder dos 300 bilhões de dólares de Epstein, e em questão de meses o mundo mudou completamente.

Gillette era o fim da estrada que entrava em Nova Canaã. Juntamente com duas cidades menores — Shoshoni a oeste e Rawlins ao sul, saindo da rodovia I-80 —, Gillette era um dos únicos caminhos de entrada na Comunidade. Epstein construiu amplas rodovias, com quatro faixas em cada direção que corriam para o centro de um deserto, um corte irregular através de alguns dos terrenos menos desejáveis dos Estados Unidos. Ele comprou acres de terra por dólares, comprou através de empresas *holding* e em leilões, comprou no entorno de vilarejos que já existiam com vinte moradores, comprou enormes ranchos de gado e os direitos de mineração de campos de petróleo e gás natural que eram profundos demais ou escassos demais para serem explorados. O resultado foi uma colcha de retalhos de deserto pedregoso, um terreno em grande parte contíguo, que mal tinha sido tocado em toda a história da humanidade.

E com aquele ato, as outrora irrelevantes cidades de Gillette, Shoshoni e Rawlins se tornaram nacionalmente conhecidas como os portões de entrada para Nova Canaã. Enormes paradas para caminhões surgiram, assim como moradias para os milhares de operários que construíram os estágios iniciais da Comunidade. Restaurantes, cinemas e *shopping centers* rapidamente vieram atrás. Finalmente, chegaram os hotéis de turismo, lojas de lembranças, galerias de arte e todo o resto.

Quando era criança, Cooper adorava filmes de ficção científica, especialmente os dos anos 1970, todos com cores berrantes, neon e pessoas em macacões. Eles tinham um charme tão brega, no qual o mundo se transformava em uma metrópole com duzentos andares de altura. Mas agora, enquanto os dois esperavam em um mar de caminhões vinte minutos depois de Gillette, Cooper se deu conta de que o futuro não se revelou daquela forma, de maneira alguma. A paisagem árida e o sol ofuscante pareciam mais com o passado. Um faroeste com caubóis.

— Quanto tempo leva para passarmos pelo posto de controle?

— Daqui? — Shannon estava no volante; ela dobrou o pescoço de lado para ver além do semirreboque em frente. — Provavelmente 15 minutos.

— Eficiente.

— Tem que ser. A entrada é basicamente um enorme depósito de entregas.

— É, eu sei.

Como qualquer agente do DAR, Cooper passou por várias reuniões sobre a Comunidade. Embora ela se parecesse, em termos culturais, com Israel pouco depois da Segunda Guerra Mundial, a CNC encarava um conjunto singular de circunstâncias. Por estar em solo americano, tinha que obedecer às leis dos Estados Unidos. Mas 300 bilhões de dólares bancavam todo tipo de exceções. Os advogados e lobistas de Epstein juntaram uma centena de brechas, o que resultou na Comunidade ser declarada um condado independente, com o próprio código municipal. E porque a CNC inteira era um terreno corporativo de propriedade privada, o acesso podia ser controlado.

— Todos os caminhões que chegam largam a carga aqui, e depois ela é distribuída por uma rede interna de entregas — continuou Cooper. — Isso gera muitos empregos.

— Empregos, a Comunidade tem de sobra. O desemprego é zero. E não apenas em pesquisa; transporte rodoviário, construção, mineração, infraestrutura, tudo que tem direito.

— Com certeza. Tem que haver muitas coisas para os normais fazerem.

Ela riu.

— Não apenas os normais. Muitos superdotados se mudam para cá para fazer parte de alguma coisa, mas um calculador do quinto escalão ou um músico do terceiro não são exatamente os desbravadores da pesquisa biomédica.

— Há quanto tempo você mora aqui?

— Tenho um apartamento há três anos. Não sei se eu diria que moro aqui.

— Sei como é.

Dez minutos depois, Cooper viu a fronteira pela primeira vez. As quatro vias da rodovia se duplicaram, depois se duplicaram novamente, e mais uma vez. Os semirreboques tomaram à direita e encheram a maior parte das vias, enquanto os veículos de passageiros foram para a esquerda. Cada via levava a um posto de controle parecido com uma cabine de pedágio. Guardas em uniformes pardos com o emblema azul da estrela ascendente da Comunidade andavam como formigas, centenas deles, falavam com os motoristas, passavam espelhos embaixo dos carros, conduziam pastores-alemães. A cobertura de cada posto de controle parecia bastante simples, mas Cooper sabia que elas estavam abarrotadas com os mais avançados detectores neotecnológicos que existiam. A piada era que, para ver o equipamento que o DAR teria no ano que vem, bastava ir ao Wyoming e entrar em um bar. Esta era

287

a verdadeira proteção da Comunidade, um trunfo mais importante que a paisagem desolada ou os bilhões de Epstein. As melhores mentes em seus campos, superdotados que individualmente avançavam a tecnologia em décadas, trabalhavam juntos ali, e os resultados fluíam para o país como um todo.

Não é preciso um exército para conquistar os Estados Unidos, pensou Cooper. *Basta produzir centros de entretenimento sem os quais as pessoas não consigam viver.*

Shannon parou embaixo da cobertura, e a sombra repentina entrou de maneira refrescante no carro. Ela abaixou a janela, e um jovem com belo bigode falou "bem-vinda à Comunidade Nova Canaã posso ver seus documentos por favor" sem parar para respirar. Cada um procurou os passaportes — no caminho, os dois conversaram sobre a importância de não parecerem muito dispostos, muito ansiosos — e passou os documentos. O guarda acenou com a cabeça e entregou os passaportes para uma mulher atrás dele, que passou cada documento em um escâner. Cooper sabia que o equipamento verificaria não apenas a veracidade do passaporte, mas também o histórico recente de crédito, antecedentes criminais e de trânsito, Deus sabe o que mais.

Hora de ver se Schneider ferrou a gente. As identidades e os cartões de crédito funcionaram bem na saída, mas aquilo não significava nada. Este era o primeiro teste de verdade. Cooper fingiu um interesse casual e olhou em volta como um turista.

— Senhor e senhora... Cappello — falou o guarda. — Qual é o motivo de sua visita a Nova Canaã?

— Nós apenas queremos vê-la — respondeu Shannon radiante. — Estamos viajando de carro para Portland e pensamos que seria divertido dar uma parada.

— Algum narcótico ou armas de fogo?

— Não.

Cooper deixou a arma desmontada em uma caçamba de lixo em Minnesota, pois sabia que eles perguntariam. Não importava. Ele realmente não gostava tanto assim de armas, e, além disso, uma pistola não faria diferença.

— Onde o senhor e a senhora ficarão enquanto estiverem aqui?

— Pensamos em ficar num hotel em Newton.

A primeira cidade da Comunidade era uma das maiores e aberta em grande parte aos turistas. Mais para o interior, haveria mais verificações de segurança, que exigiriam comprovantes. Os relatórios do DAR comparavam a Comunidade a camadas de peneiras; cada camada verificava mais coisas, através de mais brechas legais que iam de condomínios fechados até áreas de mineração de alta segurança e instalações de pesquisas ligadas ao governo. Enquanto Cooper observava, outro guarda segurava um instrumento que ele nunca tinha visto, um retângulo sem nada marcado em um cabo de pistola, e passava lentamente pelo carro. Procurando explosivos? Tirando fotos dos dois? Lendo as auras?

A mulher devolveu os passaportes para o guarda de bigode, que devolveu a Shannon.

— Obrigado pela cooperação. Por favor, saiba que a Comunidade de Nova Canaã é um terreno corporativo de propriedade privada, e ao entrar, o senhor e a senhora concordam em obedecer aos estatutos das Indústrias Epstein, em permanecer dentro dos espaços identificados na cor verde, e em obedecer a todos os pedidos da segurança.

— Saquei — respondeu Shannon, depois subiu a janela e engatou a primeira.

E sem mais nem menos, eles entraram.

■

A CNC era diferente do que ele imaginara.

Cooper tinha analisado centenas de fotos e simulações. De cima, tinha visto as enormes zonas industriais aglomeradas em cada entrada, fileira atrás de fileira de hangares que serviam como entrepostos para tudo, de madeira a cloreto de metileno e a uísque, todos produtos que a Comunidade importava. Cooper estudou a planta da região, a rede de estradas que ligava as cidades e postos avançados que cresceram da noite para o dia. Leu as especificações dos campos solares, onde quilômetros de painéis pretos fotoelétricos reluziam como as carapaças de insetos, todos se movendo em perfeita sintonia enquanto acompanhavam o sol no céu, durante o dia, e a lua, durante a noite. Ele conhecia as populações de Newton, Da Vinci, Leibniz, Tesla e Arquimedes, sabia qual era o papel especializado de cada cidade. Cooper assistiu a palestras sobre a natureza singular de uma sociedade pré-planejada construída com financiamento praticamente infinito.

O que ele não tinha feito foi dirigir pelas ruas de Newton com as janelas abaixadas e sentir o cheiro da poeira e da descarga ionizada dos condensadores de umidade. Nunca tinha visto uma mulher estacionar o carro em uma estação de recarga do lado de fora de um bar e ouvido o zumbido dos geradores funcionando. E apesar de ter lido as estatísticas mil vezes, Cooper nunca havia se dado conta de como o lugar era *jovem*. Uma coisa era saber que os superdotados mais velhos registrados tinham 33 anos, e outra era ver um mundo de adolescentes andando ocupados de um lado para o outro, moleques em capacetes de operário e dirigindo caminhões, crianças que construíam um novo mundo de acordo com uma planta de dez anos. Havia pessoas mais velhas também, é claro; muitas famílias com filhos superdotados se mudaram para lá, mas elas pareciam estranhamente deslocadas e em menor número, como o corpo docente em um campus universitário.

O apartamento de Shannon ficava no segundo andar, em cima de um bar. Um quarto com uma cama retrátil, com a roupa de cama muito bem-feita, uma cozinha que não dava sinal de um dia ter sido usada, uma mesa com uma planta de plástico pegando sol. Aquilo lembrava muito o próprio apartamento de Cooper em Washington.

Ela o conduziu para dentro, depois ficou parada um momento, como se tentasse reconhecer o lugar, como se alguém tivesse estado ali em sua ausência e deslocado as coisas centímetros. Após um instante, Shannon anunciou que queria tomar banho. Pela parede, Cooper ouviu o som de um chuveiro que abria e fechava em rápidos ciclos — só havia chuveiros da Marinha, pois a água era preciosa demais para se desperdiçar ali. Ele abriu a geladeira, não viu nada além de condimentos e cerveja, e se serviu de uma. Andou pela sala, depois saiu para a pequena varanda.

A Comunidade incorporava a teoria mais moderna de design urbano, com amplas ciclovias e praças públicas como as *piazzas* italianas. Cooper franziu os olhos por causa do sol, bebeu a cerveja e viu um grupo de jovens de 20 anos começar um jogo de pique com jeito de flerte, rapazes perseguindo moças que riam, todos eles magros, de pele curtida e bronzeada, vendendo saúde. Ele se perguntou sobre qual dos jovens poderia dançar pelo genoma ou se lembrar de cada detalhe de um rosto visto de relance há dez anos. Ele se perguntou quais dos jovens trabalhavam para John Smith, quais eram terroristas, quais um dia poderiam ter sido alvos para ele traçar um padrão, perseguir e talvez assassinar.

Assassinar?

Cooper tomou outro gole de cerveja, debruçado sobre o guarda-corpo. Um momento depois, Shannon se juntou a ele, usando um vestido de verão agora, uma coisa de algodão com alças que deixava os ombros à mostra. O cabelo ainda estava molhado, e ela penteava com escovadas constantes. Estava bonita e tinha cheiro de um xampu tropical qualquer, talvez de coco.

— Então, conseguimos.

— Conseguimos.

Cooper se virou e se encostou no guarda-corpo, sentiu o metal quente através da camiseta. Ele ficou vendo Shannon escovar o cabelo e depois notou que estava sendo observado por ela.

— O que foi? — perguntou Shannon.

— Eu só estava pensando. Você está a salvo agora.

— E você não. É incômodo, não é? Alguém uniformizado não vai com a sua aparência e, no instante seguinte, você acaba em uma sala muito iluminada. — Ela inclinou a cabeça para o lado. — Conheço a sensação.

Ele não respondeu, apenas sustentou o olhar.

Shannon suspirou.

— Cooper, nós tínhamos um acordo. Isto significa algo para mim. Você nos trouxe até aqui, eu levo a gente para ver Epstein.

— Ok — respondeu ele. — O que a gente faz? Passa no escritório dele e pede uma audiência com o Rei de Nova Canaã?

— Eu te disse que só os banais chamam Epstein assim.

— Estamos no reino dele neste momento. — Cooper apontou com a cabeça um par de uniformes lá embaixo, na praça. — Aqueles são seguranças corporativos, pagos por Epstein.

— Isso mesmo, ele paga. Mas não há confecções ilegais na Comunidade.

Por que você está provocando Shannon? Ela estava certa: ele realmente se sentia incomodado. Por anos Cooper andou pelo mundo com a certeza do poder. Ali, ele era um turista com um passaporte falso, no máximo. E, na pior das hipóteses, bem, Cooper não tinha ilusões a respeito da própria segurança.

Não era isso que o incomodava. Ele esperava se sentir como um soldado atrás das linhas inimigas. Só que agora que estava ali, o território inimigo se revelou uma mistura de um *kibutz* com um campus. Essa sensação o surpreendeu, a impressão de que a Comunidade não era o coração pulsante do império do mal.

Longe disso. Você gosta do que viu. O local tinha algo de inspirador, a energia, o planejamento racional e a criação alegre. Passava a impressão de um lugar que construía alguma coisa. Que apontava para o futuro. O resto do país parecia atolado no passado, sempre com saudades de uma época mais simples, mesmo que essa época mais simples jamais tivesse existido.

— Qual é o nosso próximo passo?

— O segundo passo é amanhã. Nós vamos até Epstein, como eu prometi. No terceiro passo, nós nos separamos, eu encontro meu pessoal e explico a situação.

— E o primeiro passo?

— O primeiro passo é você trocar de roupa e nós sairmos para beber. Estou em casa e quero comemorar.

■

Os dois começaram no bar embaixo do apartamento de Shannon. Do lado de fora, parecia com qualquer outro bar, e Cooper fez o jogo de sempre consigo mesmo: country-rock no som, letreiros de cerveja em neon atrás do balcão, mesas de madeira arranhada, a sensação de suor causada pela luz do sol intensa demais entrando pelas janelas da frente, um barman tatuado, entediado por trabalhar de dia.

Pela primeira vez em uma década, ele só acertou uma de cinco.

O ar-condicionado do lugar estava um pouco acima do congelante, e as janelas tinham algum tipo de efeito polarizador que matava a fúria da luz do sol sem tornar opaco o mundo lá fora. A decoração era toda elegante; a luz era indireta, sem fonte definida, como se o próprio ar brilhasse. A música era uma batida sexy, vagamente eletrônica. Quem atendia no bar era uma garota de uns 16 anos que trabalhava num datapad; a pele era curtida, mas tirando isso, não tinha marcas identificáveis.

Pelo menos as mesas eram de madeira arranhada. Elas pareciam mais velhas que a *barwoman*, e provavelmente eram. Compradas no atacado e despachadas para lá.

— Duas cidras e duas vodcas — pediu Shannon, depois se virou para Cooper, deu um de seus sorrisinhos marotos, e completou: — E o mesmo para ele.

De início, Cooper tomou pequenos goles, pois se sentia tenso. A segunda vodca gelada cuidou dessa tensão, e a cidra — destilada ali, informou Shannon, uma vez que maçãs e peras eram duas de um punhado de coisas que cresciam bem no Wyoming — tinha uma acidez agradável.

— Vitaminas — disse ela. — A maioria do complexo B. Nós comemos muita carne aqui, mas verduras são caras.

Shannon tomou uma dose atrás da outra e seguiu para uma das cidras. Havia uma leveza nela que Cooper não tinha visto antes, como se ela estivesse desestressando. A segurança do solo amigo. Shannon riu, brincou e pediu mais bebidas, e, em algum ponto do meio do caminho, ele decidiu "por que não?".

— Então — falou ela. — Primeiras impressões.

— Eu te achei muito bonita, mas um pouco explosiva.

— Engraçadinho.

— Obrigado. — Cooper tomou um longo gole da cidra. — Honestamente? Não era o que eu esperava.

— Explique a diferença.

Ele olhou em volta do bar, para os mais ou menos dez clientes. Jovens, todos eles, e barulhentos. As mesas cobertas por copos vazios. Risadas que eclodiam como uma bomba, uma mesa inteira morrendo de rir com uma piada e seguindo com um brinde. Quando foi a última vez em que ele esteve em um grupo como aquele, perdido em uma conversa, e viveu apenas por uma bebida?

O foco egocêntrico, a certeza de que aquele momento era tudo na vida — tudo era familiar. Aos 18 anos, quando Cooper era soldado, beber com os amigos era algo praticado com a mesma energia implacável, a mesma determinação espalhafatosa. Mas havia diferenças. Todo mundo era mais magro, com aquela aparência de pele repuxada de pessoas que não bebiam água suficiente e passavam muito tempo ao sol. As roupas eram leves e parecidas, muito funcionais. Mais cedo, na fronteira, Cooper pensou que aquele lugar parecia mais com o passado do que com o futuro, e meio que esperou ver chapelões e botas de caubói, uma geração atuando como mais velha. Ele esteve meio certo; havia um monte de chapéus, mas as botas eram todas funcionais e tinham sinais de muito uso. Nada daquilo parecia seguir uma moda, ou pelo menos não uma que Cooper reconhecesse.

— Não há letreiros de cerveja — disse ele.

Shannon inclinou a cabeça para o lado.

— Um bar como este, em qualquer outro lugar, teria letreiros de cerveja. Sabe, as logo das antigas, o cavalo, símbolo da Budweiser. E mesmo as novas cervejas fazem letreiros que conscientemente refletem aquelas que vieram antes. Porque é assim que se faz. Se você produz uma cerveja, você faz um letreiro para ela. É como uma mesa de sinuca em um bar, mesmo que, na verdade, ninguém mais saiba como jogar sinuca. Nossos avós jogavam sinuca; a gente fica bêbado e bate nas bolas com tacos tortos. Ninguém pensa sobre isso, mas é nostalgia. É uma sensação de passado, do jeito que as coisas são feitas.

— Como rock clássico — comentou ela. — Eu poderia passar o resto da vida sem ouvir "Sweet Home Alabama" novamente.

— É isso aí. Tipo, os Rolling Stones são sensacionais. Mas Credence Clearwater ou os Allman Brothers pela milionésima vez? Alguém se empolga com a música deles? Alguém sequer *ouve*? É nostalgia.

— Carros — disse Shannon. — A maioria das pessoas que mora nas cidades não vai além de uns poucos quilômetros no trânsito. Então por que as montadoras continuam fazendo carrões velozes, que consomem um montão de gasolina? Os carros deveriam ser leves, elétricos e fáceis de estacionar, isso sim.

— Isso aí eu não sei — respondeu Cooper. — Eu gosto de carrões velozes.

— Mentalidade de velhos tempos — falou ela sorrindo. — Outra rodada?

Do lado de fora das janelas, o mundo ficou dourado e laranja, e finalmente violeta.

Quando eles saíram, Cooper estava se sentindo bem, não embriagado, mas a caminho disso, com o mundo meio escorregadio nas bordas. Ela chamou um táxi elétrico e deu instruções ao motorista. Os joelhos dos dois se tocaram no banco de trás do carro minúsculo. Martinis antes do jantar, depois bifes de costela com sal grosso e pimenta-do-reino, perfeitamente malpassados na grelha. Cada mordida fez Cooper querer derreter sobre o prato.

Ele percebeu que os dois foram notados pelas pessoas no restaurante, marcados como turistas, mas não parecia haver nenhuma ameaça no gesto. Newton recebia muitos turistas, e provavelmente considerava isso como exportação de boa vontade.

Shannon pediu uma garrafa de vinho e acompanhou cada taça dele. As coisas ficaram difusas, o mundo encolheu. Cooper sabia que estava bêbado e não se importou.

Algum tempo depois, os dois estavam em uma casa noturna em um porão. Mobília elegante de plástico e mesas baixas, uma fumaça com cheiro de maconha. Em um pequeno palco, um trio de violão, violino e bongô tocava uma melodia estranha e muito ritmada, que era algo entre reggae e jazz; todos os músicos saíam por tangentes complexas como equações matemáticas, e os sons eram quase, mas não exatamente, contraditórios. Brilhantes, Cooper tinha certeza, músicos que eram capazes de tocar qualquer coisa que tivessem ouvido uma vez, porém, nunca queriam tocar a mesma coisa duas vezes, cansados do padrão que exploraram. Shannon estava no banheiro, e ele se recostou para ouvir a música. O plano mais inteligente para a noite de hoje teria sido ficar no apartamento dela, estudar mapas e ler a biografia de Epstein, mas ele não conseguia se importar.

Shannon voltou requebrando, em parte, para desviar do público, em parte, um gingado de quadril que acompanhava a batida da banda; as pernas eram fortes, resistentes e elásticas, e ela trazia mais duas bebidas.

— Cá está o senhor, Sr. Cappello. Tom.

Ele riu e respondeu:

— Obrigado, Allison.

Os dois estavam em um sofá enfiado em um canto, e Shannon caiu do lado dele. Tinha um cheiro muito gostoso. Detrás da orelha, Shannon puxou um baseado muito bem enrolado, depois se inclinou para a frente e acendeu na vela sobre a mesa.

— Ahh. Maconha de Wyoming.

— O bar não se importa?

— O condado não pode legalizar a maconha, então, há uma multa de 25 dólares. Que a pessoa paga adiantado quando compra um baseado no bar. — Ela tragou novamente e se recostou no assento. — Você foi casado, certo?

— Sim. — Ele teve um *flashback* de Natalie naquela última noite que a viu, parada embaixo da árvore onde os dois um dia moraram juntos. — Sete anos de casado, divorciado há quatro.

— Você se casou jovem, então.

— Tínhamos 20 anos.

— Superdotada?

— Não.

— Foi esse o problema? — Shannon ofereceu o baseado.

Cooper começou a recusar, depois pensou "que se dane." Deu uma leve baforada, depois tragou. Sentiu uma onda imediata, um formigamento nos dedos dos pés e das mãos que fluiu para dentro.

— Eu não fico chapado desde que tinha 17 anos.

— Pegue leve, então. Aqui a parada é forte.

Cooper deu outro tapa e devolveu. Por um momento, os dois apenas ficaram sentados juntos, com os ombros quase se tocando. Ele sentiu o calor de Shannon e um brilho pelo próprio corpo inteiro.

— Sim — respondeu Cooper. — Foi esse o problema.

— Ela sentia ciúmes?

— Não, nada do gênero. Parte do motivo por nós termos nos casado foi que eu era superdotado. Os pais dela não gostavam do nosso namoro, e ela odiava aquilo por parte deles. Costumava brincar que éramos um casal interracial. Então ela ficou grávida, e aquilo basicamente selou a situação.

— Você foi feliz?

— Muito, por um tempo. Depois, menos.

— O que aconteceu?

— Ah, apenas... a vida. — Cooper ergueu uma das mãos, olhou fixamente para ela, observou a textura da pele e a flexão dos músculos enquanto mexia os dedos. — Não dá para desligar, sabe? O que fazemos.

Ela ficou cansada. Minha culpa, boa parte. Eu era impaciente, sempre terminava as frases por ela. As mil maneiras estranhas como as nossas diferenças se manifestavam, tipo, o fato de que ela adorava surpresas, mas jamais conseguia planejar uma para mim. Eu tinha captado todos os padrões dela, completamente. E quando a situação ficava tensa, eu reagia à raiva dela antes que ela dissesse uma palavra, o que a emputecia ainda mais. O fim... ele veio devagar, depois todo de uma vez.

— Isso é Hemingway — falou Shannon.

Cooper se virou para encará-la, para ver os grandes olhos escuros e os cílios espessos. O rosto de Shannon nadou um pouco na embriaguez.

— Sim.

No palco, o violinista fez um solo barulhento, as notas eram estranhas e dissonantes, e, no entanto, não exatamente erradas, e ficavam mais incisivas com o impacto da droga. Soava como uma noite insone de sábado passada olhando pela janela, sem conseguir enxergar.

— Eu fui noiva uma vez — revelou Shannon.

— Sério?

— Meu Deus, Cooper, você não precisa parecer tão surpreso.

Ele riu.

— Fale dele.

— Dela.

— Sério? — Cooper endireitou o corpo. — Mas você não é gay.

— Como você sabe?

— Reconhecimento de padrões, lembra? Eu tenho um espetacular detector de gays.

Foi a vez de Shannon rir.

— Não sou mesmo. Hoje, com tudo que está acontecendo, isso simplesmente não parece fazer muita diferença. Quero dizer, talvez se os superdotados não tivessem surgido, ser gay fosse um grande problema, talvez as pessoas se importassem com a orientação sexual, mas temos motivos bem maiores para odiar uns aos outros.

— Então, o que aconteceu?

Ela deu de ombros.

— Como você disse, eu não sou gay.

— Mas você a amava.

— É. — Shannon fez uma pausa, depois deu outro tapa no baseado. — Eu não sei. Era um monte de coisas. Meu dom também foi meio culpado. É difícil amar alguém, mas não ser capaz de compartilhar a sua forma de ver o mundo. É como tentar explicar cores para alguém que é cego. A pessoa nunca entende de verdade.

Uma parte de Cooper queria discutir com ela, porém era mais por força do hábito que qualquer outra coisa. Uma atitude que ele teve como um anormal em um mundo normal. Um esquisito que caçava outros esquisitos.

— Mas foi legal — disse Shannon. — Ser amada.

Cooper concordou com a cabeça. Os dois ficaram em silêncio, se recostaram e assistiram à banda. O corpo dele pareceu elástico, flexível, escorregadio e derretido nas almofadas. Ele captou trechos de dezenas de conversas, sentiu a gargalhada de uma mulher descer espinha abaixo. O amanhã pareceu bem distante, as coisas que ele teria que fazer, a batalha que retomaria. Mas, por agora, neste exato segundo, era boa a sensação de estar apenas sentado ali e flutuar na bruma morna. Estar sentado ao lado de uma linda mulher no meio de um novo mundo estranho e curtir estar vivo.

— Isso é bom também — falou Cooper. — Tirar uma folguinha. De tudo.

— Sim — respondeu Shannon. — É, sim.

— Obrigado.

— De nada.

A banda começou uma nova canção.

SEM BRILHO

O que teria acontecido...
se os superdotados jamais
tivessem acontecido.

Dr. Donald Masse

"Perturbador e hipnótico."
— *New York Times*

"Pesquisa impecável e completamente
verossímil."
— *Washington Post*

"Uma leitura e tanto."
— *Chicago Tribune*

Todas as pessoas sabem que o mundo mudou para sempre com a chegada dos superdotados. Agora, o aclamado cientista social Dr. Donald Masse detalha o que poderia ter acontecido: guerra com o Oriente Médio, ascensão do fundamentalismo religioso violento, e um planeta à beira de um dano ecológico irreversível.

- Michael Dukakis teria perdido para George H. W. Bush
- A União Europeia enfrentaria a falência
- A NASA teria abandonado a exploração espacial tripulada
- A educação americana teria degenerado para testes padronizados
- Elefantes, baleias e ursos polares correriam risco de extinção
- A América Central estaria envolvida em uma brutal guerra contra drogas
- Doenças do coração, mal de Alzheimer e diabetes seriam as principais causas de morte

Você pensa que conhece seu mundo? Pense outra vez.

Descubra o que teria acontecido... se os superdotados nunca tivessem acontecido.

CAPÍTULO 26

Cooper acordou arfando, em um repentino estalo de consciência. Suado, embolado, com a cabeça doendo. Lutou contra as amarras, percebeu que eram as roupas, ensopadas e coladas no corpo, e meio lençol sobre ele. Pestanejou e esfregou os olhos para tentar colocar as coisas no lugar.

Ele ouviu um gemido suave ao lado e viu Shannon enroscada em um travesseiro, com o cabelo espalhado sobre o pescoço nu. A cama. Os dois estavam na cama, de volta ao apartamento dela. Será que eles...

Não, ambos ainda estavam vestidos. Cooper tinha uma vaga lembrança de mais bebidas e de terminar o baseado. Um vislumbre de dança, a última coisa que conseguia se lembrar. Shannon foi uma dançarina muito boa, e ao lado dela Cooper se sentiu grandalhão, desajeitado e feliz. Depois, nada.

Cooper gemeu e jogou as pernas para fora da cama. Ele havia conseguido tirar os sapatos, pelo menos. Ficou de pé, com a cabeça latejando, e cambaleou até o banheiro. Mijou por cerca de meia hora, depois tirou as roupas e entrou no banho. Os controles eram esquisitos, um medidor de temperatura e um botão. Ele programou para a água mais quente e depois apertou o botão. Saiu um filete de água do chuveiro, que parou dez segundos depois.

Certo. Os evaporadores do lado de fora da cidade tiravam o máximo de água possível do ar, e todo prédio tinha uma cisterna para chuva, mas a água era eternamente escassa ali. Esta era uma das fraquezas da Comunidade, uma vantagem tática que Cooper tinha visto ser explorada em alguns planos: destruir a tubulação e atacar os evaporadores com ataques cirúrgicos. Uma estimativa de diminuição da população em 17 por cento em duas semanas, em 42 por cento no fim de um mês, um declínio de capacidade industrial e técnica de 31 por cento. Ele apertou o botão novamente, molhou o cabelo, usou o xampu de Shannon quando a água parou. Um apertão para enxaguá-lo depois, um apertão para se ensaboar, um apertão para se lavar. De modo geral, um dos banhos menos satisfatórios que Cooper tomou na vida, o que não ajudou em nada a ressaca.

Ele se secou com uma toalha e se vestiu. Olhou no espelho. *Vamos pro jogo.*

Shannon estava fazendo café quando Cooper saiu. O cabelo dela estava lambido, e um lado do rosto apresentava marcas do travesseiro.

— Bom dia — falou Shannon, de costas para ele. — Como se sente?

— Morto e enterrado. E você?

— É.

Shannon encheu a vasilha de água e derramou na máquina, de costas para ele. Cooper observou as mãos dela, a maneira como mexiam nervosamente em nada. Shannon abriu a geladeira e viu as prateleiras vazias.

— As opções de café da manhã são limitadas.

— Café está ótimo. — A falta de jeito pairava no ar como a fumaça da noite de ontem. — Obrigado.

Ela fechou a porta e se virou para encará-lo.

— Preste atenção. Sobre a noite de ontem.

— Nada a dizer.

— Eu apenas... não quero que você... foi divertido, e eu precisava daquilo, mas não estou... aquilo não muda nada.

— Ei, você me levou para a cama. — Cooper sorriu para que ela soubesse que estava brincando. — Foi bom. As coisas andaram tensas. Foi legal ser apenas, você sabe, normal por uma noite.

Shannon concordou com a cabeça. Ela pegou as garrafas vazias de cerveja da noite anterior e jogou fora para serem recicladas. Abriu uma gaveta, depois fechou.

— Por que você está adivinhando a minha reação? — perguntou ele.

Ela ergueu o olhar para Cooper.

— Esse era o tipo de coisa que costumava irritar sua esposa? Dizer o que ela estava pensando?

— Desculpe.

— Tudo bem. — Shannon respirou fundo e soltou o ar. — Você está certo. Estou adivinhando.

— Porque ficamos bêbados?!

— Sim. Talvez. Você é diferente do que eu esperava. E só estou me perguntando se há alguma verdade no seu jeito de ser.

O olhar dela era determinado e sem remorsos.

Cooper deu meia-volta e foi até a cama retrátil. Pegou a borda dos lençóis amarfanhados, sacudiu e fez a cama. Bateu nos travesseiros, depois colocou no lugar. Ele se perguntou o que Natalie pensaria de Shannon, se elas gostariam uma da outra, e decidiu que provavelmente gostariam.

— Eu cresci como filho de militar. Entrei no exército aos 17 anos. Depois, na agência. Durante todo esse tempo, tentei lutar por alguma coisa. Tentei proteger... tudo, creio eu. Era um dos mocinhos. E quando me culparam pelo atentado, eu fiquei sozinho. De certa forma, eu sempre estive sozinho a vida inteira, mas isso foi diferente.

Cooper foi para a beirada e recolheu a cama para a parede sem dificuldade. Ele se virou para Shannon, mas não sabia aonde ia enquanto falava.

— Nos últimos meses, andei fazendo coisas contra as quais eu costumava lutar. Eu me tornei um dos bandidos e me saí bem. Então isso significa que eu estava errado antes? — Cooper deu de ombros. — Acho que não. Eu gosto de proteger as coisas. Sinto falta disso.

— Existem outras maneiras — disse Shannon. — Acredite ou não, eu me acho um dos mocinhos também. Eu *sou* um deles.

— Todo mundo é — respondeu Cooper. — É isso que torna a vida complicada.

Ele conhecia Shannon o suficiente para estabelecer seu padrão. Ela escondia alguma coisa, mentia para ele, pelo menos, por omissão. Mas o quê? Difícil dizer. E, além disso, Cooper não podia culpá-la. Ele também estava mentindo para Shannon.

Que belo par.

— Veja bem — disse Cooper. — Todo mundo tem camadas. Nada é simples. Você achava que eu era um agente sério do governo, sem consciência ou questionamentos. E eu pensei que você era uma fanática sem profundidade, que não se importava em ferir pessoas. Agora você sabe que tenho uma ex-esposa, que adoro molho picante, que danço mal, que li Hemingway e até me lembro de um pouco daquilo. E eu sei algumas coisas sobre você também. Mas há coisas que nenhum de nós sabe. Coisas que estamos escondendo.

Ele falou em tom brando.

— E isso não tem problema também, não torna nada menos ver-dadeiro. Especialmente — falou Cooper, esfregando as têmporas — minha ressaca. Então, que tal a gente deixar as coisas quietas por enquanto?

Por um instante, Shannon apenas olhou para ele. Então ela abriu um armário, tirou duas xícaras de café e encheu ambas. Passou uma para Cooper, e quando os dedos se tocaram no gesto, Shannon não se assustou.

— Eu vou tomar banho.

— Ok. — Ele tomou um pequeno gole do café e a viu andar até o banheiro.

Ela parou na porta.

— Cooper?

— Sim?

— O remédio está na gaveta da pia. Para a cabeça.

Ele deu um sorriso para Shannon.

— Obrigado.

Duas horas depois, eles estavam a 900 metros de altura.

Bateu uma corrente de ar ascendente, e eles subiram alguns metros. O estômago de Cooper revirou.

— Você tem certeza de que sabe pilotar este troço?

Shannon sorriu no banco do piloto, em frente a ele.

— Eu vi em 3D uma vez. Não pode ser difícil, não é?

O campo de aviação ficava nos arredores de Newton, com quatro pistas que se cruzavam como o símbolo da libra esterlina. Eles deixaram o carro parado em um estacionamento de brita, fizeram o registro no controle de solo e foram para o hangar designado. O planador tinha uma aparência futurista, com asas largas e um corpo aerodinâmico. Feito de fibra de carbono, pesava tão pouco que os dois o empurraram com as mãos até a pista, onde Shannon prendeu o planador a um cabo grosso e retorcido. No interior, ela colocou um headset, falou em uma voz baixa e rápida para a torre, e no instante seguinte, o cabo se retesou, puxou o planador por quase 1,5 quilômetro em 30 segundos, e os enormes guinchos tracionaram com força suficiente para lançá-los no ar. Cooper não se importava com alturas, já andara de helicópteros, jatos e aeronaves militares, e até mesmo saltara de alguns deles, mas não estava gostando do planador.

— Por quanto tempo este troço consegue voar?

— Você é um passageiro nervoso?

— Não. Eu só gosto de voar em uma máquina com um motor, sabe.

Ela riu.

— Mentalidade de velhos tempos, Cooper. Planadores não emitem carbono, os guinchos são movidos a luz solar, e aqui fora, se você planar nas correntes de ar ascendentes, pode se manter voando por horas. É a forma mais fácil de ir de cidade em cidade na CNC.

— A-hã.

Cooper olhou pela janela e viu a colcha de retalhos do solo lá embaixo. O único som era o vento passando pelas asas largas e assobiando pelo corpo em forma de lágrima. O casco do troço tinha mais ou menos a espessura de um guardanapo.

— Olhe, sem as mãos. — Shannon soltou o manche e ergueu as mãos acima da cabeça.

— Meu Deus, quer parar? Eu estou de ressaca aqui.

Ela riu novamente e inclinou o planador devagar em um ângulo que proporcionou uma vista melhor do que Cooper realmente queria ver.

Tesla ficava no coração do estado, e, pulando de corrente em corrente, a viagem levou cerca de duas horas. Ver a cidade do ar era estranhamente familiar, similar às imagens de satélite que ele analisou. De tamanho médio pelos padrões da Comunidade, Tesla era o lar de 10 mil pessoas. A cidade era uma malha em volta de um complexo de retângulos espelhados, prédios que faziam uso eficiente de energia e que eram quatro andares mais altos que qualquer outra coisa.

Em um deles estava o homem mais rico do mundo.

■

A aterrissagem foi suave o suficiente, não tão diferente de pousar dentro de qualquer outro avião pequeno. Shannon tocou no solo, quicou uma vez, depois ajeitou o planador em uma longa corrida. Boa pilotagem.

Houve outra verificação de segurança no hangar, essa mais intensa. O homem atrás do acrílico à prova de balas foi bastante afável, mas verificou os passaportes com cuidado e passou mais tempo teclando no datapad do que Cooper gostaria. Tesla ficava muito fora dos setores turísticos e era protegida por várias camadas a mais de peneiras. A cidade inteira era terreno corporativo particular, dentro de um condomínio, dentro de um município de alta segurança; uma série de classificações legais que basicamente significavam "não entre, porra". Cooper deu um sorriso neutro para o guarda.

Meia hora depois, eles estavam estacionando nas Indústrias Epstein. Os prédios espelhados, todos, sol e céu, eram reluzentes demais para olhar. Havia outro posto de segurança, mas Shannon dera um telefonema na manhã de hoje, e os nomes falsos estavam na lista. Os dois entraram com pouco mais que uma verificação de passaporte e uma varredura do veículo.

Embora o quartel-general oficial de Epstein ficasse em Manhattan, este era o verdadeiro centro nervoso. Dali, o anormal administrava seu enorme império financeiro, não apenas o desenvolvimento de Nova Canaã, como também a administração de milhares de patentes, investimentos e projetos de pesquisa, um patrimônio líquido que era impossível de calcular. Dinheiro naquele nível não era algo que pudesse ser contado; era uma coisa dinâmica e viva que inchava, diminuía e consumia o dinheiro de outros, empresas, que compravam empresas, que compravam companhias cinquenta vezes.

O topo de cada prédio era apinhado de antenas parabólicas e sistemas de segurança, entre eles, baterias de mísseis terra-ar. Eram supostamente para defesa e passaram por uma exceção no congresso que deve ter custado bilhões. Cooper se lembrou de um plano que ele tinha visto para um lançamento coordenado de mísseis tendo o complexo como alvo: uma estimativa de 27 por centro de eficiência física no bombardeio inicial, mas a projeção de baixas era de apenas 16 por cento, menos de 5 por cento no alto escalão administrativo.

Sem dúvida, também havia planos para uma solução nuclear. Uma coisa que o DAR tinha eram planos.

— Você está bem? — Shannon estacionou o carro elétrico que eles alugaram numa vaga em uma fileira de carros idênticos. — Você andou calado.

— O planador — mentiu Cooper. — Ainda estou me acostumando aos pés no chão.

Ela desligou o motor.

— Tem algo que você precisa saber. Eu coloquei a gente para dentro citando o nome de John.

— John? — perguntou Cooper. — Ah. John Smith. Hum. Será que isso o deixará amigável?

Epstein aberta e frequentemente se afastava de movimentos terroristas, de todos eles. O bilionário tinha que fazer isso; qualquer ligação com alguém como John Smith e as brechas que mantinham a Comunidade a salvo se fechariam rápida e hermeticamente. O DAR presumia que houvesse alguma espécie de conexão indireta, mas jamais conseguiram encontrar provas.

— Eu não sei. Publicamente, Epstein é um crítico bem incisivo. Mas John tem um monte de amigos aqui. Usar o nome dele foi a única maneira que eu conhecia de conseguir uma reunião.

— Então, qual é o relacionamento dos dois?

— Eu realmente não sei. John respeita Epstein, mas creio que ele acha que os dois têm papéis diferentes. Algumas pessoas os comparam a Martin Luther King e Malcolm X.

— Péssimo paralelo. O Dr. King lutou por igualdade e integração, não pela construção de um império separado, e Malcolm X pode ter apoiado o direito dos negros por todos os meios necessários, mas não coordenava uma rede de terror que explodia prédios.

— Eu não quero discutir sobre isso.

— Justo — respondeu Cooper. — Mas eu não vou fingir estar do lado de Smith.

— Não deveria. Eu não mentiria para ele de maneira alguma, se fosse você.

— Não faz muito sentido. Eu não posso pedir ajuda a Epstein se não puder contar porque preciso dela.

Uma corda bamba difícil de andar. Você tem que convencer um homem que tem tudo a perder caso admita uma ligação com John Smith a fazer exatamente isso. E tudo sem contar muita coisa para ele. Cooper forçou um sorriso confiante e falou:

— Obrigado por honrar a sua parte.

— É. Bem, nós tínhamos um acordo. — Shannon abriu a porta do carro. — Ande, vamos conhecer um bilionário.

O terreno do lado de fora estava vazio, e com o sol que queimava do alto do grande céu azul, Cooper não estava surpreso. O complexo tinha mais de vinte prédios — 22, se ele se lembrava corretamente —, mas o edifício em que os dois entraram era o do meio. Não parecia grande coisa, nada ao grande estilo corporativo que Cooper teria esperado em Chicago ou Washington. Embora fosse mais alto que os demais, o prédio tinha o mesmo vidro solar uniforme. *É claro. Vidro solar reflete o calor do sol e o transforma em energia. Mármore é pesado e precisa ser importado. E esculturas rebuscadas são nostalgia.*

Mentalidade de velhos tempos.

■

O advogado era uma das pessoas mais velhas que Cooper tinha visto nos últimos dias. Com 50 e poucos anos, cabelo grisalho curtinho e um terno sob medida, ele passava a impressão de que ganhava uns dois mil dólares por hora.

— Sr. e Sra. Cappello, sou Robert Kobb. Se puderem me acompanhar... — O homem deu meia-volta sem esperar por uma resposta.

O saguão era um átrio iluminado com uma parede dedicada a um painel 3D de dez metros que transmitia a CNN em uma resolução estupidamente nítida — Epstein tinha 30 por cento de participação na Time Warner —, e eles mal puseram os pés no lugar quando o homem os encontrou. Cooper imaginou que seria mantido aguardando por horas, se conseguissem mesmo entrar. Aparentemente, o nome de John Smith tinha muita influência ali. Será que o bilionário estava envolvido com o terrorista? Se fosse verdade, a situação era pior do que qualquer um ousava imaginar.

— Como foi a viagem?

— Turbulenta — respondeu Cooper.

O advogado sorriu.

— Planadores exigem que você se acostume. Esta é a sua primeira visita à Comunidade de Nova Canaã, correto?

O sorriso é falso. Ele sabe quem somos, mas se atém à mentira. É um colecionador de informações.

— Sim.

— O que achou?

— Impressionante.

Kobb concordou com a cabeça, conduziu os dois por uma fileira de elevadores até o último e colocou a palma da mão em uma placa sem detalhes aparentes. As portas se abriram silenciosamente.

— A Comunidade está crescendo rapidamente. Você deveria ter visto Tesla há cinco anos. Apenas terra e céu.

O elevador se deslocava de modo tão suave que Cooper não sabia dizer se estava subindo ou descendo. Ele colocou a mão nos bolsos e se balançou apoiado nos calcanhares. Um momento depois, as portas se abriram e Kobb conduziu os dois para fora.

Um lado do saguão era de vidro do chão ao teto, e o sol era atenuado do nível alto-forno para um brilho morno. Do outro lado, havia uma parede com um jardim rebuscado em camadas, com plantas que transbordavam sobre as beiradas de elegantes vasos embutidos. O ar parecia cheio de oxigênio.

— Bacana.

— Nós usamos o que temos aqui. E temos muito sol.

— Não é um pecado desperdiçar água aqui?

— As plantas são geneticamente modificadas, foram cruzadas com alguma espécie de cacto. As necessidades de água são minúsculas. Eu realmente não entendo disso — explicou Kobb de uma maneira que sugeria que ele entendia muitíssimo bem, mas que suspeitava que o interlocutor, não.

O advogado conduziu os dois por várias salas de reuniões, depois tocou em outro ponto sem detalhes aparentes na parede, que destrancou uma porta no fim.

— O escritório do Sr. Epstein.

Considerando a riqueza em jogo, o ambiente era modesto. Vidro inteiriço nos dois lados, que proporcionava uma ampla vista da cidade e do deserto logo depois, uma mesa de madeira envernizada, uma área de reuniões com assentos confortáveis. Havia uma menininha branquela, com uns 10 anos mais ou menos, pelas contas de Cooper, sentada no sofá jogando em um datapad. O cabelo era pintado em um tom verde enjoativo de suco artificial. Uma sobrinha? Epstein não tinha filhos.

O advogado ignorou completamente a criança.

— Por favor, sentem-se. Erik se juntará a nós em um instante. Querem alguma coisa? Café?

— Eu estou bem, obrigado. Allison?

Shannon fez que não com a cabeça. Em vez de se sentar, ela foi até uma das janelas e olhou a vista.

— Oi — disse Cooper para a garotinha. — Meu nome é Tom.

Ela tirou os olhos do datapad. Eles eram de um tom de verde tão perturbador quanto o cabelo, e velhos demais para o corpo.

— Não, não é — respondeu a menina, e depois voltou ao jogo.

Cooper sentiu uma pontada de vergonha com raiva, mas engoliu o sapo. A garota obviamente era uma captadora; mesmo não considerando sua revelação casual, tinha todos os sinais: tendências antissociais, uma vontade por estímulos não humanos, a necessidade de expressar fisicamente sua diferença. E não era realmente uma surpresa pensar que Epstein usaria as habilidades dos superdotados à volta. Cooper só não tinha esperado uma criança.

Ela deve ser excepcionalmente poderosa. O pensamento veio com uma onda de incômodo. Para um captador do primeiro escalão, o mundo inteiro era cheio de reis nus. O conhecimento da menina iria além de saber que ele estava mentindo sobre a identidade; após alguns minutos escutando e observando Cooper, ela saberia de coisas que a ex-esposa não tinha conhecimento.

Era um dos poucos dons que ele realmente considerava como maldições. A cada momento, a cada interação humana, os captadores nadavam no rio de mentiras da vida cotidiana. Pior ainda, eles captavam os elementos mais sombrios da personalidade, a sombra jungiana universal da mente humana, a parte que curtia tortura, dor e humilhação. Todo mundo tinha aquela sombra. Para a maioria das pessoas, ela era controlada e se expressava de maneiras subvertidas: pornografia, esportes agressivos, devaneios violentos. Fazia parte do animal humano, e quase sempre, era uma parte inofensiva. Pensamentos eram apenas pensamentos, afinal de contas, e estes eram íntimos.

Mas os captadores enxergavam esses pensamentos o tempo todo, em todas as pessoas. Cada gentileza era pontuada por esse lado sombrio. O papai podia proteger você, mas uma parte pequenininha dele queria agarrar a babá e fazer coisas com ela. A mamãe podia enxugar suas lágrimas, mas algo nela queria arranhar os braços e berrar na sua cara para calar a boca, diabos. Não era surpresa que os captadores enlouquecessem. Os mais saudáveis geralmente se tornavam eremitas, trancados em um mundinho controlado onde pudessem contar com as coisas ao redor.

A maioria cometia suicídio.

Robert Kobb pôs um punho fechado na boca e tossiu.

— Por favor, perdoem Millicent. Ela diz o que pensa.

— Não há nada a perdoar — falou Cooper. — Ela está certa.

— Sim, eu sei.

Robert Kobb deu um sorriso neutro e se instalou no sofá, ao lado de Millicent. Ela se afastou do homem sem tirar os olhos do jogo.

— Você é Nick Cooper, na verdade — falou o advogado.

— É.

— Erik me pediu para abrir uma brecha na agenda assim que soube de você hoje de manhã. Ele não me disse o motivo disso aqui.

Cooper desmoronou em uma das cadeiras e avaliou o advogado. Algo a respeito do homem o incomodava. A pose de autoridade, chamar o chefe pelo nome. Isso e o verniz de normalidade inocente.

— Ele não sabe — disse Cooper. — Posso fazer uma pergunta?

— Certamente.

— Como é ajudar a construir Nova Canaã não sendo um superdotado?

Na janela, Shannon segurou o riso. O sorriso do advogado azedou um pouquinho.

— Um privilégio. Por quê?

— Digamos que sou curioso.

Kobb concordou com a cabeça e fez um gesto não convincente de que não foi nada.

— O que estamos fazendo aqui é importante. É uma oportunidade incrível. Jamais houve uma iniciativa como essa na história. Uma chance de construir um mundo novo.

— Especialmente com o dinheiro de outra pessoa. Só tem a ganhar.

Millicent sorriu para o jogo.

— Hum. — O telefone no cinto do advogado vibrou, ele tirou do clipe e leu a mensagem. — Ahh. Erik está chegando. Está em Manhattan.

— Ele pegou um voo por causa disso?

— Não — respondeu Kobb, recuperando a presunção. — Ele está em Manhattan agora.

— Então...

Antes que Cooper pudesse terminar a pergunta, Erik Epstein apareceu atrás da mesa.

Cooper estava meio de pé sem perceber que se mexera, com o corpo pronto para o combate. A mente deu voltas para analisar a situação...

Um dom como o de Shannon? Será que ele esteve aqui o tempo todo, de alguma forma?

Não, o dom de Epstein é voltado para informações.

Alguma neotecnologia desconhecida? Campo de invisibilidade? Teletransporte? Ridículo.

Mas cá esta ele. Vivo, em carne e...

Saquei.

... e percebeu o que ele estava olhando.

— Uau. Isso é surpreendente.

Erik Epstein sorriu.

— Desculpe por assustá-lo.

Agora que teve um momento, Cooper notou a leve transparência na borda do homem, como se ele tivesse sido borrado. As sombras estavam erradas também; onde quer que Epstein estivesse, a iluminação era diferente daqui. O bilionário parecia com um efeito especial de um filme dos anos 1980, completamente convincente até a pessoa olhar bem.

— Um de nossos projetos mais recentes — disse Kobb. — Similar à tecnologia de uma televisão 3D, só que amplificada significativamente.

— Um holograma.

— Sim — concordou Epstein e sorriu. — Nada mal, hein?

— Nada mal mesmo.

Isso está uma década à frente do melhor que o DAR sequer conseguiu. Mesmo com os formandos da academia.

Ao vivo — bem, de certa maneira —, Erik Epstein parecia menos refinado do que em transmissões de TV. Ainda tinha a beleza de garotão, o penteado espalhafatoso, mas parecia menos formal. Vestido em um terno de verão, ele estaria à vontade em um country club de luxo.

— Eu apertaria a sua mão, mas... — Epstein ergueu a mão e flexionou os dedos. — Uma das limitações. Ainda assim, é melhor que um viva-voz.

— Obrigado por nos receber tão em cima da hora — falou Shannon.

De alguma maneira, ela estava ao lado de Cooper e se sentou em uma cadeira.

— Sua mensagem garantiu isso, Srta. Azzi. Eu não gosto de ser relacionado a John Smith daquela forma.

— Eu entendo — disse ela. — Desculpe pela coação. Era a única forma que eu conhecia de chamar sua atenção.

— A senhorita tem minha atenção — falou Epstein.

Epstein colocou as mãos na mesa. As pontas dos dedos penetraram a superfície e estragaram um pouco a ilusão.

— O senhor deve ser Cooper — disse o bilionário.

— Agente Nicholas Cooper — falou Kobb. — Nasceu em março de 1981, no segundo ano dos superdotados. Entrou no exército aos 17 anos, com o consentimento do pai. Designado como oficial de ligação para o que viria a ser o Departamento de Análise e Reação, em 2000. Entrou de vez em 2002. Passou a integrar os Serviços

Equitativos quando foram fundados, em 2004. Tornou-se agente pleno em 2005, agente sênior em 2008. Geralmente considerado o melhor dos chamados "gasistas" e detém uma taxa imbatível de extermínio, incluindo 13 execuções.

— Tre-*ze*? — Shannon ergueu uma sobrancelha.

— Sim — concordou Cooper. — Esse sou eu, no papel.

— Largou o departamento depois do ataque de 12 de março na Bolsa de Valores Leon Walras. — Kobb tirou os olhos do datapad. — Agora é o principal suspeito do atentado.

Cooper não deveria ficar surpreso. Embora parte do acordo com o diretor Peters tenha sido de que eles não revelariam publicamente a sua identidade — um fanático podia ir atrás de Natalie e das crianças —, a maioria do DAR saberia que Cooper fora designado como alvo. E o homem mais rico do mundo teria acesso a basicamente qualquer informação que quisesse. Ainda assim, aquilo o abalou. Ele olhou feio para o advogado, mas falou com Epstein.

— Eu não tive nada a ver com aquilo.

— E você, Srta. Azzi? — perguntou Kobb.

— Não — respondeu ela. — Não da maneira como aconteceu.

— Mas foi a organização de John Smith que plantou as bombas.

— Sim, mas elas não foram detonadas por nós.

— Como a senhorita sabe disso?

— Já chega, Bob. — Epstein deu a ordem com naturalidade. — Eles estão dizendo a verdade.

— Mas, senhor, nós não...

— Sim, nós sim. Millie?

A garota ergueu o olhar.

— Ambos estão mentindo. Estão mentindo um para o outro também, mas estão dizendo a verdade a respeito disso.

— Obrigado, meu bem.

O advogado abriu a boca e fechou. Cooper notou a frustração do homem ardendo. Um líder em seu campo, sem dúvida, um poderoso agente político, contraditado por uma criança.

Kobb não é o único. Cooper se sentiu como uma bola de tênis, rebatida de um lado para o outro sobre uma rede. Mentindo um para o outro? O que isso queria dizer? No mínimo, a garota revelou a verdade sobre ele, e a exposição veio acompanhada por medo. Ela não era capaz de ler sua mente, não saberia sobre a missão, mas captar sua reação de lealdade à agência por detalhes subcutâneos seria simples para ela. Não dava para dizer qual seria a profundidade da leitura.

Ter chegado tão longe e estar à mercê de uma garota de 10 anos de idade...

Finalize o plano.

— Então. — Erik Epstein sorriu e espalmou as mãos. — Com isso resolvido, o que o senhor está fazendo aqui?

— Shannon e eu tínhamos um acordo. Houve um incidente em Chicago, há alguns dias, e ela precisou de ajuda. Eu consegui trazê-la para casa, e Shannon conseguiu uma chance de eu o conhecer.

— Entendi. Por quê?

— Como o senhor sabe, minha antiga agência está me caçando. — *Atenha-se o mais possível aos fatos.* — Eu não estou a salvo em lugar algum.

— Sr. Epstein — falou Kobb —, o senhor tem que saber que estamos em um terreno legal delicado. Agora que a identidade do sr. Cooper foi revelada, nós não podemos dar uma negativa sem justificativa plausível. Estamos nos aproximando perigosamente de abrigar um fugitivo.

— Obrigado, Bob — agradeceu o milionário secamente. — Nós podemos correr esse risco por mais alguns momentos. Eu não creio que o agente Cooper esteja aqui para nos pegar em uma armadilha.

— Não, senhor. Na verdade, eu preciso de sua ajuda. Eu gostaria de começar uma nova vida aqui, em Nova Canaã.

Cooper se forçou a não olhar para a menina. Ela saberia que ele estava mentindo, ou, pelo menos, que não estava contando toda a verdade. O melhor que ele poderia esperar era que a garota não interviesse, que só oferecesse uma opinião quando pedissem.

Epstein estalou os dedos.

— Entendi. E por isso o senhor precisa da minha ajuda.

— Sim.

— Porque o senhor tem um monte de inimigos.

— Sim, mas porque eu poderia ser um bom amigo para o senhor.

— Sr. Epstein — falou Kobb —, isso é uma má...

O bilionário calou o advogado com um olhar e se dirigiu a Cooper.

— Poderia sair um instante? Eu gostaria de falar com a Srta. Azzi e o sr. Kobb a sós. — Epstein se voltou para a menina. — Millie, pode levar o sr. Cooper para a sala VIP?

Cooper disparou uma olhadela para Shannon, mas não conseguiu captar a resposta. Os dois formaram uma espécie de ligação nos últimos dias, mas ela não lhe devia nada. Por um instante, ele considerou recusar. Mas qual seria o sentido? Se foi descoberto, foi descoberto.

Com uma indiferença exagerada, Cooper ficou de pé.

— Claro.

Millie saiu do sofá, com o datapad abraçado contra o peito. Ela andou até uma parede lisa. Parte da parede se abriu quando a menina se aproximou, uma porta escondida que Cooper não havia notado. Que mais ele deixou de perceber?

Pelo menos, a garota estava indo com ele. Seja lá o que Millie descobriu, ela não seria capaz de contar. Cooper acompanhou a menina e se viu em outro elevador. Não havia botões, nem painel de controle. Os músculos da região lombar se retesaram. Ele se perguntou se "sala VIP" era um código para alguma coisa.

Alguma coisa do tipo "cela de interrogatório".

Você pagou pela entrada. É hora de andar na montanha-russa.

A última coisa que Cooper viu quando a porta se fechou foi Shannon olhando para trás em sua direção, com algo inescrutável no olhar.

Parado na caixa minúscula, Cooper teve uma visão repentina de si mesmo, como se fosse visto do alto de um satélite. Um close que rapidamente se abriu: homem em uma caixa em um prédio em um complexo em uma cidade em um estado em uma nação — e um inimigo de todos eles. O pânico deu um nó no estômago. Ele respirou fundo e ajeitou os ombros. A única saída era passar pela situação.

Millie ficou olhando para o vazio, com o rosto escondido pela franja verde berrante. Ela parecia tão perdida que, por um momento, Cooper se esqueceu da própria situação. Ele imaginou quantas reuniões a menina acompanhou, quantas negociatas de bilhões de dólares. Quantas vezes uma observação sua levou alguém à morte. O peso disso teria sido muito para um soldado suportar. E ela era apenas uma criança.

— Está tudo bem — falou Millie.

Cooper levou um susto. E se perguntou se a menina se referia à situação dele ou dela.

— Está?

— Sim.

Ele suspirou.

— Beleza, se você diz.

Novamente, ele não conseguiu perceber em que direção o elevador estava indo, mas só poderia ser para baixo. E dado o tempo do trajeto, mais baixo que o térreo. E por que um elevador privativo com uma porta escondida? Que tipo de sala VIP só possuía acesso pelo escritório do chefe?

Mais dez segundos, e a porta se abriu. Outro corredor, mas sem luz do sol e jardim botânico ali. Eles estavam no porão, enfurnados embaixo dos cabos de força que zumbiam e abasteciam o prédio.

— Vá em frente — disse Millie.

— Você não vem?

Ela fez que não com a cabeça, ainda olhando fixamente para o chão.

— Vá até o fim. Tem uma porta.

Cooper olhou para a menina, depois para o fundo do corredor. Deu de ombros.

— Obrigado. — Ele saiu do elevador.

— Você tem que tomar cuidado — aconselhou Millie atrás de Cooper.

— Por quê?

Por um momento, ele pensou que a garota não fosse responder. Aí ela ergueu a cabeça e colocou uma mecha de cabelo verde atrás da orelha. Observou Cooper com aqueles olhos tristes e estranhos.

— Todo mundo está mentindo — disse Millie. — Todo mundo.

A porta do elevador se fechou.

Cooper olhou fixamente para ela. Devagar, ele se virou e encarou o corredor mal iluminado. Flexionou os dedos. Imaginou a profundidade em que se encontrava. Pelo menos, tão abaixo do solo quanto esteve acima dele há um momento. Algo atiçava o subconsciente, aquela sugestão de que faltava uma peça do quebra-cabeça, um padrão que Cooper mais sentia do que enxergava. Uma porta secreta. Um elevador privativo. Uma criança como guia. Uma criança superdotada e perturbada.

Que lugar era esse?

Se esta é a sala VIP, não quero ver a normal.

Cooper começou a descer pelo corredor. O tapete espesso abafava os passos. Ele ouviu o barulho do ar, algum tipo de sistema de ventilação. As paredes não tinham decoração. Cooper passou a mão por elas; malha de fibra de carbono, muito forte, muito cara.

No fim do corredor, uma porta se abriu. Não havia ninguém ali, e o aposento atrás dela estava escuro.

Com a sensação de que estava em uma espécie de sonho, Cooper entrou.

CAPÍTULO 27

Dados. Constelações de números que brilhavam como estrelas, ondas senoidais em neon, tabelas e gráficos em três dimensões que pairavam onde quer que Cooper olhasse. Era como entrar em um planetário, o silêncio escuro e o deslumbramento, só que no lugar do céu, era o mundo que pairava em todos os lados, o mundo resumido em dígitos, curvas e ondas. Cooper pestanejou, fixou o olhar e deu meia-volta lentamente. A sala era grande, uma catedral subterrânea, e em todos os lados, em 360 graus, figuras luminosas pairavam no ar. Coisas giravam e mudavam enquanto ele observava, a luz parecia viva, as correlações eram bizarras: gráficos de quantidade de população comparada ao consumo de água e ao comprimento médio das saias das mulheres. Frequência de acidentes de trânsito em estradas urbanas entre oito e 11 horas. Ocorrências de manchas solares superpostas a taxas de homicídio. Uma cronologia de mortes na invasão alemã da União Soviética em 1941 ligada ao preço do petróleo bruto. Explosões em agências dos correios entre 1901 a 2012.

No centro desse círculo de luz havia a silhueta de um mestre do picadeiro. Se tinha percebido a presença de Cooper, ele não demonstrou. O homem ergueu uma das mãos, apontou para um gráfico, virou de lado e deu zoom até um nível microscópico, onde pontos vermelhos e verdes formavam um mapa como o fundo do oceano.

O ar estava frio e tinha cheiro de... salgadinho de milho?

Cooper cruzou a rampa em frente. Ao passar por dentro de um gráfico, as projeções brilharam pelo rabo de olho, uma linha delicada que varreu o corpo.

— Hããã... olá?

A figura se virou. A luz ambiente era fraca demais para notar as feições. Ele gesticulou para Cooper se aproximar. Quando os dois estavam separados por três metros, o homem falou:

— Trinta por cento de iluminação.

Luzes suaves, sem sombras, surgiram do nada e de todos os lados ao mesmo tempo.

O homem era gordo e tinha um segundo queixo surgindo da base do primeiro. A pele era pálida e ligeiramente brilhosa, o cabelo era um ninho de rato. Ele passou a mão no cabelo com a velocidade hesitante de um tique nervoso normal. Cooper olhou fixamente para o sujeito, e o padrão começou a se formar, a verdade era enorme, avassaladora e repentinamente óbvia.

— Oi — falou o homem. — Eu sou Erik Epstein.

Cooper abriu e fechou a boca. A verdade bateu forte, óbvia. A estrutura do rosto, o formato dos olhos, a largura dos ombros. Era como ver um duplo rechonchudo e nervoso do bilionário bonito e confiante que ele acabara de ver.

— O holograma — disse Cooper. — É falso. É tudo você.

— O quê? Não. Hã-hã. Uma conclusão razoável e intuitiva baseada em dados limitados, mas incorreta. O holograma é real. Quero dizer, o homem é real. Mas não sou eu. Ele me interpreta. Faz o meu papel há muito tempo.

— Um... ator?

— Um duplo. Meu rosto e minha voz.

— Eu... eu não...

— Não gosto de pessoas. Quero dizer, eu gosto de pessoas, as pessoas não gostam de mim. Eu não levo jeito para elas. Ao vivo. As pessoas são mais transparentes como dados.

— Mas, seu... duplo, ele apareceu em noticiários. Ele janta na Casa Branca.

Epstein encarou Cooper como se esperasse que ele dissesse outra coisa.

— Por quê?

— Por um tempo, eu pude ficar apenas nos dados, mas nós sabíamos que as pessoas iam querer me ver. As pessoas são engraçadas, elas querem ver, mesmo quando ver não faz sentido. Astronomia. A informação importante que os astrônomos conseguem com os telescópios não é visível. Espectros de radiação, alteração na linha vermelha, ondas de rádio. Dados. É isso que importa. É o que nos diz alguma coisa. Mas as pessoas querem ver imagens. Uma supernova em cores vivas, mesmo que isso seja cientificamente inútil.

Cooper concordou com a cabeça ao entender.

— Ele é sua foto colorida. Quem era ele, alguém que parecia muito com a foto do seu anuário do colégio?

— Meu irmão. Mais velho.

Aquilo não podia ser verdade. Epstein teve um irmão mais velho, normal, mas ele morrera há 12 anos em um acidente de carro.

— Espere aí. Você fingiu a morte dele?

— Sim.

— Mas isso foi antes de alguém saber de você. Antes de fazer fortuna.

— Sim.

— Está me dizendo que você planejou isso há 12 anos?

— Juntos, nós somos Erik Epstein. Eu vivo nos dados. E ele é o que as pessoas querem ver. Ele se sai melhor em falar com elas. — Epstein passou as mãos nervosas pelo cabelo novamente. — Aqui.

O bilionário gesticulou, e uma imagem nítida apareceu. O escritório lá em cima, mas de um ângulo diferente. Na cadeira, Shannon falava alguma coisa. O advogado, Kobb, balançava a cabeça. Millicent de ombros caídos, absorta no jogo. Uma câmera de segurança?

Não; o ângulo estava errado. Era a visão detrás da mesa. A sala, vista pelo holograma. Pelo outro Erik Epstein.

— Viu só? Nós compartilhamos os olhos.

A enormidade do ato. Por mais de uma década, o mundo assistiu a um Erik Epstein, ouviu o bilionário falar na CNN, acompanhou as manobras políticas para estabelecer Nova Canaã, seguiu as aquisições no mundo corporativo, viu o homem entrar a bordo de jatinhos particulares. Enquanto isso, o verdadeiro Erik Epstein esteve escondido, morando no porão, nesta caverna sombria de maravilhas.

Ele se perguntou se alguém no DAR sabia disso. Se o *presidente* sabia disso.

— Mas... por quê? Por que não apenas ficar escondido?

— Muito difícil. Perguntas demais. As pessoas querem *ver*. — Ele falou, nervoso. — Eu gosto de pessoas. Eu as compreendo. Mas teria sido muito difícil. Eu não queria coletivas de imprensa. Queria trabalhar nos dados. Você sabe o que Michelangelo disse?

Cooper pestanejou, confuso pela mudança de assunto.

— Hum.

— "Em cada bloco de mármore, eu vejo uma estátua tão evidente como se ela estivesse diante de mim, moldada e perfeita na atitude e no movimento. Eu apenas tenho que desbastar as paredes toscas que aprisionam a bela aparição para revelá-la aos outros olhos, como os meus a veem."

As palavras vieram misturadas. Quando terminou, Epstein ficou calado, esperando.

Seja lá o que isso for, é importante. Um dos homens mais poderosos do planeta está mostrando um segredo para você que, na melhor das hipóteses, um punhado de pessoas sabe. Existe uma razão.

Cooper fez uma pausa e então falou.

— A forma como Michelangelo via o mármore é como você via o mercado de ações.

— Sim. Não. Não apenas isso. Tudo. Dados.

Epstein se virou e mexeu os braços em uma série de gestos complicados. A sala inteira reagiu, cintilou e se transformou em um espetáculo psicodélico de luzes com tabelas, números e gráficos em movimento. Um novo conjunto de dados apareceu.

— Aqui. Está vendo?

Cooper olhou com atenção e acompanhou de tabela em tabela. Tentou entender o que estava vendo. *Faça o que você faz. Descubra os padrões do jeito que você consegue montar um panorama da vida de alguém a partir do apartamento da pessoa.*

Estatísticas de população. Consumo de recursos. Um vídeo de passagem de tempo do Wyoming visto de cima, feito ao longo dos anos, onde um padrão geométrico organizado de cidades e estradas brotava do deserto marrom. Uma tabela tridimensional de incidentes de violência na Irlanda do Norte comparada com o número de pubs ingleses e a estatística de frequência média das igrejas.

— Nova Canaã.

— Óbvio. — Impaciente.

— Seu crescimento. Ali — respondeu Cooper, apontando —, aquilo é sobre os recursos externos de que a Comunidade depende. Recursos externos são pontos fracos, dependências que podem ser usadas contra vocês. E...

Cooper olhou com atenção e teve a sensação daquela conclusão intuitiva, quase sentiu seu gosto, mas não chegou a ela. Esforçou-se, mas sabia que a coisa não funcionava daquela maneira, da mesma forma que um artista não podia forçar a criação de uma obra-prima.

Nova Canaã. Essas informações são sobre Nova Canaã. Só que a maioria não era, pelo menos não explicitamente. Os dados históricos. Os sicários na Judeia e o assassinato de religiosos em uma multidão, o aumento dos números, e depois a interseção daquela linha e a queda súbita. Algo chamado de *hashshashin* tramava contra os muçulmanos xiitas no século XI. Ele não sabia o que as palavras significavam ou conhecia apenas fragmentos. *Hashshashin. Esse não* era o termo original para "assassino"? Cooper achava que sim, mas também pensava que tinha ouvido aquilo em um filme de kung fu. Ele simplesmente não sabia muito de história.

Esqueça o que você não sabe. Olhe para os padrões. O que eles dizem?

— Violência. As informações são sobre violência. — As palavras saíram antes de o pensamento terminar de se formar.

— Sim! Mais.

— Eu não... — Cooper se voltou para Epstein. — Sinto muito, Erik, eu não enxergo como você enxerga. O que está me mostrando? Por quê?

— Porque eu quero que você faça algo por mim.

Favores por favores, é claro. Ele assistiu à reunião lá de cima.

— Você quer que eu faça algo para que eu obtenha sua proteção aqui e comece uma nova vida.

— Não — respondeu o homem com a voz cheia de escárnio. — Não a mentira. Você não quer uma vida nova aqui. Não é por isso que você veio.

Cuidado. Tudo isto pode ser uma armadilha. E se Epstein quiser que você revele o motivo verdadeiro para que ele possa...

O quê? Este homem, este homem esquisito, superdotado e imensamente poderoso iria realmente revelar seu segredo apenas para desmascarar você? Ridículo. Se Epstein quisesse, ele poderia expulsá-lo da CNC. Ou enterrá-lo no deserto.

— Não — concordou Cooper. — Não é.

— Não. Eu sei do que você veio atrás. Está nas informações.

Com outro giro das mãos, a sala foi tomada de repente pela vida de Cooper. Uma linha do tempo rolava com as datas importantes que foram registradas na vida dele, da hospitalização na adolescência ao divórcio de Natalie. Um gráfico geográfico das pessoas que Cooper matou. Uma tabela marcando a frequência em que o crachá dele foi usado para acessar o banheiro do DAR, e a que horas.

Uma anotação no arquivo de Katherine Sandra Cooper, de 4 anos: "Menina revelou detalhes da vida pessoal do professor, o que sugere fortes tendências anormais. Foi recomendado um teste antes do padrão."

O estômago de Cooper gelou.

— Você está observando minha filha?

— As informações. Eu olho para os dados. Eles me dizem a verdade. Agora você me diz a verdade. Por que está aqui?

Cooper deu as costas para as telas. Olhou feio para o homem. Era como se houvesse recebido por e-mail um vídeo pornô, que, na verdade, era a noite de núpcias, como se algum tarado obscuro estivesse escondido no armário com uma câmera. Epstein olhou para Cooper, afastou o olhar e passou a mão pelo cabelo novamente.

— Eu estou aqui — respondeu Cooper devagar — para encontrar e matar John Smith.

— Sim — falou Epstein. — Sim.

— E você não está tentando me deter.

— Não. — O homem tentou sorrir, os lábios se agitaram como vermes. — Estou tentando lhe ajudar.

■

Cooper desceu pelo corredor sem ver. Andou sobre o carpete sem sentir. Entrou no elevador como um homem adormecido.

Sintonizado no sonho de Epstein.

— Nunca foi pelo dinheiro. Foi pela arte. O mercado de ações era o mármore, e os bilhões, a minha escultura. E aí o mundo levou embora. Minha arte assustou as pessoas. Perturbou a maneira como as coisas funcionavam. Mas nunca foi pelo dinheiro. Os dados, está vendo? São os dados. Então, eu comecei um novo projeto.

— Nova Canaã.

— Sim. Um lugar para pessoas como eu. Um lugar onde artistas pudessem trabalhar juntos. Criar novos padrões e novos dados, diferentes de qualquer outra coisa. Um lugar para aberrações — disse Epstein, tentando aquele sorriso novamente. — Mas isso também perturbou as coisas. A verdadeira arte perturba. Então eu coloquei isso no padrão. Neste novo projeto, a integração com o resto do mundo faz parte do conceito. Percebi que as pessoas pensaram que eu estava tirando algo delas. Eu jamais quis tirar. A questão não é ter ou dar, a questão é *fazer*.

— O que isso tem a ver com John Smith?

— Olhe para as informações. Está tudo ali. Olhe para os sicários.

— Eu não sei o que isso significa.

O homem estalou a língua em desdém; era um professor inteligente com um aluno burro.

— A palavra significa "homens de adagas". No século I, a Judeia foi ocupada pelos romanos. Os sicários atacavam pessoas em público. Matavam romanos e também herodianos, os judeus colaboracionistas.

— Eles eram terroristas — disse Cooper, com a compreensão surgindo. — Terroristas antigos.

— Sim. Aqui.

Erik girou a mão, e um gráfico se expandiu e tomou a sala diante dos dois. Era um diagrama que Cooper notara antes, uma linha ascendente que marcava assassinatos. Ela subia constantemente... e aí cruzou com outra linha e despencou.

— Está vendo? — perguntou Epstein.

— Eles mataram cada vez mais pessoas e aí alguma coisa aconteceu. — Cooper teve uma intuição e disse: — Os romanos decidiram que não aguentavam mais.

Epstein concordou com a cabeça.

— Os sicários foram caçados, perseguidos até a fortaleza de Massada, onde foram massacrados ou cometeram suicídio em massa. Mas se aprofunde mais.

— O restante dos judeus. — A questão ficou mais clara para Cooper. — Os romanos puniram não somente os assassinos, como o restante dos judeus.

Ele se voltou para o homem e continuou.

— Você quer que eu mate John Smith porque se ele continuar fazendo o que está fazendo, o governo pode se voltar contra Nova Canaã.

— Vai se virar contra. Está nos dados. Se extrapolarmos as atividades terroristas atuais e compararmos com contramedidas públicas, relacionadas com conjuntos de dados históricos semelhantes, há uma chance de 53,2% de que as forças armadas americanas ataquem Nova Canaã nos próximos dois anos. Uma chance de 73,6% nos próximos três.

Cooper teve um *flashback* dos relatórios que viu, dos planos preventivos, os ataques de mísseis. *Uma coisa que o DAR tinha,* pensou ele ao entrar, *eram planos.*

— Então por que você mesmo não mata Smith? Você é o mandachuva aqui. O rei de Nova Canaã.

O anormal fez uma careta.

— Não. Não é assim. As coisas não funcionam dessa maneira. Além disso, eu gosto de pessoas, mas as pessoas o amam.

— Você quer que John Smith morra, mas tem medo de que, se você matá-lo, sua... obra... vai se desmanchar. — Cooper deu uma risada maligna. — Porque não importa que você seja inteligente ou rico, ele é um líder, e você, não.

— Eu sei o que eu sou. — Houve um leve tom de tristeza na voz. — Eu não sou sequer eu.

A coisa toda pareceu um pouco suja, tinha o fedor de política palaciana. Uma reação estranha, Cooper sabia, mas não conseguiu se livrar dela. Ainda assim, os argumentos faziam sentido. E Epstein estava certo — se a situação continuasse do jeito que estava, Nova Canaã seria destruída. E poderia não parar por ali. O Congresso já havia aprovado uma lei para implantar microchips na artéria carótida de cada superdotado no país. O que impediria que esses chips se transformassem em bombas?

Cooper nunca se considerou um assassino. Ele matou quando foi preciso, mas sempre pelo bem maior. Esta era a certeza que o movia. Era a única coisa que o separava de John Smith. Isto, no entanto, passava dos limites.

Que limites? Você veio aqui para isso.

Sim. Mas não por Erik Epstein.

Então não faça por ele. Faça por Kate. E depois vá para casa.

— Você entendeu?

Epstein parecia nervoso sobre a questão, com medo. Afinal de contas, ele revelara não apenas seu segredo, como os planos. O homem podia ter uma mente ímpar para dados, mas não era um jogador de xadrez, percebeu Cooper.

— Sim, eu entendi.

— E você vai fazer isso? Vai matar John Smith?

Cooper deu meia-volta e começou a subir a rampa. Na porta, ele se virou e assimilou a câmara giratória de dados oníricos e o homem no centro dela. Um arquiteto aprisionado em um palácio que ele mesmo projetou e que via um tsunami se aproximar.

— Sim — respondeu Cooper. — Sim, eu vou matá-lo.

As portas do elevador se abriram. Cooper balançou a cabeça para arejar as ideias e depois saiu no escritório. A luz do sol repentina era intensa, mas não límpida, pois o ar atrás das janelas estava tomado por poeira. Shannon ergueu os olhos para ele e deu aquele sorrisinho maroto. O advogado contorceu os lábios. Atrás da mesa, o belo holograma de Erik Epstein fez um gesto para que ele entrasse.

No entanto, apenas Millie entendeu.

CAPÍTULO 28

O advogado acompanhou os dois pelo caminho que eles vieram, passando pelo corredor banhado pelo sol e pelo jardim em camadas. Cooper parou na porta do escritório de "Epstein", olhou para trás e viu o holograma. O duplo magro e bonito sustentou seu olhar, começou a dar um sorriso, depois parou. Eles se encararam por um momento. Então, lentamente, o Epstein falso acenou com a cabeça e desapareceu.

No elevador, Kobb falou:

— Espero que vocês percebam a honra que foi essa reunião. O Sr. Epstein é um homem muito ocupado.

— É — respondeu Cooper. — Tê-lo conhecido abriu meus olhos.

Kobb inclinou a cabeça ao ouvir aquilo, mas não respondeu. Cooper suspeitava que o advogado não sabia e teve a confirmação. Ele se perguntou quantas pessoas sabiam.

As portas do saguão se abriram, e o imenso painel 3D estava ligado agora em um seriado sobre natureza, com uma floresta verdejante e macacos empoleirados nas curvas dos galhos das árvores, sob a luz diáfana de um sol distante. Shannon enfiou as mãos nos bolsos e esticou o pescoço.

— Engraçado. Depois da demonstração lá em cima, isso aqui não é tão impressionante.

— Com certeza. — Cooper se voltou para Kobb. — Obrigado pela atenção.

— Não há de quê, senhor... Cappello. Foi um prazer. Sabem sair sozinhos a partir desse ponto?

O advogado deu meia-volta, já olhando o relógio enquanto dava passos largos ao elevador. Atrasado para alguma coisa. Ele parecia o tipo de sujeito que passou a vida correndo para alguma coisa mais importante.

— Você está bem?

— Claro — respondeu Cooper. — Sobre o que você conversou com, hã, Epstein?

— Sobre você. Ele perguntou se eu achava que você estava falando a verdade.

— O que você disse?

— Que eu te vi sendo atacado por agentes do DAR. Que você teve muitas oportunidades para garantir que eu fosse presa e que não fez isso. — Shannon sorriu. — Kobb quase aconselhou Epstein a mandar nos prender. Eu não acho que ele tenha curtido aquela reunião.

— Eu não acho que Kobb curta muita coisa. — Eles passaram pelo saguão, e os saltos clicavam no piso. — Ele deve ser um animal na cama, hein?

Ela riu.

— Três a cinco minutos de preliminares aprovadas pela igreja, seguidos por coito reservado, durante o qual os dois parceiros pensam em beisebol.

— Sr. Cappello?

Ele e Shannon deram meia-volta, com calma, mas ambos trocaram de posição, aliviaram o peso nos joelhos e ficaram de costas com costas. Os dois já se acostumaram um com o outro, sabiam que lado proteger, se algo desse errado. Curioso.

A mulher que chamou o pseudônimo usava batom demais e o cabelo em um coque apertado.

— Tom Cappello?

— Sim?

— O Sr. Epstein me pediu para lhe dar algo.

Ela ergueu uma pasta bege de couro de novilho, lisa e com aparência de ser cara. Cooper pegou a pasta da mão dela.

— Obrigado.

— Sim, senhor. — Ela deu um sorriso distraído e foi embora.

— O que é isso? — perguntou Shannon.

Ele avaliou a pasta e o que dizer.

— Epstein vai me ajudar. Mas, você sabe, nada sai de graça.

— O que você vai fazer por ele?

— Só um bico.

Cooper deu um sorriso neutro para ela e viu que Shannon captou e entendeu. Ela era do ramo, afinal de contas. Antes que a garota pudesse fazer outra pergunta, ele falou:

— Olha só, eu sei que já terminamos tudo, mas...

Ela inclinou a cabeça, e um sorrisinho se formou nos lábios.

— Mas?

— Quer comer alguma coisa?

■

Depois das ideias inovadoras e estonteantes de Nova Canaã, o café parecia pura e simplesmente nostálgico. Não era, obviamente — Cooper não viu um letreiro em *art déco*, nenhuma camiseta irônica —, mas o lugar era simples e direto, com cabines curvas de plástico e café medíocre em xícaras manchadas. A mudança foi providencial.

— Está falando sério? — Cooper tomou um gole de café. — Seu namorado realmente falou isso?

— Juro por Deus — disse Shannon. — Ele disse que meu dom era claramente um sinal de insegurança.

— Você pode ser um monte de coisas, mas insegura não é uma delas.

— É, bem, obrigada, mas eu passei as três semanas seguintes de rou-pão, chorando e vendo novelas. E aí eu soube que ele estava namorando uma stripper com enormes... — Ela colocou as mãos em frente ao peito. — Quero dizer, tipo melões. E aí me ocorreu que talvez o problema fosse que ele não queria estar com uma mulher que conseguia não ser notada. Se a nova namorada dele esfregasse dois neurônios juntos, ela não tinha um terceiro para pegar fogo, mas, com certeza, chamava a atenção.

Shannon fez uma pausa.

— Obviamente, isso acontecia porque ela sempre tombava para a frente.

Cooper estava tomando o café, e a risada fez com que engasgasse e cuspisse. O garçom chegou e serviu os pedidos, um hambúrguer para ela, um sanduíche de bacon, tomate e alface para ele, com o bacon tostado e crocante. Cooper estalou uma ponta e mastigou feliz. Ao fundo, uma jovem banda pop cantava jovens canções pop, cheias de corações partidos e alegrias para alguém dançar.

Ele mordeu o sanduíche e limpou a boca. Recostou-se na cabine, se sentindo estranhamente bem. Sua vida sempre teve um ar surreal, porém isso só ficou mais forte nos últimos meses, e mais ainda nos últimos dias. Mal havia duas horas que ele esteve no centro brilhante de uma espécie de templo, vendo o homem mais rico do mundo nadar em correntezas de informações.

O pensamento o trouxe de volta à pasta no chão. Ele arrastou o pé para o lado e tocou nela. Ainda ali.

Shannon cortou o hambúrguer na metade e depois em quatro pe-daços, mas em vez de comer um deles, ficou pegando as batatas fritas.

— No que está pensando?

Ela sorriu.

— Eu sei que isso irritava sua esposa, mas acho que ela encarava a questão da forma errada.

— É?

— Claro. Em vez de ter que ficar sentada aqui por cinco minutos pensando em uma maneira de abordar o assunto, eu posso simples-mente parecer distraída até você me perguntar.

333

Ele sorriu.

— Então você vai me contar no que está pensando?

— Em você. — Shannon se recostou, colocou um braço atrás da cabine e disparou um olhar firme.

— Ah, meu assunto favorito.

— Acabou, certo? Estamos quites?

— Quites? Estamos em um filme de gângsteres?

— Você entendeu o que eu quis dizer.

— Sim — respondeu Cooper. — Estamos quites.

— Então não devemos mais nada um para o outro?

— O que você realmente está perguntando, Shannon?

Ela virou o rosto, não apenas para desviar o olhar, mas para encarar o vazio.

— É estranho, não acha? As nossas vidas. Não há muitos superdotados do primeiro escalão, e desses, há menos ainda que conseguem fazer o tipo de coisas que fazemos.

Cooper deu uma mordida sem muito interesse e deixou que Shannon falasse.

— E, sei lá, creio que eu simplesmente achei legal ser capaz de conhecer alguém como você. Alguém que entende o que eu faço, que consegue fazer coisas que eu entenda.

— Não apenas os dons — comentou ele.

— Não fale com a boca cheia.

Cooper sorriu, mastigou e engoliu.

— Não são apenas os dons. São as nossas vidas também. Poucas pessoas entendem como vivemos.

— Exatamente.

— Bem, isso foi inesperado, mas eu aceito.

— O quê?

— Ah — falou Cooper, fingindo tristeza. — Pensei que você estivesse me pedindo em casamento

Ela riu.

— Que se dane, por que não? Vegas não fica longe.

— Não, mas é meio sem graça atualmente. — Cooper pousou o sanduíche. — Deixando as piadas de lado, eu entendo o que você quer dizer. Foi bom, Azzi.

— É — falou ela.

Os dois se entreolharam. Há um instante, os olhos de Shannon foram apenas os olhos de Shannon, mas agora havia mais. Um tipo estranho de reconhecimento. Uma complacência nos dois, um reconhecimento, e, sim, uma vontade também. Eles sustentaram o olhar por um longo tempo, longo o suficiente, e quando Shannon finalmente quebrou a conexão com uma risada rouca, parecia que algo no qual Cooper se apoiava havia desaparecido.

— Então, o que Epstein quer que você faça por ele?

Cooper deu de ombros, o jogo recomeçou, e ele mordeu o sanduíche de bacon.

— Certo — disse Shannon. — Bem, não me leve a mal, mas espero que seja algo que você consiga tolerar, e se for, torço que você faça. E torço que possa aproveitar a chance que tem aqui.

— Aqui sendo...

— Nova Canaã. Eu sei que você tem mais coisas em mente, Nick. Coisas que não está me contando. Mas este lugar realmente pode ser um recomeço. Você pode ser o que quiser aqui. E ser bem-vindo.

Cooper sorriu...

Será que ela sabe?

Não. Talvez suspeite. Medo.

E ela te chamou de Nick.

... e falou.

— Bem, esse é o plano.

Shannon concordou com a cabeça.

— Ótimo. — Ela empurrou o prato para a frente. — Sabe de uma coisa? Não estou com fome, afinal de contas.

Shannon limpou as mãos no guardanapo, jogou no prato e manteve os olhos longe do olhar de Cooper.

— Tenho uma ideia. Assim que você cumprir o que deve a Epstein, se começar mesmo uma nova vida, talvez você e eu possamos continuar esta conversa.

Ele riu.

— O que foi?

— É só que... — Cooper deu de ombros. — Eu não tenho seu telefone.

Shannon sorriu.

— Tenho uma ideia. Talvez eu simplesmente apareça. Eu sei que você fica empolgado quando eu faço aquilo.

— Sim — respondeu ele. — Eu fico mesmo.

Ela saiu da cabine, e Cooper foi atrás. Por um momento, os dois se encararam, aí ele abriu os braços e Shannon entrou neles. Um abraço, nada sexual, mas havia abraços e *abraços*, e esse foi um dos últimos, com os corpos juntos, testando o encaixe, e o encaixe era bom. Quando Shannon o soltou, ele sentiu a ausência como uma presença.

— Até mais, Cooper. Fique bem.

— É — respondeu ele. — Você também.

Ela saiu com um rebolado que Cooper sabia que era calculado, mas isso não diminuiu o impacto. Não olhou para trás. Ele a observou ir embora e sentiu uma pontada no peito, uma vontade. Ela era realmente incrível. Era como conhecer alguém durante o casamento, a atração da possibilidade, a compreensão de que ali estava outro caminho que a vida podia ter seguido.

Só que você não é casado. Pode ficar com Shannon. O problema é que ela vai odiar você.

Cooper voltou a se sentar e se sentiu pesado. Terminou o sanduíche de bacon. Quando o garçom voltou, ele agradeceu e pediu por um refil de café. Não, nada de errado com o hambúrguer, acabou que a amiga não estava com fome, afinal de contas. Só a conta, quando você puder.

Após o sujeito terminar de encher a xícara de café e colocar a conta na mesa, Cooper esticou a mão para pegar a pasta. O couro de novilho era tão macio que parecia murmurar embaixo dos dedos. Ele colocou na mesa e deu uma olhadela despreocupada em volta. Ninguém olhando. Ele abriu as travas e ergueu a tampa alguns centímetros.

Documentos em papel-manteiga, um envelope, chaves de carro. Cooper abriu o envelope e descobriu que era um itinerário. Alguém chegaria a um determinado endereço, depois de amanhã. Ele fazia uma boa ideia de quem fosse.

As chaves de carro tinham uma etiqueta com um endereço.

O papel-manteiga era a planta de um prédio.

E embaixo de tudo, aninhada em espuma, estava uma Beretta .45. A mesma arma que ele preferia.

Quando era agente do DAR.

■

O endereço nas chaves do carro era, na verdade, de um estacionamento nos arredores de Tesla, uma corrida de táxi de dez dólares. Quando chegou, Cooper apertou várias vezes o botão de destravar no segredo e seguiu a buzina até uma caminhonete, não um dos carros elétricos, mas um genuíno carrão beberrão de gasolina, um Bronco 4x4 perfeito, com pneus grandes e potência para dar e vender. Cooper entrou, ajustou os espelhos, abriu a pasta e começou a ler.

Como tudo que Epstein fazia, a informação era clara e bem pensada. Continha tudo de que Cooper precisava, mas nada que revelasse a verdade. Se alguém olhasse a pasta, poderia pensar que ele era um agente secreto, mas não teria ideia de que estava olhando os planos para o assassinato do terrorista mais perigoso da nação.

Havia um mapa que sugeria uma rota desse estacionamento para um endereço em Leibniz, uma cidade no lado oeste da Comunidade. Uma viagem de três horas de carro que parecia tirar Cooper do caminho; um exame mais cuidadoso do mapa indicava que a rota passava ao largo de uma instalação de pesquisa que, sem dúvida, aumentava o nível de segurança. O itinerário mostrava alguém que chegava a Leibniz hoje à noite e se hospedava em uma casa perto da Floresta Nacional de Shoshone. Fotos mostravam uma bela cabana na crista de uma montanha. Havia uma varanda no segundo andar e muitas vidraças, com estonteante visão panorâmica de florestas de pinheiros que desciam para os choupos no pé da montanha. Quatro espigões de rocha se projetavam de maneira inacreditável a 1,5 quilômetro da crista. Nenhum vizinho nas proximidades. A planta mostrava que a cabana possuía algumas melhorias na segurança — câmeras na frente e nos fundos, vidro à prova de balas, portas com estrutura de aço no térreo —, mas nada espantoso.

A casa pertencia a uma mulher chamada Helena Epeus. Cooper não reconheceu o nome, mas havia algo ali, alguma conexão que ele não percebia exatamente. *Deixe marinar.*

Os documentos sugeriam que Epeus era amante dele. O alvo anônimo já visitara a mulher antes, geralmente chegava à noite e saía de manhã. Os papéis diziam que também haveria uma pequena equipe de segurança, mas pontuavam secamente que "seus movimentos dentro da casa pareciam restritos".

Tradução: Smith não quer que sua equipe de segurança o veja transando.

Cooper pegou a pistola. Apertou o retém do carregador. Estava cheio de munição de ponta oca. As balas seriam detidas por coletes à prova de balas, mas se atingissem carne, elas se estilhaçariam, e minúsculas lâminas rodariam dentro do tecido frágil. Dois carregadores sobressalentes, embora ele não conseguisse imaginar o motivo para precisar de tantas balas.

Ele foi do exército e jamais confiou em uma arma que ele mesmo não tivesse desmontado, então levou alguns momentos para desmembrar a pistola. Tudo estava limpo e bem-cuidado. Remontou com uma facilidade adquirida com a prática, depois acionou a trava de segurança e recolocou na pasta.

Quando terminou, o sol havia baixado, e o relógio indicava duas horas. Cooper ligou a caminhonete, acelerou o motor algumas vezes para se divertir, e foi embora.

■

O plano era executável.

A viagem levou um pouco menos das três horas recomendadas, Cooper não forçou a caminhonete, mas com certeza se aproveitou das estradas lisas e retas. A paisagem mudou conforme ele avançou para oeste, ficando mais verde; não exuberante, mas o ar era agradável. O céu parecia maior do que deveria, e claro, com nuvens dramáticas que se formavam bem acima das montanhas, a oeste. Ele correu de sombra de nuvem para sombra de nuvem, vendo o mundo mudar de cor enquanto dirigia e tentava não pensar muito. Cooper estava com aquela energia da missão, aquela sensação que sempre tinha quando as semanas avaliando os padrões do alvo começavam a fazer sentido, como se o destino fosse uma linha reluzente de neon que ele pudesse seguir no asfalto.

John Smith. O homem que ficou assistindo enquanto 73 pessoas eram executadas no Monocle. Que orquestrou uma onda de ataques no país inteiro. Que plantou as bombas na bolsa de valores em Nova York, responsáveis pela morte de 1.163 pessoas em uma onda de choque que arrancou Cooper da verdadeira vida e o jogou à deriva neste estranho caminho novo.

Mesmo após tudo que Cooper leu a respeito dele, depois de todos os discursos a que assistiu, de todos os amigos que conheceu, depois de falar com o merdinha do administrador daquela academia em West Virginia, o verdadeiro John Smith era um mistério. Havia os fatos: o dom para estratégia, o sucesso como organizador político, a habilidade de inspirar as pessoas. Havia os mitos, que dependiam do lado em que se estava. Havia rumores e sussurros. Havia Shannon, que dizia que ele era um cara bacana e que acreditava nisso.

Mas o homem em si? John Smith era um jogo de sombras, o sonho de um monstro ou um herói.

E hoje à noite, finalmente, Cooper conseguiria conhecê-lo. Um homem que aparentemente tinha amigos e amantes, que visitava uma mulher chamada Helena Epeus em uma bela casa na crista de uma montanha.

Ele viu a cabana de relance pela primeira vez lá na estrada, mas não parou, apenas foi para a pista da direita e deu olhadelas. A cidade de Leibniz ficava a dez minutos, e a maioria dos lugares ali parecia com cabanas de pessoas que queriam mais isolamento do que até mesmo Nova Canaã oferecia. Fazia sentido; nem todo mundo se mudou para o Wyoming porque acreditava na causa. Muitos moradores estavam naquela tênue faixa entre libertários e anarquistas, gostavam da ideia de um lugar onde pudessem ficar em paz. Onde o mundo não se intrometeria. Cooper achava que, se entrasse com o Bronco em estradas de terra de mão dupla, passaria por placas dizendo ENTRADA PROIBIDA e ADVOGADOS SERÃO BEM RECEBIDOS A BALA, e acabaria em complexos solitários onde tudo podia ser praticado em relativa paz, de isolacionismo a antissemitismo.

No entanto, as cabanas a essa distância da cidade não passavam essa impressão. Eram mais luxuosas. Casas de amantes da natureza.

Uma hora de reconhecimento confirmou que a informação na pasta de Epstein era confiável. Ele notou porque o homem estivera nervoso, ansioso para ganhar sua cumplicidade. Isto era o máximo de exposição que um terrorista recluso teria. A floresta oferecia muita cobertura para uma aproximação cautelosa; a segurança, embora, sem dúvida, fosse composta por profissionais experientes, não deveria ter motivos para esperar um ataque e seria fácil de evitar. E embora Smith fosse um gênio estrategista, e provavelmente um lutador decente, não seria páreo no mano a mano.

O plano era executável. Cooper poderia entrar e matar John Smith.

Sair seria mais complicado. Se ele conseguisse não soar um alarme, seria capaz de chegar até Smith com uma facilidade razoável. Mas o homem com certeza deveria usar um alarme biométrico. No momento em que o coração alucinasse mais do que durante o sexo, e certamente no momento em que o órgão parasse, os guarda-costas viriam com tudo. Não haverá como sair de mansinho. Terá que correr e atirar.

Resolva o problema quando ele surgir. É quando você atua melhor, de qualquer forma.

Além disso, executável era mais do que Cooper já conseguira antes. Ele entraria na casa hoje à noite, terminaria a missão, e, depois disso, bem, as coisas dariam seu jeito.

É? E se você conseguir, acha que a organização de John Smith vai simplesmente anunciar que ele foi assassinado? Se não escapar, ninguém no DAR saberá o que você realizou.

Isto tornou mais óbvio o próximo passo.

■

Cooper precisava de um telefone fixo. O DAR monitorava todas as ligações de celulares dentro da CNC, o software Echelon II remexia implacavelmente bilhões de bits de dados. E ele apostava que Smith tinha algum sistema de vigilância de rotina por conta própria; a única maneira de o homem continuar a evitar ser capturado era ter um fluxo constante de boas informações. Usar um telefone celular era um risco muito grande.

Em qualquer outro lugar, isso significaria um telefone público. Eles ainda existiam, se a pessoa soubesse procurar: lojas de conveniência, *shoppings*, postos de gasolina. Anacronismos, relíquias que ninguém se incomodou em arrancar. Mas ali era Nova Canaã. Neste mundo novo, livre de nostalgia, não apenas não havia telefones públicos do lado de fora de postos de gasolina, como mal havia postos de gasolina.

Cooper examinou e dispensou meia dúzia de planos: reservar um quarto de hotel, oferecer dinheiro ao dono de uma casa para usar o telefone, invadir um apartamento. Tudo arriscava chamar a atenção.

Ele dirigiu por Leibniz só por dirigir, para assimilar o lugar. Leibniz seguia o que Cooper começava a enxergar como um padrão nas cidades da CNC. Turbinas de vento a oeste, imensos condensadores de água a leste. Ruas lisas e dispostas em uma malha perfeita. Um campo de aviação para planadores, postos para recarregar carros elétricos. Áreas bem projetadas para pedestres e praças públicas repletas de jovens inteligentes que se deslocavam com determinação. Zoneamento de uso misto, áreas comerciais e residenciais, lado a lado; seria um lugar fácil de se viver, com todas as vantagens de uma cidade grande sem o congestionamento e a poluição. Venha para Nova Canaã e ajude a construir um mundo melhor. Muita ambição e energia, luz do sol e sexo.

Cooper parou em um quiosque nos arredores da cidade, pediu um hambúrguer e uma Coca, que foi mais cara que o sanduíche. Comeu sentado em um banco de piquenique banhado de dourado pelo sol que se punha. Do outro lado da rua havia uma concessionária de carros, pequena pelos padrões americanos, com o pátio lotado, de vitrine a vitrine, com os pequenos carros elétricos que ele via por toda parte ali. O Bronco era incomum, mas não atraía olhares; o interior do Wyoming ainda era bem rústico, e havia limites no que um...

Resolvido.

Cooper terminou a refeição, limpou as mãos e cruzou a rua na caminhonete. O vendedor de carros era o mesmo vendedor de carros de qualquer lugar: sorriso sociável, rapidamente ficou íntimo e contente por ele ter visitado a loja.

— Estou pensando em trocar — falou Cooper e apontou para o Bronco com o polegar. — A gasolina está me matando.

— O senhor não vai se arrepender — respondeu o cara. — Vamos dar uma volta e ver o que lhe agrada.

Cooper acompanhou o sujeito pelo pátio e deixou o falatório entrar por um ouvido e sair pelo outro. Quilometragem entre recargas, velocidade máxima, vantagens. Ele entrou em um sedã, passou as mãos no capô de um esportivo de dois lugares. Finalmente, decidiu por uma picape miniatura com uma potência que fez Cooper abafar um risinho.

— Eu sei — comentou o vendedor — que ela não parece grande coisa comparada àquela fera que o senhor tem. Mas a picape é *off-road* e pode levar cargas leves. Uma perfeita caminhonete de trabalho, e se o senhor algum dia precisar de algo mais pesado, sempre é possível alugar.

As negociações levaram dez minutos, e Cooper se deixou levar pelo sujeito. Quando terminaram, ele pediu:

— Se importa se eu usar seu telefone para ligar para o meu contador? Meu celular morreu.

— Claro — respondeu o novo melhor amigo, sem conseguir esconder a alegria. — Entre no meu escritório.

O escritório era, na verdade, uma mesa em uma fileira de mesas dentro do *showroom*. Não era tão reservado quanto Cooper gostaria, mas era reservado o suficiente; vendedores não deveriam ficar sentados, e as outras mesas estavam abandonadas. O sujeito indicou a própria cadeira, depois saiu, após garantir que estaria por perto.

Cooper havia memorizado o número há seis meses e jamais ligado. Tocou duas vezes, e uma voz respondeu:

— Colchões Jimmy's.

— Aqui é o número de conta três dois zero nove um sete — disse Cooper.

— Sim, senhor.

— Eu preciso falar com Alfa. Imediatamente.

— Alfa, confirmado. Espere, por favor.

Cooper se recostou na cadeira do vendedor, e as molas rangeram. Pela vitrine, ele viu o trânsito passar, viu as nuvens mudarem de forma, e os raios de luz descerem entre elas.

Houve um clique, e depois o diretor dos Serviços Equitativos, Drew Peters, atendeu.

— Nick?

A voz era familiar mesmo agora, baixa com a segurança do comando. Cooper podia imaginá-lo no gabinete, com o *headset* fino sobre o cabelo meticulosamente aparado e as fotos dos alvos emolduradas na parede, John Smith entre elas. *Será que minha fotografia está na parede também?*

— Sim, sou eu.

— Você está bem?

— Sim. Estou em missão.

— O que foi aquela cena na semana passada?

— O quê?

— Não brinque comigo, filho. Na plataforma do trem elevado em Chicago. Você sabe que civis levaram tiros?

— Não meus — respondeu Cooper, surpreso com a fúria que se agitava por dentro. — Talvez fosse melhor você falar com a droga dos seus atiradores.

Ele omitiu o *senhor* instintivo.

— Como é?

— Eu não atirei em ninguém. E de nada, por falar nisso. Por, você sabe, eu ter deixado de lado a minha vida inteira e me tornado um fugitivo. Quer falar de cenas? Ok. Que tal Chinatown?

— Você está se referindo à detenção de Lee Chen e sua família?

— Ladrões de lojas são detidos. Aquilo foi uma equipe de resposta tática provocando um tumulto e sequestrando uma família. A garotinha tinha oito anos. — Ele se ouviu dizendo *tinha* em vez de *tem* e se odiou por isso. — Em nome do que vocês estão lutando, afinal?

Houve uma pausa. Em um tom controlado e claro, Peters perguntou:

— Acabou?

— Por enquanto. — Cooper percebeu que estava apertando o telefone e obrigou os dedos a relaxarem.

— Ótimo. Em primeiro lugar, por "vocês" você está se referindo aos agentes do Departamento de Análise e Reação? Porque talvez queira se lembrar de que é um agente do DAR.

— Eu sou...

— Em segundo, aquilo foi culpa sua.

— O quê?

— Você foi visto. O que você pensou? Que faria uma proeza daquelas no trem e depois, na mesmíssima noite, simplesmente andaria pela rua?

— Do que você está falando?

Ele repassou a noite na cabeça, o ar fresco, o neon de Chinatown. Cooper esteve ligado, alerta para qualquer sinal de reconhecimento, e não viu nenhum.

— Ninguém me viu — falou ele.

— Não. Mas Roger Dickinson mandou que toda a rede Echelon II varresse aleatoriamente as imagens das câmeras de segurança da cidade inteira. Mais de dez mil. Uma câmera de caixa eletrônico captou você e a Srta. Azzi andando lado a lado por Chinatown. Assim que conseguiu aquilo, Dickinson puxou as imagens de cada câmera por um quilômetro. Reunir todo aquele material levou um tempo, e esse foi o único motivo para você não ter sido capturado.

Cooper abriu e fechou a boca.

— Regras suas, Nick. Culpa sua. — Peters não ergueu o tom de voz, e, de alguma forma, isso fez as palavras terem um impacto maior. — Você estabeleceu os parâmetros em primeiro lugar, se lembra? *Você* disse para *mim* que a única maneira de seu plano funcionar era se fôssemos até o fim.

— Eu não quis dizer...

— Não importa se você quis dizer. Até o fim é até o fim.

Parte de Cooper queria gritar, bater o telefone na mesa, se levantar, agarrar a cadeira e jogá-la contra a vidraça da vitrine lá fora, no sol do Wyoming. Mas depois disso, nada teria mudado. Chiliques não fariam diferença.

— Roger Dickinson, hein? — Cooper trocou o telefone de mão novamente e secou o suor de uma palma.

— Ele com certeza correspondeu ao desafio. — Peters deu uma risada breve. — Você talvez tivesse razão sobre Roger Dickinson querer seu emprego.

— Eu deveria ter previsto as câmeras — disse Cooper. — Droga. Droga, droga, droga.

— Você está jogando contra milhares de pessoas. Eu diria que está se saindo bem.

— O que aconteceu com Lee Chen e a família dele? Deixe para lá. Eu sei a resposta. Você pode ajudá-los?

— Ajudá-los?

— Eles não sabem de nada. De verdade. Ele é apenas um amigo de Shannon, da época do colégio.

— Eles deram abrigo a dois dos terroristas mais procurados no país. Foram capturados. Vão enfrentar o castigo. Eles têm que enfrentar.

— Drew, preste atenção. A menina, Alice. Ela tem oito anos.

Houve uma longa pausa. Finalmente, Peters suspirou.

— Tudo bem. Verei o que posso fazer.

— Obrigado.

— Agora, qual é a sua situação?

— Eu estou.

Ele respirou fundo e endireitou as costas. Era fácil compreender a raiva que o possuiu. Nos últimos dias, Cooper enxergou a mentira em várias verdades que ele considerava óbvias. Mas nada daquilo importava, não neste momento.

— Eu estou ligando porque consegui minha oportunidade. Vou atrás do alvo. — Um pequeno risco; mesmo que Smith tivesse uma rede de informações de nível internacional, ela não alcançaria o telefone da mesa de uma concessionária. — Ele morre hoje à noite.

— Então você realmente conseguiu — disse Peters.

— Estou prestes.

— Já planejou a estratégia de fuga?

— Eu resolvo esse problema quando chegar a hora dele. Foi por isso que liguei. Só para garantir. Quero que você saiba que vou honrar nosso acordo. — Cooper fez uma pausa. — E queria ouvir que você vai honrá-lo também.

— É *claro*, filho. — A voz de Peters raramente revelava emoção, mas Cooper ouviu a mágoa nela. — Não importa o que aconteça, eu honrarei. Você é um herói.

— Kate...

— Sua filha nunca será testada. Eu já cuidei do registro existente e tomei medidas para garantir que jamais ocorra outro. Ela está segura. Eu lhe dei minha palavra, Nick. Aconteça o que acontecer, eu cuidarei de sua família.

Minha família. Cooper teve um *flashback* daquela manhã, há meses, rodopiando os filhos no jardim da casa. Um preso em cada braço, o peso da confiança e do amor puxando com uma força da qual ele nunca queria se ver livre. O borrão verde do mundo atrás deles.

O que você viu te transformou. Beleza. Mas isso não importa. Você não está fazendo isso pelo DAR.

Está fazendo por eles.

CAPÍTULO 29

De volta à ativa.

Em toda a sua vida, Cooper matara 13 — não, contando com Gary na rodovia, 14 — pessoas. Isso não o incomodava, nem o deixava orgulhoso. Era apenas um fato. Ele não era um sujeito violento, não se excitava em machucar pessoas. Cooper era um soldado. Quando ele agia, havia um motivo, que era salvar vidas.

E no entanto, ele tinha que admitir que era bom estar de volta à ativa.

Os últimos seis meses foram de muitas emoções. Parte do tempo ele curtiu: se testar, construir uma reputação que lhe desse a chance de se aproximar de John Smith. Mas, ao mesmo tempo, a sensação foi a de um compasso de espera, algo que Cooper estava fazendo enquanto a vida real aguardava. A vida real como pai, e a vida real como agente do governo, como um homem que lutava por um futuro melhor.

A partir da noite de hoje, o compasso de espera acabaria. Ele teria a única chance contra Smith. Sucesso ou fracasso, esta fase ficaria para trás. Chega de fingir, chega de correr.

Bem, isso não é exatamente verdade. Se você falhar, provavelmente haverá um pouco de correria envolvido. Cooper sorriu e desligou o motor.

A crista onde ficava a cabana levava à Floresta Nacional Shoshone. Após estudar os mapas e as imagens de satélite fornecidos por Epstein, Cooper decidiu parar a picape em uma via expressa dos bombeiros, a três quilômetros da casa. Mais cedo, ele havia parado em uma loja de artigos esportivos em Leibniz e comprado equipamentos, e agora Cooper ficou só de cueca e camiseta e vestiu o que comprou. Uma malha térmica como base, calça e casaco camuflados, um par de botas de trilha Vasque e luvas leves. Ele se permitiu o luxo de um bom binóculo, Steiner Predators, que lhe custou dois mil dólares. Valeu cada centavo: as lentes de neotecnologia não apenas permitiriam que ele enxergasse no escuro, como o chip analisava a imagem e destacava movimentos. O cara atrás do balcão perguntou:

— O senhor vai fazer uma caçada à noite?

— Algo assim. — Cooper sorriu.

— Esse binóculo é a escolha certa, então. Precisa de munição?

— Eu tenho.

Ele verificou a Beretta agora, depois olhou os cartuchos sobressalentes e decidiu não levá-los. Se precisasse recarregar, já estaria perdido. Além disso, eles podiam fazer barulho se batessem em alguma coisa. Cooper trancou a caminhonete, enfiou as chaves embaixo do para-choque e começou a caminhar.

O ar estava fresco e revigorante, agradável da maneira que deveria ser, mas raramente era. Cooper apreciou o ar e o puro movimento dos músculos, o calor nas pernas ao subir a montanha. Ele andou em ritmo constante, mas sem pressa, e quando chegou atrás da crista, o céu mudara de índigo para roxo, e finalmente para o preto aveludado. A lua lançava sombras esguias e com aparência úmida.

A crista era rochosa, com árvores antigas e curvadas pelo vento. As torres de pedra vertical pareciam ainda mais com espigões, como se fossem a mão de um gigante saindo do chão. Cooper se agachou e observou a área com o binóculo. Levou alguns minutos para escolher a árvore certa: um enorme pinheiro-ponderosa, a mais ou menos 200 metros da cabana.

Dez minutos depois, ele estava empoleirado em um galho largo, a seis metros do solo. As luvas estavam grudentas com seiva, e o cheiro forte e pungente de pinho incomodava as narinas. Através do aglomerado de agulhas, Cooper tinha uma visão perfeita da casa de Helena Epeus. Era um lugar atraente, com uma arquitetura típica do noroeste do país, parecida com um caixote. Muito vidro e revestimento de tábuas de cedro, com espaços abertos em amplas fileiras. As janelas tinham um brilho amarelo acolhedor. Um local sereno e aconchegante... a não ser pelo homem que rondava o perímetro com uma submetralhadora.

A arma estava pendurada a tiracolo, com o cabo em fácil acesso para a mão direita do sujeito, e, a julgar pelo jeito como ele andava, o homem já pegara naquele cabo antes. O guarda tinha uma postura tranquila e um estado de prontidão que Cooper reconheceu. Um homem que sabia se virar.

Não era surpresa. Mas será que ele esperava alguma coisa?

Uma cerca vazada a cerca de cinquenta metros da cabana delimitava a propriedade. O guarda acompanhava a cerca, devagar, examinava as sombras e a estrada lá embaixo. Cooper ficou imóvel no galho, contente por estar com a malha térmica — a noite estava esfriando —, e observou. O binóculo Predators traçou uma fina silhueta vermelha em volta do homem, que reagia ao movimento constante. O guarda levou oito minutos para completar o circuito, e embora tenha variado a rota, raramente se afastou da cerca. Um profissional, mas que não demonstrava sinais de ansiedade.

Muito bem. Cooper voltou a atenção para a casa.

O Predators ficou branco enquanto se ajustava à mudança de escuridão para luz, e depois Cooper pôde ver bem o interior: mobília de madeira simples e funcional, prateleiras cheias de livros e fotos, uma cozinha rústica com uma cafeteira meio vazia. O segundo guarda lembrava um sargento instrutor: cabelo escovinha grisalho, músculos definidos, postura rígida. O sargentão se serviu de uma xícara de café e depois se virou para falar com alguém que Cooper não conseguia enxergar. Aquele seria o guarda número três; embora John Smith pudesse ser sociável com a segurança, o objetivo da noite era romance. Smith estaria no segundo andar.

Ok. Três guardas. Um quarto seria tecnicamente possível, mas seria um trabalho malfeito colocar três guardas no interior e apenas um do lado de fora, e Smith jamais toleraria uma tática malfeita.

O restante da casa parecia ser como era esperado. As portas e estruturas do térreo eram de aço, e os cadeados, pesados. Uma câmera observava a entrada dos fundos. Ao todo, era uma segurança confiável, o tipo de esquema que faria um civil se sentir seguro. Mas estava longe de ser imbatível.

Então a questão é: como você vai vencê-la?

Havia um varandão no segundo andar. Uma porta de vidro de correr levava a um quarto, provavelmente à suíte. As luzes estavam apagadas, a cama tamanho *queen*, feita. Vazia. Cooper não tinha dúvidas de que conseguiria chegar ao varandão. Mas, e aí? A porta provavelmente estava trancada, e o vidro seria à prova de balas.

Era uma pena que Shannon não estivesse com ele; Cooper não tinha dúvidas que ela passaria desfilando. Ele, por outro lado, talvez tivesse que entrar pegando pesado. Chegar de mansinho ao guarda do lado de fora. Com um pouco de sorte, Cooper conseguiria abatê-lo silenciosamente. Com muita sorte, o guarda teria uma chave.

E se não tivesse? Ou se as portas funcionassem com um teclado? E se todos os seguranças usassem sensores biométricos, para que soubessem se um deles fosse abatido?

Arriscado. Cooper estava confiante de que era capaz de acabar com os seguranças, especialmente se os pegasse de surpresa. Mas enquanto aquilo acontecia, quem garantia que Smith não estaria correndo para a porta dos fundos?

Ainda assim, que escolha havia...

A luz na suíte se acendeu e desenhou uma silhueta. O som da porta de vidro deslizando no trilho pareceu alto na noite do Wyoming. A figura estava na contraluz. Outro guarda? Cooper ajustou o foco do binóculo.

E quase deixou cair o equipamento. A figura não era um segurança. Não era um estranho.

Havia sete anos desde que a fotografia que decorava a parede de Drew Peters fora tirada, um jovem ativista se dirigindo a uma multidão.

Cinco anos desde o massacre no Monocle, aquele vídeo horripilante que Cooper assistiu inúmeras vezes, o extermínio sereno de 73 civis.

Dois anos desde a última foto confirmada, uma imagem borrada tirada de longe, quando ele entrou no banco traseiro de um Land Rover.

Agora, através das lentes trêmulas do novo binóculo, Cooper observava John Smith sair para o balcão.

Ele vestia jeans e suéter preto. Os pés estavam descalços. Enquanto enfiava a mão no bolso e retirava um maço de cigarros, Cooper percebeu como ele parecia mais velho. Como fotos de presidentes antes e depois do primeiro mandato, Smith parecia ter envelhecido duas décadas em um punhado de anos. O cabelo escuro ficou grisalho, e os ombros pareciam pesados. Mas o olhar era aguçado como vidro quebrado quando ele acionou um isqueiro prateado e acendeu o cigarro. A visão noturna do binóculo ampliou a chama para uma aura de fogo que pareceu envolver John Smith.

Cooper olhou fixamente.

O homem mais perigoso do país parecia em paz. Fumou de maneira meditativa, com o cigarro entre o dedo indicador e o médio. A noite estava fria demais para os pés descalços, mas Smith não parecia incomodado. Ele apenas ficou ali, olhando a escuridão.

Era inacreditável. Um tiro perfeito, sem vento, visibilidade adequada, com o alvo abstraído. Se Cooper tivesse um rifle, ele poderia acabar com uma guerra com um apertão do dedo.

Mas você não tem um rifle, você tem uma pistola, e a essa distância daria no mesmo tentar matá-lo com palavrões.

Com um pouco de medo de que, se desviasse o olhar, Smith sumiria como uma espécie de demônio, Cooper virou o binóculo. Levou apenas segundos para ver o guarda de fora. O homem estava na pior posição possível, quase diretamente entre o pinheiro e a cabine. Cooper poderia passar por ele, mas não sem alertar Smith.

Você tem uma chance. Há muita coisa em jogo para agir com pressa.

Ele respirou fundo e acalmou os nervos. Voltou a vigiar o homem que fumava. Embora tivesse esperado por este momento, planejado para isso, Cooper ficou abalado pelo impacto emocional da situação.

Ali estava a razão, ele percebeu, para sua própria existência. Para Cooper ter feito as coisas que fez e dormir em paz, apesar delas.

Smith era tudo o que Cooper combateu a vida inteira. Não apenas um assassino, nem mesmo um terrorista; um furacão em forma humana. Um tsunami, um terremoto, um atirador de elite em uma escola ou uma bomba caseira em um reservatório de água. Um homem que não acreditava em nada além de que estava essencialmente certo, que matava não porque isso tornaria o mundo melhor, mas porque Smith lutava para tornar o mundo mais parecido com ele. Parado e descalço sob o espetacular céu do Wyoming, fumando um cigarro.

Quando terminou, John Smith jogou a guimba na noite, a brasa frenética, livre e momentaneamente intensa. Aí ele se virou e entrou novamente. Um momento depois, a luz no quarto se apagou. John Smith...

São apenas nove horas da noite. Horas antes de ele ir dormir.

Fumantes nunca fumam um cigarro só.

Quem tranca a porta de uma varanda no segundo andar após entrar? Especialmente quando a pessoa sabe que voltará em breve?

... tinha acabado.

Cooper pendurou o binóculo em um galho. Não precisaria dele novamente. Com cuidado, começou a descer. Quando as botas amassaram o solo seco, Cooper ficou de cócoras, encostado na árvore, e esperou pelo guarda voltar outra vez.

Quando o homem voltou, começou a contar os segundos.

Ao chegar a cem, Cooper ficou de pé e começou a andar. Ele queria correr, mas não podia arriscar fazer barulho ou torcer o tornozelo. O guarda levou cerca de oito minutos para completar o circuito da cerca. Quatrocentos e oitenta segundos.

Cooper manteve o olhar abaixado para que a luz da cabana não estragasse a visão noturna e deu cada passo com cuidado. A lua estava clara, o que era bom e ruim. Bom porque ele podia manter um ritmo razoável, ruim porque significava que Cooper seria visto mais facilmente. Ele foi tomado por uma onda de energia, e o mundo foi ficando distante. Havia apenas Cooper, o solo prateado, o ar nos pulmões e a pressão da Beretta na cintura. No segundo 147, ele chegou à cerca vazada. O guarda estava fora do alcance da visão, do outro lado da propriedade. Com a mão em um poste, Cooper passou primeiro uma perna por cima, depois a outra, e entrou no jardim de Helena Epeus.

Aquele nome significava alguma coisa, mas não havia jeito de ele se lembrar. Nem tempo. Cooper parou um momento para avaliar a situação...

O guarda é um profissional. Um soldado.

Soldados aprendem a trabalhar em equipe. Uma equipe que divide responsabilidades e depois confia que cada homem cumpra a sua parte é bem mais eficiente que uma equipe em que cada homem tenta cobrir todas as possibilidades.

E vai deixar a segurança da *cabana para a segurança* na *cabana.*

...se apoiou nos cotovelos e joelhos, e começou a se arrastar rapidamente até a construção.

No segundo 200, o guarda fez a volta pelo outro lado da casa. O luar brilhou no cano da submetralhadora. Cooper continuou rastejando. Pedras bateram nos joelhos, e alguma coisa espinhosa espetou as luvas.

Ele podia ir mais rápido, mas não quis arriscar. Cooper tinha a impressão de que estava fazendo muito barulho do jeito que arranhava o solo a cada movimento. Ele contraiu o abdômen, controlou a respiração e avançou.

Duzentos e quarenta segundos. O guarda estava a meio de campo de futebol de distância. Cooper tinha cruzado cerca de 45 metros, não exatamente a metade do caminho entre a cerca e a cabana. Ele se deitou de bruços. O solo duro era frio através da camuflagem. Com um esforço de força de vontade, ele fechou os olhos. Mesmo no escuro, poucas coisas eram mais reconhecíveis para um humano do que o rosto de outro humano, especialmente os olhos, que podiam captar qualquer brilho solto de luz.

Se estivesse certo a respeito do guarda, se o homem confiava na equipe, então a atenção estaria voltada para fora. Ele estaria procurando por movimento no bosque, não por silhuetas suspeitas entre si mesmo e a cabana.

Duzentos e cinquenta segundos. Um barulho de passos. Pedras e terra embaixo de coturnos. O homem não podia estar a mais de seis metros de distância.

Uma pausa. Um arranhão. Os nervos de Cooper berraram para ele se mexer, para rolar para cima, sacar a pistola e atirar. Deitado de bruços, sem poder ver, Cooper estava completamente indefeso; tornava inúteis as próprias habilidades.

Você não se resume ao seu dom, soldado.

Ele ficou imóvel.

Duzentos e sessenta e cinco segundos.

Duzentos e setenta segundos.

Os passos recomeçaram. Cooper voltou a respirar novamente.

No segundo 340, ele abriu os olhos e ficou de cócoras. O guarda sumira. Após a escuridão completa, a cabana parecia acesa pela luz que saía das janelas e vazava por debaixo das portas. A luz recortava a varanda. Cooper se levantou e andou na direção da casa, sem se preocupar mais em ser visto. Mesmo que os guardas do interior por acaso olhassem de relance para uma janela, a noite transformaria o vidro em um espelho.

Ele girou os ombros, arrancou as luvas e deixou que caíssem. Então começou a correr em linha reta para a parede da cabana. No último segundo, Cooper pulou, meteu uma bota nas tábuas de cedro e tomou impulso para cima, esticou e girou o corpo.

As mãos pegaram a borda da varanda. Ele ficou pendurado um tempo para lutar contra a inércia lateral, e aí ergueu o corpo, primeiro até os balaústres, depois ao corrimão, e finalmente passou por cima. Cooper se agachou no mesmo ponto onde John Smith fumara o cigarro.

A respiração veio tranquilamente. Os sentidos estavam aguçados. Ele se sentiu poderoso, livre e vivo.

Cooper sacou a Beretta e foi para a porta de vidro. O quarto atrás dele estava tomado pela escuridão. Até agora, tudo bem. Ele tinha feito um barulhinho no revestimento de madeira, mas não muito. Quem morava em uma cabana no mato se acostumava a ruídos inesperados: animais caçando, galhos ao vento arranhando a calha, árvores mortas há muito tempo finalmente cedendo.

Obviamente, tudo dependia de a porta de vidro estar destrancada. Cooper confiava na lógica de sua análise de padrões, mas como sempre com o dom, tudo se resumia à intuição, não à certeza.

Então pare de embromar e veja se você ganhou uma medalha de ouro.

Ele colocou a mão livre na maçaneta e puxou.

A porta deslizou facilmente.

Com a pistola na mão, ele entrou de mansinho.

CAPÍTULO 30

O quarto estava escuro, mas os olhos estavam prontos. A cama tamanho *queen* tinha roupa de cama de chenille e travesseiros demais. Estava arrumada; se Smith e a amiga transaram, foi em outro lugar. Mesinha ao lado da cama, cadeira de balanço no outro canto, cômoda de madeira de lei. Banheiro da suíte no lado oeste. Um grande quadro com uma pintura meio abstrata, em cores escuras.

Ele segurou a arma abaixada, com as duas mãos, um dedo apoiado levemente no gatilho. A sensação era boa, como se fosse moldada para suas mãos.

Sons: a própria respiração, um pouco mais acelerada que o normal, mas constante. Uma televisão lá embaixo, com a claque de uma piada que Cooper não conseguiu escutar. O tique-taque do relógio na mesinha da cama. Ele odiava relógios que faziam tique-taque; cada clique era um momento perdido. Não conseguia imaginar dormir em um quarto com um relógio assim, ser levado à inconsciência ao som da vida escapando.

Nenhum alarme, nenhum sinal de pânico.

Cooper andou até a porta do quarto, que estava fechada, mas não completamente. Deslizou pela parede ao lado e deu uma olhadela pela fresta. Um corredor. Ele manteve a arma na mão direita e usou a esquerda para abrir a porta bem devagar. Ela abriu em silêncio. O corredor era de madeira de lei, com cara de nova. Ótimo. Madeira de lei antiga rangia.

Ele pisou leve, com as juntas flexíveis. O corredor era curto, e depois uma parede abria espaço para um corrimão com cordas em vez de balaústres de madeira. Luz vinha lá de baixo, e a televisão ficou mais alta. Uma sala grande, ligada por uma escada em espiral. Três portas: uma aberta, onde ele notou ladrilhos no chão; um banheiro de visitas. Cooper andou pelo corredor de mansinho e deu cada passo com cuidado. A porta seguinte também estava aberta. Ele se agachou bem e espiou pela borda. Quarto de visitas, às escuras. A última porta estava fechada, e um facho de luz brilhava embaixo. Cooper foi até ela e ficou do lado de fora. Nenhum barulho audível. Ele contou até vinte com a respiração presa, depois contou até trinta, respirando. Nada.

Cooper colocou a mão esquerda na maçaneta. Foi para o lado da porta. Girou com delicadeza, com a arma para cima, varrendo o aposento enquanto ele era revelado, centímetro por centímetro.

Estantes de livros, um sofá de couro, macio e com aparência de ser caro. Duas cadeiras voltadas para ele. Uma luminária e um cinzeiro sobre uma mesa, ao lado do sofá. Uma porta na parede do outro lado, fechada, sem luz na soleira. Uma lareira a gás no meio da parede, com chamas dançando; dois monitores de tela plana montados acima dela.

Ambos mostravam o mesmo vídeo.

Cooper entrou de mansinho na sala, de arma erguida, com os olhos à frente enquanto fechava a porta ao passar, e aí andou para ver os monitores.

O vídeo foi gravado do alto e mostrava homens cruzando um restaurante. Algo deu um nó dentro de Cooper quando ele reconheceu o local. A filmagem do massacre no Monocle, no Capitólio. Cooper tinha visto mil vezes, conhecia cada tomada. O que era...

Espere. Os monitores não mostravam o mesmíssimo vídeo.

De relance, sim. O movimento era o mesmo, o ângulo, a imagem do bar e dos clientes, o juiz com a jovem amante, a família de Indiana. Mas no monitor à esquerda, havia quatro homens andando entre as pessoas. Um à frente e três atrás.

No monitor direito, eram apenas três atrás, todos usando sobretudos.

No monitor esquerdo, John Smith passava pelos clientes, sendo seguido pelos soldados.

À direita, os soldados andavam sozinhos.

À esquerda, John Smith andava até a cabine dos fundos, onde o senador Max "Martelo" Hemner estava sentado.

À direita, os três homens se aproximaram da cabine do senador, mas a uma distância estranha, indeterminada. Como se houvesse um fantasma em frente ao trio.

À esquerda, "Martelo" Hemner sorria para John Smith.

À direita, "Martelo" Hemner sorria para os três homens que se aproximaram da mesa.

À esquerda, John Smith erguia uma pistola e disparava na cabeça do senador.

À direita, um buraco simplesmente aparecia na cabeça do homem, como se a bala tivesse sido disparada de outro lugar no restaurante.

Em ambos os monitores, os três guarda-costas deixaram cair os sobretudos e revelaram submetralhadoras táticas da Heckler & Koch penduradas em bandoleiras. Cada um perdeu tempo em estender a coronha retrátil de metal e apoiar a arma no ombro. A luz vermelha de um letreiro de saída caiu como sangue nas costas do trio.

Em ambos os monitores, eles começaram a atirar. Os tiros foram precisos e agrupados. Não houve rajadas, nem tiros para todos os lados.

Uma veia saltou no pescoço de Cooper, e as mãos ficaram escorregadias com suor.

Em ambos os monitores, o vídeo parou. Depois, retrocedeu dez segundos.

À esquerda, John Smith erguia uma pistola e disparava na cabeça do senador.

À direita, um buraco simplesmente aparecia na cabeça do homem, como se a bala tivesse sido disparada de outro lugar no restaurante.

Em ambos os monitores, os três guarda-costas deixaram cair os sobretudos e revelaram submetralhadoras táticas da Heckler & Koch penduradas em bandoleiras. Cada um perdeu tempo em estender a coronha retrátil de metal e apoiar a arma no ombro. A luz vermelha de um letreiro de saída caiu como sangue nas costas do trio.

O vídeo parou e depois retrocedeu em dez segundos.

Cooper teve a sensação repentina de estar sendo observado e deu meia-volta, com a arma erguida. Nada. Voltou para o monitor a tempo de rever a ação.

Reviu os três deixarem os sobretudos cair, a luz vermelha de um letreiro de saída cair como sangue nas costas do trio. As armas sendo erguidas.

Pausa. Retrocede.

Os três deixam cair os sobretudos, a luz vermelha de um letreiro de saída cai como sangue...

Tem algo errado.

Não apenas a ausência de John Smith em um dos vídeos.

É outra coisa.

Você deveria ver isso. Ele sabe que você está aqui. Isto é para você.

Mas tem outra *coisa errada.*

... nas costas do trio.

Pausa. Retrocede.

Os três deixam cair os sobretudos, a luz vermelha de um letreiro de saída cai como sangue nas costas do trio.

Pausa. Retrocede.

Os três deixam cair os sobretudos, a luz vermelha de um letreiro de saída cai como sangue nas costas do trio.

Era a mesma. A luz vermelha era a mesma nos dois vídeos.

Mas no vídeo da esquerda, aquele que Cooper conhecia, John Smith estava entre o trio e o letreiro de saída. O corpo teria bloqueado um pouco da luz. Não o suficiente para provocar uma sombra óbvia, mas, ainda assim, o vermelho não teria alcançado os guarda-costas. Certamente não o mais próximo de Smith.

Mas se isso fosse verdade...

Cooper olhou fixamente e sentiu como se o chão tivesse fugido embaixo dele, como se tivesse virado bruma e pudesse passar de forma insubstancial por tudo que acreditava ser sólido.

Então ouviu a porta se abrir atrás dele.

Deu meia-volta, controlado pelos reflexos, a arma subiu, o braço direito ficou reto, o esquerdo aninhou o cabo, e os dois olhos abertos miraram fixamente pelo cano o homem parado na entrada. As feições eram simétricas, ele tinha maxilar quadrado e belos cílios. O tipo de rosto que uma mulher poderia achar bonito em vez de gostoso, o tipo que pertencia a um jogador profissional de golfe ou um advogado.

— Olá, Cooper — disse John Smith. — Eu não sou John Smith.

CAPÍTULO 31

Cooper mirou pelo cano. O instinto colocou a mira bem no meio do peito do homem. John Smith devolveu o olhar, com a mão na maçaneta, nós dos dedos brancos. As pupilas estavam dilatadas e a pulsação latejava na garganta.

Aperte o gatilho.

Por trás, vindo de um lado, Cooper ouviu um som inconfundível. Aquele que seu velho parceiro Quinn descrevera uma vez como o melhor som do mundo, desde que fosse você que o fizesse.

O engatilhar de uma espingarda.

Smith deu um aceno de cabeça praticamente imperceptível. Sem abaixar a pistola, Cooper arriscou uma espiadela ligeira.

De alguma forma, Shannon estava no canto do quarto. Ela parecia pequena atrás da espingarda de ação por bomba, mas segurava a arma perfeitamente, com a coronha apoiada no ombro delicado. O cano fora serrado até não sobrar quase nada; era mais uma escopeta que uma espingarda. Mesmo a esta distância, com a munição correta — e estaria com a munição correta, ele não tinha dúvida —, não havia nada que Cooper pudesse fazer para desviar. O olhar de Shannon era firme, e o dedo colocou pressão no gatilho.

Como ela *fez* isso?

— Eu não tenho seu dom — falou Smith. — Mas tenho certeza do que você está pensando. Está calculando que não há como ela atirar antes de você. E tem razão. Você provavelmente meterá pelo menos um tiro. São boas as chances de você me matar. Obviamente, se fizer isso, é certo que ela matará você.

O mundo passou a ficar instável e veloz, tudo estava borrado e se misturava. A sensação era de que a vida de Cooper havia se transformado no vídeo em repetição: pausa, retrocede, pausa, retrocede, nada era garantido, tudo era mutável. O homem continuava na mira. Smith estava nervoso, isso era evidente. Ele talvez torcesse para que Cooper não atirasse, mas não tinha certeza.

Tudo dentro de Cooper gritava para que ele apertasse o gatilho, para dar o tiro, abater John Smith e acabar com aquilo. Para dar um fim antes... do quê?

Smith falou como se terminasse o pensamento de Cooper:

— O problema é que, se você atirar, não vai descobrir o que acontece a seguir. Não vai saber a verdade. Embora você já tenha calculado a primeira parte, não foi?

Um apertão suave no gatilho, seguido por outro o mais rápido possível. Munição de ponta oca atravessando a carne macia, o chumbo se estraçalhando em lâminas afiadas em rotação, feridas escancaradas. John Smith morto. Missão cumprida.

Isso era tudo que Cooper tinha que fazer.

Aperte o gatilho!

Ele tentou falar, mas só saiu um som rouco.

— Não foi?

— O vídeo é falso — disse Cooper.

— Sim.

— Você nunca esteve no Monocle.

— Na verdade, eu estive. Meia hora antes. Eu encontrei o senador Hemner. Bebi um gin e uma tônica, e ele bebeu quatro uísques. O senador concordou em apoiar algumas mudanças em uma lei anterior, que limitava os testes nos superdotados. Eu agradeci e fui embora.

Atire atire atire atire atire...

— Olhe para mim — falou Smith. — Sei que é capaz de dizer quando alguém está mentindo descaradamente para você. Eu estou mentindo?

Mil vezes Cooper assistira àquele massacre. Procurou por cada pista, qualquer sinal que pudesse levá-lo ao homem que o perpetrou. Ele notara a luz vermelha, mas não percebera que deveria ter sido bloqueada. E como poderia? Foi apenas quando comparado à outra versão que aquilo pareceu estranho.

A versão de Smith pode ser falsa. Ele teve tempo para fazer aquilo, nada além de tempo...

Mas a versão oficial era a que tinha problema.

— Tem mais — continuou Smith. — Muito mais. No entanto você vai ter que abaixar a arma para ouvir.

— Nick — disse Shannon, a voz baixa, porém, firme, com um tom de esperança, talvez, ou arrependimento por algo que não aconteceu ainda, mas poderia acontecer. — Por favor.

Cooper olhou de relance para ela. Viu que Shannon dispararia. Viu que ela não queria.

Ele foi tomado por uma onda repentina de exaustão. Uma sensação de que as escoras que o mantinham de pé foram chutadas para longe.

Mas se isso for verdade, então...

Cooper deteve o pensamento, mas abaixou a arma.

— Obrigado — disse Smith.

— Vá se foder — respondeu ele.

— Justo. Eu me sentiria da mesma forma, se estivesse em seu lugar.

— Cooper — falou Shannon —, que tal você colocar a arma na mesa? Eu vou colocar a minha também.

Ele olhou para Shannon. Ela voltou a chamá-lo de Cooper, embora tivesse sido Nick há um momento. Engraçado, apenas Natalie e Drew Peters o chamavam de Nick. E agora Shannon, exatamente duas vezes.

— Que tal — sugeriu — você colocar a sua primeiro?

Ele esperou que ela olhasse para Smith. Disse para si mesmo que, se Shannon fizesse aquilo, ele ergueria a arma e dispararia, executaria o alvo.

Ela mordeu os lábios. Os olhos nunca deixaram os de Cooper.

A garota abaixou o cano da arma e deixou que ficasse pendurada na mão.

Hum.

Como um homem sonhando, Cooper pensou *que se dane*, acionou a trava de segurança e depois jogou a arma na mesa. O que poderia acontecer de pior? Os dois o matariam?

Eles já mataram.

O pensamento veio espontaneamente, uma voz em uma sala escura. E o que diabos aquilo simplesmente significava? Cooper não sabia.

— Ok — disse ele, tentando um tom meio casual, mas sem saber se conseguiu. — Beleza, vamos conversar.

Smith quase pareceu desmoronar com a tensão indo embora do corpo.

— Obrigado.

— Você não tinha certeza de que eu não iria matá-lo, não é?

— Não. Era um risco. Calculado, mas um risco.

— E por que se arriscou?

— Eu queria conhecer você. Não há recompensa sem risco.

— O que você quis dizer quando falou que não era John Smith?

— O sobrenome do meu pai não era Smith. Minha mãe nunca me batizou de John.

— Eu sei, você foi para a academia, buá. Mas você...

— Mantive o nome que eles me deram. É. Você se lembra da época dos direitos civis, quando Malcolm X costumava falar sobre abrir mão do nome de escravo? De ter o próprio nome? Bem, eu farei a mesma coisa, assim que as pessoas como eu não forem escravos. Agora, quero lembrar todo mundo que eu sou o que fizeram de mim.

— Você é um terrorista.

— Eu sou um soldado do lado que está perdendo. Mas o John Smith que você perseguiu, o monstro que mata crianças, que assassinou 73 pessoas no Monocle, ele não sou eu. Aquele John Smith não nasceu. Ele foi criado. Porque servia aos propósitos de alguém.

Cooper sentiu o dom trabalhando, reconhecendo padrões a partir das informações. Da mesma forma que sempre fazia, da mesma maneira que ele não conseguia controlar, assim como alguém não pode escolher ser incapaz de pensar. Como sempre, a parte intuitiva do dom estava chegando a uma conclusão a partir dos padrões, e Cooper queria que aquilo parasse, porque se a conclusão fosse verdade, se fosse verdade...

— *Se* o vídeo for falso — disse ele, sabendo que era falso, mas sem querer dizer em voz alta, sem ter certeza dos motivos —, então quem falsificou?

— Pergunta errada. — Smith levou a mão ao bolso, parou e disse: — Um cigarro cairia bem. Você se importa?

Ele não esperou pela resposta, mas se mexeu lentamente e retirou o maço e os fósforos. Cooper catalogou o quarto e se lembrou do cinzeiro na mesinha do lado. *Então por que ele saiu antes...*

Porque Smith queria que você o visse.

Ele sabia que você estava lá fora e deu um jeito de você entrar.

Smith continuou, acendeu o cigarro entre as palavras.

— Não é quem falsificou o vídeo — acendeu, tragou, exalou —, é quem planejou e executou o massacre. É quem recrutou, organizou e armou um esquadrão da morte metódico e altamente especializado, e depois mandou a equipe assassinar 72 civis inocentes e um senador. Falsificar as imagens foi apenas a forma de esconder a verdade. E a consequência.

Era óbvio e uma novidade ao mesmo tempo, uma mudança de paradigma que alterava o mundo todo. Não apenas um vídeo falsificado, mas um massacre orquestrado. O dom completou o padrão com os novos dados — *pare.*

— Ok, então quem...

Smith foi até a ponta do sofá e desmoronou. Ele bateu o cigarro e apontou para a cadeira em frente. Cooper o ignorou.

— Você joga xadrez? — perguntou Smith.

— Não.

Ele jogava, mas não da maneira que Smith queria dizer. Ninguém jogava da maneira que Smith queria dizer.

— O segredo do jogo é que os iniciantes... na verdade, os jogadores de nível intermediário, também, e, às vezes, os mestres... eles tendem a olhar apenas um lado. Mas o truque do xadrez é prestar mais atenção ao que o outro lado está fazendo.

— Ok.

— Certo — falou Smith. — Ande com isso. Beleza. Então, qual foi a consequência do Monocle?

— Uma... declaração de guerra. O assassinato de um senador que se opunha a você.

— Há muita gente que odeia os anormais bem mais do que Hemner odiava. E por que eu iria querer declarar guerra? Quando eu tinha 14 anos, joguei três partidas simultâneas de xadrez contra três grão-mestres e venci todos eles. Quais são as chances de eu declarar guerra sem chance de vitória? Não, você ainda está pensando no seu lado do tabuleiro. Quem se beneficiou com o massacre?

Você, Cooper queria dizer, mas descobriu que a palavra estava emperrada. E como Smith tinha se beneficiado, exatamente? Antes do Monocle, ele tinha sido um ativista, uma figura polêmica, porém, respeitada, e livre. Depois, se transformou no homem mais caçado no país. Teve que abandonar a vida inteira que levava para viver por anos como um fugitivo com um alvo nas costas.

— Pronto. Você está entendendo.

— Então, você não apenas é um gênio estrategista, como um captador também? — O velho lado espertinho dava as caras.

Smith balançou a cabeça.

— Eu apenas conheço as pessoas. O que aconteceu depois do Monocle?

— Você sabe o que aconteceu.

— Cooper — disse Shannon. — Ora, vamos.

Ele deu uma olhadela para Shannon e não conseguiu decifrar sua expressão. Para ela, Cooper falou:

— Beleza. Entro no jogo. Após o Monocle, John Smith se tornou uma figura nacional. Um terrorista. Ele foi caçado de uma ponta do país à...

— Sim. — A expressão que John Smith lhe deu era triste e afetuosa ao mesmo tempo, como um amigo que traz más notícias. — Sim. Por quem?

Se isto for verdade, significa que...

— Não, eu não acredito.

— Não acredita no quê, Cooper? — perguntou Smith. — Eu não disse nada.

... Drew Peters, no dia em que recrutou você, disse que o programa era extremo, mas que era necessário.

O início dos Serviços Equitativos, trabalhando na fábrica de papel. Os rumores constantes de que o departamento seria fechado. O orçamento limitado. A investigação. A ameaça de uma CPI.

E aí o Monocle.

Setenta e três pessoas mortas, incluindo um senador e crianças. Pelas mãos de um anormal.

Uma confirmação surpreendente da visão de um homem. Um homem que previu que isso aconteceria. Que previu que o DAR precisava da capacidade de ir além de simplesmente monitorar.

Que precisava ser capaz de matar.

Drew Peters, elegante e de barba aparada, de cinza fechado e óculos sem aro.

Drew Peters, que disse que precisava de homens de fé.

Ai, Deus...

— Se isto for verdade, significa que... que...

Cooper não conseguiu dizer as palavras, não conseguiu deixá-las flutuar no ar. Se isso fosse verdade, significava que todo o resto era mentira. Que ele não esteve lutando para evitar uma guerra. Que fez parte do estopim de uma guerra. Que as coisas que ele fez, os alvos que eliminou...

As pessoas que matou...

As pessoas que ele assassinou.

— Não — falou Cooper. — Não.

Ele olhou para Shannon e não viu nada além de compaixão no rosto dela. Cooper virou o rosto, horrorizado, para Smith. Viu a mesma expressão.

— Não.

— Sinto muito, Cooper, eu realmente...

E aí ele estava correndo.

PARTE TRÊS: DESERTOR

CAPÍTULO 32

Fora da sala, passando pelo corredor, cruzando o quarto, chegando ao varandão, pulando o corrimão, voando no ar, caindo feio. Atrás, vozes que ele mal percebia, um homem que berrava alguma coisa, talvez algo como *Abaixem as armas! Deixem que ele escape!*, e o guarda com a MP5 erguida, mas imóvel, olhando para trás. Cooper pensou *em dar um carrinho lateral no sujeito para derrubá-lo, uma cotovelada no plexo solar, um golpe na garganta com a mão direita*, mas não fez nada disso, apenas passou correndo pelo guarda atônito. O ar frio entrava e saía dos pulmões, as pernas andavam rápido, os pés batiam no chão. Ele tentava deixar para trás as coisas que ouviu, o padrão que se formou na frente, atrás e dentro dele, o dom que Cooper não conseguia desligar, o dom que se transformara em uma maldição, a conclusão intuitiva, fria e implacável que montava o padrão, o padrão que esteve bem na frente dele o tempo todo, mas no escuro, trazido em nítido contraste pela influência iluminadora de um punhado de fatos e um pouco de estímulo, que eram coisas que ele poderia ter feito sozinho, mas nunca fizera, e as consequências disso, as consequências inacreditáveis, horripilantes...

"Eu preciso de homens de fé."

Drew Peters dissera isso no dia em que os dois se conheceram, e várias vezes depois, falou tanto a ponto de Cooper pensar que aquilo era um pedido por um certo tipo de lealdade, uma lealdade que ele possuía, uma disposição a fazer coisas difíceis pelo bem maior. Foi sempre apenas isso, nunca um prazer, jamais. Prazer pelo poder, claro, e pela liberdade, pelo cargo, mas nunca pelo ato em si, não por matar, mas pela causa. Cooper fez o que tinha que fazer para deter uma guerra, não para ser o estopim de uma, para salvar o mundo, não para...

Flashes: a lua abrindo faixas prateadas entre as árvores que balançavam.

Um galho em que ele tropeçou se quebrando e revelando o interior seco e branco como osso.

As mãos brancas em contraste com o tronco de pinheiro.

Finalmente, um pequeno córrego que brilhava ao luar, com a água borbulhando sobre rochas que ficaram lisas com o tempo. Os joelhos na água, e o choque do frio.

Se o que os dois mostraram para ele era verdade, então os Serviços Equitativos eram uma mentira.

Uma divisão extrema de uma agência do governo que pediu por poderes jamais cedidos a outra. O poder de monitorar, caçar e executar cidadãos americanos.

Uma agência que ia mal das pernas. Mal sobrevivia. Prestes a ser investigada. E aí, de repente, valorizada.

Que recebeu enorme poder. Fundos não especificados. Acesso direto ao presidente.

Por causa de uma mentira.

John Smith não matou toda aquela gente no Monocle.

Foi Drew Peters.

Você passou os últimos cinco anos trabalhando para homens maus. Fez o que eles pediram que fizesse. Você foi um homem de fé. De verdade.

John Smith não é o terrorista.

Você é.

— Cooper?

Ele ouviu a mulher agora. Ao longe, procurando por ele. O som de gravetos se quebrando, terra sendo remexida. Ela não era um fantasma, afinal de contas.

Cooper se ajoelhou ali, no córrego, com a água entrando pela calça e a lua brilhando em cima. Ele não queria ser encontrado. Não queria ouvir mais nada.

— Nick?

— Sim. — Ele tossiu. — Aqui.

Cooper pegou água com as mãos e jogou no rosto. O frio provocou um choque e clareou as ideias. Ele saiu de joelhos do córrego e desmoronou na margem. Ouviu Shannon se aproximando, e dessa vez Cooper a viu chegando, desviando agilmente entre as árvores.

Shannon hesitou por um momento quando o viu ali, depois ajustou a rota. Passou chapinhando água pelo córrego e desmoronou ao lado dele. Cooper viu que ela pensou em colocar a mão em seu ombro e desistiu. Ele esperou que Shannon falasse, mas ela não falou. Por um longo momento, os dois ficaram sentados lado a lado, ouvindo o barulho da água, que borbulhava como um relógio infinito.

— Eu pensei que você ainda estivesse em Newton — falou Cooper finalmente.

— Eu sei — respondeu ela. — Desculpe.

— Aquilo que você disse. Na lanchonete. Sobre torcer que eu aproveitasse a chance de um recomeço.

— É.

— Você sabia que eu estava vindo aqui.

— Ele sabia. Eu torcia... — Shannon deu de ombros e não terminou.

Em algum ponto acima, um pássaro guinchou ao mergulhar, e alguma coisa soltou um ganido ao morrer.

— Há alguns anos — disse Cooper —, eu estava perseguindo um cara chamado Rudy Turrentine. Um brilhante, com dom para medicina. Um cardiologista do hospital Johns Hopkins. Ele fez coisas incríveis no início da carreira.

— A válvula Turrentine. O procedimento que eles fazem agora em vez de transplantes de coração.

— É. Mas na ocasião ele tinha passado para o outro lado. Ele se juntara a John Smith. A última criação de Rudy possuía uma função engenhosa. Podia ser desligada via controle remoto. Bastava mandar o sinal certo, e *bum*, a válvula parava de trabalhar. A função estava escondida bem no fundo da programação, alguma espécie de enzima; eu jamais compreendi realmente. A questão era que aquilo dava a Smith o poder de parar o coração de qualquer um que tivesse feito o procedimento. Potencialmente dezenas de milhares de pessoas.

Shannon sabia que não devia falar nada.

— Rudy fugiu, e eu o encontrei. Estava escondido em um apartamento de merda em Fort Lauderdale. Este cara, um multimilionário e brilhante, escondido em cima de uma agência de empréstimo consignado, em uma parte da cidade à qual os turistas não vão. — Cooper esfregou a cara para secar a água que ainda escorria ali. — Minha equipe cercou o prédio, e eu chutei a porta. Ele estava vendo TV e comendo arroz frito com carne de porco. Era gorduroso, eu me lembro disso. Dava para sentir o cheiro. Aquilo me pareceu engraçado, aquele especialista em coração comendo coisas que dão ataque cardíaco. Rudy se assustou, e o arroz voou para todo lado. Um cara baixinho, tímido. Rudy olhou para mim, e ele...

Após uma longa pausa, Shannon falou:

— Ele?

— Ele disse: "Espere. Eu não fiz o que eles dizem."

O pranto veio do nada. Aquilo surpreendeu Cooper, o pranto como um soluço, e ele não conseguia se lembrar da última vez em que havia chorado.

— Shh. Tudo bem — falou Shannon.

— O que eu fiz? — Cooper se virou para vê-la e encarou os olhos de Shannon, que brilhavam ao luar. — O que eu fiz?

Ela levou um longo momento antes de responder.

— Você acreditava naquilo? Que ele podia desligar os corações das pessoas?

— Sim.

— Então, pelo menos, você pensou que tinha uma razão para fazer o que fez. Pensou que estava fazendo um bem. São as pessoas que mentiram para você que deveria culpar.

Cooper teve um *flashback* dos braços de Rudy Turrentine dando socos a esmo enquanto ele se aproximava, enquanto ele se movia para o ponto onde o homem não estava socando. As próprias mãos pegaram a cabeça do doutor e torceram, com força e rapidez, sempre rápido, jamais levando mais tempo do que era necessário.

— Eu fiz coisas também, Nick. — A voz de Shannon desafinou com o esforço. — Todos nós fizemos.

— E se ele estivesse dizendo a verdade? Se não tivesse feito aquilo? Se, sei lá, algum concorrente se comprometeu com milhões em doações de campanha se Rudy Turrentine morresse?

— E se você matou um homem inocente.

— E se eu matei um *gênio* inocente. Um médico que poderia ter salvado milhares de vidas.

Parecia que não havia nada a dizer diante daquilo. Cooper não podia culpá-la; ele também não conseguiu arrumar uma resposta. A água escorria, escorria, escorria sem parar.

— Eu fui usado, não fui?

Shannon assentiu.

Cooper fez um som que não foi muito parecido com uma risada.

— É engraçado. Em toda a minha vida, a coisa que eu mais odiei eram valentões. E, no fim das contas, eu sou um valentão.

— Não. Iludido, talvez. Mas tinha a intenção de fazer a coisa certa. Isso eu sei sobre você. Acredite em mim — disse ela, e realmente riu. — Eu não queria pensar dessa forma. Você se lembra da plataforma do trem, quando eu disse que você matou um amigo meu?

— Brandon Vargas.

O assaltante de bancos anormal que matou uma mãe e a filha de dois anos. Em Reno, Vargas fumando um Dunhill atrás de um bar de motoqueiros, com as mãos trêmulas.

— Antigamente, Brandon e eu éramos próximos. Então eu queria vingança. John me disse que você era um bom homem, mas eu não acreditei. Eu queria que você fosse um monstro, para que eu conseguisse me vingar. — Shannon ajeitou o cabelo atrás da orelha. — Mas aí você se mostrou ser, bem, você.

375

Cooper considerou as palavras, a força por trás delas.

— Brandon. Ele era realmente...

— Sim. Ele realmente roubou aqueles bancos e realmente matou aquelas pessoas. O Brandon que eu conheci era um doce de pessoa. Jamais teria feito aquilo. Mas... ele fez. — Shannon se virou para Cooper. — Nem todos os momentos de sua vida foram uma mentira. Algumas das coisas que você fez pelo bem realmente foram boas.

— Mas não todas.

— Não.

Ele se balançou para a frente e abraçou os joelhos.

— Eu não quero que isso seja verdade.

— Eu sei.

— E se for, então eu quero morrer.

— *O quê?* — O corpo de Shannon ficou tenso e a expressão mudou. — Seu covarde. Você não quer dar um jeito na situação. Não quer consertá-la. Você quer *morrer*?

— Que jeito eu posso dar? Não posso voltar atrás. Não posso trazer Rudy Turrentine...

— Não, mas você pode dizer a verdade.

Aquilo acionou alarmes para todos os lados, uma fisgada e uma vibração na espinha.

— O que você está dizendo?

— Seu chefe, sua agência; eles são do mal. Eles representam tudo o que você diz ser contra. Você odeia valentões? Bem, adivinhe o que são os Serviços Equitativos?

— E você tem uma ideia para dar jeito nisso?

— Sim, tenho. — Shannon ajeitou o cabelo novamente. — Há provas. Do que seu chefe, Peters, fez no Monocle.

Agora a risada realmente veio, embora não houvesse humor nela. *É claro.*

— O quê?

— Foi por isso que você realmente veio aqui fora, não é? Você é o segundo passo. Primeiro passo, me fazer enxergar a verdade. Segundo passo, me mandar em uma missão qualquer para John Smith.

Foi difícil captar todo o alcance da reação de Shannon na escuridão, mas Cooper viu que seus olhos mudaram. Reconhecimento, e talvez a sensação de ter sido flagrada. Algo mais também. Como se tivesse sido magoada por ele.

— Eu estou certo, não? Ele quer que eu faça alguma coisa.

— É claro — respondeu Shannon e encarou Cooper sem pestanejar. — Por que outro motivo ele correria esses riscos? E eu quero que você faça também. E você também quer, se tiver terminado com essa palhaçada de tadinho-de-mim. Porque, mesmo que exista um segundo passo, o primeiro passo foi *mostrar a verdade para você*.

Ele esteve prestes a responder, a falar que não trabalhava para terroristas, mas aquilo o acertou como um soco no rim. A verdade. Certo. Cooper pegou um punhado de seixos e balançou. Jogou, um de cada vez, para afundar no córrego.

Após um momento, Shannon falou:

— Você se lembra do que eu falei naquela merda de hotel? A gente estava vendo o noticiário. Eles estavam dizendo o que tínhamos acabado de fazer, e nada daquilo era verdade.

Há mais ou menos uma semana, e, no entanto, parecia que tinha sido há uma vida inteira. A memória era nítida, os dois discutindo como um velho casal.

— Você disse que talvez não houvesse uma guerra se as pessoas parassem de ir à TV para dizer que havia uma.

— Isso mesmo. Talvez, quem sabe, o problema não seja que existam normais e brilhantes. Talvez não seja que o mundo esteja mudando rápido. Talvez o problema seja que ninguém diz a verdade sobre isso. Talvez, se houvesse mais fatos e menos planos, nada disso estaria acontecendo.

Havia alguma coisa na maneira como ela falou, direta e sem enrolação, apenas fogo e pureza de intenção. Aquilo e o jeito como a lua brilhava na pele de Shannon, e a forma como o mundo inteiro de Cooper foi virado de cabeça para baixo, e a necessidade animal por apoio, e o cheiro dela, e a sensação de Shannon ao lado dele naquela noite no bar; cansado de pensar, Cooper apenas se inclinou à frente.

Os lábios de Shannon encontraram os dele. Não houve surpresa ou hesitação, talvez apenas um sorrisinho, que se perdeu no momento. Cooper colocou a mão no lado do corpo dela, Shannon o abraçou, e as línguas se agitaram e se tocaram, o calor em comparação com o frio da noite era tão sensual quanto sexy, e aí Shannon o empurrou.

Cooper caiu de costas no solo duro, os seixos penetraram nele. A surpresa lhe tirou o fôlego, e por um momento Cooper se perguntou qual era a intenção dela. Aí Shannon subiu em cima dele, os joelhos montaram na cintura, o corpo se contorceu contra Cooper. Leve e forte, delicado e intenso, os seios raspando no peito, aquelas clavículas como os ossos da asa de um pássaro, o gosto dela.

Shannon interrompeu o beijo e se afastou alguns centímetros, de brincadeira. Um sorriso esperto e a franja caída.

— Acabei de me lembrar de outra coisa que eu disse.

— É? — As mãos de Cooper desceram pelas costas dela, pegaram Shannon pela cintura, tão magra que os dedos quase se tocaram.

— Eu disse que você deveria ser um dançarino e tanto. E você falou que talvez fosse, se alguém conduzisse.

Ele riu ao ouvir aquilo.

— Conduza.

Shannon conduziu.

CAPÍTULO 33

— Acorde.

Frio. Estava frio. Ele ouviu as palavras através de uma bruma, bem ao longe. Ignorou-as, foi pegar as cobertas e descobriu...

— Acorde, Cooper.

... um punhado de algo parecido com agulhas de pinheiros nas mãos, e a cama, dura. Cooper abriu os olhos num estalo. Ele não estava numa cama, e não havia cobertas, apenas uma pilha de roupas meio jogadas em cima dos dois. Um bosque de pinheiros, um pequeno córrego e Shannon murmurando durante o sono. Um vulto acima dele, um homem.

— Vamos — falou John Smith. — Eu quero mostrar uma coisa para você.

Ele deu meia-volta e começou a andar.

Cooper pestanejou. Esfregou os olhos. O corpo tinha ficado duro e dolorido.

Ao lado dele, Shannon se remexeu.

— O que foi?

— Nós pegamos no sono.

Ela se sentou de repente, e o casaco que os dois usaram como lençol caiu e revelou os seios, pequenos e firmes, com mamilos escuros.

379

— John Smith quer que eu vá com ele.

Cooper apontou para o vulto. O céu tinha clareado o suficiente para trazer uma cor fraca às árvores.

— Ah — disse Shannon, ainda acordando. — Ok.

— Eu posso ficar.

— Não. — Ela girou o pescoço de lado e fez uma careta de dor quando as vértebras estalaram. — Esta é a segunda vez que acordamos mal. Temos que cuidar disso.

— Eu estou disposto a treinar, se você estiver.

Shannon sorriu.

— É melhor você ir.

Smith continuou andando, não olhou para trás para ver se ele seguiria. *Porque ele sabe que vou.* Cooper olhou para Shannon e viu que ela também sabia.

— Está tudo bem — falou Shannon. — De verdade.

Cooper ficou de pé, com tudo estalando. Ele se lembrou da maneira como os dois se mexeram, como parceiros que dançavam há muito tempo. Shannon montada nele sob o luar, a cabeça jogada para trás, o cabelo voando solto, a pele mediterrânea, que ficou branca sob a chuva de estrelas, da Via Láctea. Ambos se segurando, sem pressa, devagar rápido devagar, continuando até estarem exaustos, e aí ficaram esgotados, e ela desmoronou sobre seu peito. A sensação de Shannon era doce e quente, eles não podiam dormir, só levariam um minuto...

— Bem, para tudo há uma primeira vez.

Ela deu o sorrisinho maroto de lado e falou.

— Imagine a segunda. Agora, ande.

Cooper encontrou a calça e vestiu.

— Espere — falou Shannon.

Ela ergueu a mão e pegou a camisa de Cooper. O beijo foi longo e doce. Os olhos dele estavam semicerrados, e quando Cooper abriu, brevemente, viu que os olhos de Shannon também estavam.

— Ok — disse ela. — Cansei de você.

Cooper soltou uma risada e foi tropeçando atrás de John Smith, abotoando a camisa enquanto isso.

Talvez fossem 4h30 ou 5 horas da manhã. Uma bruma fina pairava baixo, e o céu clareou o suficiente para esconder as estrelas. A respiração era enevoada; a mente, também. Cooper não forçou o passo, se concentrou no movimento, em cuidar das câimbras nas pernas e colocar o sangue para fluir. Ele sabia que os pensamentos e as memórias viriam, e nem todos seriam apenas sobre a entrega do sexo.

E quando Cooper alcançou Smith, ele era... quem? Não era ele mesmo. Cooper não tinha mais certeza de quem era. O agente confiante? O idealista disposto a matar em nome do país? O pai que ensinou os filhos a odiar valentões?

O homem mais procurado no país estava com as mãos nos bolsos e os olhos nos picos que Cooper notara no dia anterior, os espigões que surgiam da crista como dedos.

— Como está seu equilíbrio?

Cooper olhou para ele e ensaiou uma dezena de respostas engraçadinhas. Então começou a andar, a caminho da base do espigão mais alto. Smith se juntou a ele. Os dois não falaram, apenas andaram, e o solo foi se tornando cada vez mais íngreme, e a cobertura das árvores foi ficando para trás. De início, a mente de Cooper deu voltas, repassava tudo que descobriu na noite anterior, à procura de buracos, desesperada para encontrá-los. Após meia hora, porém, o declive ficou escarpado o suficiente e os pensamentos foram substituídos por ação, passo passo passo respira, passo passo passo respira. Em pouco tempo, ele estava usando as mãos com tanta frequência quanto os pés, e a rocha era áspera sob os dedos. A base das torres era um campo de rochas, pedras soltas e achatadas que escapavam e deslizavam embaixo dos pés. Era um terreno barulhento e traiçoeiro, cada passo gerava o risco de escolher a rocha errada e deslizar lá para baixo, a garantia de uma perna quebrada, no mínimo. Ambos estavam ofegantes agora; a camisa de Cooper estava ensopada de suor.

Os espigões, na verdade, eram torres de massa rochosa com 45 metros de altura. Smith começou a subir por um lado; Cooper subiu pelo outro. Os apoios eram sólidos e grandes, e ele subiu com confiança enquanto se afastava do solo. Houve um momento de tensão quando um apoio do pé cedeu, mas os braços se mantiveram firmes, e Cooper enfiou os dedos do pé em uma fenda estreita e continuou subindo. Após alguns minutos, ele jogou a cabeça para trás e viu que o topo estava a apenas seis metros. Cooper foi tomado por uma onda de energia e aumentou o ritmo. Nem pensar que Smith chegaria primeiro ali.

Se tivesse sido uma corrida, os dois precisariam de um replay para confirmar o vencedor. Cooper achava que tinha sido ele por um nariz, quase literalmente, quando ergueu o corpo e caiu de rosto no pico rochoso. E aí então eles ficaram sentados no topo do mundo, e, por um instante apenas, um sorriu para o outro, sem pensar a respeito, sem promessas, apenas dois homens reconhecendo a pura estupidez e a alegria do que acabaram de fazer juntos.

O cume tinha mais ou menos 2,5 metros de largura. Cooper se arrastou até o outro lado, olhou e sentiu a pontada da vertigem na barriga pela primeira vez. Nesta borda, a crista se distanciava dramaticamente em uma queda livre de 120 metros. Ele se afastou e se sentou de pernas cruzadas. Era a alvorada agora, o céu estava claro, embora o sol ainda bancasse o tímido.

— Bela vista.

— Imaginei que você fosse gostar — falou Smith ao olhar para as mãos.

Havia sangue nelas, um arranhão, e ele limpou as mãos na calça e perguntou:

— Você está bem?

Cooper ouviu os múltiplos significados da pergunta e teve uma rápida intuição sobre o sujeito. Nunca haveria apenas uma coisa acontecendo ali. Sempre haveria níveis. Smith não conseguia desligar o dom para raciocínio tático da mesma forma que Cooper não conseguia desligar o reconhecimento de padrões.

Mesmo agora, ele traçava o padrão do homem.

— Eu acabei de entender.

— Entender o quê?

— Helena Epeus. Epeus construiu o cavalo de Troia. E Helena foi o motivo da guerra. Não havia mulher esperando por você. Foi uma brincadeira.

Smith sorriu. Níveis de significados. Quem sabia dizer quantos níveis haviam.

— Então estamos aqui — disse Cooper — por motivos simbólicos, certo? Dois caras esperando o nascer do sol. Sem bagagem aqui em cima. Não dá para subir com ela.

— É, algo do gênero.

— O que você me contou ontem à noite. É verdade?

— Sim.

— É assim que vai ser entre nós. Eu quero a verdade. Sem planos, sem objetivos, sem manipulação. Sem motivos dissimulados, sem racionalização. Apenas a verdade.

— Ok.

— Porque, John, eu estou à beira do abismo, emocionalmente falando. E é bem possível que eu decida jogar você para fora desta rocha.

Cooper viu o impacto das palavras, viu que John Smith acreditou. Em sua defesa — seja lá o que fosse, John Smith não era um covarde —, ele respondeu:

— Ok, mas isso vale para os dois. Você faz uma pergunta, eu faço uma pergunta. Combinado?

— Beleza. Você explodiu a bolsa de valores?

— Não, mas ia explodir.

— Você plantou as bombas.

— Sim. E também coloquei Alex Vasquez para desabilitar a resposta militar no mesmo momento, e alguns outros ataques que eu cancelei.

— Por quê?

— Porque eu fui vencido — respondeu Smith em tom de desdém, e com certeza não havia vergonha alguma por trás daquilo. — Odeio dizer, mas é verdade. Eu subestimei a crueldade do meu oponente. Erro fatal.

— Explique.

— A bolsa de valores não tinha valor tático, não me prejudicava de maneira propriamente dita. Destruí-la era um golpe simbólico. Mas, às vezes, esses são os mais efetivos. Eu queria chamar a atenção do país para a ideia de que, se é para haver um futuro juntos, então nós temos que começar a pensar nele daquela forma. — Smith ergueu os braços para alongá-los. — Então eu planejei explodir a bolsa, mas quando estivesse vazia.

— Isso é uma alegação fácil de fazer.

— Não é uma alegação, Cooper. Era a questão. Se formos coexistir, o mundo normal tem que parar de tentar encontrar meios de nos excluir. Destruir o prédio era uma maneira de dizer isso. Mas massacrar um bando de inocentes, que vantagem eu teria com isso? Só prejudicaria a nossa causa. Como, de fato, prejudicou.

Shannon dissera a mesma coisa. Obviamente, ela teria ouvido de John Smith.

— Você só podia saber que colocaria inocentes em risco ao tornar a bolsa um alvo.

— Um risco calculado — falou John Smith. — Eu não *torci* para que o prédio estivesse vazio. Eu *planejei* para que estivesse.

— Belo serviço.

— Como eu disse, fui vencido.

— Qual foi o plano?

— Distribuir um vídeo para todas as grandes empresas da mídia anunciando que eu planejava explodir a bolsa às 14 horas do dia seguinte. No vídeo, eu dizia que qualquer esforço para desarmar as bombas faria com que elas fossem detonadas antes por mim. Que eles tinham até aquela hora para retirar todo mundo e evacuar a área.

— Então por que você não distribuiu o vídeo?

— Eu fiz isso.

— Você... o quê?

Cooper estava pensando adiante, velhos hábitos de interrogatório, e foi surpreendido pela resposta.

— Eu distribuí o vídeo, sim. Mandei para sete veículos de imprensa. As emissoras, a CNN, a MSNBC, até mesmo a Fox.

— Mas...

— Mas você não assistiu. — Smith concordou com a cabeça. — É. Foi aí que eu fui vencido.

— Você está dizendo que mandou o aviso, e nenhuma das emissoras...

— Nenhuma delas exibiu. Nenhuma. Nem antes, nem depois. Sete empresas da mídia teoricamente independentes que sabiam que eu planejava explodir o prédio. Sabiam que aconteceria por volta das 14 horas. Sabiam que, se não exibissem, pessoas morreriam. Na verdade, 1.143 pessoas.

A vertigem atacou Cooper novamente, embora ele não estivesse sentado perto da beirada.

— Você está dizendo que alguém *censurou* aquela reportagem?

— Sim. Censurou sete vezes. Minha vez. Quem tem o poder para fazer aquilo?

Cooper hesitou.

— Quem é capaz de convencer, ou forçar, sete redes independentes a engavetar uma reportagem? Um grupo independente é capaz disso? Um terrorista?

— Não.

— Não. Apenas alguém dentro do sistema. Apenas o sistema em si.

— Drew Peters novamente.

— Talvez. — Smith deu de ombros. — Eu não sei exatamente. Tudo que sei é que, quando não exibiram o vídeo, quando vi que o governo não estava evacuando o local, eu percebi o que aconteceria se aquelas bombas explodissem. E aí ativei meu plano de contingência.

— Shannon.

— Shannon.

Cooper pensou naquele momento há seis meses, disparando pelo corredor na direção dela, Shannon erguendo o olhar e mandando que ele esperasse, que ele não compreendia. Meu Deus.

Será que ela teria conseguido deter as bombas, se ele não a tivesse agarrado? Será que este era mais um peso em sua consciência abalada?

— Quem se beneficia com uma coisa dessas, Cooper? Quem se beneficia com a explosão da bolsa de valores?

— Você fez a sua pergunta.

— Considere como uma pergunta suplementar.

Cooper sabia a resposta, tanto a que Smith queria ouvir como a verdade maior por trás dela. Ontem, ele não podia imaginar admitir aquilo. Mas hoje de manhã, quando os primeiros raios de sol rasgaram o horizonte, Cooper apenas respondeu o que o dom lhe informou.

— Pessoas que querem uma guerra.

— Isso mesmo. Pessoas que querem uma guerra. Pessoas que acreditam que ficarão mais ricas ou poderosas com a guerra. Algumas, até mesmo, podem acreditar realmente que uma guerra é necessária. Mas embora tenha havido um punhado de vezes na história em que a guerra o foi, nunca, em uma única vez, uma guerra contra os próprios filhos foi justificada. Não, as pessoas que desejam começar essa guerra querem se beneficiar com ela.

— Como as bombas explodiram se você não as detonou?

— Esta é a sua pergunta?

— Considere como uma pergunta suplementar.

Smith riu.

— Todas as cinco bombas eram acionadas por um relógio com uma frequência de código específica. Mas ninguém, além de mim, sabia o código.

— Então como...

— Porque eu os alertei.

Ele parou de falar e deixou que Cooper chegasse à conclusão.

— Sua mensagem deu tempo suficiente para alguém encontrar as bombas e quebrar o código.

— Novamente, eu não me dei conta da crueldade do meu inimigo. Eu sabia que eles me odiavam, sabia que queriam uma guerra. Mas nem eu jamais acreditei que eles explodiriam o próprio prédio e matariam mil pessoas apenas para fomentá-la.

— Mas... por quê?

— Homens sempre encontrarão um motivo.

Cooper pensou a respeito daquilo. Pensou que provavelmente era verdade.

— Próxima pergunta. E quanto ao resto?

— O resto?

— As outras coisas que você fez. Assassinatos. Explosões. Ataques virais. Tudo isso.

Um longo silêncio. O sol surgiu no horizonte e derramou a luz sangrenta no leste. Como se fosse ensaiado, Cooper ouviu canto de pássaros, embora não conseguisse ver nenhuma ave.

Smith finalmente respondeu:

— Está me perguntando se minhas mãos estão limpas? Estão imundas. Sinto muito, mas você queria a verdade.

— Você é um terrorista.

— Eu estou lutando uma guerra. Estou lutando pelos meus direitos humanos e pelos direitos de pessoas como eu. Estou lutando por você, Shannon e o outro milhão de nós. Como sua filha.

Cooper se viu de pé antes de perceber que se movera.

— Cuidado, John. Muito cuidado.

— Ah, pare com isso. — Smith ergueu um olhar calmo para ele. — Você quer me matar? Você é capaz. Não sou páreo para você em uma briga. Eu sabia que você era capaz ontem à noite e sabia que era capaz quando te trouxe aqui em cima. Não quer que eu fale sobre Kate? Beleza. Mas não sou eu quem quer colocá-la em uma academia.

— Isso não vai acontecer.

— Por quê? Porque você me jogou dessa rocha?

— Porque...

A voz de Drew Peters na cabeça. *Sua filha nunca será testada. Aconteça o que acontecer, eu cuidarei de sua família.*

Ele caiu de joelhos. Não mais. Por favor. Chega. Eles também não. *Eu cuidarei de sua família.*

— Ninguém tem mãos limpas — falou Smith. — Nem eu, nem Shannon, nem você. Mas o sistema é quem está mais sujo de sangue. O novo mundo está sendo forjado de engrenagem em engrenagem, e essas engrenagens pingam sangue. Minha vez. Que tipo de mundo você quer para sua filha anormal, Cooper? E, uma vez que estamos falando nisso, que tipo de mundo você quer para seu filho normal?

Cooper teve dificuldade para respirar. *Eu cuidarei de sua família.* No esforço de protegê-los, na cegueira, ele deixou os filhos sob a proteção do homem mais perigoso possível. Para protegê-los, Cooper deixou que um leão entrasse no quarto.

Não.

— Essa tal prova — disse ele. — Shannon disse que você possuía provas. De tudo que está dizendo.

— Essa é uma história mais longa.

— Eu tenho tempo.

— Depois que encontrei o senador Hemner, no Monocle, fui para casa. Nunca cheguei lá. Eu vi policiais no meu quarteirão inteiro, meu apartamento iluminado por holofotes. Eu não sabia o que estava acontecendo, mas sabia o suficiente para correr. Que era o que Peters queria. Qual é o sentido de criar um mito como John Smith se você o captura logo? Melhor deixá-lo fugir. Deixe que ele espreite nas sombras, um bicho-papão de alcance nacional. Ganha-se mais recursos com isso. — Ele deu uma risada sem graça.

"Então eu corri e me transformei de ativista em soldado. Comecei a montar um exército. E então passei a cavar. Eu queria saber quem era o inimigo.

"Não levei muito tempo para descobrir que eram os Serviços Equitativos. Sua agência se beneficiava mais que qualquer outra. Mas isso não era prova. Eu tinha o motivo e a pessoa, então fui atrás da maneira.

— A maneira?

— Alguém tinha orquestrado o massacre. Aquela mesma pessoa havia forjado a filmagem. Foi um trabalho excepcional. Precisava ser perfeito ou o mais perfeito possível. Isso significava um superdotado. Um homem que podia fazer com imagem e mídia o que sou capaz de fazer com um tabuleiro de xadrez ou o que Shannon consegue fazer com uma sala cheia de gente. Foi tudo que precisei saber para encontrá-lo.

— O que aconteceu?

— Eu fiz perguntas para ele — respondeu Smith secamente.

— Você o torturou.

— Sem mãos limpas, se lembra? Esse homem arruinou minha vida e ameaçou a existência da minha raça inteira. Então, sim, eu perguntei com firmeza. Ele revelou a verdade sobre a falsificação bem rapidinho.

O sol andava rápido agora, o ar ficava quente a cada momento. Cooper olhou fixamente e perguntou:

— Se tinha provas de que o Monocle era falso, por que não divulgou?

— Que provas? A palavra de um esquisito dada a um terrorista, sob tortura? Quem acreditaria? Você acreditaria? Ninguém teria prestado atenção. Eu precisava de algo mais. — Smith abaixou as mãos e deu meia-volta para encarar Cooper. — E eu consegui. Este homem também disse que seu diretor sabia que, se a verdade sobre o Monocle algum dia viesse à tona, ele seria enforcado. Então Peters garantiu que tivesse proteção.

— Que tipo de proteção?

Smith suspirou.

— Esta é a parte frustrante. Eu realmente não sei. Alguma espécie de vídeo, isso é óbvio. Algo que ele pudesse usar se a situação ficasse muito preta. O falsificador alegou que instalou o equipamento para Peters, mas disse que nunca soube qual era o conteúdo.

— E você acredita nele?

— Meu interrogatório foi... meticuloso.

Aposto. Cooper colocou de lado os pensamentos sobre tortura e se concentrou no que Smith estava contando para ele. Fez um esforço para ficar impassível, para encarar a questão como um problema. Para deixar o dom correr solto.

— Então você sabe que a prova está lá fora, mas não sabe onde, e, mesmo que soubesse, não acha que conseguiria chegar a ela. Não diretamente. Quer que eu faça isso por você.

— Sim.

— Eu não faço ideia de onde começar.

— Você vai descobrir. É isso que você faz. Da mesma maneira que conseguiu encontrar Alex Vasquez. E pense como você conhece melhor Drew Peters.

Smith estava certo, Cooper sabia. Ele já se sentia reconhecendo padrões. Não seria em um quartel-general do DAR nem na casa de Peters. Ambos os lugares podiam ser bloqueados se as coisas dessem errado. Peters teria colocado a prova em algum lugar seguro, em algum lugar ao qual o diretor pudesse ir no tipo de situação difícil em que fosse precisar dela.

— Próxima pergunta — disse Cooper.

— Acho que é a minha vez, mas vá em frente.

— O que você está dizendo é convincente. Acreditável. Mas a história que Peters contou também é. Os Serviços Equitativos também são. Nada disso é prova.

— Aquele vídeo é.

— Mas você não o viu. Não sabe o que tem nele. Até onde *eu* sei, o vídeo prova que você é o monstro que o DAR diz que é.

— Verdade. — O homem falou com a calma de um especialista em lógica reconhecendo a falácia em um argumento.

— Tudo bem. — Cooper se levantou novamente, voltou à beirada da rocha e olhou para o grande mundo iluminado lá embaixo. — Eu vou encontrar a prova. Não por você e nem pela sua causa.

Ele se virou e voltou a olhar para Smith.

— Mas é melhor rezar para que o vídeo mostre o que você acha que mostra. Porque eu conheço você agora. Posso encontrá-lo novamente e posso matá-lo.

— Eu acredito em você — falou Smith. — Estou contando que leve isso até o fim.

— Mesmo que signifique matar você.

— Claro. Porque somente alguém tão dedicado assim tem o que é preciso para enfrentar Drew Peters. Meu Deus, Cooper. Por que você acha que eu mandei Shannon trazê-lo aqui em primeiro lugar?

As mãos de Cooper ficaram crispadas. Uma sensação ruim de enjoo tomou o estômago.

— O quê? — O dom disparou novamente e deu mais uma resposta que ele não queria. — O que você quer dizer com "mandou Shannon"?

— Ah. — O outro homem pareceu decepcionado por um segundo. — Desculpe. Pensei que você já tivesse sacado essa parte.

— O que você quer dizer com "mandou Shannon"?

Smith suspirou. Ele ficou de pé e meteu as mãos nos bolsos.

— Apenas isso. Eu precisava de você, então mandei Shannon pegá-lo. Mandei Shannon para a plataforma do trem elevado e planejei sua rota até mim. Fiz questão que você visse Samantha e como ela é usada pelo mundo. Mandei Shannon para a casa de Lee Chen para que você conhecesse a filha dele e os amigos dela. Conduzi você até Epstein, porque sabia que ele me entregaria para proteger seu sonho, e porque eu sabia que você jamais acreditaria que conseguiria chegar até mim sem ajuda. E eu fiquei do lado de fora, ontem à noite, fumando um cigarro para que você subisse na varanda.

"Sinto muito, Cooper. Eu sou um jogador de xadrez. Precisava transformar um peão em uma rainha. — Smith deu de ombros. — Foi o que eu fiz."

CAPÍTULO 34

Mesmo agora, três horas depois, sentado em uma poltrona de couro a seis mil metros de altura, o comentário ainda incomodava. O que era inútil; Cooper tinha coisas mais importantes para lidar do que o orgulho ferido.

Não é apenas orgulho. Ficar chateado porque John Smith planejou melhor que você é como ficar chateado por Barry Adams jogar futebol americano melhor que você. É apenas um fato.

Não, não era ter sido vencido por Smith que magoava. Era que, pela primeira vez desde que ele e Natalie se separaram, Cooper sentia alguma coisa por uma mulher. Sim, os dois estavam em times adversários, e havia mil razões para um relacionamento não dar certo, mas ainda assim, aqueles sentimentos eram verdadeiros.

Infelizmente, tudo em que os dois se basearam era falso. Tudo que Shannon lhe disse era uma mentira. *Talvez até mesmo a noite de ontem.*

Ele se recostou no assento. Olhou pela janela. O jato tinha acabado de passar por cima das nuvens, e castelos barrocos se espalhavam embaixo dele. Geralmente, este era seu momento preferido em um voo, com uma vista capaz de mexer com aquele deslumbramento infantil de que ele estava a quilômetros de altura no ar. Mas a paisagem rebuscada de nuvens não provocou nada em Cooper agora.

A questão não é só que você foi usado. É que você foi usado por ela.

Na manhã de hoje, no espigão rochoso, Cooper disse o que precisava para Smith e não ficou surpreso quando o sujeito tinha tudo pronto, à espera.

— Vou mandar Shannon com você.

— Não — disse ele —, você não vai.

— Preste atenção, eu sinto muito pelo seu orgulho ferido, mas isto é muito importante. Você precisa da ajuda dela. Shannon vai.

— Foi mal, eu não trabalho para você. Vou fazer do meu jeito.

— Cooper...

— Apenas consiga o avião. — Ele foi até a beirada do espigão rochoso e colocou as pernas para fora. — Eu chego à pista sozinho.

— Fale com ela, pelo menos — falou Smith.

Cooper o ignorou, girou o corpo para agarrar a beirada, e começou a descer.

Lá do alto, Smith disse:

— Ela merece, pelo menos, isso.

Cooper parou e olhou para cima.

— Acredite se quiser, John, nem todos nós somos peças no seu tabuleiro de xadrez. Apenas consiga o avião.

Pouco menos de três horas depois, Cooper chegou à pista de aviação sobre a qual Smith lhe falara, um campo privado no centro da Comunidade, grande o suficiente para ser usada não somente por planadores, mas também por um jato de verdade.

A aeronave de Cooper estava pintada como um avião de transporte da FedEx, com número de registro comercial. Inteligente; era o equivalente aéreo de um táxi, um veículo que podia se esconder à vista de todo mundo. O piloto o aguardava.

— Olá, senhor. Eu estou com uma muda de roupas a bordo para o senhor, e comida, se estiver com fome.

— Obrigado. — Cooper subiu as escadas. — Levante voo e me leve para Washington o mais rápido possível.

Quinze minutos depois, ele estava de volta aos trajes civis — os tamanhos eram perfeitos, obviamente — e o jato corria pela pista. O piloto falou que levariam cerca de quatro horas, ou mais se tivessem que circular quando chegassem.

O que lhe dava quatro horas para calcular onde Drew Peters teria escondido a garantia contra seus pecados.

Para tornar as coisas mais divertidas, Washington era um lugar arriscado para Cooper. Havia mais câmeras e mais agentes ali do que em qualquer outra cidade do país. Se ele estivesse no lugar de Roger Dickinson, se estivesse caçando um agente desertor cujos filhos morassem lá, Cooper faria questão de que a cidade estivesse em alerta constante.

Normalmente, mesmo que uma câmera o registrasse, na hora em que aquela imagem fosse descoberta e processada, Cooper já estaria longe. Mas as coisas mudaram quando ele falou com Peters na noite anterior. Se Cooper realmente tivesse matado John Smith, ele teria ligado para o departamento a fim de garantir o retorno para casa, são e salvo. E Cooper considerou fazer isso, mentir para Peters, dizer que Smith estava morto. Mas e se o DAR soubesse da verdade? Se eles interceptassem um telefonema ou vissem uma foto? Mais importante, mentir para Peters era o equivalente a se aliar a John Smith, e Cooper não estava pronto para fazer isso. Não até ver a prova. Era melhor apenas ir de mansinho agora. O problema era que, se Peters o descobrisse, ele presumiria que Cooper fora convertido.

E você foi convertido?

Não. Ele não trabalhava para John Smith, e, embora entendesse o raciocínio do soldado-do-lado-que-está-perdendo, um terrorista ainda era um terrorista.

Mas, com certeza, você não é mais um agente do DAR.

O que era tudo que Peters precisava saber. Se o diretor suspeitasse que Cooper não era mais leal, a coisa ficaria séria. Seu retrato seria exibido em todas as telas do país. John Smith tinha conseguido se esconder disso, mas Cooper não imaginava que fosse capaz. Não, a melhor chance era agir rápido. Chegar a Washington, pegar o vídeo e dar os passos a partir daquilo.

Quatro horas para calcular onde um arquivo digital, que podia ser armazenado em um cartão de memória do tamanho de um selo, estaria escondido em uma área de aproximadamente 20 mil quilômetros quadrados.

Cooper chegou àquele número ao calcular que, se Peters algum dia precisasse do arquivo, ele precisaria ter acesso rápido. Não mais que uma ou duas horas de casa ou do escritório. Calcule um raio de 80 quilômetros. Pi vezes raio ao quadrado dava 20 mil.

Chamar aquilo de uma agulha no palheiro era um insulto aos palheiros.

Então pense. Você tem... três horas e meia sobrando. E se vai jogar contra o DAR inteiro no próprio quintal do departamento, não faria mal se você também dormisse uma hora.

Obviamente, as chances eram melhores do que a pura matemática sugeria. Cooper não vasculharia o terreno aleatoriamente. Ele reconheceria os padrões de Drew Peters, da mesma forma que um dia reconheceu os padrões de alvos para o homem.

Então... O que ele sabia?

Se Smith estivesse certo — se estivesse dizendo a verdade —, o vídeo era uma espécie de apólice de seguro. Algo que pudesse proteger Peters se os fatos sobre o Monocle algum dia viessem à tona. Isso diminuía a busca imensamente.

O vídeo não estaria no quartel-general do DAR. Exposto demais. Além disso, se Peters fosse queimado, a agência poderia estar fechada para ele.

O que era um alívio. Se a prova estivesse no escritório, não haveria chance de Cooper pegá-la. Daria no mesmo se estivesse na lua. Era uma sincronia estranha, mas se Peters precisasse de sua apólice de seguro, ele provavelmente estaria na mesma posição que Cooper, um renegado caçado por todos.

A mesma lógica se aplicava à casa. Ou qualquer propriedade no nome dele: a casa no lago, o carro, qualquer academia de ginástica.

Obviamente, este era o diretor dos Serviços Equitativos. Ele podia facilmente ter documentos falsos. Mas ter uma propriedade com uma identidade falsa era um grande risco. Propriedade significava um rastro de documentos, e um rastro de documentos podia ser seguido. Especialmente um rastro que cheirasse a corrupção.

Ok, e que tal ter um cofre com uma falsa identidade? Mínima chance de ser descoberto. Por outro lado, bancos fechavam à noite e no fim de semana. Essa demora podia significar o fim.

Uma das formas mais seguras de esconder alguma coisa era um hotel. Reserve um quarto, leve poucas ferramentas. Remova um rodapé ou a tampa de um aquecedor e esconda o equipamento ali. Desde que Peters ficasse de olho no hotel, para garantir que não passasse por grandes obras de renovação, aquele seria um esconderijo perfeitamente anônimo.

O problema era que isso apresentava as mesmas dificuldades de acesso. A não ser que a pessoa alugasse o quarto perpetuamente, o que ia contra o propósito, não dava para contar que seria possível voltar lá a qualquer momento. Um hotel teria prazer em reservar um quarto específico em cima da hora, mas se ele estivesse ocupado, as coisas se complicariam. Sim, Peters poderia invadir, mas isso seria malfeito, e Peters odiava táticas malfeitas.

Um advogado? Um assessor jurídico de confiança da família, que trabalhasse para ele há anos. Essa mesma pessoa poderia ter instruções de divulgar o vídeo caso Peters desaparecesse...

... só que isto não era um filme de detetive. Peters não iria querer a ameaça de vingança após a morte; ele queria se proteger. E não era possível confiar em nenhum funcionário, não com algo tão importante assim.

Do lado de fora, as nuvens tinham se separado, a colcha de retalhos verde-dourado do Nebraska ou Iowa surgiu embaixo dele, aquela geometria quadrada e espantosamente regular que só era visível do alto. Cooper desejou que tivesse alguém com quem pudesse comentar, Bobby Quinn, ou Shann...

Tire Shannon da cabeça.

O que era a mesma coisa que dizer para não pensar sobre elefantes. Imediatamente, Cooper pensou na noite anterior, no gosto de Shannon, naquela foto Polaroid mental de Shannon se jogando para trás, da pele reluzente de suor em contraste com a Via Láctea. Será que ela foi parte da missão também? Smith havia planejado todo o resto, retirara Cooper da plataforma do trem elevado em Chicago e trouxera para o Wyoming. Será que era possível que ele tivesse enviado Shannon para seduzi-lo? Para plantar a semente da missão e depois para confortá-lo, para amarrar Cooper a eles?

Era possível. Cooper não queria acreditar, não tinha a intenção de acreditar — achava que conhecia Shannon, não conseguia vê-la concordando com aquilo —, mas era possível. Ela podia ter sido o segundo passo, afinal de contas.

"Mesmo que exista um segundo passo, o primeiro passo foi mostrar a verdade para você." As palavras de Shannon na mente. E se ela mentiu para ele, bem, ele também mentiu para ela. O tempo todo em que os dois estiveram juntos fora sob falso pretexto. Mas embora tivesse mentido sobre a missão, Cooper não mentiu sobre quem ele era. Talvez ela também não tivesse feito isso. Talvez, como ele, Shannon também fosse ao mesmo tempo uma profissional e uma pessoa, tanto um trabalho quanto uma vida. Será que foi um erro não incluí-la? Até Shannon surgir, Cooper jamais havia trabalhado com alguém que pudesse ser páreo para ele. E ela seria uma grande vantagem se Cooper tivesse que invadir...

Chega. Estava feito.

Então não seria um hotel, não seria um advogado. Que tal um amigo ou alguém da família? Não as filhas, mas um irmão, digamos, ou um velho amigo de escola. Alguém com quem Peters pudesse contar, que jamais o trairia por vontade própria.

O problema era a vontade própria. Se Peters estivesse enrascado, então os amigos e a família estariam também. Se alguém suspeitasse que um amigo tinha o que eles procuravam... bem, gente normal não resistia à tortura.

Era engraçado estar de volta a um jatinho particular. A história tinha começado dessa forma, com o jato voltando de San Antonio, onde Cooper havia seguido Alex Vasquez. Alex Vasquez, que disse que vinha uma guerra por aí. Cooper não fez ideia de como ela estava certa. E se perguntou, distraído, se Alex Vasquez sabia que estava certa.

Cooper bocejou. A poltrona era confortável, e os últimos dias foram longos. As poucas horas de sono que teve foram no solo frio e não tinham sido muito boas.

Ok, então resolva o problema. É o que você faz.

Só que, como sempre, o dom era algo que ele não conseguia controlar. Às vezes, Cooper chegava a uma conclusão intuitiva maluca que ele sabia que era verdade antes de ter provas. Às vezes, o dom apenas ficava enroscado e quieto, processando no próprio ritmo.

Ainda assim, Cooper tinha a sensação de que estava próximo, de que possuía as informações que necessitava, de que apenas precisava olhar pelo ponto de vista correto.

Vou dar uma sugestão a mim mesmo. Resolva o problema e você pode dormir.

A garantia de Peters estaria geograficamente perto. Seria um lugar em que ele poderia entrar de dia ou de noite. Um lugar em que ninguém esbarraria na prova, jamais; onde o risco de que isso acontecesse fosse essencialmente zero. Não estaria em seu nome, ou em algum lugar em que alguém pensaria em procurar.

Que tipo de lugar essencialmente imutável estava sempre disponível, era perfeitamente seguro e à mão?

Cooper sorriu.

Dois minutos depois, ele dormia profundamente.

CAPÍTULO 35

De volta ao ponto de partida. Era engraçado como a vida dava um jeito de fazer isso.

Ele não estava apenas de volta a Washington; Cooper estava de volta a Georgetown, a alguns quarteirões do velho apartamento, na velha rota de corrida. Ele podia imaginar aquela versão de si mesmo, com a camiseta esmaecida do exército grudada no peito suado enquanto fazia a curva por esse trecho da rua R. Essa era a parte favorita da corrida, uma curva com cenários especialmente deslumbrantes de Georgetown. A cerca negra de ferro fundido à direita, a grande sombra de velhas árvores, a bela fileira de mansões ricas no lado sul da rua... e a graça elegante do cemitério Oak Hill ao norte.

Cooper passou por ele algumas vezes naquela época e leu o folheto. O cemitério era antigo, datado de algo em torno de 1850. Um cenário deslumbrante de morros ondulantes e pacatas alamedas ao longo do rio Potomac, pontilhado por mármore antigo, monumentos e lápides para os fidalgos de dois séculos atrás. Congressistas, generais da Guerra Civil, magnatas da indústria... e banqueiros.

Era perfeito. A uma pequena caminhada da casa de Drew Peters, completamente imutável, sempre acessível. O terreno podia estar fechado, mas Cooper duvidava que isso significasse algo além de um velho segurança que passava uma corrente pelo portão de ferro. A coisa mais fácil do mundo era encontrar um trecho escuro e pular a cerca. Os jovens provavelmente faziam isso o tempo todo.

Havia um mapa em um mural perto da entrada, com as seções destacadas em cores suaves: Joyce, Henry Crescent, Chapel Hill. A capela era um dos principais destinos do cemitério, e Cooper se recordava de que era um lugar adorável, cercado por heras como um devaneio do Romantismo. O mapa também indicava alguns dos mortos mais famosos.

Incluindo Edward Eaton, "financista e advogado, subsecretário do Tesouro de Abraham Lincoln".

Cooper começou a andar. As pedras de cantaria e as alamedas tinham marcas do tempo, eram majestosas como velhos aristocratas. Cooper realmente nunca pensara muito sobre onde seria enterrado — tinha uma leve noção de que seria cremado —, mas dava para perceber o apelo de sepultar um ente querido ali. Seria um lugar agradável para imaginá-los.

A maioria das covas eram simples monumentos, pedras gastas com nomes, datas e geralmente uma patente militar. Mas aqui e ali, havia mausoléus de pedra na encosta de um morro ou embaixo de uma cobertura de galhos. O mausoléu com EATON gravado no topo tinha um visual impassível de um bunker. Não havia estátuas ou entalhes rebuscados, apenas um par de pilares flanqueando a porta e um par de pequenos vitrais. Passava a ideia de estabilidade e eternidade, sem dúvida, o que Edward Eaton tinha em mente quando comprou esta casa para os corpos de tataranetos cujos pais nem tinham sido concebidos ainda.

Cooper ficou do lado de fora, com as mãos nos bolsos. Ele imaginou com que frequência Drew Peters vinha ali, se ficava no mesmo lugar. Olhando fixamente para o mausoléu onde a esposa estava enterrada.

Geograficamente próximo, imutável, intocado, sempre acessível e perfeitamente seguro.

O local se encaixa. Mas será que Peters realmente o usaria desta forma?

Só há um jeito de descobrir.

As portas eram de carvalho maciço e pesado, instaladas em enormes dobradiças forjadas que pareciam ser da época da fundação do cemitério. A tranca era nova, com um ferrolho que parecia deslocado. Cooper parou e olhou em volta. Ao longe, uma senhora mancava em uma alameda, com um buquê de flores balançando em uma das mãos. Havia o som de um cortador de grama, e, mais distante, uma sirene.

Ele se ajoelhou em frente à porta e examinou com atenção a tranca. Há um ano, quando Cooper precisava entrar em portas trancadas, ele usava um aríete. Arrombar fechaduras era para ladrões, não para agentes do DAR.

Aí ele se tornou um ladrão. Não levou muito tempo para aprender; assim que a pessoa compreendia o básico, o resto era questão de prática, e Cooper teve tempo. A tranca era dura, mas ele abriu antes de dois minutos.

Cooper pegou a maçaneta de ferro e puxou. Com um rangido enferrujado, as dobradiças cederam. A porta se abriu lentamente. Luz intensa do sol penetrou na cripta. O piso era de pedra, cheio de poeira, e o ar tinha cheiro de mofo.

Eis mais uma primeira vez.

Ele entrou na cripta e fechou a porta.

A luz intensa do sol desapareceu, mas uma luz aquosa penetrou pelos vitrais. Se a luz fosse um som, ela teria sido um réquiem, lenta, pacata e cheia de tristeza. Cooper ficou parado e deixou os olhos se ajustarem. O mausoléu era uma sala de dez metros de lado, um banco no centro, e plataformas entalhadas como beliches na parede. Havia três colunas de quatro plataformas cada, em todas as paredes exceto na de entrada, onde a porta ocupava o lugar de uma das colunas. Quarenta e quatro leitos de pedra, todos cheios, menos dois. Quarenta e quatro caixões, sepultados de maneira ordenada, com nomes e datas entalhados embaixo de cada um. Uma casa para os mortos. Ele sentiu um arrepio ao pensar nisso, um medo primitivo subconsciente.

Como a luz era fraca demais para identificar as epígrafes, Cooper retirou o datapad, desdobrou e deixou o brilho digital iluminar a pedra. O ato pareceu bem mais ofensivo que o arrombamento. Havia algo de errado em apresentar o mundo moderno para esta tumba, em usar um aparelho que não poderia ter sido concebido quando esse lugar foi construído.

E aí ele viu que não foi o primeiro a fazer isso.

A caixa era do tamanho de uma caixinha de fósforos, em tom cinza metálico fosco, instalada logo no interior, acima da porta. Nenhuma marca, nenhum LED piscando, nada que revelasse o propósito, mas Cooper a reconheceu. Era tecnologia do governo. A maior parte da caixa era uma bateria. O resto era um sensor de movimento e um transmissor. A coisa era um aparelho de monitoramento de longo prazo, do tipo que a pessoa põe em um esconderijo por uma década e nunca mais pensa nele, apenas deixa que fique lá vigiando, passivo, até que finalmente capte um pequeno movimento e envie o sinal.

O monitor significava duas coisas. Primeiro, que o palpite estava certo. A prova estava escondida ali. A família podia pensar em instalar um alarme para monitorar a cripta, mas ele não teria tecnologia do DAR.

O que levava à segunda coisa. No momento em que Cooper abriu a porta, o monitor mandou um sinal para o diretor. O telefone estaria tocando, o datapad daria um sinal, todos mandando uma única mensagem:

Alguém está onde você não quer que esteja.

O coração de Cooper acelerou um pouco. Peters era um homem com poder assombroso. No momento em que recebesse o alarme, despacharia uma equipe, provavelmente de desumanos, homens e mulheres armados até os dentes, que seriam enviados a toda velocidade para esse lugar. E como Peters não podia arriscar que um suspeito falasse, aquela equipe teria ordens de atirar para matar.

Pelo lado bom, isso significa que seu cérebro está trabalhando. A prova está aqui.

Então entre e saia, diabos. Você já perdeu cerca de um minuto. Você tem... digamos mais dois.

Merda.

Cooper se aproximou e leu a primeira epígrafe. "Tara Eaton, esposa fiel, 1812–1859." A seguinte era do marido, Edward Eaton, enterrado dois anos depois.

Cooper deu meia-volta e correu para a outra ponta da cripta. Os corpos foram enterrados na ordem das mortes, o que significava que a esposa do diretor Peters deveria estar perto do fim.

Era a antepenúltima, na verdade. "Elizabeth Eaton, filha amada, 1962–2005." Acima da epígrafe, havia um elegante caixão de mogno, com a madeira ainda lustrosa, embora o topo estivesse coberto por uma fina camada de poeira uniforme. Cooper olhou fixamente para o caixão, abalado pelo que estava vendo, uma caixa com os restos de uma pessoa, uma mulher que ele jamais conheceu, mãe de crianças que o chamavam, brincando, de tio Nick, crianças em quem ele fazia cosquinha, com quem brincava de lutar e provocava.

Não havia tempo de ficar remoendo o assunto. Ele começou a tatear o caixão, os dedos passaram por cada detalhe gravado, acompanharam o traçado de curvas e pontas. Bateu nas portas, tateou às cegas as laterais. Nada. Cooper fez uma careta, depois virou a cabeça de lado, se debruçou sobre o caixão e sentiu a pedra fria acima e a poeira nos olhos e nariz ao passar as mãos no escuro. Ele verificou todas as bordas, arrastou as mãos no espaço apertado entre o caixão e a parede do leito.

Nada.

Cooper deu um passo para trás. Uma teia de aranha roçou no cabelo, e ele a afastou.

Tem um lugar que você não olhou...

Cooper imaginou Natalie morta, escondida em um aposento como esse, e ele invadindo na surdina, abrindo o caixão e encarando o que havia dentro...

O pensamento era repulsivo de todas as formas. Mas era possível.

Cooper não tinha ferramentas, nada para quebrar e abrir a tampa. Ele teria que jogar o caixão no chão, talvez, batê-lo no banco até que a madeira rachasse, enquanto os restos mortais de Elizabeth Eaton trepidavam e quicavam lá dentro. Uma coisa abominável, mas a única solução.

Só que...

Será que Peters teria feito a mesma coisa?

Não. Ele teria trazido ferramentas. Abriria só o suficiente, mas ainda assim, abriria.

Será que o caixão foi aberto?

... o fechamento do caixão estava perfeito, a tampa se encaixava tão bem na base que era difícil ver onde uma acabava e a outra começava. Não estava apenas encaixado; não havia sinal de marcas de ferramenta. Ter aberto a tampa teria deixado uma marca.

O primeiro pensamento foi de alívio.

O segundo foi de frustração. Peters não escondeu o que ele procurava no mausoléu da esposa morta. Cooper estava errado.

Só que não. O monitor na parede entregou o segredo. A prova estava ali. Só não estava no caixão dela.

Cooper deu um passo para trás e olhou para o relógio. Um minuto sobrando. Ele deu meia-volta e olhou ao redor da sala. Quarenta e dois caixões. Um banco de pedra. Cooper correu para o banco, se abaixou e verificou a parte inferior. Lisa. A mesma coisa com as pernas e as bordas. O pânico começou agora. Havia um crucifixo de ferro em cima da parede. Ele verificou correndo. Nada.

Quarenta e cinco segundos.

Tinha que estar ali. Nada mais fazia sentido. O dom previu, o sensor de movimento provou, ele só precisava encontrar.

Em um dos outros caixões? Havia 41. Não restava tempo nem para um exame por alto.

Cooper ficou no centro da sala e girou devagar. Vamos, vamos. Obrigou a intuição a trabalhar. Trinta segundos. Ele esfregou as mãos, e a poeira voou.

Poeira...

Não havia maneira de esconder alguma coisa aqui sem mexer na poeira.

E não havia maneira de ajeitá-la uniformemente.

Então a melhor coisa era limpar completamente a poeira. Ainda era um indício, mas um indício menos óbvio, especialmente quanto mais poeira caísse.

... voou.

Cooper correu de volta para os caixões. Elizabeth era o antepenúltimo. Os dois posteriores eram "Margaret Eaton, 1921–2006" e "Theodore Eaton, 1918–2007."

Havia poeira em cima de ambos. Não muita, mas não estava lá há muito tempo.

Uma conversa meio esquecida, uma que Cooper provavelmente não teria se lembrado de forma alguma se não tivesse acontecido no dia em que a vida explodiu, no dia em que ele implorou que Drew Peters protegesse sua filha. O diretor contou a história de sua esposa, a história que provocou a presença de Cooper ali, antes de mais nada. Mas Peters também falou sobre o pai dela. O que ele disse?

"O pai, Teddy Eaton, administrava a fortuna pessoal de metade do Capitólio. Meu Deus, ele era um desgraçado. Enquanto a filha morria, o velho implorou para que ela permitisse que ele a enterrasse com eles. 'Você é uma Eaton, não uma Peters. Você deveria ficar conosco.'"

Cooper sorriu. Aquilo o incomodou, a ideia de que Peters abusaria da memória da esposa daquela forma. Não se encaixava no padrão. Mas o velho desgraçado que garantiu que Drew jamais fosse enterrado ao lado de Elizabeth?

Ele se ajoelhou e passou a mão atrás do caixão. Teia de aranha, dobradiça de latão, madeira antiga... e um pedaço de fita isolante. Cooper arrancou, e um pequeno objeto veio com a fita. Um cartão de memória do tamanho de um selo.

Um belo "foda-se você" direto da terra dos vivos. Cooper teria admirado Peters pelo gesto, mas não tinha tempo. Ele dobrou a fita sobre o microdrive, enfiou no bolso e correu para a porta. Chegou em alta velocidade e empurrou as dobradiças com o ombro. Luz do sol, céu, o balanço das árvores.

E uma equipe de soldados de preto com fuzis automáticos que corriam pelo cemitério, passando entre as lápides sem se importar.

Cooper manteve o ímpeto e passou pela pequena fresta para o mundo lá fora. Deu quatro passos antes de ouvir os primeiros tiros. Algo em cima dele explodiu, e choveram pedras do mausoléu. Ele fez uma careta, acelerou a toda velocidade, deu tudo que tinha. Chegou ao limite da cripta, usou uma das mãos na quina para girar o corpo, para tentar colocar o prédio entre ele e os comandos.

Queria se localizar, se mover taticamente, mas não podia arriscar. O cemitério era cheio de morros e árvores, e as criptas funcionariam como cobertura, aqui e ali. Pelo menos, não era noite; os capacetes que os desumanos usavam incluíam visão térmica, e, na temperatura amena da noite, o calor de seu corpo teria brilhado como um laser.

Uma janela estourou acima de Cooper, era o vitral da cripta dos Eaton. Ele se lançou à frente, tropeçou por meio segundo em uma raiz, e percebeu, mais do que ouviu, uma bala passar por cima. Cooper disparou para a esquerda, depois para a direita, e tentou se tornar um alvo muito difícil, o mais complicado possível. Um atirador de elite em uma posição fixa não teria problema em mirar nele, mas os agentes estavam correndo.

Havia uma pequena elevação diante de Cooper, um pesadelo, mas o outro lado serviria como uma pequena cobertura. Não havia escolha. Ele meteu o pé em frente, as botas bateram no solo, o impacto fez as pernas estremecerem. A respiração era difícil, o suor de pânico ensopou as axilas. Cooper correu na diagonal por uma fileira de lápides, pulou uma pequena, mais tiros atrás, chegou a uma árvore, girou e saiu do outro lado dela — *cuidado, faça o mesmo gesto várias vezes e eles vão antecipá-lo* —, mas desta vez funcionou. Ele ouviu o impacto de uma bala batendo no tronco acima, depois chegou ao limite da crista e se jogou para a frente em um carrinho de futebol, rente ao chão, sendo arranhado por pedras e galhos.

Atrás, Cooper ouviu os homens berrando e sabia que eles estavam se espalhando em um arco, que andavam rápido para tentar limitar suas opções. Cooper estava com a pistola, mas os fuzis de assalto que os comandos levavam disparavam tiros contínuos e tinham precisão de 1,5 quilômetro.

Ainda assim.

Ele se virou e atirou duas vezes bem no telhado da cripta, depois parou e atirou novamente. A pedra rachou e as balas ricochetearam. A ameaça faria com que eles diminuíssem a velocidade, obrigaria que se movessem com mais cuidado. Porém, não ganharia muito tempo. Cooper precisava de um plano.

O outro lado do cemitério era limitado pelo rio Potomac. Se ele conseguisse chegar lá, pular a cerca, aí então...

Então o quê? Um nadador em água aberta seria um alvo fácil. Além disso, era um gesto óbvio. Persiga, e o alvo foge. Fuja, e você não consegue pensar.

Cooper visualizou o mapa que notou na entrada, as regiões graciosas aninhadas umas contra as outras, os mortos famosos, a capela.

A tentativa valia a pena.

Cooper disparou e se manteve o mais abaixado possível sem diminuir a velocidade. Deixou a alameda para trás e tomou um rumo perpendicular à antiga rota, algo que fugitivos não fariam. Adrenalina eletrizava cada nervo. O peso físico da pistola na mão e o peso emocional do microdrive no bolso. O cheiro de terra. Uma rajada de vento que fez os galhos das árvores dançarem.

Um tiroteio em um cemitério, meu Deus.

Havia uma fileira de lápides altas com datas da época da Guerra Civil, e Cooper correu por trás delas. Entre as árvores adiante, ele viu um morrinho, com proporções perfeitas demais para ser natural, e as heras da capela. Cooper pulou sobre um banco, caiu em movimento, passou por uma lápide com um anjo esguio implorando ao céu. A intuição fez com que olhasse para trás.

O homem estava sozinho, provavelmente na ponta do arco. A 15 metros de distância, sobre a crista. Colete à prova de balas negro e uma boa postura, arma em prontidão. O capacete negro estava com o visor abaixado, um predador sem rosto. A atenção focada para o ponto onde Cooper deveria estar, mas a intuição ou o sistema óptico devem ter dado um alerta, porque ele se virou e olhou diretamente para Cooper.

Por um instante, os dois ficaram sem ação. Aí o desumano girou o fuzil para apontá-lo, apoiou o peso na perna que estava mais atrás, olhou sobre o cano, mirou, o dedo na luva se mexeu, e Cooper pôde ver o trajeto da bala, viu como se estivesse desenhado no ar, uma linha direta para o peito, e, sem pensar, se jogou de lado.

Cooper ouviu o estampido da bala ao pairar no ar e ouviu suas irmãs, enquanto o homem atirava para acompanhá-lo, a rajada de ar, o chão se ergueu para encontrá-lo, o anjo olhando para o céu, as mãos de Cooper se ergueram mesmo caindo, a pistola firme, o homem na mira. Ambos atiraram.

O anjo chorou lágrimas de pedra.

O comando de preto cambaleou quando um buraco trincou o visor.

Cooper caiu no chão, o impacto não foi suavizado pela agilidade e tirou seu fôlego. Ele manteve a arma erguida enquanto observava o homem cair.

Ele matou um agente do DAR.

Era a primeira vez. Cooper tinha um péssimo pressentimento de que não seria a última.

Então ele se levantou depressa e correu abaixado. A capela estava próxima agora, a hera balançava ao vento, o vitral tinha a cor de sangue na luz do fim da tarde. Ele chegou ao limite da capela, ofegante, deu a volta correndo para o outro lado, deixou boa parte do prédio entre ele e a equipe de assalto, e havia apenas um trecho de quilômetro até a rua.

E encontrou Bobby Quinn encostado do outro lado de uma lápide, com a maior parte do corpo escondida atrás da pedra e uma submetralhadora apoiada em cima dela. Apontada bem para o peito de Cooper.

O antigo parceiro não demonstrou surpresa ao vê-lo. Esteve esperando por ele. Obviamente. Eles trabalharam juntos tempo suficiente. Quinn sabia que Cooper gostava de voltar atrás, de confundir. Então ele despachou a equipe para cobrir as rotas óbvias e aí ficou à espreita, segundo o palpite.

— Solte a arma. Agora.

Cooper considerou fazer o mesmo truque que acabara de usar, o pulo maluco e o tiro em pleno ar. Mas a situação era diferente. O desumano esteve exposto e surpreso. Telegrafou a intenção com todos os músculos. Quinn, por outro lado, estava pronto e firme, com a maior parte do corpo — e, mais importante, a linguagem corporal — escondida. Não havia como captá-lo se Cooper não conseguisse vê-lo.

Além disso, você vai atirar em Bobby Quinn?

— Estou falando sério. Solte a arma.

Cooper ficou imóvel. Uma onda nervosa de energia passou pelo corpo, que ficou bambo. Ele teve um desejo estranho de rir. Largou a arma.

— Oi, Bobby.

— Cruze as mãos na cabeça, depois fique de joelhos com os tornozelos cruzados.

Cooper olhou fixamente para o colega, o parceiro de uma centena de missões, se lembrou do humor negro do sujeito, da forma como segurava um cigarro por dois minutos antes de acendê-lo. Quantas vezes os dois entraram por uma porta juntos?

— Bobby.

Ele teve dificuldade em encontrar as palavras, queria explicar a situação, tudo aquilo: a missão secreta, a perseguição a John Smith, tudo que descobriu desde então. Queria meia hora em um pub, em algum lugar com velhos bancos de carvalho e porta-copos com o símbolo da Guinness. Queria explicar, expor tudo que aconteceu, fazer com que o homem *entendesse*.

E aí a risada realmente veio; não havia nada que ele pudesse fazer. Quantas vezes seus alvos quiseram fazer a mesma coisa? Quantas vezes Cooper escutou os alvos dizerem...

— Obedeça agora!

— Eu não fiz as coisas que eles dizem, Bobby — falou Cooper.

O humor colossal da situação quase tomou conta dele. Qual era a frase que os irlandeses diziam?

Se você quer fazer Deus rir, faça um plano.

— Cruze as mãos atrás...

Cooper balançou a cabeça.

— Não posso fazer isso.

— Você acha que eu não vou atirar?

— Eu não sei.

Mas sei que, se eu deixar que você me prenda, sou um homem morto. E essa prova, seja lá o que for, vai desaparecer. Drew Peters seguirá em frente fomentando uma guerra. E eu não posso viver com isso.

Mesmo que eu tenha que morrer com isso.

— Acho que vamos descobrir.

Devagar, com as mãos ao lado do corpo, ele começou a andar. Não na direção de Bobby, mas pela tangente. Não havia tempo para falar, não havia tempo para explicar. O restante da equipe de resposta tática teria ouvido o tiroteio e chegaria ao companheiro morto. Eles estariam ali em segundos.

— Porra, Cooper...

— Sinto muito. — Ele continuou andando, mas encarou o olhar do parceiro ao avançar. — Eu juro para você que não sou quem eles dizem que sou. Mas não posso ficar para explicar.

Quinn abaixou o cano da arma um pouquinho e apertou o gatilho. Um tufo de grama a dois centímetros do pé de Cooper explodiu.

— Eu sei que você pode atirar nas minhas pernas, Bobby, mas é o mesmo que me matar. Você sabe que aqueles homens não hesitarão. E se tiver que acontecer, eu prefiro que seja você.

— Cooper...

— Faça sua escolha, Bobby.

Ele parou então. Encarou o homem. Tentou ler o próprio destino no olhar do parceiro, no espasmo do músculo em uma bochecha, na tensão do pescoço.

Finalmente, Bobby falou.

— Vá se foder. — Ele se virou, ajeitou o corpo e ergueu a arma. — Você tem três segundos.

Cooper foi tomado por uma onda de emoção. Por um momento, ele se perguntou se teria feito a mesma escolha caso os papéis fossem invertidos. Se teria tido a coragem de ser uma pessoa, em vez de um agente.

Uma pergunta para outra hora. Cooper aproveitou a vantagem e correu.

Quinn pareceu esperar cinco segundos e começou a gritar que Cooper estava ali, que ele estava perto da capela, e aí a cerca, a rua, e o mundo inteiro estavam diante de Cooper.

CAPÍTULO 36

Cooper andou à espreita pela noite de Washington com uma bomba no bolso e a cabeça em chamas.

No céu, bem fraquinho, ele ouviu o som de um helicóptero voando baixo. À sua procura. Haveria um atirador de elite a bordo e um aparato de câmera de alta resolução, e, se eles o vissem, Cooper jamais escutaria o tiro.

Relaxe. Você é apenas um homem andando pela rua. Exatamente como todos os outros nessa multidão. Não corra, não atraia atenção e as chances de você ser visto por eles são nulas.

Bem, eram pequenas.

Qualquer tiroteio em que uma pessoa saísse viva era, pelo menos, um sucesso parcial. Mas esse sucesso parecia mais parcial do que Cooper gostaria. Até encontrar aquele microdrive, ele nutriu esperanças de que talvez Smith tivesse mentido, de que as coisas que Cooper fez foram justificadas.

Não dava mais para nutrir aquela esperança. Peters mandara um esquadrão da morte. Sem hesitação, sem ordens para prender. Apenas mate e limpe a sujeira depois. Drew Peters era o vilão. E isso fazia de John Smith... bem, quem sabia o que isso fazia de John Smith?

Pior, Cooper tinha esperado entrar e sair sem ser notado. Ter tempo para examinar o vídeo antes que o DAR sequer soubesse que ele estava de volta à cidade. Mas agora Peters não apenas sabia que sua preciosa garantia fora tomada — ele sabia quem a tomou.

O que isso significaria? O que um homem como Peters faria a seguir?

Cooper travou, cada músculo endureceu como pedra. Alguém esbarrou por trás, e ele deu meia-volta, com as mãos em prontidão. Um homem de aparência tristonha e terno e gravata levou um susto, com olhos arregalados.

— Ei, cara, olhe por onde...

Mas Cooper já estava em movimento. Correu, apesar do risco. Uma galeria comercial estava bem à direita, um daqueles centros com uma dezena de lojas decadentes que jamais parecia fechar. Ele puxou a porta e entrou.

Música ambiente e o fedor variado de uma loja de velas na entrada. Um punhado de clientes andando a esmo como zumbis. O salto das botas ecoou no piso encerado. Um salão de bronzeamento artificial, uma loja de conveniência, um salão de cabeleireiro, um corredor iluminado que levava aos banheiros. Do outro lado ele viu um telefone público com um cabo desgastado e uma lista telefônica roubada há muito tempo. Cooper enfiou as mãos nos bolsos. Sem moedas.

De volta à loja de conveniência. Ele jogou uma nota de dez para o paquistanês sempre atento atrás da caixa registradora.

— Moedas. Eu preciso de moedas.

— Não troco dinheiro...

— Me dê a porra de quatro moedas e fique com o resto.

O homem encarou Cooper, deu de ombros e abriu a registradora em câmera lenta. Enfiou a mão na gaveta como se estivesse dentro d'água.

— Maluco. Você é maluco.

Cooper pegou as moedas e voltou correndo para o telefone público. Quase derrubou o que parecia ser uma dondoca de condomínio com cabelão e não parou.

Ele enfiou duas moedas e depois ligou para o número de Natalie. Segurou o fone no ouvido, e o coração disparou mais do que no cemitério, as mãos tremeram, perdendo o controle. Trim. Trim. Trim. *Vamos, vamos, vamos...*

— Alô, Cooper. Bem-vindo ao lar.

O mundo pareceu girar. Cooper meteu a mão na parede. Aquela voz. Ele conhecia aquela voz.

— Dickinson.

— Matou de primeira.

— Onde estão meus...

— Filhos? Estão seguros. Na maior segurança possível. Sua ex-esposa também. Todos os três nos braços carinhosos dos Serviços Equitativos.

Aconteça o que acontecer, eu cuidarei de sua família.

Cooper queria ter um acesso de raiva, berrar ameaças ao telefone. Mas aquilo não adiantaria de nada, ele sabia.

Fez de qualquer maneira.

— Preste atenção, seu merda, solte meus filhos...

— Cale a boca. — Dickinson estava calmo como o olho de um furacão devastando o campo, frio como o iceberg rasgando o Titanic. — Só fique calado, ok?

Cooper começou a responder e conseguiu se conter.

— Ótimo. Agora. A questão é simples. Nós não somos gângsteres, e isto aqui não é um filme B. Essa é a situação que você criou. E é uma situação que você pode resolver.

Cooper mordeu a língua, literalmente mordeu, meteu os dentes e curtiu a dor e a concentração que ela trouxe.

— Aqui está a solução — continuou Dickinson. — Apenas se entregue. Se entregue e traga o que você roubou. Simples assim. Não vou te enganar. Você não vai escapar de novo. Mas será rápido, eu te prometo isso. E nós soltaremos sua família.

— Preste atenção, Roger, escute o que eu digo. Drew Peters não é quem ele diz que é. Ele é um criminoso. O que eu roubei é um microdrive, e ele contém provas que confirmam o que eu...

— Escute o que *eu* digo, Cooper. Está escutando?

— Sim.

— Eu. Não. Me. Importo.

O segundo de silêncio que veio a seguir soou como um terremoto.

— Entendeu? Eu não me importo. O meu trabalho é não me importar.

— Roger, eu sei que você é dedicado, sei que você é um homem de fé, mas você deposita sua fé em uma grande mentira.

Pelo telefone, um som que foi algo entre um suspiro e uma risada.

— Você não se lembra do que eu falei naquela manhã, após a morte de Bryan Vasquez?

Cooper teve que fazer um esforço para se recordar.

— Você disse que não me odeia por eu ser um anormal, você me odeia porque acha que sou frouxo.

— Eu não odeio você, Cooper, de maneira alguma. Essa é a questão. Mas eu tenho fé. E você, não.

Cooper esfregou o rosto com a mão.

— Roger, por favor...

A linha estava muda. Ele ficou segurando o telefone no ouvido, com música ambiente ao fundo, o arrastar e ranger de sapatos sociais, o leve odor de desinfetante que vinha do banheiro, a família sendo refém de monstros.

Você decidiu há muito tempo que se deitaria no meio do trânsito em nome de seus filhos. Todo pai faz isso. É hora de pagar essa promessa.

Cooper soltou o telefone e se dirigiu para a saída. Sentiu alívio, honestamente. Estava cansado, sentia um cansaço imenso, daqueles de andar com os ombros arriados, e ele esteve por conta própria durante muito tempo. Morrer pelos filhos? Sem problema. Um esquisito morto, é pra já.

Você realmente acredita que Peters vai soltá-los?

Por que não? É a mim que ele quer. A mim e a garantia preciosa, seja lá o que for. Que mal uma advogada ambientalista e duas crianças podem fazer a ele?

Cooper travou. Realmente, que mal?

Ele deu meia-volta e foi para o banheiro masculino. Abriu a porta. Um faxineiro estava apoiado em um esfregão.

— Saia.

— Como é?

— Agora.

O faxineiro olhou feio de novo, depois empurrou o carrinho para fora, murmurando alguma coisa sobre gente doida, que ele tinha um emprego como qualquer outra pessoa. Cooper abriu a cabine do meio e trancou após entrar. De um bolso, ele retirou o datapad, do outro, o microdrive ainda embrulhado em fita isolante. Cooper arrancou a fita e jogou no chão. O chip que ele encontrou no caixão de Tedd Eaton era um microdrive padrão com um terabyte de memória, do tipo que se comprava em qualquer farmácia. Cooper enfiou no datapad e depois se sentou no vaso.

A tela se iluminou e então o arquivo começou a tocar imediatamente.

O vídeo mostrava dois homens conversando em uma sala neutra. Um deles era Drew Peters. O outro ele nunca havia conhecido pessoalmente, mas sabia quem era. Todo mundo sabia.

Cooper viu o vídeo até o fim.

E quanto terminou, ele abaixou a cabeça e enfiou os dedos com tanta força nos olhos que manchas em tom preto e branco dançaram. Mas não o suficiente para apagar o que acabara de ver.

Cooper pensava que as coisas estavam ruins antes. Ruins na noite anterior, no Wyoming. Ruins na tarde de hoje, no cemitério. Ruins há meia hora, no telefone com Roger Dickinson.

Na verdade, ele não fazia ideia do que era ruim.

Não havia chance, nenhuma mesmo, de que Peters deixasse sua família viver.

CAPÍTULO 37

Talvez ele tivesse chorado, sentado na privada fedorenta em uma galeria comercial de merda no coração de Washington. Talvez tivesse. Cooper realmente não sabia dizer.

Parecia que faltavam alguns momentos em sua história pessoal. E ele estava com dificuldade para recuperá-los.

O que Cooper sabia é que, em dado momento, ele se levantou, abriu a porta da cabine e foi até a pia. Colocou as mãos embaixo da torneira até ela funcionar, depois jogou água morna no rosto. Novamente e mais uma vez. Secou com papel-toalha.

Olhou o espelho. Viu um provável homem morto, o pai de crianças assassinadas.

Mas não um homem que morreria pacificamente.

Ele jogou as toalhas no lixo, voltou ao telefone público, enfiou as últimas moedas e ligou para outro número.

■

Quarenta e cinco minutos depois, Cooper entrou em um pub chamado McLaren's. Velhos bancos de carvalho, porta-copos com o símbolo da Guinness. Uma pequena quantidade de trabalhadores bebendo após o expediente, a maioria homens, a maioria assistindo ao jogo. Ele esteve ali uma vez antes, há anos, em alguma festa do trabalho de Natalie. Cooper foi até o bar e chamou o homem atrás dele.

— O que é?

— Vocês têm um salão nos fundos, não é?

— É. Não está aberto agora, mas se você quiser alugar para um evento, posso arrumar o telefone do gerente...

— Eu vou te dar... — Cooper abriu a carteira e tirou um punhado de notas. — Trezentas e quarenta pratas se você me deixar usar por uma hora.

O homem olhou para a esquerda, depois para a direita. Deu de ombros e meteu a mão nas notas.

— Por aqui.

Ele acompanhou o sujeito até o fim do bar. O *barman* sacudiu um molho de chaves, encontrou uma e destrancou a fechadura.

— Você quer alguma coisa?

— Apenas privacidade.

— Não detone o lugar, ok? Sou eu quem limpa.

Cooper concordou com a cabeça, repetiu "privacidade" e entrou no salão dos fundos.

O local era um gêmeo menor do salão principal. Um bar em uma parede, com as torneiras desenroscadas, jarras na prateleira, pano de prato pendurado. Sem ninguém ali, o lugar tinha um ar de triste expectativa. Cooper acendeu as luzes, depois se sentou no bar abandonado. Pousou o datapad, depois esticou os braços, apoiou as palmas na superfície lustrosa e esperou.

Dez minutos depois, ele ouviu a porta se abrir. Muito lentamente, movendo apenas a cabeça, Cooper se virou para olhar.

Bobby Quinn apareceu com o mesmo traje de antes. A postura irradiava lutar-ou-fugir e dane-se a outra opção. A mão estava apoiada na arma, com o coldre aberto.

— Eu não vou me mexer, Bobby. Pernas cruzadas, mãos no bar.

Quinn olhou em volta do salão. Não relaxou, mas entrou. Ele deixou a porta se fechar ao entrar e depois sacou a arma. Não apontou, o que já era alguma coisa.

— Meia hora — falou Cooper. — Como eu disse ao telefone. Depois você vai entender.

O parceiro foi ao fim do bar. Com a mão esquerda, pegou um par de algemas nas costas. Arrastou as algemas para Cooper.

— Mantenha a mão direita no bar. Use a esquerda para prendê-la no corrimão.

— Ora, vamos, Bobby...

A arma foi erguida.

— Obedeça.

Cooper suspirou. Ele pegou as algemas, com cuidado para se mexer devagar. Prendeu no pulso direito.

Se você fizer isso, vai ficar indefeso. Se estiver errado a respeito de Quinn, então tudo acabou.

Cooper prendeu a outra ponta das algemas no corrimão de latão. Deu um puxão para testar. Um som estridente e uma pontada na mão.

— Está melhor assim?

Quinn colocou a arma no coldre e se aproximou. Não dava para captar seu rosto, muitas coisas aconteciam ao mesmo tempo.

— Eu vou te dar a sua meia hora porque disse que daria. Mas quando acabar o tempo, vou chamar uma equipe para prendê-lo.

— Como eu disse ao telefone, se você chamar, eu não vou resistir. — Ele arriscou um sorriso. — Muito.

— Se você sequer resistir, eu te mato. — Foi o simples atestado de um fato, e mais impressionante ainda vindo de Bobby Quinn, para quem sarcasmo e ironia eram a mesma coisa que oxigênio. — Comece a falar.

Cooper respirou fundo.

— Eu estou disfarçado há seis meses. Desde o 12 de Março, quando eu e você quase detivemos o atentado à bomba na bolsa de valores. Eu estava lá dentro. Não faço ideia de como sobrevivi, mas acordei em uma tenda de triagem. Quando consegui andar novamente, peguei carona com um bando de fuzileiros navais e fui ver Drew Peters. Propus um plano maluco: eu desertaria. Todo mundo me culparia pela explosão. Eu me tornaria um vilão. Seria caçado.

Ele falou rápido, não perdeu tempo com floreios, apenas expôs os fatos. O tempo que passou fugindo. A construção da reputação como ladrão. A revelação na plataforma do trem elevado. A viagem ao Wyoming. O encontro com Epstein.

— Por quê? Por que fazer tudo isso?

— Eu te contei, para que pudesse me aproximar de John Smith e matá-lo.

Quinn balançou a cabeça.

— Este é o objetivo. Eu perguntei por quê.

— Ah. Minha filha.

— Kate?

— Ela estava prestes a ser testada. Teria sido mandada para uma academia. Peters prometeu poupá-la.

O estômago de Cooper ardeu. *Eu cuidarei de sua família.*

— Tudo que fiz, eu fiz por ela.

— Você encontrou Smith?

— Sim.

— Você o matou?

— Não.

— Ah, então.

Cooper começou a se recostar e parou quando a algema deu uma pontada no pulso.

— Você não acredita em mim, não é? — perguntou ele.

— Não. E em vinte minutos, vou levá-lo preso.

— Meu Deus, Bobby, eu fui um agente do DAR pelos últimos seis meses. Quero dizer, equipes vieram atrás de mim *quatro vezes*. Quatro. E nesse período, eu nunca matei um agente. Nunca feri um agente, a não ser o orgulho. Por que acha que isso aconteceu?

— Você acabou de matar um. — Quinn fechou a cara. — No cemitério.

— É. Bem, eu não sou mais um agente. E assim que você der uma olhada nisto — Cooper indicou o datapad com a cabeça —, não acho que você será também.

— O que é isto?

— O segredo mais sujo de Drew Peters. É o que fui pegar no cemitério.

— Eu pensei que você estivesse atrás de Smith.

— Eu também pensei. Na verdade, eu estava errado.

Quinn queria pegar o datapad. Cooper podia ver, podia notar a vontade no parceiro, tão clara quanto a luz do sol da manhã.

— Vá em frente.

Bobby olhou para ele, e Cooper respondeu:

— Meu Deus, homem, eu estou algemado ao bar. O que você acha que vou fazer, virar um morcego e sair voando?

O espasmo de um músculo na bochecha de Quinn, e ele se deu conta de que o parceiro esteve prestes a fazer uma piada. Não fez, mas Cooper conhecia o sujeito, ficou sentado ao lado dele por horas, dias, anos. *Você está convencendo Bobby.*

— Ok, veja bem, eu mostro para você. Ok?

— Devagar.

Devagar, Cooper pegou o datapad. Apoiou no corrimão para que ambos pudessem ver. Atabalhoado com a mão esquerda, ele ativou o aparelho. E aí o vídeo começou.

A mesma sala que ele tinha visto antes, um hotel ou um esconderijo. Mobília que combinava sem nenhum senso de estilo, paredes caiadas. Havia uma janela, e atrás dela, árvores.

O diretor Drew Peters andava de um lado para o outro. Estava mais jovem ali. O cabelo e o estilo do homem não mudaram em todo o tempo que Cooper o conhecia, mas as rugas na testa e as bolsas nos olhos aumentaram com o passar dos anos.

— De quando é isso? — perguntou Quinn.

— Cinco anos e mais ou menos oito e nove meses atrás.

— Como você pode ser tão...

— Assista.

Na tela, Peters foi até a mesa, pegou um copo d'água e tomou um gole. Houve uma batida na porta.

— Entre.

Dois homens em ternos simples entraram. O tipo de homem que parecia usar óculos escuros mesmo quando estava sem. Eles acenaram com a cabeça para Peters, depois examinaram a sala. Finalmente, um deles falou para o vazio:

— Estamos seguros, Sr. secretário.

Um homem entrou na sala. Altura média, sorriso bonito, terno com corte conservador.

— Ei — exclamou Quinn. — Esse é...

— Sim.

Aquela tinha sido a primeira pista de Cooper para a idade do vídeo. Tinha que ter pelo menos cinco anos, porque o homem que entrou pelas portas era, na época, o secretário da defesa. Um homem cheio de contatos, um político experiente, do tipo que as pessoas tratavam com respeito não apenas porque ele sabia onde os corpos estavam enterrados, mas porque ele mesmo colocou uma boa parte desses corpos embaixo da terra. O secretário Henry Walker.

Só que agora o título era diferente. Aquilo aconteceu há cinco anos. Desde 2008... quando ele venceu a primeira eleição presidencial. A primeira de duas. Cooper votou nele em ambas.

Mesmo enquanto assistia de novo, sabendo o que vinha e como as coisas piorariam, Cooper teve a sensação de falta de ar. O famoso discurso do presidente no 12 de Março ecoava no ouvido interno.

Enfrentemos essa adversidade não como uma nação dividida, não como normal e anormal, mas como americanos. Trabalhemos juntos para construir um futuro melhor para os nossos filhos.

Um apelo por tolerância, por humanidade. Um chamado para todas as pessoas trabalharem juntas.

Uma mentira.

Na tela, dois homens se cumprimentavam e trocavam gentilezas. Walker dispensou a segurança.

— Ok, Cooper, além do fato de eu me achar um pouco indecente assistindo a isto, o que você quer provar?

— Eu vou te mostrar. — Com a mão esquerda, ele avançou o vídeo para 10:36.

Walker: São essas lamúrias liberais que me irritam. Será que as pessoas não entendem que os direitos civis são um privilégio? Que quando se trata de defender nosso estilo de vida, às vezes, não podemos nos dar o luxo de ter direitos civis?

Peters: O povo não quer acreditar que vem uma guerra aí.

Walker: Deus queira que o povo esteja certo. Mas eu sempre pensei que Deus ajuda aqueles que se ajudam.

Peters: Também penso assim, senhor.

Para 12:09:

Walker: Não é que eu odeie os superdotados. Mas apenas um tolo não tem medo deles. É uma bela opinião dizer que todos os homens são irmãos. Mas quando seu irmão é melhor que você em todos os aspectos, quando ele planeja, constrói e joga melhor que você... bem, é difícil ser o caçula.

Peters: As pessoas normais precisam abrir os olhos. Precisam se lembrar de que nosso próprio estilo de vida está em jogo.

Para 13:35:

Peters: Senhor, eu compreendo seu desejo de escolher as palavras com cuidado. Então permita que eu seja o franco. Se não fizermos nada, em 30 anos, os humanos normais se tornarão irrelevantes. Na melhor das hipóteses.

Walker: E na pior?

Peters: Escravos.

Para 17:56:

Walker:	O problema é que há duas maneiras de entrar numa luta. Você pode entrar de colete à prova de balas e fuzil ou pode aparecer de cueca. Não apenas isso, mas o cara que parece que *sabe* lutar raramente precisa lutar.
Peters:	É exatamente isso. Eu não quero um genocídio, mas precisamos nos preparar. Temos o direito de lutar pela nossa sobrevivência. E esta não é uma guerra que pode ser lutada com tanques e jatos.
Walker:	Você ouviu rumores sobre a CPI dos Serviços Equitativos.
Peters:	Sim, mas não é por isso...
Walker:	Não mije nas calças. Eu não estou lhe ameaçando. Mas me pergunto se esse seu plano é patriotismo ou autopreservação.
Peters:	Sr. secretário...
Walker:	Qual é o alvo?
Peters:	O senhor tem certeza de que quer saber os detalhes da operação?
Walker:	Tudo bem. Você tem razão.

Para 19:12:

Walker:	Quantos mortos você calcula?
Peters:	Algo entre cinquenta e cem.
Walker:	Tantos assim?
Peters:	Um pequeno preço para defender centenas de milhões.
Walker:	E serão civis.
Peters:	Sim.
Walker:	Todos?
Peters:	Sim, senhor.
Walker:	Não. Não, isso não serve.

Peters: Para garantir que eles sejam vistos como terroristas, as víti-
            mas têm que ser civis. Um ataque contra as forças armadas
            coloca os anormais como uma potência militar. Não serve
            ao...

Walker: Eu entendo. Mas precisamos de um símbolo do governo lá
            também. Caso contrário, parece um ataque a esmo e sem
            foco.

Peters: Que tal um ataque ao seu gabinete?

Walker: Não vamos exagerar. Não, eu estava pensando em um
            senador ou um juiz do Supremo Tribunal. Alguém res-
            peitado, simbólico. E precisamos de um bode expiatório
            também. Um sujeito competente, que não seja capturado
            de primeira. Alguém para se tornar o bicho-papão.

Peters: Eu tenho um bode expiatório em mente, senhor. Um ativista
            chamado John Smith.

Walker: Eu sei quem é.

Peters: Ele já se tornou uma praga; é apenas questão de tempo
            que descambe para a violência, de qualquer maneira. E
            John Smith é muito competente. Assim que causarmos sua
            queda, ele vai cumprir o papel. Algum, hã, alvo simbólico
            em especial?

Walker: Tenho alguns em mente.

Para 24:11:

Walker: A chave é não perder o controle da situação. Precisamos de
            um incidente que una o país, que justifique nosso trabalho.
            Não alguma coisa que seja o estopim de uma guerra santa.

Peters: Eu entendo e concordo. Francamente, os superdotados são
            valiosos demais para arriscarmos.

Walker: Concordo. Mas eles precisam ficar em seu lugar.

Peters: Às vezes, a guerra é o único caminho para a paz.

Walker: Acho que nos entendemos.

Para 28:04:

Peters: Eu já escolhi um alvo. Um restaurante. Estou com as equipes prontas.

Walker: Esta é uma missão difícil. Alguns dos atiradores podem vacilar.

Peters: Não esses homens.

Walker: E depois? Você pode contar com a discrição deles?

Peters: Contar com isso? Não, mas posso garanti-la.

Walker: Está dizendo...

Peters: Detalhes da operação.

Para 30:11:

Peters: Senhor, eu cuidarei de tudo. Vou blindar o governo de todas as formas. Mas tenho que ouvir diretamente da sua boca, senhor. Não posso prosseguir baseado em uma suposição.

Walker: Você não está gravando isso, está?

Peters: Não seja ridículo.

Walker: Estou brincando, Peters. Meu Deus, se você estivesse gravando nós dois estaríamos numa roubada.

Peters: Verdade. Então, senhor? Eu preciso de uma autorização explícita.

Walker: Vá em frente. Orquestre o ataque.

Peters: E o senhor entende que estamos falando de baixas civis, talvez, umas cem.

Walker: Eu entendo. E estou dizendo para você ir em frente. Como meu pai sempre dizia, a liberdade não é grátis.

Cooper apertou o botão de pausa. Uma tomada congelada dos dois homens apertando as mãos, com o diretor se debruçando para fora da cadeira a fim de alcançar o outro lado da mesa.

425

Bobby Quinn parecia um homem desesperado para fazer a própria vida voltar atrás. Para retroceder e virar à esquerda, em vez de à direita.

— Eu não acredito.

Cooper encarou o parceiro. Olhou fixamente para a topografia da musculatura facial, o zigomático maior e menor, o bucinador que controlava os cantos da boca.

— Sim, você acredita.

— Não é possível — falou Quinn, agitado. — Você está dizendo que o diretor Peters planejou o massacre no Monocle?

— O assassinato de 73 pessoas, incluindo crianças. Sim.

— Mas... por quê?

Cooper suspirou.

— Porque toda aquela conversa de evitar uma guerra é mentira. O que eles querem realmente é controlá-la. Querem gerar e manter uma guerra em fogo baixo. Querem todos nós tensos e desconfiando uns dos outros. Normais e anormais, esquerda e direita, ricos e pobres, tudo isso. Quanto mais nós tememos, mais precisamos deles. E quanto mais precisamos deles, mais poderosos eles ficam.

— Ele é o presidente, Cooper. Quer mais poder que...

— Isso mesmo. Ele foi de secretário da defesa para presidente dos Estados Unidos. O que isso te diz? E você se lembra dos Serviços Equitativos antes do Monocle? Mancando dentro de uma fábrica abandonada de papel, sem recursos, sem apoio, com rumores de uma CPI que poderia colocar todos nós na cadeia? Aí um ativista, que nunca tinha sido violento antes, de repente entra em um restaurante e mata todo mundo. E pronto, o resto do país começa a encarar as coisas da maneira como Drew Peters encara.

— Mas e quanto ao vídeo do restaurante?

— As imagens do circuito interno de segurança são reais. Mas Peters mandou um anormal inserir John Smith depois, na edição. Os atiradores trabalham para Peters. Ou trabalhavam. Presumo que estejam mortos agora.

— Pronto — disse Quinn. — Se aquele vídeo é falso, por que este é real?

— Quem poderia forjá-lo?

— John Smith...

— Não. — Cooper balançou a cabeça. — O Monocle pôde ser forjado porque Smith era relativamente desconhecido, a qualidade da imagem é ruim, e especialmente porque foi o DAR que realizou a investigação. Mas não é possível forjar um vídeo do presidente. Há muita imagem dele disponível, muitas maneiras de verificar, muitas pessoas dispostas a isso. E por que tanto esforço para esconder um vídeo falso? Além disso, quantas reuniões você teve com Drew Peters? Vai mesmo me dizer que aquele homem não era ele?

— Então por que não está encriptado? — perguntou Quinn.

— Eu me perguntei isso também. Mas aí me dei conta: o vídeo é uma apólice de seguro. Com certeza, Peters tem alguma espécie de mecanismo que informa para as pessoas a localização deste vídeo, caso ele morra misteriosamente. Se estivesse encriptado, não serviria de nada.

"Tudo aquilo, tudo que fizemos nos últimos anos. Todas as missões, todas as execuções. Nada daquilo foi em nome da verdade, em nome da proteção do povo. Foram apenas jogadas em um jogo do qual não sabíamos, feitas por jogadores que nem querem ganhar. Ninguém quer matar todos os superdotados. Eles querem apenas controlá-los. E o resto do país. E quer saber de uma coisa? Eles controlam."

— As execuções? — perguntou Quinn, passando pela mesma coisa que Cooper passou na noite anterior, as primeiras dentadas de um horror que, em breve, cravaria fundo as presas. — Você está dizendo que algumas das pessoas que nós matamos, elas...

— Sim.

Cooper sentiu pena do cara, queria dar tempo para que ele assimilasse, para começar a lidar com a enormidade daquilo tudo. Mas isso seria arriscar que Quinn ficasse paralisado, e não havia tempo para isso.

— E sinto muito em dizer isso, mas a coisa piora.

— Como diabos a coisa pode...

— Eles estão com meus filhos.

— Eles... quem?

— Peters.

— Ora, vamos, Cooper. Isso é paranoia.

— Não é. Eu liguei para casa. Roger Dickinson atendeu.

— Ah. — Quinn olhou fixamente. — Ah, merda.

— O quê?

Seu parceiro brincou com um cigarro imaginário e afastou o olhar.

— Eu não consegui entender por que eles me colocaram no comando dos desumanos no cemitério. Afinal de contas, Dickinson é o cara que fica de pau duro por você. Mas logo antes de Peters me mandar para lá, Dickinson saiu do escritório do diretor como se estivesse com fogo no rabo. Não falou com ninguém, apenas saiu correndo. Ele deveria estar indo...

— Para a minha casa. Sequestrar meus filhos.

— É. — Quinn voltou a olhar para ele. — Desculpe, Coop, eu não sabia. Eu teria detido Dickinson.

— Eu sei.

— E então, eles querem que você se entregue? Dickinson vai te matar.

— Se eu achasse que isso fosse salvar Natalie e as crianças, eu me sacrificaria. Mas minha família não vai escapar. Ao trabalhar disfarçado, eu entreguei a faca e o queijo para eles.

Cooper observou Quinn entender a situação.

— Acha que, desde o início, Peters deixou que você fizesse aquilo porque ele venceria de qualquer forma. Se você encontrasse Smith e o matasse, ou então...

— Ou então eu me ofereceria como voluntário para ser o verdadeiro bode expiatório. É. Tudo que eu fiz nos últimos meses me faz parecer culpado. E agora que eu sei a verdade? — Cooper gesticulou. — Não, se eu me entregar, eles vão alegar que a mentira para acobertar a missão é verdadeira. Peters realmente vai me culpar pela explosão do 12 de Março. Ele vai servir meu cadáver para a mídia. Uma grande vitória para os Serviços Equitativos. Prova de que a nação está em boas mãos. Bilhões de dólares em recursos adicionais.

— E ele não pode deixar que sua ex vá à CNN para dizer que tudo aquilo é uma mentira. Mesmo que não acreditem nela, o gesto atrapalharia o marketing. — Quinn concordou com a cabeça. — Mas como Peters vai se livrar deles? Seria meio conveniente se sua família simplesmente desaparecesse.

— Fácil. Eu voltei para matá-los. Os Serviços Equitativos tentaram me deter, foram tarde demais. Uma tragédia, mas, pelo menos, eles mataram o vilão. E talvez se tivessem mais recursos...

— Mas por que você mataria os seus...

— Porque sou um terrorista abjeto. Quem sabe o que essa gente pensa? Nem são pessoas.

— *Meodeos* — Quinn soltou um longo suspiro. — Eu não quero acreditar nisso.

— Mas você acredita.

— Eu... — Quinn hesitou. — É. Eu acredito.

— Eu preciso da sua ajuda, Bobby. Preciso pegar meus filhos de volta. E aí eu tenho que garantir que isto aqui seja divulgado. Eles não podem se safar dessa. Nós não podemos deixá-los.

— Você sabe o que está dizendo? Está falando sobre lutar contra o *presidente*.

— Estou falando sobre duas crianças aterrorizadas. E estou falando sobre contar a verdade.

— Coop, eu quero ajudar, mas...

— Eu sei. Mas lembra quando eu disse que não era mais um agente do DAR? Bem, e você é? Depois de ver isso? Só há duas escolhas, Bobby. Você pode fingir que não sabe que tudo a que você serviu é uma mentira. Ou pode me ajudar.

A questão era realmente simples assim, e Cooper se obrigou a parar. Tudo que ele queria, lá no cemitério, era meia hora para fazer o homem entender. Agora ele teve essa meia hora. Não havia como persuadir Quinn, como convencê-lo. Nenhum floreio retórico faria diferença, nenhum apelo à emoção.

Ou Quinn era um bom homem, ou Cooper e sua família estavam mortos.

Quinn enfiou os dedos nos olhos.

— Merda.

A palavra saiu abafada pelas mãos. Aí ele se ajeitou, soltou um longo suspiro e perguntou:

— Então, o que faremos?

— Bem, para começar — Cooper sorriu e deu um puxão com o pulso —, você acha que pode me soltar?

O parceiro riu.

— Desculpe. — Ele tirou do cinto a chave da algema e jogou para Cooper. — A verdade o libertará, certo?

— Algo assim. Essa é a nossa jogada também. Nós usaremos o vídeo para preparar uma armadilha para Peters.

— Parece que você tem um plano.

— O início de um.

—- Bem, isso é um alívio. Claro, estamos enfrentando a mais poderosa organização secreta do planeta, e de posse de informação roubada que faria o presidente jogar uma bomba nuclear em Washington para manter em segredo, mas pelo menos você tem o início de um plano. Por um segundo, eu fiquei preocupado.

— Ei — falou Cooper —, pelo meu modo de ver, a chance de sucesso acabou de dobrar. Agora é o governo inteiro contra nós dois.

— Três — falou uma voz atrás deles.

Ambos deram meia-volta. Quinn começou a sacar a arma, mas Cooper pegou o braço do parceiro.

Ela estava com a mão no quadril. Uma pose atrevida e confiante, com aquele sorrisinho de lado nos lábios.

— Você foi embora sem se despedir, Nick. Uma garota pode interpretar isso mal.

— Quem diabos é você e como entrou aqui? — perguntou Quinn.

— Oi, Shannon — disse Cooper.

Ela estava linda. Linda demais. Cooper encarou o olhar de Shannon, viu todos os níveis ali: força, determinação e, por baixo, um pouco de mágoa. Ele deu um sorriso e torceu que servisse como desculpa.

— Ela faz isso — falou Cooper para Quinn; depois, para ela: — Quando você chegou aqui?

— Uma hora antes de você.

— Smith te enviou?

— Não, babaca. Eu vim porque você precisa de ajuda. John apenas providenciou o avião.

— Como você me encontrou?

— Eu não te encontrei. Eu o encontrei. — Ela apontou Quinn com o polegar.

— Você é a garota da bolsa de valores — disse Quinn. — E do lance com Bryan Vasquez.

— E você é o companheiro de brincadeiras de Cooper. — Ela puxou um banco e se sentou. — Então, o que vocês estão fazendo, meninos?

— Derrubando o líder dos Serviços Equitativos e o presidente dos Estados Unidos — respondeu Cooper.

— Ah, bom, eu tinha medo que isso fosse ser chato.

— Eu tento manter a vida interessante.

— Alguma carona de trem nos planos?

— Se eu te contar, vai estragar a surpresa.

— Não faça isso. Eu amo surpresas.

— Tempo. — Quinn olhou de um lado para o outro e vice-versa. — Vocês dois podem parar de flertar só um pouco para me dizer o que *diabos* está acontecendo?

— Bobby, conheça Shannon Azzi. A Garota Que Atravessa Paredes.

— Oi — disse ela e esticou a mão.

Parecendo confuso, Quinn a cumprimentou.

Cooper riu. Pela primeira vez desde que ouvira a voz de Dickinson ao telefone, ele sentiu algo parecido com esperança.

CAPÍTULO 38

— Colchões Jimmy's.

— Aqui é o número de conta três dois zero nove um sete. Eu preciso falar com Alfa.

— Aguarde, por favor.

O alto-falante do telefone celular descartável era muito pequeno, mas serviria. Eles pegaram alguns modelos em uma loja de conveniência a caminho do apartamento de um quarto de Quinn, em um prédio baixo na praça Mount Vernon. Cooper tinha estado lá mais vezes do que era capaz de lembrar, conhecia a mobília e a disposição dos cômodos, já tinha apagado no sofá. Quinn olhou para o céu da noite pelas janelas que iam do chão ao teto; Shannon estava esparramada em uma cadeira, com uma perna dobrada sobre o braço do móvel.

— Oi, Nick.

Drew Peters soou como sempre. Calmo, sob controle. Da mesma forma que soou no vídeo ao propor o assassinato de civis inocentes.

— Está vindo se entregar? — perguntou o diretor.

— Não.

— Entendo.

— Eu encontrei o microdrive, Drew. Grudado atrás do caixão de Teddy Eaton. E eu assisti. Um filmezinho amador bem imoral.

432

— Omeletes e ovos, agente Cooper.

— Apenas Cooper. Eu não trabalho mais para você.

— Como quiser. Porém, você compreende a situação, não é? Roger foi claro ao explicar?

— Muito claro. Mas não vamos fazer a coisa daquela maneira.

— O que você tem em mente?

— Uma troca. O microdrive pela minha família.

— Negativo. O microdrive não vale nada. Você já deve ter feito cópias a esta altura.

— Não, não fiz e não farei.

Uma pausa.

— Por que eu acreditaria nisso?

— Porque você sabe que *eu* sei que, mesmo que esse vídeo fosse divulgado, você poderia garantir que minha família morresse. Quero dizer, mesmo depois de soltá-los. O vídeo o arruinaria, mas você ainda seria capaz de agir. Nem todos os seus recursos trabalham para o DAR.

Outra pausa.

— Isto é verdade.

— Então o acordo é o seguinte: nós nos encontraremos num lugar em que ambos se sintam seguros. Você traz a minha família; eu levo o microdrive. Nós todos vamos embora. Você tem a chance de continuar gerindo seu império do mal. E meus filhos têm a chance de crescer.

— Não acho que você esteja em posição de negociar. Por enquanto, seus filhos estão perfeitamente bem, assim como a sua ex-mulher. Mas Dickinson é um homem de fé. Se eu der a ordem, ele não hesitará em fazer um monte de abusos com sua família.

O fogo ardeu na barriga e os nós dos dedos ficaram brancos, mas Cooper manteve a voz sob controle.

— Você sofreria uns bons abusos na prisão, Drew, enquanto suas filhas cresceriam sozinhas. E essa postura é inútil. Nós dois sabemos que você fará qualquer coisa para recuperar esse vídeo. E eu farei qualquer coisa para saber que minha família está a salvo. Então vamos deixar de palhaçada.

— Tudo bem. Que tal nós nos encontrarmos no Monumento a Washington? Um lugar público.

Cooper riu.

— É. E eu jamais ouvirei o tiro do helicóptero. Negativo. Não, vamos nos encontrar na estação de metrô L'Enfant Plaza.

— Onde você pode ter uma equipe de TV pronta para gravar tudo. Infelizmente, não.

— Ok. Não confiamos um no outro. Então vamos combinar de uma maneira que nenhum de nós tenha tempo de preparar uma surpresa. Você diz uma rua principal do centro. Eu escolho um endereço. Nós nos encontramos em 20 minutos.

— Vinte minutos? Não.

— Eu não vou dar tempo para você se preparar, Drew.

— Sei disso, mas estou ocupado limpando a sua sujeira no momento. Houve um tiroteio em um cemitério em plena luz do dia. Vai levar tempo para garantir que não haja conexão com a agência.

— Que não haja conexão com você, quer dizer.

— As duas coisas são iguais. Vamos nos encontrar em duas horas.

— Beleza. Mas nós não escolhemos um local até o último minuto. Eu ligo. Pense em uma rua e não brinque comigo. E se alguém na minha família tiver sequer um hematoma, o acordo está cancelado e eu queimo você.

— Se você cancelar o acordo, sua família vai sofrer mais do que hematomas.

— Então é melhor que nós dois nos comportemos. Eu ligo em duas horas. Combinado?

— Combinado.

— Uma última coisa.

— O quê?

— Caralho, Drew, como você dorme à noite?

— Com remédios. Cresça. É assim que o mundo funciona. — O diretor desligou o telefone.

— Duas horas. — Quinn balançou a cabeça. — Exatamente como você previu.

— Peters é o chefe dos Serviços Equitativos e pensa de acordo com o cargo. Isso o torna fácil de prever. Ele quer tempo suficiente para usar seus recursos e ver se consegue me localizar sem o inconveniente de um encontro. Há sempre a chance de eu ter feito merda, de a câmera de alguém ter registrado meu rosto, ou de eu estar ligando de um número de telefone conhecido. É improvável, mas vale a pena checar, especialmente para um homem com a própria força de segurança. Mas, ao mesmo tempo, Peters não pode me dar tempo suficiente para que eu comece a reconsiderar e decida levar o vídeo à mídia. Uma hora não é tempo suficiente, três é demais.

— O que impede que Peters apareça no encontro com um exército?

— Ele sabe que eu perceberia. Não pode arriscar me assustar. E uma vez que Peters não saberá o local antecipadamente, ele não poderá dispor atiradores ou equipes.

— Ainda assim, Peters só pode saber que está entrando em uma armadilha — comentou Shannon.

Cooper balançou a cabeça.

— Isto é o que temos a nosso favor. Ele acha que estou trabalhando sozinho. Peters conhece minhas capacidades e as vantagens que meu dom oferece. Ele pode se planejar para isso e anulá-las.

— Então, como Peters pensa que você está sozinho, ele trará uma pequena força, apenas o suficiente para não te assustar. E como *não* está sozinho, você acha que podemos com eles.

— Essa é a ideia.

— Nossa — falou Quinn. — Que bom que você tem mais dois babacas envolvidos nisso.

— É — respondeu Cooper.

Ele encarou o olhar do parceiro, do amigo. Sabia o que Quinn estava arriscando, o mesmo que o restante deles. Mas enquanto Cooper não tinha escolha, e Shannon possuía os próprios motivos, Quinn estava fazendo aquilo porque era a coisa certa. *E porque ele é seu amigo.* Cooper brincou com a ponta de uma almofada. Olhou pela janela.

— Olhe, eu quero que você saiba...

— Nem fale — falou Quinn. — Apenas pague a conta a partir de agora.

— A cerveja é por minha conta. Para sempre.

— Vocês, meninos, são umas gracinhas — disse Shannon. — Mas isso é uma estupidez. Se Peters escolher uma rua e você, um endereço, nós também não seremos capazes de planejar. Entraremos às cegas.

— Não, Srta. Mystério. É aí que eu entro — respondeu Quinn e olhou para o relógio. — Falando nisso, é melhor eu ir ao quartel-general e me equipar. Passe o telefone, eu jogo no rio no caminho.

— Cuidado, Bobby. Eles não sabem que você está dentro, mas Peters estará em alerta máximo. Não dê um passo em falso.

— Eu vou entrar e sair. Diabos — Quinn riu —, eu vou incorporar Shannon.

■

Duas horas.

Cento e vinte intermináveis minutos para andar de um lado para o outro.

Cooper esteve em movimento desde que saiu do banheiro da galeria comercial, e aquela ação lhe deu algo para pensar. Agora, porém, não havia nada a fazer a não ser esperar. E, naquela calmaria, a imaginação não parava de pintar quadros dos filhos. De como deveriam estar assustados.

Dickinson não teria machucado as crianças. Ele é perigoso, mas não é um psicopata. Provavelmente explicou a situação para Natalie e deixou que ela cuidasse dos filhos. Não havia sentido em lidar com mais esse drama.

Mesmo que isso fosse verdade, significava que seria Natalie quem estaria sofrendo tudo aquilo. Ela não teria ideia do que estava acontecendo, de que acordos estavam sendo feitos, talvez nem mesmo do motivo para eles terem sido levados.

Natalie era forte e inteligente. Se as coisas ocorressem como Cooper planejou, ela e os filhos estariam livres em duas horas. A ex-mulher seria capaz de segurar a barra.

Mas a filha saberia que algo estava errado. Kate tinha apenas quatro anos, mas o dom era poderoso. Saberia que a mãe estava assustada, saberia que Dickinson não era um amigo.

Como uma menina de quatro anos vai lidar com essa situação?

Cooper não conseguia pensar em uma resposta da qual gostasse.

— Você deveria dormir um pouco — falou Shannon lá da cozinha, onde estava fuçando a geladeira de Quinn. — Tem uma grande noite pela frente.

— Você também.

— Acho que seu namorado tem 12 anos. Tudo que ele tem na geladeira é leite achocolatado, mostarda e cerveja.

— Sim, por favor.

Ela pegou duas cervejas, tirou as tampinhas e jogou na direção do lixo. A cozinha tinha um vão para a sala de estar, e Shannon pousou a cerveja de Cooper na bancada. Ambos se encararam, com a bancada entre os dois. Havia sempre algo entre os dois, ao que parecia.

Shannon virou a garrafa para cima, tomou um gole e depois limpou os lábios com as costas da mão. Olhou para Cooper, e ele notou que ela tentava decidir o que dizer.

— Desculpe — falou Cooper. — Por ter ido embora daquela maneira. Foi idiotice.

— É. Por que você fez aquilo?

— Eu não sei. — Ele gesticulou com a cerveja. — Eu estava confuso.

— E agora você não está?

— Não, eu ainda estou. Só não me importo tanto assim. Estou feliz que esteja aqui.

— Porque posso te ajudar.

— Não apenas por isso. — Cooper fez uma pausa. — Aliás, uma vez que estamos falando sobre o assunto, por que você está me ajudando?

— Pela mesma razão que eu sempre dava quando você me perguntava. Estou mais que disposta a lutar pelo meu direito de existir.

— Essa é a única razão?

Shannon deu de ombros, em um gesto evasivo.

— Deixe-me tentar de novo. Desculpe. Eu entrei em pânico. Tudo aconteceu rápido, e ainda tem Smith, a maneira como ele manipula as pessoas. Eu não tinha certeza de que ele não estava te usando para me manipular.

— Você acha que eu dormi com você porque ele mandou? — A voz era uma faca envolvida em lenço de papel.

— Aquilo me passou pela cabeça, ok? Parecia possível.

— Vá se foder, Cooper.

— Mas aí, no avião, me veio à mente o verdadeiro motivo porque eu entrei em pânico. Sim, você mentiu para mim desde que nos conhecemos. Mas eu também menti para você. A diferença era que você sabia disso, e eu, não. Acho que simplesmente me senti... idiota. Envergonhado.

— Você é péssimo em pedir desculpas, sabia disso?

— É. Minha ex falou algo do gênero. — Cooper tentou dar um sorriso, mas ele morreu nos lábios. — Ok, a verdade?

— Por favor.

— Eu realmente gosto de você, Shannon. Faz muito tempo que não sinto algo assim por alguém. Anos. Desde que Natalie e eu nos separamos. E esse lance com você, seja lá o que for, parece diferente. Você compreende partes de mim que ninguém mais compreende. E é fantástica em ação. Eu não estou acostumado com alguém que seja páreo para mim.

— Um pouco arrogante?

— Ora, vamos. Diga que você não sabe do que estou falando.

— Não preciso. É você que está se desculpando, não eu.

Cooper tomou um gole da cerveja e pousou na bancada.

— Tudo bem. Última tentativa. Você sabe ontem à noite, quando eu perguntei sobre a lanchonete, sobre você dizer que torcia que eu começasse do zero? Eu realmente, realmente queria ser capaz de fazer o que você sugeriu. Ir embora. Começar uma nova vida. E você era a razão.

Algo em Shannon amoleceu.

— O que estamos prestes a tentar é loucura — disse Cooper. — É improvável que saiamos com vida. Mas se conseguirmos, você gostaria de sair para jantar comigo?

Shannon deu aquele sorriso maroto. Tomou um gole da cerveja.

— Você leva um tempo para chegar lá, mas, no fim, se sai bem.

— Isto é um sim?

— Você acha que eu sou fantástica, não é?

— *Isso* é um sim?

Ela deu de ombros.

— Se ainda estivermos vivos mais tarde, aí você me convida.

CAPÍTULO 39

Apesar de toda a atividade frenética do dia — as ruas cheias de turistas, os congestionamentos repentinos, os comboios que paravam tudo, as eternas construções —, à noite, o centro de Washington era calmo. Restaurantes funcionavam constantemente, táxis iam e viam entre hotéis, homens de ternos e mulheres de vestidos passeavam pelas calçadas, mas pareciam a chama piloto da fornalha da cidade. Quinn retornou com equipamento às 21 horas; às 21h30, os três estavam no topo de um edifício-garagem no coração do centro. O horizonte brilhava em 360 graus, com os prédios mais famosos do mundo intensamente brancos e iluminados por refletores. Bobby estava sentado de pernas cruzadas no capô do carro, com o laptop aberto. Shannon subira no muro de concreto do estacionamento, andava para a frente e para trás como em uma corda bamba, uma queda de cinco andares de um lado e pura calma na postura.

Cooper estava remontando a arma. Quinn trouxera a pistola com o resto do equipamento. A viagem ao quartel-general acontecera sem incidentes; regularmente ele requisitava suprimentos como esses, e os guardas não pestanejaram. A arma era uma Beretta, o fabricante preferido de Cooper. Uma arma da agência, e, portanto, com manutenção e limpeza perfeitas, mas o exército o ensinou a não disparar uma arma que ele não tivesse desmontado e remontado, e esse era um hábito que Cooper nunca tentou perder. No mínimo, passava o tempo.

Falando nisso...

Deu uma olhadela para Quinn e viu que o homem olhava para ele. Que acenava com a cabeça.

Cooper tirou o segundo celular descartável e ligou. Passou o código ao operador que respondeu "Colchões Jimmy's". Esperou por Peters. Quando o antigo chefe atendeu, Cooper falou.

— Não conseguiu me encontrar, hein?

— Eu disse que estava limpando a sua...

— É. Qual é a rua?

— Avenida Sete, noroeste.

— Espere. — Ele emudeceu o telefone. — Avenida Sete, noroeste.

Quinn começou a digitar imediatamente, os dedos voaram sobre as teclas.

— Vejamos...

Cooper olhou para a noite e tamborilou. Cinco segundos. Dez. Quinze.

— Bobby...

— Lá vamos nós. Avenida Sete, 900, noroeste. Produções Hingepoint, décimo andar. 21h48. Dê... exatamente dez minutos.

Cooper tirou o telefone do mudo.

— Avenida Sete, 900, noroeste. Produções Hingepoint, décimo andar. 21h48. Se você não estiver lá às 21h49, acabou o acordo.

— Eu preciso de mais tempo...

— Negativo.

Peters suspirou.

— Avenida Sete, 900, noroeste, confirmado.

Cooper desligou o telefone.

— Vamos nessa.

O edifício-garagem ficava na esquina da avenida Dez com a rua G, a 500 metros de distância. Bobby acertou na mosca. Ele andou vasculhando prédios dentro de um pequeno raio pela última meia hora, preparando opções em cada rua. O centro era um nó de vias de mão única e semáforos, e uma vez que Peters estaria dirigindo — não havia outra forma de levar a família de Cooper —, Bobby sugeriu que eles tirassem vantagem disso ao escolher um lugar aonde pudessem chegar rapidamente a pé. Quando a questão era o planejamento da logística de uma operação, o homem não tinha igual.

O prédio era o mais alto nas proximidades. Um complexo de escritórios, e apesar da hora, várias janelas estavam acesas. Fazia sentido. O horário comercial podia acabar às 18 horas, mas nesta cidade alguém sempre trabalhava até tarde.

O saguão era, ao mesmo tempo, atraente e frio, um lugar feito para impressionar, sem criar o desejo de ficar ali. Um faxineiro se debruçava sobre uma enceradeira e polia as manchas do dia. Amplos corredores levavam aos elevadores. Atrás de um balcão de informações, um segurança em um terno azul-marinho se ajeitou quando eles entraram.

— Posso ajudar vocês?

— Departamento de Análise e Reação — falou Quinn enquanto mostrava o distintivo. — Onde fica a sala da segurança?

— Senhor? Eu...

— Nós não temos tempo para explicar. Ande.

— Sim, senhor. Por aqui. — Ele saiu da cadeira, um pouco duro, mas obviamente em forma. — Qual é o problema?

— O problema é que não é da sua conta, rapaz — respondeu Cooper.

O homem não gostou daquilo, mas também não questionou. Ex-militar, pelo que Cooper captou da postura, e acostumado a seguir ordens. Ótimo. Um prédio que contratava soldados e policiais deveria ter a segurança de que eles precisavam.

O guarda puxou um crachá de um porta-crachá retrátil, usou para abrir uma barreira baixa e manteve aberta enquanto todos eles atravessaram. O grupo passou por elevadores reluzentes e desceu por um corredor estreito que terminava em uma porta que dizia SOMENTE PESSOAS AUTORIZADAS. Havia uma câmera de circuito fechado montada em cima dela, apontada para baixo. O guarda bateu duas vezes, depois usou o crachá para abrir a porta, sem esperar uma resposta.

— Este é o nosso centro de comando...

Cooper deu um golpe na nuca do homem e passou por cima do corpo que caiu. Assimilou a sala sem parar, tinha seis metros quadrados com dois homens em cadeiras diante de uma tela de projeção que brilhava. Ele chegou ao primeiro enquanto o sujeito se levantava, deu um soco na garganta, depois agarrou a lapela e jogou o guarda contra o outro. Os dois homens colidiram e se embolaram, uma cadeira rolou de lado com o impacto e bateu em uma lixeira, que derrubou papéis. Cooper foi atrás, se desviou da confusão de braços e pernas, e deu um rápido jab de esquerda e um cruzado de direita no queixo do outro guarda. A cabeça dele foi para trás e bateu no piso de ladrilho, os olhos reviraram enquanto o corpo ficava inerte.

— Parados!

O terceiro guarda esteve ao lado de uma fileira de arquivos nos fundos, fora do alcance de visão de Cooper. Jantando, aparentemente, pois havia meio sanduíche abandonado sobre papel-manteiga. O homem segurava um Taser com mãos firmes, apontado para Cooper, com o dedo no gatilho.

Quinn está atrás de mim. Eu posso desviar dos eletrodos, mas ele, não. Um Taser não é letal e não garante perda de consciência, mas vai atordoá-lo, vai deixá-lo desconcentrado.

E sem Quinn, acabou tudo.

Cooper se ajeitou devagar. Manteve as mãos erguidas.

— Preste...

O guarda virou o Taser, apontou para o próprio estômago e puxou o gatilho. Eletrodos pularam do cano e se cravaram na blusa social branca. Houve um estalo alto e um espocar de faíscas. O sujeito ficou rígido, todos os músculos se retesaram ao mesmo tempo, e ele desmoronou como um manequim.

Subitamente revelada atrás do guarda, Shannon sorriu.

— Ops.

Fantástica.

Ela piscou para Cooper, depois se abaixou, tirou algemas do cinto do homem e o algemou. Ele prendeu os outros da mesma maneira.

— Sedativos? — perguntou ele.

— Na bolsa. Dez cc.

Cooper fuçou e encontrou uma pequena bolsinha preta com a seringa. Tirou a tampa, bateu com o dedo para tirar as bolhas e depois injetou nos guardas, um por vez. Quando ficou de pé, Quinn já estava na frente da tela de projeção, com os dedos dançando no ar.

— Muito bem, muito bem.

— O que você fez? — indagou Cooper.

— Eu fiz arte, chefe. Agora sou o comandante supremo de um belo conjunto de câmeras e do acionamento remoto das fechaduras das portas.

A tela de projeção tinha 48 polegadas, um monitor reluzente que pairava no ar. Conforme Quinn se mexia e gesticulava, a tela reagia e exibia imagens de várias câmeras: corredores, elevadores, o saguão, tudo em alta definição e nítido como um espelho. Satisfeito, Quinn abriu o laptop e colocou na mesa. Fuçou dentro da bolsa de equipamentos e tirou um pequeno estojo. No interior, aninhada na espuma, estava uma fileira de minúsculos pontos eletrônicos. Quinn entregou um ponto para cada um deles e falou:

— Testando.

Cooper ergueu o polegar para o parceiro.

— Vocês, meninos, têm belos brinquedos — comentou Shannon.

— Senhoras e senhores, Elvis entrou no prédio — anunciou Quinn.

Na tela, dois homens que Cooper não reconheceu entraram no saguão. Estavam de coturnos de paraquedista em vez de sapatos sociais e entraram com uma sintonia graciosa, verificaram o ambiente, um sabia para onde o outro estaria olhando. Cada um mantinha a mão dentro do paletó do terno.

As próximas pessoas a entrar no prédio foram a família de Cooper.

Natalie vestia jeans e moletom, provavelmente a mesma roupa que estava usando quando Dickinson foi pegá-la. Ela parecia mais linda do que Cooper se lembrava, mas o rosto estava pálido e os ombros, tensos.

Os filhos estavam de mãos dadas com a mãe, um de cada lado.

O mundo escapuliu e balançou de um lado para o outro. Cooper sentiu uma náusea adocicada, uma mistura de emoções que competiam intensamente. Era a primeira vez que ele via os filhos desde aquela noite em que tudo mudou, e Cooper ficou chocado ao perceber o quanto eles cresceram. Todd estava três centímetros mais alto e cinco quilos mais pesado, e o rosto de Kate estava perdendo a forma redonda de bebê.

Seis meses perdidos. As primeiras experiências que teriam acontecido naquele período, as risadas, as perguntas, os medos e as horas que passavam correndo quando eles dormiam em seu colo. A perda era palpável e pesava sobre Cooper.

O pior era o terror. Vê-los ali, sob os cuidados de monstros, e saber que a culpa era dele. Se alguma coisa acontecesse com qualquer um dos filhos, meu Deus, o mundo racharia, o céu se estilhaçaria, o sol se apagaria, e tudo que sobraria seria o uivo do vento sobre o vazio.

Como se fosse para aumentar aquele medo, mais dois homens entraram atrás deles. Roger Dickinson, desconfiado e alerta, com a boa pinta de lançador que escondia uma devoção implacável que tornaria tudo permissível. E Drew Peters, elegante e de barba aparada como sempre, de cinza fechado como uma manhã de inverno. Ele portava uma pasta de metal que parecia pesada.

Eu cuidarei de sua família.

— Ok — falou Quinn mexendo as mãos no ar.

A tela se dividiu em quadrantes para exibir as imagens externas.

— Nenhum sinal de outras equipes. E estou monitorando as transmissões do DAR — Quinn olhou para o laptop — e não vejo nenhuma ação no raio de 800 metros. Parece que Peters não queria correr o risco de te assustar.

Cooper não respondeu, apenas olhava fixamente. Os dois na frente eram bons, deu para perceber. Não era surpresa, mas o fato de que ele não os reconheceu significava que Peters estava usando agentes que não faziam parte da estrutura convencional dos Serviços Equitativos. *Provavelmente integrantes da equipe particular do diretor, os homens que ele usa para limpar a sujeira. Eles saberão o que você faz e estarão prontos para isso.*

Mais dois homens vieram atrás. Um assumiu o posto da porta; o outro foi na direção do balcão de informações vazio. Os guardas avançados se dirigiram para o elevador. Natalie parou, virou o ombro e olhou para Peters. Disse alguma coisa.

— O que ela está dizendo?

— Foi mal, chefe. Sem áudio.

No monitor, Peters fez que não com a cabeça. Dickinson se aproximou e colocou a mão no braço de Natalie. Apertou bem os dedos. Cooper conteve a vontade de socar a parede. O grupo começou a se movimentar novamente, na direção do elevador.

O faxineiro desligou a enceradeira e ajeitou o corpo. Pela postura, era óbvio que o homem perguntava o que eles estavam fazendo. Sem soltar Natalie, Roger Dickinson se virou, tirou uma arma do terno, apontou casualmente e deu um tiro na cabeça do faxineiro.

Ao longe, pela porta, a bala soou como um estalinho.

Na tela, sangue e massa cinzenta se espalharam pelo piso de mármore limpo. O faxineiro desmoronou.

Cooper quase chegou à porta antes de perceber que havia se mexido. Mas Shannon estava na frente, com os braços em volta dele, e enfiou o ombro em seu peito.

— Nick, não!

— Saia do meu...

— *Não.* Ele está morto, e se você sair, seus filhos também estarão.

Cooper colocou a mão no ombro de Shannon e...

Dois homens à frente, de prontidão. Eles serão os primeiros. Escorregue pelo chão e atire, eles não estarão esperando por isso, dá para pegar os dois.

Aí fique de pé, corra para o canto, mire em...

Dickinson, com uma arma na mão, parado ao lado de sua família?

Peters, atrás deles?

Dois atiradores adicionais em posições espaçadas?

... e deixou a mão deslizar pelo braço dela. Cooper respirou fundo. Encará-los agora era suicídio. Diabos, aquilo provavelmente até fazia parte do plano; Dickinson sabia que ele estava por perto, queria provocar Cooper a fazer uma estupidez.

— Cooper? — perguntou Quinn secamente. — Tudo bem?

— É. — Ele se livrou de Shannon, porém, com delicadeza, e ela o soltou. — É, o que está acontecendo?

— O homem da retaguarda está indo na direção do corpo. Todo o resto está vindo para o elevador.

— Certo.

Cooper respirou fundo e se voltou para Quinn. O parceiro correu pelas imagens para seguir o movimento do grupo. O relógio marcava 21h45.

— Você tem o controle total? — perguntou ele.

— Exatamente como Deus queria.

— Ótimo. Você pode controlar a situação daqui. Tem a planta do escritório?

Quinn se virou para o laptop, abriu um desenho arquitetônico e fez alguns gestos.

— Produções Hingepoint. Uma empresa de design gráfico. O lema é "tecnologia se transforma em arte". Engraçadinho, hein?

— Você consegue a planta de qualquer lugar? — perguntou Shannon. — Assim, do nada?

— É por isso que somos os Serviços Equitativos, meu bem.

Cooper se debruçou. A planta parecia bem simples e mostrava um escritório aberto, com fileiras de cubículos, uma disposição básica.

— Pode acessar as câmeras?

— Não. A segurança do prédio cobre apenas as áreas comuns. Mas eu consegui destrancar a porta remotamente.

— Ok. Shannon, vá pela escada, eu tomo o elevador. Eles esperam que eu esteja sozinho. Estarão ansiosos e concentrados em mim. Isso deve facilitar para você usar o dom.

— Eles estão subindo — informou Quinn.

Ele digitou no ar, e a tela inteira foi tomada pelo interior do elevador. Dois atiradores na frente, depois Natalie e os filhos, com Peters e Dickinson nos fundos. Um dos atiradores apertou o botão para o décimo andar.

Não havia como prever o faxineiro, porém, tudo mais está acontecendo como você esperava. Com Quinn vigiando daqui e Shannon atravessando as paredes, você pode transformar uma situação perdida em uma vitória. Deixe que eles entrem no escritório e assumam suas posições. Você entra e atrai a atenção. Shannon passa por trás e vira o jogo. Você termina.

Drew Peters, você morre hoje à noite.

O elevador subiu, os números mudaram. Segundo andar. Terceiro. Quarto.

Um dos atiradores foi à frente e apertou um botão.

O elevador parou no quinto andar.

— O que eles estão...

Os dois atiradores saíram. Um se virou e gesticulou para Natalie. Ela balançou a cabeça. O atirador sacou uma pistola. Apontou.

Para Todd.

Provavelmente havia apenas uns 30 metros de distância entre Cooper e o filho, mas daria no mesmo se fosse um continente. Cinco andares de concreto e aço.

Natalie ficou entre o homem e Todd. E aí, enquanto Cooper assistia, ela ficou tensa e deu um tapa na cara do atirador. Depois se virou, pegou os filhos pelas mãos e conduziu os dois para sair do elevador e entrar no corredor.

Drew Peters apertou o botão e fechou as portas do elevador.

O cérebro de Cooper ficou afiado e eletrizado. Tudo rodopiava e cortava, tudo estalava e soltava faíscas. Ao longe, Cooper ouviu Quinn dizer o que ele já sabia, que eles estavam se separando.

Peters tem o próprio plano.

— Você pode desligar o elevador?

— Vou tentar, mas eu não...

Os números dos andares continuaram mudando. Sexto andar, sétimo andar, oitavo andar...

Cooper queria berrar, queria explodir, queria flexionar os músculos e destruir o mundo. A família tão perto, e ele tão impotente.

— Desculpe, eu não consigo, não antes que eles...

Nono andar.

— Pare de tentar. Siga os outros. O que eles estão fazendo?

Quinn gesticulou freneticamente, correu pelas câmeras tão rápido que Cooper mal conseguiu entender, elevador, saguão, garagem, telhado, e parou na imagem de um corredor. Os atiradores se afastavam, um na frente, outro atrás, e a família no meio. Eles andaram até o fim do corredor e viraram a esquina.

E sumiram.

— Traga-os de volta!

— Essa é a única câmera que temos no quinto andar. — A voz de Quinn era grave. — Cooper, sinto muito. Parece que há uma câmera no saguão do elevador de cada andar, mas é só isso. Segurança para as áreas comuns apenas. Os escritórios querem privacidade.

— Quantos escritórios em cada andar?

— Humm... dez salas.

Dez salas. Cada uma com vários lugares para se esconder.

— Vamos. — A voz de Shannon soou anasalada. — Nós podemos chegar ao quinto andar e trabalhar juntos. Eles não estarão esperando nós dois.

O elevador chegou ao décimo andar. Drew Peters e Roger Dickinson saíram. Eles apareceram em outro monitor, o saguão do elevador daquele andar, e começaram a andar. Peters passou a pasta para a outra mão.

Cooper olhou para o relógio: 21h47.

— Não.

— O quê? — perguntaram Quinn e Shannon.

— Eu tenho dois minutos para chegar àquele escritório. Se eu não aparecer para o encontro, se estiver sequer um minuto atrasado, Peters saberá que algo está acontecendo. Na melhor das hipóteses, ele chamará a equipe e todos abortarão a missão. Na pior, ele matará minha família e correrá o risco chamando um exército para este prédio.

— Então... o que faremos?

— Eu preciso ir atrás deles. — Cooper se virou para Shannon. — Você precisa salvar minha família.

Ela arregalou os olhos. Com medo, percebeu Cooper, uma expressão que não tinha visto em Shannon antes.

— Nick, eu...

Cooper colocou a mão no ombro dela.

— Por favor.

— O que você vai fazer?

— Encontrar Peters. Ganharei o tempo que você precisa. — Algo sombrio e pesado o invadiu. — Tire minha família daqui.

Ele queria dizer mais, para os dois, mas não havia tempo. Cooper simplesmente foi para a porta. Shannon seguiu um momento depois.

Os dois andaram rápido até o corredor do elevador e pararam logo antes dele.

No ouvido de Cooper, Quinn falou:

— Um homem perto do elevador. O outro está no lobby, atrás da mesa, fingindo ser o segurança.

— O guarda do elevador está olhando para cá? — perguntou Shannon.

— Não.

Ela fez a curva.

Cooper ficou imóvel, com o corpo tomado pela fúria. O relógio na mente em contagem regressiva. Os pensamentos davam voltas, Natalie, Kate, Todd, homens com armas, e Drew Peters e o presidente Walker.

Isto acaba hoje à noite. De uma forma ou de outra.

— Shannon está em posição. Vá em dois, um, agora.

Cooper fez a curva. Shannon deslizara para o lugar onde o guarda não olhava, do outro lado, e quando Cooper avançou, ela tossiu e apertou o botão de chamada. O guarda girou, levou a mão ao paletó, e Cooper leu seus pensamentos, viu o homem se perguntar quem diabos era aquela garota que entrou ali sem que ele notasse. Shannon sorriu, apenas uma funcionária à espera do elevador. O guarda a examinou, primeiro, relaxou e, depois, ficou tenso quando ouviu os passos de Cooper. Ele começou a se virar.

Tarde demais.

Cooper agarrou a cabeça do guarda com as duas mãos e torceu com violência, colocou toda a fúria no gesto, e o pescoço do homem quebrou, o corpo ficou inerte e ele morreu.

O elevador apitou. Cooper puxou o corpo pela cabeça bamba. Shannon apertou os botões cinco e dez.

— Vocês dois juntos são assustadores — falou Quinn no ouvido de ambos. — Parece que o guarda do saguão não ouviu nada. Boa caçada.

As portas de fecharam, e o elevador começou a subir.

— Nick, olhe... — começou Shannon.

Ele a interrompeu.

— Você é capaz disso.

— Eu apenas...

— Preste atenção — disse Cooper, e depois a beijou.

Shannon ficou brevemente surpresa, mas devolveu o beijo, o elevador apitava os andares enquanto as línguas dançavam. Um beijo para dar sorte, um pedido de ajuda, e o argumento mais claro que ele conseguiu fazer, e aí o elevador parou. Cooper colocou a mão na bochecha dela.

— Eu confio em você.

Shannon endireitou os ombros.

— Ganhe tempo para mim.

— Não importa o custo.

Shannon saiu do elevador e virou à direita. Cooper apertou o botão para fechar as portas, *vamos, vamos*, e aí o elevador entrou em movimento outra vez.

Nada a fazer agora, a não ser esperar pelo futuro chegar.

Seis, sete, oito, nove, dez.

As portas se abriram. Cooper respirou fundo e passou por elas.

O corredor tinha uma decoração chique à moda corporativa, carpete cinza com padrão discreto, paredes beges, luz indireta e um painel de vidro iluminado que listava os nomes das empresas.

— Vire à direta — falou Quinn —, terceiro escritório à esquerda.

Cooper começou a andar pelo corredor.

— Algum sinal de reforços?

— Negativo. As frequências locais do DAR estão mudas, e o único telefonema no prédio que eu monitorei ocorreu no terceiro andar. Uma mulher explicando ao marido que chegará tarde em casa.

As portas dos escritórios eram de vidro pesado com puxadores de metal reluzente, com os nomes das empresas gravados no vidro. Cooper passou pelo escritório de um lobista e uma imobiliária, fez a curva e achou o terceiro. Produções Hingepoint, a segunda palavra em letras minúsculas e posta dentro de um bloco. Um sino duplo tocou suavemente quando ele entrou.

Quinn dissera que esse era um escritório de design gráfico, e a decoração tinha essa cara. As paredes próximas eram pintadas em um tom arriscado de laranja que funcionava, e no lugar de quadros, havia pranchas de skate penduradas na parede, cada uma delas era uma obra de arte em miniatura com robôs e monstros, grafites e horizontes.

A planta mostrara cubículos, mas agora Cooper notou que eles eram meio cubos, com uma altura de um metro, talvez. O teto era exposto, os conduítes e o ar-condicionado ficavam pendurados nas vigas.

— Eu destranquei todos os escritórios do quinto andar — falou Quinn. — Shannon verificou o primeiro, mas não teve sorte. Está avançando.

Cooper cruzou o corredor e entrou no escritório em si. Era possível enxergar claramente em todas as direções. O estúdio ocupava uma quina do prédio, as paredes externas eram de vidro e iam do chão ao teto. Com as luzes de cima ligadas, pareciam espelhos escuros que refletiam o lugar para dentro de si mesmo. Exatamente no meio do escritório, havia uma mesa de reunião comprida, cercada por cadeiras.

Ao lado dela estavam Drew Peters e Roger Dickinson.

Cooper foi em frente. Calmo e controlado. Sem pressa; quanto mais pudesse ganhar tempo, mais tempo Shannon teria.

Dickinson parecia o mesmo de sempre. Bonito, boa postura, de prontidão e alerta. A mão direita coçava para tirar a pistola do coldre de ombro.

— Olá, Nick — falou Peters. — É bom vê-lo novamente.

Pela primeira vez, Cooper notou que o diretor parecia um rato. Algo na postura elegante e na boca pequena, nos óculos sem aro. A pasta que ele carregava estava na mesa, diante de si.

O espaço de reunião era bem aberto. Cooper foi até a mesa. Ficou do lado oposto aos dois.

Lembre-se, eles não sabem que você sabe ou que tem ajuda. Se suspeitarem de qualquer uma das duas coisas por um segundo, toda essa situação desmorona.

— Onde está minha família?

— Eles estão próximos.

— Isso não serve. — Ele deu um passo para trás, com os olhos voltados para a frente.

— Eu vou provar para você — disse Peters —, mas preciso que tire sua arma.

— Não tenho arma.

— Claro que tem. Mas tudo bem, eu vou primeiro.

Peters pegou a pasta e abriu lentamente. O interior da tampa era um monitor, que ganhou vida. A tela ficou branca por um momento, depois começou uma transmissão.

Natalie sentada em uma cadeira de couro no fim de uma salinha. Todd à esquerda; Kate à direita. As crianças tinham blocos de papel em frente e pareciam estar desenhando. Kate, mais nova, estava entretida com aquilo, mas Natalie se debruçava sobre Todd para tentar encorajá-lo. Para distraí-los, Cooper percebeu, para tentar mantê-los calmos. A parede atrás deles era de vidro, e o domo do Capitólio brilhava ao longe. Os dois atiradores estavam próximos, com as armas na mão. Um olhava para a câmera, o outro, para Natalie.

— Uma mulher e tanto essa de quem você se divorciou, Nick. Uma mãe maravilhosa. E seus filhos. Lindos.

Cooper olhou fixamente para a imagem, para os filhos, os motivos para cada ação. Motivos suficientes para incendiar o mundo. Natalie ergueu os olhos, diretamente para o monitor, como se estivesse encarando Cooper.

Como?

A câmera, ele se deu conta. Eles montaram em frente à família, e Natalie era suficientemente inteligente para saber que aquilo era para Cooper ver. Não era "como se" ela estivesse olhando para ele; Natalie estava encarando Cooper. O olhar era uma súplica. Não por ela, mas por Kate e Todd.

Uma súplica e algo mais. O quê?

— Agora. Sua arma. Com delicadeza, por favor.

A questão não era o movimento dos olhos de Natalie. Eles não se mexiam. A questão é que ela pensava a respeito de mexê-los, pensava em olhar rapidamente para a esquerda. Aquele pensamento se traduziu em um micromovimento embaixo da pele, o tipo de coisa que Cooper podia ver.

O tipo de coisa que ela sabe *que você pode ver.*

Natalie está dando uma pista.

Cooper sentiu afeto dentro do peito. As mulheres na vida dele eram fantásticas.

— Tudo que vejo é uma sala de reuniões com o Capitólio ao fundo — falou Cooper. — Eles podem estar em qualquer lugar.

— Sem joguinhos, Nick. Você sabe até onde estou disposto a ir. Sua arma.

No ouvido, Quinn falou:

— Verificando.

Cooper hesitou, como se pensasse a respeito. Então, devagar, ele meteu a mão nas costas e retirou a pistola. Dickinson ficou tenso,

454

uma mola encolhida pronta para explodir. Usando apenas o polegar e o indicador, Cooper pousou a arma e empurrou para que deslizasse sobre a mesa.

— Encontrei — disse Quinn. — Sala 508. A sala de reuniões fica na quina a sudeste.

— Estou a caminho — respondeu Shannon.

— Pronto — falou Cooper. — Agora que tal Roger fazer o mesmo?

Dickinson riu. Peters deu seu sorrisinho.

— Negativo. Nós dois sabemos de suas habilidades. Agora, onde está o microdrive?

— Está seguro.

— Que bom ouvir isso. Onde?

— Se eu disser, como vou saber que você não vai matá-los de qualquer maneira?

— Eu dou a minha palavra.

— Isso não tem tanto valor para mim quanto antes, Drew.

— Vai ter que ser suficiente. Já disse que você não está em posição de negociar. Dê-me o que eu quero e vou deixar todos vocês irem embora.

— Aposto que está no bolso dele — falou Dickinson. — Deixe-me pegá-lo.

— Nick — chamou Shannon. — Estou no escritório, do lado de fora da sala de reuniões. Vou entrar agora.

— Não, Roger. — Peters fez uma pausa, e depois disse: — Atire no filho de Cooper ao contar até três.

No monitor, um dos guardas ergueu a arma e apontou para Todd...

Os guardas podem ouvir o diretor.

O viva-voz. A luz de chamada está ligada. Eles estão ouvindo.

Shannon está entrando na sala agora. Ela pode cuidar dos guardas... a não ser que Peters ou Dickinson berrem um alerta daqui de cima.

O que eles farão se observarem o monitor.

... enquanto Peters contava.

— Três. Dois.

— Ok! — Cooper deu um rápido passo à frente, e tanto Peters quanto Dickinson levaram um susto e deram atenção total para ele. — Está aqui.

Cooper meteu a mão no bolso, sentiu o fino contorno do microdrive. Não queria correr o risco de perdê-lo, nem por um momento. Era a única prova que ele tinha da monstruosidade que havia ajudado a criar. Assim que Cooper abrisse mão do microdrive, tudo podia mudar. A única chance de haver alguma espécie de justiça podia desaparecer.

É justiça ou seus filhos.

Cooper tirou o microdrive do bolso. Foi preciso todo seu esforço para não dar uma olhadela para o monitor. Os filhos, indefesos, ele aqui em cima, impotente, e Dickinson bem ali, voraz, com a mão já flexionada. Cooper manteve os dedos em volta do microdrive e não deixou que os dois o vissem. Eles não se arriscariam a agir até ter certeza de que ele não estava blefando. Cooper demorou até quando teve coragem, com o coração acelerado. Deu um passo à frente e abaixou a mão sobre a mesa. Abriu os dedos.

O microdrive caiu na mesa.

Peters ficou atento ao objeto, com olhos vorazes e triunfantes.

Um lampejo de movimento no monitor. Cooper disse a si mesmo para não olhar, porém foi tarde demais, o dom além do controle, precisando de dados, captando situações.

Dickinson olhava fixamente para ele. Acompanhou os olhos de Cooper. Seguiu-os.

Ambos viram quando, no monitor, Shannon deu uma cotovelada no pescoço de um atirador.

— Mate-os! — berrou Dickinson para os guardas enquanto a mão voava para dentro do paletó.

Cooper deu meia-volta e correu para o cubículo mais próximo, deixando o microdrive na mesa. Um tiro veio por trás, e a parede de gesso explodiu. Ele continuou em movimento, sentiu Dickinson acompanhá-lo, disparando sem parar, mas também sem acertar, e aí ele ficou fora do alcance da visão, atrás de um cubo baixo. Cooper se ajoelhou e rapidamente rastejou até o seguinte, enquanto as balas perfuravam as paredes pré-fabricadas.

Peters vai atrás do microdrive.

Nada que ele pudesse fazer a respeito. A sala de reuniões seria letal. Cooper não era um super-herói que podia se desviar de balas. Ser capaz de ver onde alguém tinha intenção de atirar lhe dava uma vantagem, mas contra um profissional como Dickinson, em um espaço aberto, não seria suficiente.

Será que Shannon acabou com os dois atiradores? Não havia como saber e nem tempo para imaginar. Houve outro tiro, e outro buraco irregular foi aberto na parede pré-fabricada. Um monitor explodiu.

Cooper se manteve abaixado e disparou pelo corredor entre cubículos. Imaginou a planta do escritório e tentou se colocar nela. O estúdio de design era grande, talvez tivesse cinquenta empregados. O espaço aberto significava que, se ele ficasse de pé, Dickinson seria capaz de vê-lo. Por outro lado, se não se levantasse, o próprio dom seria anulado. Sem ser capaz de ver o que estava acontecendo, Cooper era apenas presa, correndo de proteção para proteção.

Ele olhou em volta. Dois cubos ao lado, um com pilhas de papéis e pastas, o outro organizado e decorado, de alguém que fazia um esforço para tornar a jaula cinza pré-fabricada em uma sala de estar aconchegante: uma cadeira reclinável, uma luminária, fotos emolduradas na mesa. Nada que se parecesse com uma arma também, pelo menos, não uma arma que fosse páreo para uma pistola. Cooper ergueu os olhos: vigas, tubulação, conjuntos de lâmpadas fluorescentes penduradas.

Ao longe, um toque duplo fraquinho. O sino da porta.

Ele teria sido avisado por Quinn se mais alguma ameaça houvesse entrado no prédio. Isso significava que aquele som era Peters indo embora. Com o microdrive.

Tudo estava desmoronando.

Cooper entrou se mansinho no cubo bem decorado e tirou uma das fotos da mesa. O vidro era reluzente e refletiu uma imagem fantasmagórica de si mesmo. Ele levantou a foto delicadamente sobre o limite da parede pré-fabricada. Aquilo estava longe de ser um espelho, mas deu uma pista do que estava acontecendo; ele viu o brilho das lâmpadas no vidro e movimento, Dickinson, de alguma forma, com três metros de altura. A mesa. O agente subira em cima dela para ver melhor. Cooper abaixou a foto antes que o homem a visse.

— Vamos, Cooper — falou Dickinson. — Saia e eu te mato rápido. Que nem seus filhos.

Bile subiu à garganta.

— Shannon? Você está bem? — sussurrou ele.

Nenhuma resposta.

— Coop — disse Quinn —, eu não sei o que está acontecendo. Não vejo as imagens, e ela não está respondendo.

— Eu reconheci sua namorada terrorista — falou Dickinson —, mas, infelizmente, ela não sobreviveu.

Era um blefe. Uma maneira de provocá-lo a aparecer. Só podia ser.

— E aquela pequena manobra custou a vida de sua família. Foi mal, mas nós realmente te avisamos.

Cooper fechou os olhos e se recostou na parede do cubículo.

— Ah, não esquente com isso, Cooper. Filhos são substituíveis. O que é perder um ou dois?

Nada de Quinn. Nada de Shannon. Ele viu um mero vislumbre de Shannon no monitor, uma manobra para neutralizar um dos guardas, mas havia dois na sala. Matadores experientes em alerta máximo.

O dom foi mais rápido que Cooper novamente, coletou os dados e chegou à conclusão.

Sua família está morta.

Cooper esteve no local onde um carro colidira com um agente e o prendera contra uma barreira de metal. A batida esmigalhou tudo abaixo das costelas e cortou as duas pernas no meio da coxa. Dano físico maciço, impossível de sobreviver. O que mais o assombrou, porém, foi que o homem estava calmo. Não berrou e não parecia sentir nenhuma dor.

Algumas feridas eram enormes demais para serem sentidas.

Cooper foi tomado por uma estranha pureza sombria. Quase parecia agradável. Se sua família estivesse morta, não havia muito sentido em continuar. Não havia muitas razões para viver. Apenas uma.

Você vai morrer, Roger. E Peters também.

Ele se abaixou, saiu do cubículo e disparou pelo corredor. Manteve o ombro contra a parede ao lado e visualizou o ângulo que Dickinson era capaz de ver. Ter subido na mesa de reuniões podia ter colocado o agente em uma posição elevada, o que era geralmente uma vantagem tática. Mas tinha limitações também.

Um tiro, e depois outro. No entanto, nada explodiu perto de Cooper. E Dickinson estava atirando às cegas para tentar provocá-lo a sair.

Eu vou sair, Roger. Não se preocupe.

Seguiu pelo corredor na direção da entrada. Na parede entre duas pranchas de skate penduradas, Cooper viu o que procurava. Mas era uma longa corrida exposta para alcançá-lo. Não havia jeito de chegar lá sem ser visto.

Ele se abaixou como um corredor, pronto para disparar. Então, com um gesto em curva, Cooper atirou a foto emoldurada o mais longe possível, para trás.

Dickinson reagiu imediatamente com dois tiros. Cooper não parou, apenas correu até a parede do outro lado e cobriu dez metros em segundos. O vidro se estilhaçou atrás dele; era a foto acertando alguma coisa. Dickinson tinha percebido que aquilo era uma distração. E estaria de pistola erguida acompanhando, à procura de movimento.

Não importava. Nada importava agora, a não ser matar. Matar e o fato de que Cooper tinha conseguido chegar ao conjunto de interruptores que ele vira na parede do saguão. Ele acertou todos em um golpe só. As lâmpadas fluorescentes se apagaram.

A escuridão caiu, tão pura quanto a fúria.

Cooper deu meia-volta e ficou de pé. Não havia necessidade de se esconder agora. Quando as luzes estiveram acesas, ele fora a presa, e Dickinson, o predador.

Com as luzes apagadas, Cooper era uma sombra na escuridão. E Dickinson era uma silhueta de pé na mesa de reunião, banhado pelo monitor trazido por Peters. Daria no mesmo se estivesse sob um refletor.

O agente tinha uma pistola em cada mão, a própria na direta, e a arma de Cooper na esquerda. Ele ergueu ambas e disparou mais ou menos na direção dos interruptores. No entanto Cooper não estava mais lá.

E os dois clarões do disparo só tornaram as coisas piores para Dickinson. Acabaram com a limitada visão noturna que ele teria.

Cooper andou calmamente, sem correr, sem arriscar tropeçar ou fazer barulho. Apenas observando Dickinson enquanto ele girava e agitava os braços no escuro. Quando chegou à mesa de reunião, o outro agente se deu conta do erro. Dickinson pulou e caiu com força.

Cooper deu um passo à frente e arrancou as pistolas das mãos do homem.

E aí ele colocou ambas contra o peito de Roger Dickinson e apertou os gatilhos até os ferrolhos ficarem travados.

O que sobrou do agente desmoronou inerte e molhado. Cooper soltou as armas em cima de Dickinson.

Ele foi à mesa. Ao monitor.

A família estava morta.

Agora Cooper simplesmente teria que encarar o fato. Olhar pelo monitor e ver o fim do mundo.

Cooper se obrigou a fitá-lo.

A tela mostrava a sala de reunião, com o domo do Capitólio reluzindo ao longe.

Ela mostrava um dos atiradores no chão, esparramado.

Mostrava o outro se levantando, grogue, com os dedos tentando pegar a mesa para ajudar.

O que a tela não mostrava eram os corpos de sua família.

Deus te abençoe, Shannon. Minha garota que atravessa paredes.

— Coop? — A voz de Quinn no ouvido. — Eu acabei de ver Shannon no elevador número três. Ela está com sua família. Está sangrando muito no lado direito da cabeça; deve ter levado um golpe que desabilitou o transmissor. Mas está fazendo um sinal de positivo para a câmera, e todo mundo parece bem.

Por um instante, Cooper se permitiu curtir a sensação de que poderia flexionar os braços e explodir o telhado, a sensação de que o coração poderia estourar.

— A má notícia — continuou Quinn — é que estou captando muito tráfego nas frequências das forças de segurança pública. Um pequeno exército está vindo na nossa direção. É hora de ir embora.

— Onde está Peters?

— Ele não está com você?

— Não. E está com o microdrive.

— *O quê?* Como?

— Sem tempo para explicar. Ele apareceu nas suas telas?

— Não. Peters não passou pelo saguão do elevador.

A decisão inteligente seria ir embora, escapar com Quinn, Shannon e a família. Se esconder em algum lugar e pensar no próximo passo. Deixar Peters fugir com a única prova.

Cooper deu meia-volta e correu para a saída. Passou pelo saguão e pela porta, enquanto o sino tocava atrás dele.

— Quinn, há câmeras nas escadas?

— Negativo.

Cooper virou à esquerda por instinto, continuou em frente e encontrou a escada no fim. Empurrou a porta e entrou em um espaço de concreto bem iluminado.

— As escadas dão para fora do prédio?

— É claro, é por lei, em caso de incêndio — respondeu Quinn, e depois — Ah, merda.

Cooper começou a descer, pulando um lance de degraus por vez, enquanto a mão passava pelo corrimão de metal. Peters já teria chegado à rua a esta altura. Teria desaparecido...

Ele não devia ter certeza de que Dickinson me mataria. Se estivesse certo disso, Peters teria ficado para ajudar.

Uma vez que não ficou, o diretor suspeitava que eu talvez vencesse.
E Peters sabe que, se eu vencesse, eu iria trás dele.
Peters não vai fazer o que você espera.

... na noite. Cooper se deteve num corrimão, deu meia-volta e subiu correndo. As panturrilhas ardiam e os pulmões berravam. Passou pelo décimo andar, pelo décimo primeiro, décimo segundo.

— Merda, Cooper — falou Quinn —, tem um helicóptero a caminho. Chegada em 45 segundos.

Malandro, Drew. Muito malandro.

— Ótimo — respondeu Cooper.

— Hã?

— Saia daqui. Tire Shannon, tire minha família daqui. Eu vejo vocês no ponto de encontro.

— Cooper...

— Agora. É uma ordem.

O lance de escada acima do décimo segundo andar terminava em uma porta. Cooper bateu nela correndo, e a porta se escancarou para revelar o telhado. Brita e a massa de ares-condicionados industriais, o frio repentino do ar da noite, o zumbido da cidade em volta, e o som fraco, que ficava mais alto, de rotores de helicóptero.

O diretor estava na ponta sudeste do prédio, em um espaço aberto apenas amplo o suficiente para um helicóptero pousar.

O *flashback* de uma imagem, San Antonio, o telhado com Alex Vasquez. A perseguição até a borda do prédio, o corpo dela como uma silhueta contra o céu da noite.

Peters ouviu os passos de Cooper quando ele estava a três metros de distância e deu meia-volta.

— Não — disse o diretor e levou a mão às costas.

Cooper pegou o braço dele, torceu, depois girou para meter a força de seu outro antebraço contra o cotovelo do diretor, que fez um estalo repugnante. Drew Peters berrou, e a arma caiu dos dedos inertes.

Cooper segurou o homem com uma das mãos, depois usou a outra para fuçar os bolsos. O microdrive estava no bolso da frente. Ele pegou, depois agarrou Peters pela lapela e o conduziu para trás. Três passos levaram os dois para a beirada do prédio. O horizonte ardia atrás deles, uma onda de luzes sobre mármore e monumentos. A Casa Branca estava iluminada por baixo, majestosa e imponente. Cooper se perguntou se o presidente Walker estava lá neste momento, se estava sentado na Sala Oval ou se colocava um roupão para dormir.

O helicóptero se aproximou. Um facho de luz foi lançado pela aeronave, passou de um lado para o outro, brincando sobre os prédios. Caçando.

O rosto de Peters estava lustroso com o suor do estado de choque, de olhos arregalados, mas a voz saiu estranhamente calma.

— Você quer me matar? Vá em frente.

— Ok. — Ele conduziu Peters meio passo para trás.

— Espere! — O salto do sapato social do homem escorregou e raspou pela beirada. — Essa situação é maior que eu e você. Se você fizer isto, o mundo vai pegar fogo.

— Ainda torce para que eu seja um homem de fé, hein?

— Eu sei que você é.

— Talvez você tenha razão. Talvez eu ainda tenha fé mesmo. Mas não em você nem em seu joguinho sujo.

— Não é um jogo. É o futuro. Você vai ter que escolher o seu lado.

— É — respondeu Cooper. — Eu já ouvi isso.

Ele puxou o velho mentor para perto, depois empurrou para fora com toda a força.

Quando Drew Peters voou pela beirada do telhado, ele cruzou pelo facho do holofote do helicóptero. Uma boneca de pano agitada, a 30 metros sobre o concreto. E, por uma fração de segundo, o facho ofuscante pareceu segurá-lo.

Mas apenas por uma fração de segundo.

CAPÍTULO 40

Cooper levou uma hora e meia para escapar do perigo.

Se fosse feito de maneira direta, o trajeto do prédio comercial na avenida Sete, 900, noroeste, ao banco com vista para o Memorial Lincoln teria levado apenas cerca de vinte minutos. Trinta se a pessoa fosse passeando, curtindo o caminho, que era um dos mais famosos no mundo. Passando pela ala leste da Casa Branca, onde as luzes estavam acesas dentro das janelas a qualquer hora. O Monumento a Washington, uma lança no coração da noite, com as luzes de alerta para aviões piscando devagar. E finalmente a massa neoclássica de proporções épicas do Memorial Lincoln. Os amplos degraus de mármore que levavam às colunas estriadas, a colunata que brilhava com os refletores embutidos, o velho e carrancudo Abe, o Honesto, olhando contemplativo, como se julgasse o país que liderou.

Mas Cooper não fez o trajeto de maneira direta. A prioridade era escapar do prédio. A escadaria lhe deu acesso à rua. Dali, Cooper foi para o norte e depois para o leste, enquanto ouvia os sons característicos da força que convergia. Quinn não brincou quando falou sobre um pequeno exército; Peters deve ter convocado todas as forças de segurança pública próximas. Como ali era Washington, a cidade mais policiada da nação, aquilo significou não apenas equipes do DAR, mas também a polícia municipal, a polícia do Capitólio, guardas de trânsito, guardas florestais, divisão à paisana do Serviço Secreto, e Deus sabia quantas mais.

E nenhuma dessas forças parecia saber o que estava acontecendo ou quem elas procuravam; a melhor descrição da situação era "caos total".

Cooper presumiu que aquilo devia ter sido parte do plano, que Peters se concentrou em colocar o máximo de efetivo em posição para depois organizar tudo do ar. A confusão lhe daria bastante liberdade para escrever a história da forma que quisesse; provavelmente, que Nick Cooper, o agente-desertor-que-virou-terrorista-anormal, seques-trou a família quando foi encurralado naquele prédio pelos Serviços Equitativos. Toda aquela força adicional causaria boa impressão, um golpe em nome da cooperação entre agências que ainda garantia que o crédito de verdade fosse dado ao DAR.

Foi mal, Drew. Acho que cair de 12 andares no concreto vai ferrar com seu plano.

A boa notícia é que, sem um organizador, todas aquelas forças passa-ram a maior parte do tempo tropeçando umas nas outras. Sirenes e faróis, equipes da SWAT e de desumanos, barricadas e distintivos. Cooper usou a confusão para se afastar um pouco, e, depois disso, o resto foi rotineiro. Ele entrou e saiu de prédios, pegou o metrô e foi a uma estação para o norte, depois a duas para o sul, deu duas voltas no mesmo quarteirão em cada direção, e finalmente cruzou o parque National Mall.

Uma hora e meia depois, ele estava sentado no banco do parque, devolvendo o olhar de Abraham Lincoln. Ainda faltavam vinte mi-nutos até que pudesse se encontrar com Quinn e Shannon.

Vinte minutos antes que pudesse ver os filhos.

Vinte minutos para decidir o destino do mundo.

Cooper estava com o datapad nas mãos, com o microdrive inserido. Ele havia se conectado e preparado o vídeo para ser distribuído. Cooper apren-deu com o erro de John Smith; em vez de mandá-lo para um punhado de jornalistas que podiam ser silenciados, ele preparou o arquivo a fim de ser subido para um sistema público de compartilhamento de vídeo. Tudo que Cooper tinha que fazer era apertar "enviar" e o vídeo se espalharia como fogo na mata. Em uma hora, o arquivo teria sido propagado para milhares de pessoas; pela manhã, estaria em todos os lugares, todos os canais de notícias, todos os sites. O mundo inteiro saberia a verdade terrível.

Tudo que Cooper tinha que fazer era apertar "enviar".

O que Peters dissera? *"Essa situação é maior que eu e você."*

Aquilo certamente significaria o fim deste governo Um presidente flagrado em vídeo autorizando o assassinato de civis inocentes? Ele seria crucificado, condenado à prisão, talvez coisa pior.

Cooper não via mal em nada disso. Mas o problema de provocar faíscas era que não era fácil controlar o fogo. Até onde iria essa situação?

A fé no governo, que já estava no nível mais baixo de todos os tempos, iria despencar. Por dentro, os americanos já não acreditavam que seus líderes se importavam com eles. As pessoas pensavam em políticos nos termos mais desanimados e cínicos possíveis, e com boa razão. Mas era um grande passo descobrir que o governo encomendava o assassinato de americanos.

E os Serviços Equitativos. Para ter alguma chance de sobreviver, o departamento teria que repudiar Peters e alegar que ele era um fanático que agia por conta própria. Mas, mesmo assim, a agência seria destruída.

O que não era inteiramente uma boa coisa. Sim, Peters fez mau uso da agência, mas a ameaça de anormais violentos era real. Talvez nem todas as pessoas que Cooper executou fossem más, porém, muitas eram. Sem os Serviços Equitativos, não haveria ninguém para contê-las.

Não apenas isso, mas o vídeo absolvia John Smith do Monocle. Transformava o homem de terrorista em defensor da liberdade novamente, talvez, até mesmo em um herói. Havia um monte de gente que o admiraria. Enxergaria John Smith como uma nova voz corajosa. Talvez até mesmo como líder em potencial.

Um pensamento assustador. Smith tinha o intelecto e a perspicácia para liderar. Mas Cooper não confiava na índole do sujeito. Ele admitiu que plantou bombas, espalhou vírus, assassinou civis. Smith era inocente do Monocle, mas era bastante culpado.

Peters talvez estivesse certo. Compartilhar isto talvez colocasse fogo no mundo.

Obviamente, há outra opção.

Cooper podia fazer o vídeo trabalhar a seu favor. Ao ameaçar divulgá-lo, ele poderia chantagear o presidente Walker. Tomar os Serviços Equitativos para si, comandar a agência como deveria ser comandada.

Poderia se sentar na cadeira de Drew Peters e tomar decisões da maneira correta. Lutar para prevenir uma guerra, em vez de prolongar uma.

Era uma ideia tentadora. Em toda a vida, Cooper lutou para proteger o país. Primeiro, de ameaças externas, no exército, e depois de um perigo muito maior — seu futuro. Se banais e brilhantes entrassem em conflito aberto, seria uma guerra com uma quantidade de sangue inconcebível, uma guerra que literalmente colocaria pais contra filhos e maridos contra esposas.

Que colocaria irmãos contra irmãs. Será que Kate e Todd algum dia teriam que pegar em armas um contra o outro?

Cooper não podia deixar que isso acontecesse. Esse foi o motivo para ele ter feito tudo que fez. As coisas boas e ruins, as corretas e as mal orientadas. Tudo aconteceu por causa daquela única convicção — que, de alguma forma, de alguma maneira, os filhos deste admirável mundo novo descobririam um jeito de viver juntos.

E se Cooper usasse este vídeo em vez de compartilhá-lo, ele poderia ajudar para que isso acontecesse. Mudar o sistema por dentro.

Cooper ergueu os olhos para a escuridão aveludada da noite de Washington. Nuvens baixas com tons púrpuras por causa da luz refletida nos mármores e monumentos, na máquina do governo. Numa cidade que deveria simbolizar alguma coisa.

Entre colunas maciças, Abraham Lincoln olhava fixamente para o lado de fora com uma expressão preocupada. A guerra mais sangrenta da história dos Estados Unidos aconteceu em sua gestão, sob seu comando. Será que o país sobreviveria a uma segunda guerra civil?

Ele olhou para o relógio no datapad. Era hora de partir.

Verdade ou poder?

Cooper pensou nos filhos.

Então ele apertou "enviar", colocou o datapad no banco e deixou ali.

Talvez o mundo pegasse fogo. Mas se a verdade fosse tudo que era preciso para provocar o incêndio, talvez o mundo precisasse queimar.

De qualquer maneira, o papel dele nesta guerra estava encerrado.

Cinco minutos depois, um táxi deixou Cooper em Shaw, em um pacato quarteirão com fileiras de casinhas geminadas. Fundada a partir de acampamentos de escravos livres, a vizinhança um dia foi o Harlem de Washington — tanto o bom Harlem quanto o mau Harlem —, mas, nas últimas décadas, a gentrificação misturou as coisas, e profissionais brancos superaram os operários negros. Para melhor ou para pior, tudo muda.

Cooper pagou o motorista e desceu em frente a uma elegante casa vitoriana. As luzes do térreo estavam acesas, e ele notou silhuetas se mexendo lá dentro. Quinn estava encostado no carro dele, girando um cigarro apagado.

— Você conseguiu chegar.

— É. Vim pelo caminho mais bonito.

— E Peters?

— O caminho dele foi bonito também, porém bem mais rápido.

— Estava esperando para dizer isso?

— Um pouco. E minha família?

— Lá dentro. Estive aqui fora na última hora e não vi nenhum sinal de problema.

— Shannon? Você disse que ela se feriu.

— É, um golpe feio no lado da cabeça. A orelha está toda ensanguentada, mas ela está bem. — Quinn sorriu. — Shannon está bem puta com a situação, na verdade. Acho que a garota realmente acreditava que era invisível.

— Ela chega bem perto disso.

— É verdade. Falando nisso — Quinn meteu a mão no bolso e retirou um microdrive parecido com aquele outro —, as imagens do circuito interno de segurança do prédio 900. Todas as câmeras, de meia hora antes de nós chegarmos até a partida. Eu apaguei os drives locais antes de sair. Estamos invisíveis também.

— Você é um prodígio do caralho, Bobby.

— Não se esqueça disso. — O parceiro colocou o cigarro entre os lábios e depois retirou de novo. — Então, o que você acha? Será que a agência vai admitir a culpa pelo que aconteceu?

— Duvido. Tenho certeza de que algum geniozinho de relações públicas está trabalhando na mentira para acobertar a história neste momento.

— "O diretor Drew Peters, enfurecido pela estética moderna, metralhou uma empresa de design gráfico em protesto, antes de se atirar do telhado."

— Algo do gênero.

Um movimento chamou a atenção do olho de Cooper. A porta da frente se abriu e saíram dois vultos.

— Estamos seguros aqui? — perguntou ele.

— A casa pertence a um amigo de um amigo, sem conexão.

Quinn acompanhou o olhar de Cooper e viu Shannon e Natalie na varanda. As mulheres conversavam, mas mesmo dali Cooper podia captar a rigidez na postura delas, a falta de jeito entre as duas. *Ex-mulher e nova... seja lá o que ela é.*

Quinn parecia ter notado a mesma coisa.

— Cruzes. Aquilo parece embaraçoso. Melhor ir lá antes que elas se esfaqueiem.

— É. — Ele começou a entrar e se virou de costas. — Bobby? Obrigado. Eu te devo uma.

— Que nada — falou Quinn e sorriu. — Você me deve mais que uma.

Cooper riu.

Na varanda, Natalie ficou tensa ao vê-lo. Cooper podia ler os pensamentos da ex, como sempre. Podia ver a felicidade, o alívio por ele estar a salvo, e a raiva pelo que ela teve que passar nos últimos seis meses. Shannon tinha uma gaze na orelha e sangue na camiseta. A postura geralmente flexível estava rígida.

— Ei — disse ele ao olhar de uma para a outra.

— Estamos a salvo? — perguntou Natalie.

— Sim.

— Acabou?

— Sim.

— Você vai voltar para nós?

— Sim — respondeu ele e viu Shannon ficar mais rígida. — Acho que não preciso apresentar vocês duas.

— Não — disse Natalie. — Shannon cuidou disso. Ela é fantástica.

— Eu sei. — Cooper deteve o olhar nos belos ossos do rosto de Shannon. — Vocês duas são. Eu não conseguiria ter feito sem vocês.

Ele realmente não sabia o que dizer depois daquilo, e aparentemente nenhuma das duas também. Natalie cruzou os braços. Shannon trocou de posição, de um pé para o outro. Após um momento, ela falou:

— Bem, eu vou embora daqui, vou deixá-lo ficar com sua família. — Shannon ofereceu a mão para Natalie. — Foi um prazer conhecê-la.

Natalie olhou para ela e para a mão estendida. Então, passou pela mão e abraçou a outra mulher.

— Obrigada — sussurrou ela. — Obrigada.

Shannon assentiu e devolveu o abraço, um pouco sem jeito.

— É. Seus filhos são lindos.

— E estão vivos, graças a você. — Natalie manteve o abraço por mais um instante, depois se afastou e disse — Se você um dia precisar de alguma coisa, *qualquer coisa*, não hesite, ok?

— Ok. — Ela olhou para Cooper. — Vejo você por aí, acho.

E aí Shannon saiu da varanda e foi para a calçada.

Cooper olhou para ela e depois se voltou para a ex-esposa. Para a maioria das pessoas, a pose de Natalie não teria revelado nada, mas ele podia captá-la, ler como um livro que conhecia a fundo. A gratidão sincera combinada com incômodo. A reação fazia sentido; nos últimos seis meses, ela também viveu um pesadelo em nome dos filhos, da mesma forma que Cooper, e, de certa maneira, Natalie devia ter pensado nele como seu parceiro na história. Como marido novamente, apesar de tudo. Ela devia ter ficado magoada ao ver os sinais do relacionamento de Cooper com Shannon. E magoá-la era a última coisa que ele queria fazer. Cooper explicaria, esclareceria a situação...

— As crianças estão bem?

— Estão... vão ficar. Quer vê-los?

— Ah, meu Deus, sim. — Ele começou a ir na direção da porta e depois parou. — Um segundo, ok?

Cooper não esperou pela resposta, apenas desceu correndo os degraus e pegou Shannon pelo braço.

— Espere.

Ela se virou para ele. O rosto estava impassível.

— O que foi?

Cooper abriu a boca e fechou. Depois, respondeu:

— Nós sobrevivemos.

— Eu notei.

— E salvamos o mundo.

— Parabéns para nós.

— Então...

Shannon olhou para ele e deu aquele meio sorrisinho.

— Sim?

— Bem, você disse que, caso sobrevivêssemos, você sairia comigo.

— Não. Eu disse que, caso sobrevivêssemos, você poderia me convidar.

— Certo. Bem. — Cooper deu de ombros. — O que você me diz? Quer ter um encontro que não envolva tiroteio?

— Eu não sei. — Shannon fez uma pose e uma pausa. — O que nós faríamos sem um tiroteio?

— Nós pensaremos em alguma coisa. — Cooper sorriu, e ela devolveu o sorriso.

— Tudo bem, Nick, mas é melhor que o encontro não seja tedioso.

— Combinado.

— Combinado. Agora, vá.

Ele concordou com a cabeça e começou a voltar para a casa. Pensou em alguma coisa e se virou.

— Ei, espere, eu ainda não tenho o seu...

Shannon havia sumido.

Como ela faz isto?

Cooper balançou a cabeça, sorriu para si mesmo e começou a ir em direção à casa. A porta estava aberta. Ele ouviu a voz de Natalie, e a seguir os três saíram para a luz.

Tanto Todd quanto Kate estavam pálidos, e ambos estiveram chorando. Naquele instante, Cooper viu o que acontecera com eles, tudo que acontecera. Os meses que ele perdeu, e a pressão sobre os dois. Os horrores que o mundo criou. E o pior de tudo foram as coisas que aconteceram desde o dia anterior, coisas que Todd e Kate não entendiam, não podiam entender, mas que eram coisas que os marcariam. Eles foram feridos, Cooper subitamente compreendeu. Não fisicamente, mas nem todas as feridas eram assim.

Aquele momento arrancou seu coração. Um instante paralisado que Cooper jamais conseguiria esquecer.

E aí Todd e Kate o fitaram. Por um momento, eles não sabiam o que estavam vendo. Estava escuro, e se passaram seis meses, uma eternidade na idade dos dois, e, por um segundo, os filhos não o reconheceram.

Kate foi a primeira, e seus olhos se arregalaram. Ela ergueu o olhar para Natalie e depois se voltou para Cooper, e aí Todd disse:

— Papai?

E então eles desceram os degraus correndo e cruzaram a calçada até os braços do pai, e Cooper ergueu os dois, todos rindo, chorando, dizendo os nomes uns dos outros, e veio o calor humano, o cheiro, o alívio primitivo, uma onda emocional como ele nunca tinha visto e sempre tinha visto, a coisa que fazia tudo valer a pena, e naquele instante, Cooper percebeu que estava errado.

Seu papel na guerra não acabou. Nem de longe.

Os filhos precisavam de um mundo para crescer, um futuro digno deles, e até esse dia a luta de Cooper jamais acabaria. Enquanto houvesse uma guerra, ele estaria nela.

Mas, por um momento, enquanto Cooper abraçava os filhos com tanta força que os ossos se roçavam, com Todd agarrado ao peito e Kate com o rosto enfiado no pescoço, conforme Natalie descia os degraus e abraçava todos eles, enquanto Cooper sentia o cheiro do cabelo do filho e o gosto das lágrimas da filha, o resto ficou para trás.

O futuro podia esperar. Por pouco tempo, pelo menos.

AGRADECIMENTOS

Existe um mito permanente de que livros são escritos sozinhos, com um sonhador de dedos sujos de tinta em um porão, inventando tudo aquilo. O sonhador e o porão são verdadeiros, mas eu certamente não fiz sozinho. Meus sinceros agradecimentos para:

Scott Miller, agente, amigo e irmão de armas, que não apenas não entrou em pânico diante da minha mudança radical de rumo, como me disse para escrevê-la *imediatamente*. Obrigado também à equipe estelar da Creative Artists, especialmente Jon Cassir, Matthew Snyder e Rosi Bilow, que mostraram que todas as piadas sobre Hollywood são uma mentira.

Reema Al-Zaben, Andy Bartlett, Jacque Ben-Zekry, Grace Doyle, Daphne Durham, Justin Golenbock, Danielle Marshall e o restante da equipe da Thomas & Mercer, entusiasmados amantes de livros que estão construindo um admirável mundo novo.

Eu tive a sorte de ter dois parceiros de criação. O primeiro é Sean Chercover, colaborador e parceiro heterossexual para toda a vida, cujas digitais estão pelo livro inteiro. Qualquer coisa que você não gostar provavelmente foi culpa dele. O segundo é Blake Crouch, que, no alto de um pico de 425 metros de altura, me ajudou a transformar um tênue fragmento de uma ideia em uma história completa... e aí me deu o título. As bebidas são por minha conta, galera.

Todas as pessoas que leram o livro antes e apontaram onde ele era uma merda, especialmente Michael Cook, Alison Dasho e Darwyn Jones.

Jeroen ten Berge, o visionário por trás do projeto da capa.

Megan Beatie e Dana Kaye, talentosa assessora de imprensa que resolve tudo.

Dale Rosenthal, da Universidade de Illinois, em Chicago, que, tomando umas Guinness, desmontou o mercado financeiro global e depois o remontou à prova de anormais.

Kevin Anthony, que construiu a bela mesa onde eu escreverei pelo resto da vida.

A comunidade de ficção policial: livreiros e bibliotecários, blogueiros e críticos, jornalistas e assessores de imprensa, e mais especialmente, os leitores.

Meu irmão Matt, que devorou o livro e que cuidadosamente deu apoio ao meu ego, depois desmantelou tudo que não funcionava. Você é o cara.

Sally e Anthony Sakey, mais conhecidos como mamãe e papai, que me deram tudo.

E finalmente, os dois amores da minha vida: minha esposa, g.g., e nossa filha, Jocelyn. Nada significaria alguma coisa sem vocês.

Este livro foi composto na tipologia Minion Pro
Regular, em corpo 12/16, e impresso em papel
off-white no Sistema Cameron da Divisão
Gráfica da Distribuidora Record.